ANNA-MARIA AUREL

Die Marseille-Morde – Im Schatten des Sainte-Victoire

Weitere Titel der Autorin

Die Marseille-Morde – Das tote Mädchen
Die Marseille-Morde – Der Tote von Port Pin

Über die Autorin

Anna-Maria Aurel lebt als gebürtige Österreicherin seit mehr als 25 Jahren in Frankreich. Sie erfüllte sich ihren Traum vom Leben im Süden, als sie sich mit ihrer Familie in der provenzalischen Kleinstadt Saint Rémy de Provence niederließ. Dort ist sie heute als freiberufliche Fremdenführerin, Reiseleiterin, Übersetzerin und Schriftstellerin tätig. Das Schreiben und das Erzählen gehören seit jeher zu ihren Leidenschaften.

Anna-Maria Aurel

Die Marseille-Morde

Im Schatten des Sainte-Victoire

Lübbe

Vollständige Taschenbuchausgabe
der bei beTHRILLED erschienenen E-Book-Ausgabe

Copyright © 2023 by Bastei Lübbe AG, Schanzenstraße 6 – 20, Köln,
Deutschland

Copyright © 2025 by
Bastei Lübbe AG, Schanzenstraße 6 – 20, 51063 Köln, Deutschland

Bei Fragen zur Produktsicherheit wenden Sie sich bitte an:
produktsicherheit@bastei-luebbe.de

Textredaktion: Heike Rosbach
Lektorat/Projektmanagement: Anne Pias
Umschlaggestaltung: Massimo Peter-Bille, Köln
Umschlagmotiv: © shutterstock: Philippe PATERNOLLI | Art Stocker
Satz: 3w+p GmbH, Rimpar
Gesetzt aus der Adobe Caslon Pro
Druck und Verarbeitung: GGP Media GmbH, Pößneck

Printed in Germany
ISBN 978-3-404-19469-8

2 4 5 3 1

Sie finden uns im Internet unter luebbe.de
Bitte beachten Sie auch: lesejury.de

Tragödie beim Joggen

Es war der Samstag zwei Wochen vor Weihnachten. Das Meer zeigte sich grau in grau, und es schien, als würde die Wasserfläche direkt in den Himmel übergehen, der ebenfalls gräulich-blass wirkte und sehr tief hing. Ein leichter Nebel bedeckte die Küste, alles sah fade und farblos aus. Es war zwar nicht kalt, aber in der Luft war eine unangenehme Feuchtigkeit zu spüren.

Jérôme lief die Corniche, die Küstenstraße, entlang. Dabei fiel ihm auf, dass das Joggen ihm an diesem Morgen viel mehr Probleme bereitete als sonst. Er wusste, dass das psychisch bedingt war. Er nahm nicht wie an anderen Tagen die malerische Kulisse der Küstenstraße, die Weite des Meeres und den Blick auf die weißen Felsen der Frioul-Inseln und das Château d'If wahr. Er keuchte und verspürte ein vages Seitenstechen. Jérôme war nicht in Form, weil es ihm an Motivation fehlte. Dieser Tage ging ihm zu vieles auf die Nerven, und er machte sich ernsthaft Sorgen um seine Zukunft.

Jérôme seufzte und zwang sich, seine zentnerschweren Beine zu bewegen. Das Leben war ganz einfach unerträglich geworden, die Welt schien am Verfallen zu sein. Auch noch andere Joggerinnen und Jogger waren an diesem Samstagmorgen an der Corniche unterwegs, sie hatten mit dem Laufen anscheinend keine Schwierigkeiten. Sie wirkten nicht gerade glücklich, aber zumindest gelassen und relativ heiter. Sie hatten wahrscheinlich nicht solche finanziellen Probleme wie Jérôme, dessen Druckerei infolge der Coronapandemie hatte Einbußen hinnehmen müssen. Er war zwar nicht gezwungen gewesen zu schließen, hatte deshalb aber auch keine staatlichen Beihilfen erhalten. Er hatte seine Angestellten nicht mehr im Griff, sie saßen alle im Home-Office und machten, was sie wollten. Jérôme ahnte nur ungefähr, wie viel Geld seine Firma jeden Tag verlor, er wusste lediglich, dass er sich selbst gerade kein Gehalt zahlen konnte. Die finanzielle Situation der Familie war beängstigend.

Ein junger Mann lief ihm ziemlich schnell entgegen, lächelte Jérôme flüchtig zu und rannte voller Energie an ihm vorbei. Der Jogger kam ihm bekannt vor, doch er sah in der Druckerei so viele Leute, dass er oftmals nicht sagen konnte, wann und wo er jemandem schon einmal begegnet war.

Plötzlich ertönte hinter ihm ein Schuss. Jérôme erschrak zu Tode, stolperte und ließ sich zu Boden fallen. Noch ein Schuss. Jérôme verbarg seinen Kopf in den Armen. Bald würde es zu Ende sein. Sein Leben. Es war zwar in letzter Zeit beschissen genug gewesen, aber in diesem Moment wurde ihm bewusst, dass er trotz allem noch nicht sterben wollte. Er wartete auf den Tod, aber es geschah nichts. Jérôme spürte nirgendwo am Körper Schmerzen. Langsam hob er den Kopf und blickte um sich. Schräg hinter ihm sah er eine maskierte und dunkel gekleidete Gestalt auf der anderen Straßenseite in ein graues Auto springen und davonrasen.

Zitternd setzte Jérôme sich auf. Er begriff nicht, was geschehen war. Als er sich jedoch umdrehte, erkannte er, wer das Opfer der beiden Schüsse war. Der junge Mann, der ihm vorher entgegengekommen war, lag am Boden und rührte sich nicht. Jérôme starrte auf den leblosen Körper. Da war plötzlich jemand neben ihm.

»Geht es Ihnen gut?«, fragte eine männliche Stimme. »Sind Sie verletzt?«

Jérôme schüttelte den Kopf. »Nein ... ich nicht. Aber ... er!« Zitternd zeigte er auf den offenbar getroffenen Jogger.

Der Mann, ein Läufer in Jérômes Alter, stürzte zu dem Opfer.

»Monsieur, Monsieur, hören Sie mich? Monsieur!«, wiederholte er immer wieder.

Ein junges Paar kam herangerannt.

»Was ist hier los?«, fragte eine andere Stimme.

»Warten Sie! Lassen Sie mich sehen! Ich bin Medizinstudentin und kenne mich mit Erster Hilfe aus.« Eine weibliche, gestresst klingende Stimme.

Jérôme schaffte es, sich langsam zu erheben und zu den drei Personen zu schleppen, die nun um den bewegungslos am Boden liegenden jungen Mann knieten.

Die Medizinstudentin versuchte es mit Mund-zu-Mund-Beatmung und Herzmassage. Jérôme merkte, dass in ihre Augen Tränen traten, als der Erfolg ausblieb. Ihr Begleiter legte ihr die Hand auf die Schulter.

»Lass es! Es ist zu spät. Er war schon tot, als wir eintrafen.« Er zeigte auf die Schläfe des Mannes, an der ein Einschussloch zu sehen war.

»Eine Kugel in den Kopf«, sagte der Mann, der sich um Jérôme gekümmert hatte. »Waren Sie dabei?«, wandte er sich an ihn.

Jérômes Stimme klang wie eingerostet, als er antwortete: »Ja ... ich war in unmittelbarer Nähe. Aber es geschah hinter meinem Rücken. Ich habe zwei Schüsse gehört und mich auf den Boden geworfen. Ich war mir sicher, dass ich erschossen werden würde. Und einige Sekunden danach sah ich einen dunkel gekleideten Mann mit schwarzer Maske davonlaufen und da drüben in einem grauen Auto in überhöhtem Tempo wegfahren. Aber ich habe keine Ahnung, was das für ein Auto war.«

Die junge Medizinstudentin schluchzte auf, ihr Begleiter sah Jérôme bang an. Nun kamen weitere Jogger und Spaziergänger auf die Gruppe zu. Alle schienen ratlos und verängstigt. Dass in Marseille immer wieder Hinrichtungen stattfanden, war eine erwiesene Tatsache, aber doch nicht auf der Corniche, an der malerischen Straße, die am Meer entlang die wohlsituierten Stadtviertel durchquerte. Wenn, dann geschahen solche Morde in den Vorstädten oder schlimmstenfalls im Stadtzentrum. Und meistens ging es um Drogen.

Eine Frau wählte den Notruf. Jérôme erzählte der Menge, die um ihn stand und immer größer wurde, noch einmal, was er wahrgenommen hatte. Bald tauchten vier Polizisten auf.

»Haben Sie angerufen?«, fragte der Älteste.

Die junge Frau nickte. »Es ist aber zu spät.«

Sie zeigte auf die Schläfe des jungen Mannes, aus der Blut sickerte. »Ich bin Medizinstudentin und habe versucht, ihn wiederzubeleben. Aber da war nichts mehr zu machen.«

Der Polizist ging in die Hocke.

»Zwei Schüsse«, stellte er fest. »Einer in den Rücken, einer in den Kopf. Sieht nach einer Hinrichtung nach Art der Drogenringe aus. Allerdings trifft es meistens Nordafrikaner. Der hier ist sicher nicht aus Nordafrika!«

Der Tote hatte zwar dichte dunkle Haare, aber seine Haut war hell und seine Gesichtszüge europäisch. Jérôme schätzte ihn auf Anfang dreißig.

Der Polizist begann die Taschen der Sportjacke des Mannes zu durchsuchen, um zu sehen, ob er einen Ausweis bei sich hatte, der Auskunft zu seiner Identität geben konnte. Doch er fand nur einen Schlüssel und ein Päckchen Papiertaschentücher.

»Bon«, meinte er. »Mesdames et Messieurs, ich bitte Sie, nun den Tatort zu verlassen. Wir rufen die Kollegen der Spurensicherung, sie müssen ungestört arbeiten können.«

Dann wandte er sich an seine Kollegen: »Wahrscheinlich wird die Police Judiciaire den Fall übernehmen. Vor allem, wenn es sich um eine Drogensache handelt.«

Jérôme war froh, gehen zu können. Er wollte diesen jungen Mann, der da tot vor ihm lag, nicht mehr anschauen müssen. Er hatte den Eindruck, das Opfer sah ihm ähnlich. Fast kam es ihm vor, als wäre dieser Mann eine fünfzehn Jahre jüngere Version von ihm. Er wandte sich zum Gehen. Doch der Polizist hielt ihn auf.

»Wir brauchen Sie noch! Sie sind ein wichtiger Zeuge.«

Die verschwundenen Kinder

Nadia arbeitete an diesem Morgen im Kommissariat. Es war zwar Samstag, aber sie hatte keine Wahl. Es handelte sich um einen Notfall. Ein Kind war in einem bescheidenen Stadtviertel der Quartiers Nord verschwunden, und einige Jugendliche glaubten, seine Entführung beobachtet zu haben. Der neunjährige Junge war nicht weit von seinem Wohnblock in ein unbekanntes rotes Auto gestiegen und dann nicht mehr gesehen worden. Zwei Tage war er schon abgängig. Seine Eltern, Algerier, hatten es der Polizei erst mehrere Stunden später gemeldet. In diesen Quartiers misstraute man der Polizei.

Nadia war für die Ermittlung zuständig. Sie, ihr eigenes und zwei Teams der Drogenbrigade, die sich in diesem Viertel besonders gut auskannten, suchten rund um die Uhr nach dem Jungen.

Sie hatten keine weiteren Hinweise, nur die Aussage der Halbwüchsigen. Demnach sah es nicht so aus, als hätte jemand das Kind zum Einsteigen gezwungen. Es war freiwillig mitgefahren. Das Auto war rot gewesen, das bestätigten alle, doch die Jugendlichen waren sich bezüglich der Marke und des Wagentyps uneinig. Einer schwor, dass es sich um einen Opel Corsa gehandelt habe, zwei andere waren sich sicher, einen Peugeot 206 erkannt zu haben, wieder ein anderer meinte, es sei ein kleineres Modell wie ein Nissan Sunny gewesen, und einer war überzeugt davon, ein größeres Auto wie einen Renault Espace gesehen zu haben. Daher galt nur die Farbe des Wagens als erwiesen.

In der Cité hatte es Probleme gegeben, wie immer, wenn sie dort jemanden befragen mussten. Die Dealer wollten nicht akzeptieren, dass die Polizei nun ständig auftauchte, und versuchten die Ermittler zu vertreiben. Doch das Kind stammte von hier, und so mussten die Einwohner wohl oder übel mit der PJ kooperieren. Die Stups, die Drogenbrigade, würden sich das Drogennetzwerk vorknöpfen. Das vermisste Kind hatte absolute Priorität, und die Beamten der Crim, der Abteilung für Schwerverbrechen, mussten ungehindert ihrer Arbeit nachgehen können.

Die verzweifelten Eltern hatten den Ermittlern nichts Nützliches mitteilen können. Keine auffälligen Bekannten, keine Probleme mit den Dealern oder anderen Einwohnern, und die Jugendlichen behaupteten, dass das fragliche Auto jemandem gehört hatte, der von außerhalb gekommen war. Es war am Rand der riesigen Wohnanlage geschehen. Zwischen der Cité Les Flamants und der Hauptstraße war der Junge in das Auto gestiegen. Der Neunjährige war am Spätnachmittag die paar Hundert Meter von dem Wohnblock, in dem er lebte, zum Fußballtraining gegangen, wie er es seit einem Jahr regelmäßig machte.

Das wirklich Beunruhigende war, dass in einer anderen Cité, ungefähr fünf Kilometer von Les Flamants entfernt, zwei Wochen zuvor schon einmal das Gleiche passiert war. Auch dort war ein Kind verschwunden, ebenfalls ein neunjähriger Junge nordafrikanischer Abstammung aus sehr bescheidenen Verhältnissen. Seine Eltern hatten ein geringes Einkommen, lebten in einer Sozialwohnung in einer Cité, einem Komplex aus hohen Betontürmen. Auch dieser Junge war in einem roten Auto mitgefahren. War das nur ein Zufall? Steckte ein Drogennetzwerk dahinter? Menschenhandel? Oder war ein Pädophiler am Werk, der vorzugsweise in armen Stadtvierteln zuschlug?

Nadia, ihr Team und die Drogenbrigade hatten zum Verschwinden von Said, dem ersten Jungen, schon zahlreiche Personen befragt. Nadia hatte auch mehrere Verdächtige ins Kommissariat geholt. Es hatte sich dabei zumeist um Pädophile gehandelt, die in Marseille lebten und im Strafregister erfasst waren.

Zwei von ihnen waren erst vor Kurzem aus dem Gefängnis entlassen worden und standen deshalb unter besonders genauer Beobachtung. Die Staatsanwaltschaft ermittelte erneut gegen sie, und David Maurin, der Substitut du Procureur, hatte Nadia beschworen, die beiden auf keinen Fall aus den Augen zu lassen. Sie und ihre Leute hatten die zwei beschattet, ihre Telefone abgehört und schlussendlich auch befragt. Aber das hatte nirgendwohin geführt. Beide hatten sich vorbildlich verhalten.

Dummerweise hatte die Presse allerdings davon Wind bekommen und sich auf die Sache gestürzt. Einer der beiden, Marc Merlier, der zwei Monate zuvor erst aus der Haft entlassen worden war und am Stadtrand im malerischen L'Estaque in Ruhe hatte leben wollen, war von empörten Nachbarn krankenhausreif geschlagen worden, weil die Medien ihn als Pädophilen geoutet hatten. Das tat Nadia leid, doch es war nicht sie gewesen, die der Presse seinen Namen gegeben hatte. Auch keiner ihrer Kollegen. Sie hatten sich sehr diskret um die beiden Sexualstraftäter gekümmert.

Nadia seufzte und rieb sich die Schläfen. Was sie gerade erlebten, war wahrhaftig nicht das Paradies. Es waren nur zwölf Tage bis Weihnachten, und sie hatten zwei verschwundene Kinder in zwei sehr schwierigen Stadtvierteln, die unter der Kontrolle von Drogenhändlern standen. Was für sie, aber auch für die Kollegen von den Stups hieß, dass der Weihnachtsurlaub sehr kurz ausfallen würde, wenn sie den Fall nicht vorher lösen konnten.

Im Prinzip war das nicht so schlimm, da Nadia ohnehin beschlossen hatte, dieses Jahr ihre Eltern in der Normandie nicht zu besuchen. Sie und Laura wussten noch nicht einmal, ob sie mit deren Eltern feiern würden, die nur eine Stunde von Marseille wohnten. Nadia wäre auch damit zufrieden, allein mit Laura das Fest ganz ruhig zu begehen und sich auch mit ihren besten Freunden Pierre, Fiona, Jérémie und Florian zu treffen.

Nadias Mitarbeiter und Freund Florian litt an einem bösartigen Gehirntumor. Er hatte einige Wochen zuvor die erste Runde Chemotherapie und Bestrahlungen beendet und war dabei, sich davon zu erholen. Im Januar würde es weitergehen. Allerdings sollte er an sich keine Leute treffen, weil sein Immunsystem äußerst geschwächt war. Wenn sie ihn einladen wollten, mussten sie sich alle kurz vorher auf Corona testen lassen, um ihn nicht zu gefährden. Nadia seufzte erneut.

Es war eine triste und trübe Zeit. Ihre Freunde und sie hatten zwar beschlossen, sich nicht unterkriegen zu lassen, aber das war nicht so einfach. Vor allem, wenn in den Vorstädten Kinder verschwanden, ausgerechnet in der Zone, wo das Ermitteln am schwierigsten war, und man nicht wusste, ob man es mit einer Drogensache, einem familiären Problem oder einem Pädophilen zu tun hatte.

Nadia stand auf und ging in den Open Space ihres Teams, wo ihre beiden Kolleginnen Fiona Brante und Carole Crépin arbeiteten. Die drei Frauen würden bis Mittag bleiben und dann nach Hause gehen. Auf Carole warteten ihr Mann und ihre beiden Kinder, auf Fiona ihr Lebensgefährte Pierre, der an diesem Morgen ebenfalls in seinem Büro saß und am Nachmittag heimkommen würde. Und Nadia würde zu Hause von Laura empfangen werden. Ihre Lebensgefährtin hatte vor, eine Bouillabaisse, eine typische Marseiller Fischsuppe, zu kochen. Gewiss verbrachte sie den Vormittag auf dem Fischmarkt am Alten Hafen. Dort wurde direkt am Pier der frisch gefangene Fisch verkauft, und die richtige Wahl der Zutaten war eine wichtige Voraussetzung für das Gelingen der Bouillabaisse. Das Gericht war eine Riesenarbeit, aber Laura liebte das Kochen.

Nadia schob die Gedanken an das Essen beiseite und wandte sich an ihre Kolleginnen.

»Haben die Überwachungskameras irgendwas ergeben?«, fragte sie.

Carole schüttelte den Kopf. »Bislang nicht.«

Fiona schnaubte. »Was sollen sie auch ergeben? Sie sind zu weit von der Cité entfernt. Und beim ersten Verschwinden ist es das Gleiche. Rote Autos fahren vorbei, wir nehmen alle ihre Kennzeichen auf, aber wir haben keine Ahnung, ob diese Fahrzeuge überhaupt aus der Cité Les Flamants kommen oder nicht.«

Sie nahm einen Kaugummi und stopfte ihn sich in den Mund.

»Hilft das?«, fragte Nadia.

»Was?«, erwiderte Fiona.

»Die Kaugummis! Helfen sie gegen die Übelkeit?«

Fiona zuckte mit den Schultern. »Ein wenig. Ab Mittag geht es mir dann immer viel besser.«

»Das war bei mir auch so«, sagte Carole, »und ab dem dritten Monat ist es ohnehin vorbei! Wirst sehen!«

Fiona lächelte. Seit sie wusste, dass sie schwanger war, schwebte sie auf einer rosaroten Wolke.

Sie schien sogar die Übelkeit zu genießen. Fiona hatte viele Jahre lang geglaubt, dass sie keine Kinder bekommen könnte. Doch nun war sie nach nur vier Monaten Zusammenleben mit Pierre ganz unverhofft schwanger geworden. Das junge Paar hatte alles, was es wollte. Sie waren vor Kurzem in ein schönes Häuschen in Roucas Blanc, dem besten Viertel von Marseille, gezogen. Pierre hatte als Procureur de la République, als Oberstaatsanwalt, eine sehr gute Stelle, und sie waren glücklich miteinander. Die Zukunft schien ihnen zuzulächeln. Nadia freute sich für die zwei.

Carole und Fiona begannen, sich ausführlich über Schwangerschaftsprobleme zu unterhalten, und Nadia verzog sich wieder in ihr Büro. Sie schüttelte den Kopf. Wenn sie die beiden reden hörte, fühlte sie sich in ihrer Überzeugung bestätigt: Sie wollte nicht schwanger werden. Ihre Lebensgefährtin Laura wollte ein Kind, konnte aber keines bekommen. Nun hatten sie jedoch die ersten Schritte für eine Adoption eingeleitet, und bei ihrem letzten Gespräch mit einer Psychologin vom Jugendamt hatte man ihnen mitgeteilt, dass sie gute Chancen hatten, schon im nächsten Jahr ein Kind zu erhalten. Nadia wollte auch einen Hund. Bald würden Laura und sie umziehen, an den südlichen Stadtrand, Boulevard du Redon, nicht weit von dem Viertel, wo sie momentan in einer Mietwohnung lebten, aber zugleich in der Nähe des Calanques-Nationalparks. Nach der Abwicklung des Ankaufs würden sie das Häuschen mit den drei Zimmern renovieren und im Frühjahr dann einziehen. Sie würden einen ziemlich großen Garten haben, ideal für ein Kind und einen Hund.

An diesem Morgen hatte Nadia wirklich Probleme, sich zu konzentrieren! Ihr war klar, dass die Zeit drängte, aber sie war einfach nicht drin in der Ermittlung. Sie hatte das Gefühl, in der Luft zu hängen, weil sie nicht die geringste Spur hatten, nicht wussten, in welche Richtung ihre Nachforschungen gehen sollten. Während sich nach dem Verschwinden des zweiten Jungen in ganz Marseille langsam Panik breitmachte.

Nadias Kollege, Capitaine Rachid Fandouli von der Drogenbrigade, erschien an ihrer Tür. Sie sah auf. Sie hatte nicht gewusst, dass er an diesem Samstag auch im Kommissariat war. Doch er arbeitete an demselben Fall wie sie und kümmerte sich um die Dealer.

»Was Neues?«, fragte Nadia ihn.

Er schüttelte den Kopf. »Bezüglich der Kinder nichts. Die Dealer wissen sicher was, aber sie wollen nicht damit herausrücken. Wir müssen sie in der kommenden Woche handfest bearbeiten!«

Wenn Rachid versprach, in der Vorstadt jemanden zu *bearbeiten*, dann kannte er keine Gnade. Diesmal betraf ihn die Sache auf besonders unangenehme Weise, denn Rachid war in der Cité Les Flamants aufgewachsen. Nun lebte er jedoch mit seinen Eltern, seiner Schwester und deren Familie in einem großen Haus in Roucas Blanc. Er selbst wohnte in der kleinen Mansarde mit Blick auf das Wahrzeichen von Marseille, die goldene Marienstatue auf dem Turm der Basilika Notre-Dame de la Garde.

»Allerdings habe ich erfahren, dass Michel Favier gerade zur Corniche gefahren ist. Dort wurde anscheinend ein Typ abgeknallt. Nur zehn Minuten von meiner Wohnung entfernt. Ein Jogger«, erklärte Rachid.

»Ein Jogger?« Nadia verdrehte die Augen. Auch sie war früher regelmäßig die Corniche entlanggejoggt. Nun aber lief sie lieber außerhalb der Stadt, im Calanques-Nationalpark, der in der Nähe ihrer Wohnung lag.

»Wer ... Weiß man schon etwas Genaueres?«

»Keine Papiere, keine Identität. Hinrichtung. Sieht nach Drogenmilieu aus. Allerdings der Typ nicht. Ist so einer wie wir. Ein Sportler. Meine Kunden joggen nicht.«

»Ach so? Dealer joggen nicht?«

»Nicht wirklich. Ich habe auf jeden Fall noch nie einen getroffen, der joggt«, meinte Rachid. »Die haben zu tolle Autos, als dass sie noch Lust zum Laufen hätten«, fügte er grimmig hinzu.

»Vielleicht solltest du auch hinfahren«, meinte Nadia. »Falls es einer deiner Kunden ist. Oder einer, mit dem deine Kunden zu tun haben.«

»Du hast recht«, pflichtete Rachid ihr bei. »Je schneller wir das Opfer identifizieren, desto besser.«

Er wandte sich um, wobei er murmelte: »Wirklich eine komische Hinrichtung. Nur zehn Minuten von meinem Haus entfernt.«

Nadia konnte verstehen, dass Rachid das zusetzte. Seine Familie hatte alles getan, um der Cité zu entkommen. Doch auch in Roucas Blanc gab es zuweilen Probleme. Sie lebten eben doch in der Großstadt. Rachids Eltern führten ein sehr gut gehendes Lebensmittelgeschäft in der Nähe ihres Hauses. Die Leute liebten diese aufgeschlossenen und ehrgeizigen Marokkaner, deren Laden sogar am Samstagabend geöffnet war und gute Weine anbot. Doch irgendjemandem hatte es nicht gefallen, dass diese Nordafrikaner die schicken Viertel der Stadt mit Wein versorgten. Nur eineinhalb Monate zuvor war das Geschäft eines Nachts verwüstet worden, alle Weinflaschen waren zerschellt und die Wände mit den Worten *Allahu Akbar* besudelt gewesen. Rachid ahnte, wer dahintersteckte, hatte jedoch keine Beweise. Es waren Leute, die die Eltern von früher kannten und ihnen ihren Erfolg neideten. Vor allem waren es aber fromme Muslime, für die Alkohol und Schweinefleisch verpönt waren. Ihre Söhne standen an der Schwelle zum radikalen Islam oder steckten vielleicht sogar schon mittendrin.

Rachids Eltern waren nicht gläubig. Sein Vater spielte

sogar mit dem Gedanken, sich taufen zu lassen. Er ging oft auf den Felsen von Notre-Dame de la Garde, um in der Basilika zu beten. Rachid selbst war überzeugter Atheist, seine beiden Schwestern genauso. Eine von ihnen wohnte mit ihrer Familie im Erdgeschoss des Familienhauses und half im Geschäft mit, sie hatte ein kleines Kind und war wieder schwanger; die andere lebte in New York, wo sie in einer saudi-arabischen Bank arbeitete.

Rachid hatte der Vorfall sehr nachdenklich gestimmt. Er zog in Betracht, Marseille zu verlassen, und hatte sich für die Aufnahmeprüfung zur Kommissarsausbildung angemeldet, die nach Weihnachten stattfinden würde. Wenn er sie schaffte, war die Sache ohnehin entschieden, weil er diese Weiterbildung in Lyon absolvieren musste und danach wahrscheinlich nach Paris versetzt werden würde.

Dass nun jemand in der Nähe seines Hauses direkt am Meer erschossen worden war, beunruhigte Rachid sicher zusätzlich. Vielleicht war es jemand, den er kannte? Einer seiner Nachbarn?

Nadia nahm das Telefon, um Pierre Frigeri, den Oberstaatsanwalt, anzurufen, doch er ging nicht dran, weder auf seinem Handy noch am Festnetz.

Eine prominente Leiche

Immer mehr Polizisten trafen ein und machten sich daran, die Küstenstraße zu sperren und den Verkehr umzuleiten. Nun war auch die Rettung gekommen. Die Ersthelfer hatten den Tod des Mannes bestätigt und ihn mit einer Plane zugedeckt, bald würden die Spurensicherung und die Kriminalpolizei da sein.

Jérôme wollte nur eines: weg von diesem Ort. Nie wieder würde er an der Corniche joggen gehen. Ja, er wollte sogar Marseille überhaupt verlassen. Der Vorfall an diesem Morgen bewies ihm einmal mehr, dass die Stadt komplett verkommen und höchst gefährlich war. Nun kam das Verbrechen auch in die guten Stadtviertel, es war wie ein Geschwür, das sich überallhin ausbreitete. Nicht nur Marseille, sondern ganz Frankreich war davon betroffen, aber in der Großstadt am Mittelmeer war die Situation eben am dramatischsten.

»Kennt einer den Typen?«, fragte ein Polizist.

Ein Kollege schüttelte den Kopf, ein anderer zuckte mit den Schultern.

»Er hat was … Er hat irgendwas Bekanntes für mich. Ich habe ihn schon einmal gesehen.«

»Kunde?«, fragte der andere.

»Vielleicht. Aber er sieht ganz manierlich aus. Blass.«

Die beiden lachten grimmig. Jérôme verstand ihre Andeutung. Meistens waren die Opfer solcher Hinrichtungen Nordafrikaner, Schwarze oder Gitanos.

Zwei Männer der Spurensicherung in weißen Schutzanzügen näherten sich mit einem riesigen Koffer. Sie nickten den Polizisten zu und begaben sich hinter die Absperrung. Dann schlugen sie die Plane zurück, um den Toten zu begutachten.

»Puuuuutain!«, fluchte einer der beiden.

»Das ist ja …« Der andere griff sich an den Kopf.

Der Polizist neben Jérôme stieß seinen Kollegen an.

»Sie kennen ihn, siehst du!«

Der eine Kriminaltechniker kam auf die Polizisten zu.

»Warum haben Sie uns nicht gesagt, dass es David Maurin, der Substitut du Procureur, ist?«, fragte er mit heiserer Stimme.

»Was?« Der Polizist neben Jérôme fuhr auf.

»Genau!« Der andere schlug sich an die Stirn. »Der neue Staatsanwalt. Der erst seit zwei Monaten hier in Marseille ist. Ich habe ihn schon mehrmals an Tatorten und sogar in den regionalen Nachrichten gesehen. Deshalb kam er mir so bekannt vor. Merde!«

Jérôme war wie erstarrt. Jemand hatte einen Staatsanwalt ermordet. So viel er mitbekommen hatte, war es nicht der Procureur, der Oberstaatsanwalt selbst, sondern dessen Substitut, einer der öffentlichen Ankläger.

»Na ja, Feinde hat die Staatsanwaltschaft genug«, meinte der Polizist neben ihm zu seinem Kollegen. »Denk an den Fall mit der Verschmutzung der Calanques im Sommer! Der hier hätte bei dem Prozess der Anklagevertreter sein sollen!«

»Nein, das waren die Drogentypen! Das war ganz sicher die Drogenszene!«, entgegnete der andere Polizist. »Ein Schuss in den Kopf, einer in den Rücken. Gezielt und präzise. Die machen das dauernd dort oben.«

»Ja, aber nicht hier.«

»Ist im Stadtzentrum auch schon vorgekommen!«

»Ja, aber hier! Schickes Viertel, die Corniche.«

»Es war bestimmt jemand, der es auf ihn abgesehen

hat. Jemand, der ihn schon eine Weile verfolgt. Der auf den geeigneten Moment gewartet hat. Ganz sicher! Mon Dieu, das wird ein Riesending, wenn die Presse das erfährt!«

Jérôme sah zwei junge Männer in Jeans und Lederjacken auf sie zukommen. Sie waren offenbar Ermittler. Polizisten in Zivil. Er hörte sie mit den Technikern der Spurensicherung sprechen und bemerkte ihren betroffenen Gesichtsausdruck. Die Kripo arbeitete direkt mit der Staatsanwaltschaft zusammen, so viel war Jérôme bekannt. Kurz darauf traten die beiden zu ihm und den Polizisten.

Sie nickten den uniformierten Kollegen zu und wandten sich an Jérôme: »Sie sind also der Zeuge?«

Er räusperte sich. »Ich ... war dabei ... habe es gehört, aber nicht gesehen. Als die Schüsse gefallen sind, habe ich mich auf den Boden geworfen. Dann habe ich einen maskierten Typen wegrennen und in ein graues Auto springen sehen, das da vorne stand. Und das Opfer lag reglos am Boden.«

Ein weiterer Polizist gesellte sich zu der Gruppe. Er war auch in Zivil und schien der Sportlichste von allen zu sein. Unter seinem Sweatshirt konnte Jérôme die Muskeln wahrnehmen. Ein Nordafrikaner. Mit seinen dichten schwarzen Haaren und dem fein geschnittenen Gesicht sah er jedenfalls beinahe wie ein Fotomodell aus.

»Was ist los?«, fragte er seine beiden Kollegen. »Habt ihr ...? Ist es einer meiner Kunden?« Er nickte Jérôme zu. »Bonjour. Rachid Fandouli, Capitaine de Police bei der Drogenbrigade.«

»Es ist kein Dealer«, erklärte sein Kollege. »Es ist unser Vorgesetzter.«

»Was? Welcher Vorgesetzte?« Entsetzt sah der Capitaine seine Kollegen an.

Der ältere der beiden anderen deutete mit dem Kopf zu den Technikern.

»Schau ihn dir doch an!«

Der junge Mann stürzte auf die Leiche zu. Jérôme sah, dass er beim Anblick des Toten erstarrte und die Hand vor den Mund schlug.

Als er wieder zu ihm und den Polizisten zurückkehrte, bemerkte Jérôme Tränen in den Augen des jungen Mannes.

»Mon Dieu«, stammelte der Polizist. »Er ist so alt wie ich. Er wohnt seit einigen Wochen mit seiner Verlobten neben mir. Er ist … ein Freund.«

Seine Kollegen sahen ihn schweigend an. Alle wirkten bedrückt. Dann änderte der nordafrikanische Polizist plötzlich seine Haltung. Er ballte die Fäuste und stampfte mit dem Fuß auf den Boden.

»Das Schwein, das ihn getötet hat, erwische ich. Das schwöre ich euch!«

Seine großen Augen funkelten zornig und kohlrabenschwarz, sein wohlgeformter Mund war ein schmaler Strich, als er sich Jérôme zuwandte, um ihn zu befragen.

La Commissaire

»Nadia!«

Nadia, die sich gerade mit Carole die Aufnahme eines potenziell verdächtigen Autos auf dem Bildschirm ansah, zuckte zusammen.

Ihre Chefin, Commissaire Martine Prévert, stand in der Tür des Open Space. Nadia hatte nicht gewusst, dass sie an diesem Samstag im Büro war.

Martine sah nicht gut aus. Sie war blass, ihre Unterlippe zitterte und sie wirkte völlig schockiert. Es war etwas Schlimmes passiert. Etwas noch Schlimmeres als ein verschwundenes Kind.

»Kommst du bitte schnell mit mir in mein Büro, Nadia?«, bat sie mit zitternder Stimme. Sie vermied es, Carole und Fiona anzusehen.

Nadia nickte und registrierte aus den Augenwinkeln, dass ihre Kolleginnen sich einen halb neugierigen, halb besorgten Blick zuwarfen. Nadia folgte ihrer Chefin durch den schäbigen Gang in deren Büro. Martine Prévert sprach auf dem Weg kein Wort. Erst als sie in ihrem Büro ankamen, wandte sie sich Nadia zu, und diese sah mit Besorgnis Tränen in den Augen ihrer Vorgesetzten schimmern.

»Nadia, wir haben eine Katastrophe. Der Mann, der an der Corniche hingerichtet wurde … Es ist David Maurin, der neue Substitut du Procureur!«

»Was?«

Um Nadia begann sich alles zu drehen. Das ist nicht

möglich!, sagte sie sich. Das kann nicht sein. Es ist ein Albtraum.

Nadia kannte David Maurin gut, obwohl er erst seit zwei Monaten in Marseille war. Sie ermittelte im Fall der verschwundenen Kinder unter seiner Führung. David und seine Lebensgefährtin Aurore hatten zudem in den vergangenen Wochen mehrere Abende mit Nadia und ihren Freunden verbracht.

Nadias Stimme zitterte, als sie ihrer Vorgesetzten erklärte: »Ich ermittle nicht nur für David, sondern treffe ihn auch in meiner Freizeit. Er gehört zu unserem Freundeskreis. Fiona ist mit seiner Lebensgefährtin Aurore gut befreundet.«

Fiona und Aurore trafen sich häufig. Sie wohnten im selben Stadtviertel, nur wenige Minuten voneinander entfernt. Aurores sehnlichster Wunsch war es, ein Kind zu bekommen, damit lag sie mit Fiona auf derselben Wellenlänge.

Die Commissaire sah Nadia schweigend an.

»Es handelt sich hier um ein sehr schlimmes Verbrechen. Und wir haben natürlich keine Ahnung, worum es genau geht. Staatsanwälte haben jede Menge Feinde. Woanders wird er nicht einfach abgeknallt. Aber hier …«

Martine war erst drei Monate zuvor von Strasbourg in den Süden gekommen und schien keine besonders gute Meinung von Marseille zu haben.

Nadia zuckte entmutigt mit den Schultern. »Es muss nicht um etwas für Marseille Typisches gehen. Also um Drogen oder Korruption.«

Doch noch während sie diese Worte aussprach, dachte sie an die beiden großen Fälle, die sie in den letzten Monaten bearbeitet hatte. Den Fall Bernier und den Fall Bauxo. Sie bekam einen schalen Geschmack im Mund, wenn sie sich an die beiden Ermittlungen erinnerte, die sehr schwierig gewesen waren. Der Prozess wegen der Firma Bauxo würde im Januar stattfinden, und David hätte der öffentliche Ankläger sein sollen. Der Prozess Bernier hatte erst vor einigen Wochen geendet. Pierre und sie selbst hatten als Zeugen gegen ihre ehemaligen Vorgesetzten ausgesagt. Die beiden hatten eine zwanzigjährige Gefängnisstrafe bekommen. Pierre hatte im vergangenen Jahr sehr mächtige Männer hinter Gitter gebracht. Diese Typen saßen in Haft, konnten aber sehr leicht von dort aus weiterhin die Fäden ziehen. Sich an Pierre rächen wollen. Aber den Falschen erwischt haben. Pierre und David sahen sich ein wenig ähnlich. Sie wohnten im selben Viertel. Und wenn der Anschlag Pierre gegolten hatte? Warum sollte jemand David, der erst seit Kurzem in Marseille lebte, töten wollen?

»Wer ... wer wird die Ermittlung übernehmen?«, fragte Nadia mit rauer Stimme.

»Wir wissen es noch nicht. Wir wahrscheinlich, aber wir werden mit den Stups zusammenarbeiten. Im Moment sind Rachid und Michel vor Ort. Du hast schon die verschwundenen Kinder. Ich denke, dass Luc der geeignete Mann dafür ist.«

Capitaine Luc Garnier war der älteste und erfahrenste Ermittlungsleiter in der Abteilung für Kapitalverbrechen. Es war eigentlich normal, dass er den Fall übernehmen würde. Anfangs hatte die Commissaire ihm die verschwundenen Kinder übergeben wollen. Da er aber mit einer im Hafen von Port Frioul versenkten männlichen Leiche schon mehr als beschäftigt gewesen war, hatte sie diese Ermittlung Nadia anvertraut.

Nun hatten die Mitarbeiter von Commissaire Prévert wirklich Arbeit bis über beide Ohren.

Die schlimme Neuigkeit

»Ich weiß wirklich nicht, ob das mit den roten Autos was bringt«, sagte Carole.

»Ich auch nicht, aber wir müssen es trotzdem tun. Die Kennzeichen aller roten Autos, die die Kamera gefilmt hat, aufschreiben und überprüfen. Es könnte sein, dass wir durch Zufall Glück haben und auf den Entführer stoßen«, erwiderte Fiona.

»Glaubst du, dass der Junge noch lebt?«, fragte Carole.

Fiona zuckte zusammen. Seit sie schwanger war, war ihr der Gedanke, dass Kindern Leid zugefügt wurde, noch unerträglicher. Und ausgerechnet am Tag, an dem sie erfahren hatte, dass sie ein Kind bekommen würde, hatten sie nach Said, dem ersten verschwundenen Jungen, zu suchen begonnen.

Carole schien Fionas Gedanken zu lesen.

Sie seufzte. »Ja, Fiona, das ist die Kehrseite der Mutterschaft. Nun wirst du bis an dein Lebensende an das Wohlergehen deines Kindes denken. Dich sorgen. Mir macht dieser Fall auch zu schaffen. Mein Sohn ist fast genauso alt wie die zwei vermissten Jungs. Und er geht auch manchmal allein zum Fußballtraining. Diese Ermittlung ist belastend. Wenn Kinder verschwinden, ist es das Schlimmste, was geschehen kann. Vor allem, wenn man sie nicht mehr lebend findet.«

Fiona sah Carole an und nickte langsam. Obwohl ihr eigenes Kind noch ein winziger Fötus war, fing sie bereits an, sich Sorgen zu machen.

»Wahrscheinlich ist wieder etwas passiert. Oder sie haben ein Kindergrab gefunden«, bemerkte Carole bang. »Die Commissaire sah ja wirklich erschüttert aus. Sie weinte fast.«

»Ja, komisch.«

Die beiden Frauen vertieften sich wieder in ihre Arbeit, doch Fiona hatte Schwierigkeiten, sich zu konzentrieren.

»Wo bloß Nadia bleibt?«, fragte Carole nach einigen Minuten. »Madame Prévert und sie haben wohl ein ernstes Problem!«

Fiona war schon seit zehn Jahren bei der PJ. Und sie hatte schon viele Dramen erlebt. Viele schlechte Nachrichten wegstecken müssen. Doch nun hatte sie Angst. Angst um die vermissten Kinder. Um die Kollegen.

Nach ein paar Minuten trat Nadia ins Büro.

Carole sah ihre Vorgesetzte fragend an, in ihrem Gesicht spiegelte sich Fionas eigene Neugierde wider. Der fiel auf, dass Nadia geweint hatte. Ihre Augen waren gerötet, ihr Gesicht wirkte verquollen. So hatte Fiona ihre Freundin und Chefin noch nie erlebt. Nadia war normalerweise stets ein Fels in der Brandung.

»Ich habe eine schlechte Nachricht«, sagte Nadia leise und sah sie traurig an.

Fionas Herz drohte auszusetzen. *Pierre! Ihm ist etwas passiert!*

Aber was sollte ihm geschehen sein? Er hatte sich seit sieben Uhr morgens in seinem Büro im Justizpalast verbarrikadiert, um mit seiner Arbeit voranzukommen.

»David«, fuhr Nadia mit brüchiger Stimme fort, »ist tot. Er wurde an der Corniche beim Joggen erschossen.«

Fiona blieb kurz das Herz stehen. Sie fürchtete, vor Schreck von ihrem Bürosessel zu fallen.

»Was …? Warum …?«, stammelte sie.

Carole blieb wie immer ruhig und gefasst. Sie sah Nadia ernst an. »Glaubst du, dass es mit seiner Tätigkeit als Substitut zu tun hat?«, fragte sie.

»Ziemlich sicher«, erwiderte Nadia. »Er kennt außerhalb seiner Arbeit noch kaum Leute hier. Ganz gewiss hat es mit seinem Beruf zu tun!«

Fiona schluchzte auf. »Arme Aurore. Sie ist ihm hierher gefolgt. Sie wollten hier im Süden eine Familie gründen.«

Zugleich dachte sie an Pierre, und eine eisige Hand griff nach ihrem Herzen. Einer seiner Mitarbeiter war getötet worden. Es hätte auch ihn als den Oberstaatsanwalt treffen können. Nadia schien Fionas Gedanken zu lesen. Sie legte ihr eine Hand auf den Arm.

»Wir sind beruflich alle in Gefahr. Es hätte Pierre erwischen können. Aber auch dich, Carole oder mich. Es hat David getroffen. Und wir werden herausfinden, warum.«

»Wer … wer teilt es Aurore mit?«, fragte Fiona voller Angst und Sorge. Logischerweise war es Pierre, der als Davids Vorgesetzter diese Aufgabe übernehmen sollte.

»Ich weiß es nicht«, sagte Nadia. »Wahrscheinlich einer der Kollegen, die vor Ort sind. Weißt du, wo Pierre sich gerade aufhält? Ich konnte ihn nicht erreichen.«

Doch da läutete schon Fionas Handy. Sie griff danach, es war Pierre.

»Mon Dieu, Fiona«, sagte er mit kaum hörbarer Stimme. »Du weißt sicher schon Bescheid. David … es ist so schrecklich.«

Fiona hörte, dass er den Tränen nahe war.

Sie schluchzte: »Es ist nicht deine Schuld.«

»Das kann man nicht wissen, Chérie«, murmelte er. »Vielleicht wollte mir jemand etwas antun, und es hat aber aus Versehen ihn getroffen.«

Daran glaubte Fiona nicht wirklich. Doch es konnte natürlich mit dem Fall vom Sommer zu tun haben.

»Und Aurore?«, fragte Fiona. »Wer sagt es ihr?«

Pierre schluckte. »Rachid macht das. Er ist, wie du weißt, mit den beiden eng befreundet. Aber ich werde dann später zu ihr gehen. Würdest du mitkommen?«

»Natürlich«, antwortete Fiona. Sie war es Aurore schuldig, ihr beizustehen. Sie hätte genauso gut an deren Stelle sein können. In den nächsten Tagen würde sie für Aurore da sein, so gut es ging.

Die Fischsuppe

Laura mühte sich damit ab, die Fische zu zerkleinern. Eine Bouillabaisse zu kochen, ging weder schnell noch einfach. Es bedeutete viel Arbeit, vor allem, weil die Gräten gewissenhaft entfernt werden mussten. Laura machte nicht oft Fischsuppe, doch an diesem Tag hatte sie es unbedingt probieren wollen. Wenn die Suppe am Mittag von Nadia für gut befunden wurde, würde sie am Abend ganz spontan die Freunde einladen. Jérémie und Florian. Pierre und Fiona. David und Aurore. Es würde mehr als genug übrig sein.

Zu der Fischsuppe wurden Rouille, eine scharfe Knoblauchmayonnaise, serviert, die man mit Safran und Pfeffer würzte, Croûtons, harte geröstete Brotstückchen, und geriebener Gruyère-Käse. Es lag alles auf dem Küchentisch bereit, Laura hatte nichts vergessen. Schon allein das Einkaufen war ein Abenteuer gewesen, weil sie besondere Gewürze und den besten Fisch benötigte.

Da läutete Lauras Telefon. Ihre Hände waren voller Fisch, sie war nicht imstande, dranzugehen. Der Anrufer würde warten müssen. Es war Samstag, so eilig konnte es doch wohl nicht sein! Wenn sie kochte, kam es vor, dass sie das Telefon ignorierte. Einige Minuten später hatte sie ihre schwierige Arbeit beendet, und ein wahrer Berg von entgrätetem Fisch lag vor ihr in der großen Schüssel. Sie wusch sich die Hände und nahm ihr Telefon.

Auf dem Display sah sie, dass ihr Kollege Daniel angerufen hatte, der wie sie bei der Tageszeitung *La Pro-*

vence arbeitete und einer der erfahrensten Journalisten der Region war. Er war seit Lauras Ankunft in Marseille ein wenig zu ihrem Mentor geworden.

Laura runzelte die Stirn. Wenn Daniel anrief, hieß das wohl, dass er irgendwo war, wo es etwas zu berichten gab. Oder wollte er sie und Nadia wie schon seit einiger Zeit versprochen zum Essen einladen?

Neugierig rief sie ihn zurück.

»Wo bist du?«, fragte sie ihn.

»Du weißt es nicht? Hast du noch nicht mit Nadia gesprochen?«

»Was?«, fragte Laura erschrocken. Daniels raue gepresste Stimme behagte ihr gar nicht.

»Ich bin an der Corniche. Eine Hinrichtung.«

»Hinrichtung?«, fragte Laura.

»Ein Schuss in den Kopf, ein anderer in den Rücken. Und das Opfer ist euer Bekannter David.«

»David?«, schrie Laura und spürte, dass ihre Knie unter ihr nachgaben. Das kann nicht wahr sein, das ist ein böser Traum, dachte sie.

Daniel erzählte ihr, was er wusste. »Es gibt einen Zeugen«, meinte er abschließend.

Laura ließ sich schwer auf das Sofa plumpsen. Sie war entsetzt. Sie kannte David und seine Freundin Aurore durch Pierre und Fiona. Sie hatte sie von Anfang an sympathisch gefunden. Keiner wäre je auf die Idee gekommen, dass ihr Aufenthalt im Süden so schlimm enden würde.

»Wirklich tragisch!« Auch Daniel schien sehr betrübt. Er hatte David bereits wegen der verschwundenen Kinder interviewt.

Bald verabschiedete sich ihr Kollege.

Laura blieb eine ganze Weile schluchzend auf ihrem Sofa sitzen. Sie konnte sich nicht erklären, warum ein

Substitut bei der Staatsanwaltschaft hingerichtet wurde wie ein Vorstadtdealer. Es wurde in Marseille immer schlimmer!

Doch dann stand sie wutentbrannt auf und schlug mit der Hand in die Schüssel mit dem entgräteten Fisch, der nach allen Seiten spritzte. In diesem Moment hatte sie nur einen Gedanken: Sie würde nie wieder Fischsuppe machen. Denn diese würde sie immer an diesen schrecklichen Augenblick erinnern, in dem sie erfahren hatte, dass einer ihrer Freunde an einem der malerischsten Orte der Stadt erschossen worden war.

Endlich heimkommen

Nach zwei Stunden an der Corniche durfte Jérôme endlich nach Hause gehen. Der Tote war weggebracht, die Spuren genauestens dokumentiert worden. Die Sanitäter hatten Jérôme eine Iso-Decke geliehen, weil er gefroren hatte, er hatte auch warmen Tee bekommen. An die zehnmal hatte er wiederholen müssen, was geschehen war, zuerst vor den Polizisten und nun bedrängten ihn die Journalisten.

Der nordafrikanische Ermittler, der Jérôme am sympathischsten war, befahl den Journalisten: »Lassen Sie den Zeugen jetzt in Ruhe! Heute Abend gibt es eine Pressekonferenz!«

Er beauftragte einen Streifenwagen, Jérôme nach Hause zu fahren, und meinte: »Wenn Ihnen noch irgendwelche Details einfallen, dann kontaktieren Sie uns bitte.«

Erleichtert stieg Jérôme in den Wagen. Er wohnte zwar nur eine Viertelstunde von der Corniche entfernt, aber er hatte keine Lust mehr, in der Stadt herumzulaufen. Vielleicht würde er nun eine Weile nicht mehr joggen gehen. Die Freude daran war ihm an diesem Morgen gänzlich vergangen. Er hatte vorher noch nie einen Toten gesehen. Und nun war dieser junge Mann direkt vor ihm erschossen worden. Jérôme dachte daran, dass der Schütze auch ihn selbst hätte treffen können, wenn er nicht so präzise gewesen wäre. Jérôme fröstelte. Was hatte der Substitut du Procureur sich zuschulden kommen lassen? Wahrscheinlich gar nichts! Wahrscheinlich hatte er nur das Gesetz verteidigt. Letzteres war aber in Marseille nicht unbedingt beliebt.

Jérôme stammte aus der Gegend, aber schon in den vergangenen Jahren hatte er manchmal erwogen, aus Marseille wegzuziehen. Trotz der Sonne und des Meeres. Er hatte zwei Kinder, die zehn und dreizehn waren, und er wollte, dass sie an einem ruhigeren und sichereren Ort aufwuchsen. Jérôme besaß eine Druckerei, die schon seit Jahren nicht mehr gut lief. Und die Krise hatte ihn an den Rand des Zusammenbruchs gedrängt. Vielleicht sollte er einfach Konkurs anmelden und sich irgendwo anders eine Arbeit als Angestellter suchen. Er war ein guter Grafiker, kannte sich mit dem Druck aus, konnte eine Druckerei managen oder auch sonst in der Werbebranche arbeiten. Er beschloss, mit Yvonne darüber zu sprechen. Er kannte ihre Schwachstelle. Ihre Familie lebte in Lyon, und sie hätte gern in deren Nähe gewohnt. Allerdings wollten die Kinder auf keinen Fall aus Marseille weg. Sie hatten hier ihre Freunde und mochten ihre Schulen sehr gern. Aber wenn er Konkurs anmelden und sich eine andere Arbeit suchen musste, würden auch seine Sprösslinge einsehen müssen, dass ein Umzug unvermeidbar war.

Jérôme sah auf seinem Telefon, dass Yvonne ihn schon dreimal angerufen hatte. Gewiss wartete sie mit dem Mittagessen auf ihn! Er verzichtete darauf, zurückzurufen, da er in drei Minuten ohnehin vor seinem Wohngebäude aus dem Auto steigen würde. Als er die Stufen zu seiner Wohnung hinaufhastete, stürzte ihm seine Frau entgegen.

»Mon Dieu, Jérôme, was ist geschehen? Wo warst du nur? Hast du dich verletzt?«

Sie sah ihn von oben bis unten an. Er bedeutete ihr, in die Wohnung zu treten.

Als sie in ihrer geräumigen Wohnküche standen, erklärte er: »Ich hatte ein Problem.«

Er begann zu erzählen, und seine Frau hörte ihm sprachlos zu, wobei sie immer stärker zu zittern begann.

Die Kinder waren durch seine Erzählung angelockt aus ihren Zimmern gekommen, und sogar sein pubertierender Sohn, mit dem derzeit schwierig zu reden war, weil er seine Eltern ganz einfach blöd und langweilig fand, kam freiwillig ins Wohnzimmer und starrte seinen Vater beeindruckt an.

»Mon Dieu«, sagte seine Frau schließlich mit dünner Stimme. »Du warst daneben, als der junge Mann umgebracht wurde. Wie schrecklich!« Sie umarmte ihn und drückte ihn einige Sekunden lang an sich.

Mit entschlossenen Schritten ging sie dann in die kleine Speisekammer hinter der Küche und kam mit einer Flasche Châteauneuf-du-Pape zurück.

»Das ist die beste Weinflasche, die wir im Haus haben. Er passt gut zu der Lammkeule und kann dir im Moment helfen, dich zu entspannen!«

Der Châteauneuf-du-Pape ließ Jérômes Herz höherschlagen. Ein gemütliches Mittagessen mit der Familie. Lammkeule mit Kartoffeln nach provenzalischer Art und zwei oder drei Gläser Wein. Danach eine Siesta. Versuchen zu vergessen. Obwohl das schwierig war. Jérôme dachte an die Polizisten und ihre Ermittlung, an die Lebensgefährtin des Substituts und an dessen Eltern.

Er konnte dem Horror entwischen und mit seiner Familie das Mittagessen genießen, wohingegen die Welt etlicher anderer Menschen zusammengebrochen war. Er sagte sich, dass seine finanzielle Situation eigentlich kein Drama war. Es gab eine Lösung. Der Vorfall vom Morgen hatte ihn gelehrt, nicht grundlos unglücklich zu sein. Trotz allem.

Rachids Besuch

Aurore war beim Kochen. Sie hatte am Vormittag Weihnachtseinkäufe getätigt. Sie würden über das lange Festwochenende zu ihren Familien nach Paris fahren. Die TGV-Tickets waren gekauft. Den Heiligen Abend würden sie bei ihren eigenen Eltern verbringen und den Weihnachtstag bei Davids Familie. Aurore hatte bereits alle ihre Geschenke besorgt. Diesmal hatte sie versucht, sie nicht im Internet zu bestellen oder in großen Einkaufszentren zu kaufen, sondern in kleineren Geschäften, die ohnehin unter dem rasant steigenden Onlinehandel litten.

Aurore bummelte außerdem gern durch die Einkaufsstraßen der Stadt. Sie genoss ihr Leben in Marseille. Sie liebte es, so nah am Meer zu wohnen. Der Alte Hafen mit seiner großen Fußgängerzone, seinen über dreitausend Jachten und den imposanten Festungen, die die Einfahrt auf der Nord- und der Südseite begrenzten, gefiel ihr. Sie mochte auch die Altstadt Le Panier, die auf dem Hügel zwischen dem Alten Hafen und der Kathedrale lag. Enge Straßen, kleine Gässchen, bunte Fassaden, Street-Art, Blumenschmuck und kleine Läden verliehen diesem Viertel einen ganz eigenen, leicht schmuddeligen mediterranen Charme. An diesem Morgen war Aurore jedoch auf der Südseite des Alten Hafens in den schönen Einkaufsstraßen unterwegs gewesen. La Place aux Huiles, ein großer Platz mit hellen Fassaden und vielen Cafés, wirkte auch im Winter sehr malerisch, und der Weihnachtsschmuck machte alles noch liebenswerter. Sie hatte den Morgen in der Stadt genossen.

Am meisten liebte Aurore jedoch ihr eigenes Quartier, Roucas Blanc, ein Villenviertel, das sich auf dem Hügel am Fuß der berühmten Basilika Notre-Dame de la Garde nicht weit von der Corniche und vom Meer erstreckte. Durch Davids Vorgesetzten Pierre hatten sie in dieser so begehrten Wohngegend ein kleines Häuschen zur Miete gefunden. Die goldene Muttergottes auf dem Turm der romanisch-byzantinischen Basilika aus dem neunzehnten Jahrhundert überragte Roucas Blanc.

»Diese Statue überblickt die ganze Stadt und beschützt ihre Einwohner und die Besucher«, hatten Pierre und Fiona ihr und David erklärt, als sie miteinander zur Basilika hinaufgewandert waren, um die Aussicht von der großen Terrasse der Kirche auf die Stadt und die prachtvollen Mosaike in deren Innerem zu bewundern.

Rachid hatte jedoch gemeint: »Die Muttergottes beschützt gar nichts. In Marseille geschehen so viele Verbrechen wie nirgendwo sonst in Frankreich.«

Wenn einer sich keine Illusionen über die Großstadt machte, so war das Rachid, der in einem Viertel der berüchtigten Quartiers Nord aufgewachsen war. Er war ihr Nachbar und mittlerweile in Marseille zu ihrem besten Freund geworden. Am Abend kam er oft zu ihnen, um zu plaudern und ein Glas Wein zu trinken. Seine Eltern führten ganz in der Nähe ein kleines Lebensmittelgeschäft, in dem Aurore fast jeden Tag einkaufte.

Auch mit ihrer Arbeit als Gerichtsschreiberin am Tribunal Judiciaire von Aix-en-Provence war Aurore zufrieden. Sie hatte dasselbe schon in Paris gemacht und dabei acht Jahre zuvor David kennengelernt. In Aix hatte sie unter den Kolleginnen sofort Freundinnen gefunden.

Sie summte zufrieden vor sich hin, während sie das

Gemüse klein schnitt. Die Nudeln wollte sie erst kochen, wenn David nach Hause kam. Sie wusste nicht, wo er sich aufhielt. Vielleicht war er nach dem Joggen ins Büro gefahren? Sie versuchte ihn anzurufen, doch das Telefon läutete ins Leere. Vielleicht hatte er es wieder einmal auf lautlos gestellt? David arbeitete viel, er hatte gleich nach seiner Ankunft in Marseille sehr wichtige Fälle übernommen. Deshalb ging er häufig am Samstag ins Büro.

Es klingelte. Aurore stürzte zur Haustür. David hatte wohl seinen Schlüssel vergessen. Doch es war nicht ihr Lebensgefährte. Vor der Tür stand Rachid mit einer hübschen braunhaarigen Frau um die fünfundvierzig und sah sie ernst an.

»Oh … hallo!«, rief Aurore beschwingt.

Rachid wirkte anders als sonst. Er lächelte nicht und schien besorgt. Sehr besorgt sogar. Aurore erschrak. War mit seinen Eltern etwas passiert?

Er räusperte sich. »Aurore, hallo. Wir müssen mit dir sprechen. Können wir kurz hereinkommen, bitte?«

»Natürlich«, erwiderte Aurore. Sie spürte, wie Eiseskälte Besitz von ihr ergriff.

Irgendetwas war nicht in Ordnung. Rachid benahm sich sehr seltsam. Und seine Stimme klang ungewöhnlich zittrig.

Aurore führte die beiden in die Wohnung.

Die Frau fragte: »Könnten Sie sich bitte hinsetzen?«

Aurore war wie vor den Kopf gestoßen. Was sollte das? Warum sollte sie sich hinsetzen? Doch sie tat es, ihre Knie fühlten sich ohnehin wie Gummi an.

Die Frau sah Rachid an, dieser nickte ihr zu. Sie setzte sich Aurore gegenüber an den Esstisch und wandte ihr den Blick zu. Rachid blieb stehen.

»Aurore, ich bin Rachids Kollegin Céline Flores, die

Polizeipsychologin. Und ich begleite Rachid, weil wir Ihnen etwas sehr Schwerwiegendes mitzuteilen haben.«

Sie holte tief Luft, und Aurore merkte, wie sich ihr eigener Hals zuschnürte. Die Angst hatte sie fest im Griff.

»Ihr Lebensgefährte David wurde vor zwei Stunden beim Joggen an der Corniche erschossen«, sagte die Psychologin leise.

Aurore schrie auf. Tränen traten ihr in die Augen. »Nein … nein, das kann nicht sein …«, stammelte sie. »Nicht … nicht David. Er hat doch nichts getan!«

Sie redete sich ein, dass diese Situation nicht real war. Dass es sich nur um einen bösen Traum handelte.

Doch da ergriff Rachid das Wort: »Es war eine Hinrichtung. Ein Schuss in den Kopf, einer in den Rücken. Er war sofort tot. Es tut mir so leid, Aurore.«

»Nein, nein, nein!«, rief sie weinend. Das durfte nicht sein! David war der Mann ihres Lebens, ihr Seelenverwandter. Er konnte nicht tot sein. Sie wollten doch heiraten! Sie versuchten doch ein Baby zu bekommen! Sie legte den Kopf auf die Arme und schluchzte haltlos.

Da spürte sie einen Arm auf ihren Schultern. Rachids Arm.

»Wir sind für dich da, Aurore. Alle. Du kannst auch mit Céline sprechen, wann immer du willst. Wir lassen dich nicht allein.«

Nun hörte sie die sanfte Stimme der Psychologin. »Vor Ihnen liegen schwierige Tage. Sie sollten erwägen, professionelle Hilfe in Anspruch zu nehmen. Sie können sich bei mir melden, wann immer Sie wollen …«

Aurore konnte den Worten der beiden nicht mehr folgen. Sie befand sich in einem Ausnahmezustand, im Schock. Es gab nichts mehr außer ihrem Schmerz und ihrem Schrecken. Warum David? Was hatte er getan?

Am Abend

Der Abend kam viel schneller als gedacht. Bald war es dunkel. Sie waren in Aurores und Davids Haus. Aurore, Nadia, Fiona, Pierre und Rachid hatten Davids Leichnam im Krankenhaus La Timone gesehen. Der Leiter der dort untergebrachten Rechtsmedizin, Louis Fernandez, den eigentlich kaum einmal etwas erschüttern konnte, war sehr schockiert gewesen.

Er hatte zu Nadia gesagt: »Das ist immer das Schlimmste. Wenn ich jemanden obduzieren muss, den ich kenne. Und dieser junge Staatsanwalt ist gewiss wegen seiner Arbeit gestorben.«

Nadia selbst dachte, dass der Fall entweder mit einer laufenden Ermittlung im Drogenmilieu zusammenhängen könnte oder mit dem Fall Bauxo vom Sommer. Allerdings hatte Luc, der von der Commissaire noch am selben Nachmittag die Ermittlung übertragen bekommen hatte, bereits mit Aurore gesprochen. Sie hatte ihm erzählt, dass David kurz vor seiner Versetzung nach Marseille in Paris in einem sehr schwierigen Fall von Menschenhandel ermittelt und mehrere Männer hinter Gitter gebracht hatte. Er war bedroht worden, und es liefen noch Komplizen dieser Männer frei herum. Waren sie nach Marseille gekommen, um sich an ihm zu rächen? Auch in Paris würde ab der nächsten Woche zu Davids Tod ermittelt werden.

Luc selbst würde sich mit den Stups vor allem um die Drogenhändler der Quartiers Nord kümmern. Für die Dealer war diese Hinrichtung wahrhaftig keine gute

Neuigkeit, denn nun würde sich die Drogenbrigade alle Vorstädte vornehmen. Nadia hatte dem Rechtsmediziner die Situation kurz beschrieben, woraufhin dieser geseufzt hatte:

»Erst seit so kurzer Zeit in Marseille und so ein schlimmes Ende! Das wirft kein gutes Licht auf unsere Stadt.«

Damit hatte er recht, wieder einmal würde ganz Frankreich mit dem Finger auf Marseille zeigen. Der Fall war inzwischen schon im ganzen Land in aller Munde.

Aurore war so entsetzt und schockiert, dass sie es noch nicht glauben konnte.

Sie hatte Davids Wange gestreichelt und geschluchzt: »Bitte, bitte lass es nicht wahr sein. Bitte, komm zurück, Chéri. Lass mich nicht allein!«

Irgendwann hatte Fiona sie in die Arme genommen und von ihrem toten Lebensgefährten weggezogen. »Komm, du musst dich jetzt ausruhen!«, hatte sie Aurore zugeflüstert. Pierre und Rachid hatten die Szene stumm und bestürzt beobachtet.

Die Freunde hatten beschlossen, rund um die Uhr für Aurore da zu sein. Pierre und Fiona würden an diesem Wochenende bei ihr schlafen, an den Werktagen, wenn sie arbeiten mussten, würden Jérémie und Florian kommen, mit denen Aurore sich gut verstand. Florian arbeitete ohnehin nicht, er war krankgeschrieben und machte gerade online einen Programmierkurs. Jérémie war als Grafiker vor allem von zu Hause aus tätig und ging nur selten in sein Unternehmen.

Ihre Vorgesetzte hatte Nadia und Rachid beschworen, die Suche nach den Kindern nicht zu vernachlässigen.

»Luc Garnier und Franck Rimier kümmern sich um den Mord an David. Und ihr konzentriert euch komplett auf euren eigenen Fall. Jeder muss seine Aufgaben erfüllen. Es geht um Kinder«, hatte die Commissaire eindringlich gemahnt. »Ich weiß, dass die Situation für euch beide wie für alle anderen sehr belastend ist, aber da müssen wir jetzt durch.«

Danach hatte sie sich an Nadia gewandt. »Wenn du es wirklich nicht schaffst zu arbeiten, weil dich David Maurins Tod zu sehr mitnimmt, musst du den Fall abgeben. Auch wenn das nicht wünschenswert ist.«

Nadia hatte nur genickt und Martine Prévert dabei in die Augen gesehen. Sie würde durchhalten. Obwohl es nicht einfach war. Vor allem auch, weil sie die Ermittlung unter Davids Federführung begonnen hatte. Nun hoffte Nadia, dass Pierre sich höchstpersönlich um die verschwundenen Kinder kümmern und die Sache nicht an einen seiner anderen Mitarbeiter abgeben würde.

Luc, seine Freundin Marie und Rachid, der gleich nebenan wohnte, würden ein wenig später zum Abendessen kommen. Sogar Florian und Jérémie wollten vorbeischauen, ungeachtet des Risikos, das der Erstere mit seiner geschwächten Immunität einging. Alle würden etwas zu essen oder zu trinken mitbringen. Sie würden natürlich über die Ermittlung sprechen. Sich einen Plan für Luc und Franck zurechtlegen. Mit Luc beratschlagen, wo die beiden mit ihren Befragungen anfangen sollten.

Noch mehr als sonst gingen Privatleben und Beruf ineinander über, weil etwas passiert war, was sie alle betraf. Sie waren in ihrem tiefsten Inneren getroffen. Einer von ihnen war umgebracht worden. Und sie vermuteten, dass dies wegen seiner Arbeit geschehen war.

Später saßen sie alle bedrückt und schweigend am Tisch. Aurores Augen starrten ins Leere, sie schien noch immer nicht begreifen zu können, was passiert war. Auch Nadia konnte nicht glauben, dass dieser düstere

Abend Mitte Dezember kein böser Traum war. Rachid hatte den Arm um Aurore gelegt.

Schweigend nippten sie an ihrem Weißwein. Rachid hatte aus dem Geschäft seiner Eltern drei Flaschen guten Cassis geholt, der hervorragend zur Fischsuppe passte, die Laura mitgebracht und aufgewärmt hatte. Keiner hatte zwar wirklich Appetit, aber die Suppe stand auf dem Tisch und irgendetwas mussten sie trotz allem essen. Laura behauptete zwar, sie sei eklig, doch Nadia hatte probiert und sie köstlich gefunden. Das Essen und der Wein waren das Einzige, was an diesem fürchterlichen Tag ein wenig Wohlbehagen schaffen konnte. Als Nadia zu essen begann, stellte sie fest, dass es ihr schmeckte. Sie hatte seit dem Frühstück nichts mehr zu sich genommen und merkte erst jetzt, dass sie doch großen Hunger hatte.

Irgendwann räusperte sich Luc. Er war der Älteste mit der meisten Erfahrung.

»Das Allerwichtigste, Aurore«, sagte er mit belegter Stimme, »ist, dass du nicht allein bleibst. Marie und ich wohnen nicht weit von hier und sind jederzeit für dich da.«

Lucs Freundin nickte. »Außerdem habe ich bald Ferien und kann mich um dich kümmern.«

Auch Rachid nickte. »Du weißt, dass du mich zu jeder Tages- und Nachtzeit rufen kannst. Ich bin in drei Sekunden da!«

»Und wir sind auch hier«, meinte Laura und zeigte auf Nadia, Florian, Jérémie und sich selbst.

»Wir lassen dich nicht allein«, meinte Fiona. »Außer, wenn du Ruhe brauchst.«

»Ich … Ich weiß nicht … Ich schaffe das nicht!«, schluchzte Aurore. Nadia traf Jérémies Blick und sah, dass sich in seinen Augen ihre eigene Ratlosigkeit widerspiegelte.

»Ich weiß, Aurore.« Rachid drückte sie kurz an sich. »Wir sind alle entsetzt und zutiefst traurig. Aber wir sind füreinander da. Und derjenige, der David auf dem Gewissen hat, wird dafür bezahlen.«

»Das wird ihn auch nicht wieder lebendig machen«, erwiderte Aurore weinend. »Er hat … Er war zu unvorsichtig. Ich hätte wissen müssen, dass so was geschehen wird. Er hatte zu viele Feinde.«

»Wir wissen noch nicht, wer es war, Aurore«, sagte Nadia. »Es muss nicht unbedingt mit seinen Aktionen gegen die Menschenhändler in Paris oder mit der Ermittlung gegen Bauxo zu tun haben. Ihr wisst, wie schnell im Drogenmilieu um sich geschossen wird. Und sie werden immer extremer, unsere Kunden!«

»Auf jeden Fall, Aurore, geben wir keine Ruhe, bis wir diesen Hurensohn gefasst haben«, sagte Luc.

»Bist du dir ganz sicher, dass es ein Einzeltäter war?«, fragte Florian.

Rachid nickte. »Der Zeuge hat ausgesagt, er habe nur eine Person gesehen. Es ist natürlich möglich, dass im Auto ein Komplize saß. Meistens sind sie bei solchen Aktionen zu zweit. Aber der Zeuge war sich absolut sicher, dass der maskierte Schütze auf der Fahrerseite ins Auto gesprungen ist. Wenn sie zu zweit gewesen wären, dann wäre er auf die Beifahrerseite gerannt.«

Kurz darauf schob Rachid seinen Teller zur Seite, stand auf und holte sein MacBook.

»Du hast deinen Laptop dabei?«, fragte Luc ungläubig.

»Natürlich«, erwiderte Rachid. »Das ist keine Dinnerparty, eher ein Arbeitstreffen, bei dem wir vorankommen müssen. Wir machen eine Liste für dich. Damit du am Montag sofort durchstarten kannst. Ich helfe Franck und dir natürlich auch, wenn ich nicht mit Nadias Fall beschäftigt bin.«

Er klappte den Laptop auf. Alle wussten, dass Rachid ein Arbeitstier war. In wenigen Wochen würde er die Aufnahmeprüfung für die Kommissarsausbildung machen. Und im Moment arbeitete Rachid an gleich mehreren Ermittlungen mit. Aber das schien ihm nichts auszumachen. Rachid brauchte nicht viel Freizeit. Er war einer der attraktivsten jungen Männer vom Kommissariat, hatte jedoch keine Freundin. Frauen interessierten ihn nur am Rande. Nadia wusste, dass er auf keinen Fall mit einer Nordafrikanerin eine Beziehung eingehen wollte, weil er den Islam hasste. Bei Rachid war das wie bei Nadias eigener Mutter, deren Familie aus Algerien stammte. Beide lehnten die Religion ab und wollten nichts mit strenggläubigen Muslimen zu tun haben. Und Rachid hatte sogar am liebsten überhaupt keinen Kontakt zu Muslimen.

Nun, sagte sich Nadia innerlich aufseufzend, in den nächsten Wochen werden wir alle kaum mehr Freizeit haben. Sie dachte wieder mit einem Stich im Herzen an die beiden verschwundenen Jungen. Wo sie wohl sein mochten? Ob sie noch lebten? Sie musste sich auf diese Ermittlung konzentrieren, trotz ihres Entsetzens über Davids Tod. Sie musste herausfinden, was geschehen war, und vor allem verhindern, dass noch weitere Jungs gekidnappt wurden. Doch an diesem Abend durfte sie sich mit ihren Kollegen und Freunden um Lucs Fall kümmern und die Kinder ein paar Stunden lang vergessen.

Sie begannen eine Liste aller Personen zu erstellen, die Luc und sein Team ab Montag befragen und überprüfen würden. Ganz oben standen die Männer und

Frauen, mit denen David in Paris Probleme gehabt hatte. Pierre wusste darüber Bescheid und konnte ihnen mehr dazu sagen als Aurore. Dann kamen die damaligen Direktoren der Firma Bauxo, gegen die die PJ unter Pierres Leitung im Sommer vorgegangen war und die David nun als Avocat Général hätte anklagen sollen. Sie hatten im Sommer drei Personen ermordet und eine vierte bei einer Entführung schwer verletzt. Daher war es nicht so abwegig zu glauben, dass sie auch David auf dem Gewissen hatten. Sie befanden sich alle in Haft, konnten jedoch einen Killer angeheuert haben.

Es war auch sehr wichtig, sich alle anderen Fälle anzusehen, die David in den letzten Wochen bearbeitet hatte. Natürlich hatte er einige Razzien in Vorstädten angeordnet, und die Drogenbosse wurden immer gewalttätiger. Deshalb fertigte Rachid außerdem eine Liste aller Cités an, die er und Franck sich in der kommenden Woche vorknöpfen würden.

Pierre schien an diesem Abend ungewöhnlich schweigsam. Nadia wusste, dass er sich Vorwürfe machte. Er glaubte, dass er als Davids Vorgesetzter auf irgendeine Weise schuldig an dessen Tod war. Er befürchtete, dass der Schütze eigentlich ihn hatte treffen wollen.

Es gab mehr als genug zu tun. Nadia spürte, dass die nächsten Tage sie belasten würden. Sie hatte Sorge, nicht voranzukommen. Ein totes Kind zu finden. Oder zwei. Und über alldem hing die dunkle Wolke von Davids Tod.

Fiona

Fiona tat in der Nacht kein Auge zu. Zu entsetzt war sie über den Tod ihres Freundes. Aurore tat ihr unendlich leid, sie selbst fühlte sich niedergeschlagen und aufgewühlt zugleich. Sie bemerkte, dass auch Pierre sich neben ihr unruhig hin und her wälzte. Er fühlte sich mies. Er fragte sich natürlich, warum sein Mitarbeiter ermordet worden war und ob er selbst daran schuld war. Fiona wusste, dass Pierre viele Feinde in Marseille hatte. Das war bei jedem Staatsanwalt und Ermittler der Fall, aber bei Pierre war es schlimmer. Denn er hatte im vorhergehenden Frühjahr gegen seinen eigenen Vorgesetzten ermittelt und ihn zu Fall gebracht. Mit Fionas, Nadias, Florians und Lauras Hilfe. Ausgegangen war aber damals alles von Pierre.

Fiona spürte oft diese nagende Sorge um Pierre, die sich verschärft hatte, seit sie schwanger war. Und nun, mit dem Tod seines Mitarbeiters David, schien diese Sorge plötzlich auf grausame Weise Gestalt angenommen zu haben. Pierre hatte bisher immer nur gelacht, wenn sie darüber mit ihm hatte sprechen wollen.

»Wenn jemand in Gefahr ist, dann bist das du, Chérie, viel mehr als ich«, hatte er immer gesagt. Natürlich, die Statistiken gaben ihm recht. Polizisten wurden viel öfter schwer verletzt oder getötet als Staatsanwälte, aber Fiona glaubte nun, dass auch Pierre in höchster Gefahr schwebte.

Am Morgen fühlte Fiona sich wie gerädert. Sie war todmüde, konnte aber nicht schlafen. Wie gern wäre sie nun in ihrem eigenen Haus! Aber sie hatten Aurore versprochen, dieses Wochenende bei ihr zu verbringen. Die Ärmste schlief noch, sie hatte wohl eine Schlaftablette genommen, Pierre hatte schließlich auch irgendwie Ruhe gefunden.

Fiona beschloss, einen koffeinfreien Kaffee zu trinken, und wollte gerade die Kapsel in die Maschine legen, als sie merkte, wie es zwischen ihren Beinen nass wurde. Sie erschrak und stürzte auf die Toilette. Ihre schlimmste Vorahnung bestätigte sich. Sie blutete! Wahrscheinlich war sie dabei, eine Fehlgeburt zu erleiden. Sie war noch keine drei Monate schwanger, und ihre Ärztin hatte ihr erklärt, in den ersten zwölf Wochen käme das häufig vor.

»Nein, bitte nicht, bitte, bitte nicht!«, wimmerte Fiona. Nicht auch das noch!

Sie wollte dieses Kind, dieses und kein anderes. Sie lief zurück ins Zimmer und weckte Pierre.

»Wach auf! Ich blute. Ich verliere das Baby!«

Pierre sprang mit einem Satz aus dem Bett.

»Schnell! Zieh dich an. Wir fahren ins Krankenhaus!«

Er kleidete sich bereits an, Fiona tat es ihm gleich, zitternd und mit Tränen in den Augen. Sie durfte das Baby nicht verlieren! Das war ganz einfach undenkbar! Es hatte in den letzten Tagen schon genug Dramen gegeben. Pierre reichte Fiona ihre Handtasche und schob sie zur Haustür. Dann sperrte er von außen die Tür ab und ließ den Schlüssel in den Blumentopf gleiten, der vor dem Haus stand.

»Aurore soll nicht allein sein, wenn sie aufwacht«, meinte er. »Ich versuche, jemanden zu erreichen!«

Zum Glück stand sein Auto in derselben Straße und sie mussten nur wenige Schritte gehen. Pierre half Fiona auf den Beifahrersitz und fuhr los. Er machte alles gleichzeitig. Rief Rachid an und bat ihn, zu Aurore zu gehen; fand den Weg zum Hôpital de la Conception, dem größten Mutter-Kind-Krankenhaus der Region, und raste zwischen unorthodox geparkten Autos durch die engen Straßen der Innenstadt.

»Hast du Schmerzen?«, fragte er Fiona.

Sie verneinte. »Aber ich spüre, dass ich blute«, erwiderte sie verzweifelt.

Sie sah, dass auch Pierre sehr angespannt war. Sie hatten beide keine Erfahrung mit solchen Dingen und wussten nicht, wie ernst die Sache war.

In weniger als zehn Minuten waren sie am Krankenhaus. Pierre raste direkt in die Zone der Notaufnahme.

Dort stellte sich ihnen ein Wachmann in den Weg. »Mann, Sie können da nicht einfach hereinfahren. Das ist für die Krankenwagen.«

»Ja, und ich habe einen Notfall! Meine Freundin ist schwanger und blutet.«

Der Mann brummte unwillig und griff zu seinem Funkgerät.

»Kann sie noch laufen?«, fragte er Pierre dann.

Fiona nickte. »Ein paar Schritte, ja!«

Sie gingen auf den Eingang zu, wo ihnen eine Krankenschwester entgegeneilte.

Eine Ärztin nahm sich Fionas zu deren großer Erleichterung sofort an. Sie befahl ihr, sich unten freizumachen, und untersuchte sie. Pierre musste nun sein Auto parken gehen und würde dann sofort kommen, um an ihrer Seite zu sein.

»Wir sehen nach, ob der Muttermund offen ist«, erklärte die Ärztin.

Fiona studierte bang das Gesicht der Frau, während diese sie abtastete.

»Der Muttermund ist geschlossen. Es sieht nicht nach

49

einer Fehlgeburt aus. Ich würde sagen, Sie fahren nach Hause und ruhen sich aus. Sie müssen möglichst viel liegen und dürfen sich nur ab und an kurz mal aufsetzen. Zwei Wochen lang. Wenn es dann besser geht, können Sie wieder zur Arbeit. Was machen Sie beruflich?«

»Ich bin bei der Polizei«, erwiderte Fiona. »In einem Ermittlungsteam der PJ.«

»Ist vermutlich stressig?«, fragte die Ärztin.

»Ja, derzeit ist es stressig. Vor allem dieses Wochenende. Sie haben sicher vom Verschwinden der kleinen Jungen gehört. Ich bin in dem Team, das die beiden sucht.«

Die Ärztin schüttelte entschieden den Kopf. »Sie *waren* in dem Team. Sie können in Ihrem derzeitigen Zustand nicht an einer solchen Sache arbeiten. Zu belastend. Versuchen Sie, sich auszuruhen, und wenn Sie wieder zur Arbeit gehen wollen, dann lassen Sie sich ruhige Tätigkeiten zuweisen.«

Fiona verkniff es sich, der Ärztin mitzuteilen, dass es in Ermittlungsteams der PJ an sich keine *ruhigen* Tätigkeiten gab.

Vielleicht den Innendienst, den sich Fiona, die immer vor Ort ermittelt hatte, als sehr öde vorstellte.

Allerdings würden sich wahrscheinlich ihre Prioritäten ändern, wenn sie erst einmal Mutter war. Dann würde sie sich Überstunden wegen schwieriger Ermittlungen, das Ausrücken in die Vorstädte und Einsätze mit der Dienstwaffe womöglich nicht mehr vorstellen können.

Pierre trat in den Behandlungsraum und setzte sich diskret auf den Sessel, der in einer Ecke stand.

Die Ärztin überprüfte im Ultraschall, dass mit dem Fötus alles in Ordnung war, beschwichtigte Fiona und Pierre, verschrieb ihr noch Tabletten gegen eventuelle

Unterleibsschmerzen und ein natürliches Beruhigungsmittel. Dann meinte sie:

»Legen Sie sich zu Hause gleich hin! Und wenn die Blutungen bis morgen nicht aufhören, dann kommen Sie wieder oder suchen Ihren Arzt auf! Stehen Sie trotzdem hin und wieder auf und gehen Sie ein paar Schritte, um eine Thrombose zu vermeiden. Aber keinerlei körperliche Anstrengung, kein Sport und kein Stress. Und denken Sie vor allem nicht an verschwundene Kinder!«

Fiona seufzte innerlich. Letzteres erschien ihr unmöglich.

Die Ärztin füllte die Krankschreibung aus.

»Bis ins neue Jahr bleiben Sie zu Hause, dann sehen wir weiter! Bis Weihnachten sollten Sie so viel wie möglich liegen oder mit hoch gelagerten Beinen sitzen.«

Die Ärztin begleitete Fiona und Pierre vor die Tür, sie bedankten sich bei der Frau und verabschiedeten sich. Langsam gingen sie zum Ausgang.

»Na, da haben wir noch einmal großes Glück gehabt«, meinte Pierre, als sie wieder im Auto saßen. Er wirkte sehr erleichtert und drückte Fionas Hand. Dann startete er den Motor und fuhr los.

»Aber, Pierre, du weißt, dass ich meine Arbeit liebe. Und unsere Ermittlung läuft auf Hochtouren.«

Er sah sie ernst an. »Ich weiß, Chérie. Aber du wirst Mutter. Und leider müssen Mütter Opfer bringen. Mehr noch als Väter. Ich kann dir das nicht abnehmen.«

»Und du würdest es wahrscheinlich auch nicht tun«, erwiderte Fiona sarkastisch.

»Keine Ahnung. Ich denke nicht darüber nach, weil es ohnehin nicht möglich ist. Ich glaube, es tut dir gut, daheim auszuspannen. Du kannst dich so auch um Aurore kümmern. Und um Florian. Dann bist du nicht allein, während alle anderen arbeiten. Außerdem weißt du, dass du jederzeit wieder in den Beruf zurückkehren kannst, sobald es dir möglich ist. Aber du weißt auch, dass du in Zukunft gar nicht mehr arbeiten musst, wenn du das möchtest. Ich verdiene genug. Im Moment musst du dich allerdings ausruhen.«

Fiona seufzte. »Weißt du, Chéri«, sagte sie, »es ist wirklich schwierig, von hundert auf null herunterzufahren. Wir hatten in den letzten zwei Wochen so viel zu tun. Und jetzt soll ich plötzlich den ganzen Tag herumliegen. Und du wirst sicher ständig unterwegs sein. Zwei wichtige Fälle!«

»Wir werden zu Davids Tod nicht ermitteln, weil er unser Kollege war. Aix-en-Provence wird die Sache übernehmen. Aber du hast recht, ich werde eine sehr stressige Zeit haben. Ich werde mich um den Fall der vermissten Jungen kümmern, ihn nicht an Caroline oder Jean abgeben. Ich denke aber, deine Priorität ist im Augenblick das Baby. Dein Körper hat dich gewarnt. Die Blutung ist eine Reaktion auf den Stress der vergangenen Tage. Du musst auf dich achten. Es dir gutgehen lassen.«

Er streichelte über ihre Wange, während sie langsam vom Krankenhausgelände rollten.

Auf dich achten. Fiona hatte nie im Leben auf sich geachtet. Sie arbeitete seit dem Alter von zweiundzwanzig Jahren bei der Polizei und war nur sehr selten der Arbeit ferngeblieben. Sie hatte immer sehr viel Energie gehabt und sich nie ausruhen müssen. Aber schwanger zu sein war eben eine ganz neue Erfahrung. Es ging jetzt nicht nur um sie, sondern auch um dieses kleine Wesen, das in ihr heranwuchs.

Dass sie sich ruhig verhalten sollte, war nicht nach ihrem Geschmack, sie bewegte sich sehr gern und viel. Sie las zuweilen einen Krimi, war jedoch keine leidenschaftliche Leserin. Auch fernsehen mochte sie nicht besonders gern. Aber nun konnte sie sich ja vielleicht Bücher über Schwangerschaft, Babys und Kindererziehung zu Gemüte führen. Und sich die eine oder andere Netflix-Serie anschauen. Sie war trotz allem sehr erleichtert, dass sie keine Fehlgeburt hatte.

Und Pierre hatte recht, vielleicht konnte sie Aurore und Florian manchmal einladen und versuchen, sie aufzuheitern? Sie konnte das als ihre Mission betrachten, wenn sie schon nicht mehr arbeiten durfte.

Die Journalistin

Laura saß im Home-Office vor ihrem Computer und schrieb ihre Zeitungsartikel. Sie sollte Nadias Ermittlung weiterverfolgen, außerdem sollte sie einen Bericht über einen Transvestiten verfassen, der am Samstagabend von einer Gruppe maskierter Jugendlicher nicht weit vom Kommissariat überfallen worden war. Er war zum Glück nur leicht verletzt worden, weil Passanten eingeschritten waren. Und dann sollte sie mit der Müllabfuhr von Marseille sprechen, die über die Weihnachtstage mit Streik drohte.

Laura seufzte. Im Moment mochte sie die Stadt, die zu ihrer Wahlheimat geworden war, nicht besonders. Es geschahen seit einigen Tagen wirklich schlimme Dinge, und wenn ein Streik der Müllabfuhr bevorstand, dann würde Marseille endgültig völlig unmöglich werden.

Laura hielt sich im Rahmen ihrer Arbeit auch bei Luc über die Fortschritte in der Ermittlung zu Davids Ermordung auf dem Laufenden. Er hatte inzwischen festgelegt, in welche Richtungen die Nachforschungen laufen sollten. Da war diese Sache mit Davids Arbeit in Paris und den Drohungen, die er bekommen hatte. Luc hatte deswegen einen Kollegen der PJ Paris, mit dem David vor seiner Versetzung zusammengearbeitet hatte, kontaktiert. Dieser Capitaine würde die dortige Ermittlung leiten. Luc selbst würde sich um die Fälle kümmern, die David seit seiner Ankunft in Marseille bearbeitet hatte.

Vielleicht hatten die Leute von Bauxo versucht, David einzuschüchtern? Und weil das nicht geklappt hatte, hatten sie ihn hinrichten lassen? Aber das schien Laura nicht plausibel. David hätte es Pierre, Rachid und Nadia mitgeteilt, wenn das der Fall gewesen wäre. Außerdem hatte es keinen Sinn, den Staatsanwalt umzubringen, weil die Beweise gegen die Angeklagten erdrückend waren und auch sein Nachfolger genauso weitermachen würde.

Es konnte natürlich auch jemand aus der Drogenszene gewesen sein, der David kaltblütig erschossen hatte. In den letzten Monaten waren einige Drogenringe zerschlagen worden und etliche Dealer ins Gefängnis gewandert. Vor allem in der Cité Frais Vallon hatten die Stups unter Davids Leitung gewütet. Der Drogenhandel war in Marseille wie ein Geschwür, das man nie komplett würde ausmerzen können.

Laura seufzte tief und dachte mit Bangen an Nadia. Sie hätte nicht an ihrer Stelle sein wollen.

Les Flamants

»Also noch einmal«, sagte Nadia. Sie und ihre Kollegen Stéphane Maugier und Kenny Frolier befanden sich am Eingang von Les Flamants. Es handelte sich bei der Cité um eine Ansammlung riesiger Wohnblöcke mit ziemlich heruntergekommenen Wohnungen. Auch war bekannt, dass mehrere Wohnungen illegal besetzt waren.

Die Einwohner des Viertels waren mehrheitlich Schwarze und Nordafrikaner. Der Junge, der fünf Tage zuvor verschwunden war, stammte aus einer algerischen Familie. Er war neun Jahre alt und hieß Mohammed Rafti. Es war am Spätnachmittag gegen fünf Uhr geschehen. Der Junge war auf dem Weg zum Fußballtraining gewesen. Der Sportplatz befand sich zu Fuß nur fünf Minuten von der Cité entfernt. Normalerweise ging Mohammed immer mit seinem Freund, der an diesem Tag jedoch krank gewesen war. Eine Gruppe Jugendliche, die auf einem Parkplatz zwischen den Autos herumgelungert hatten, hatten ihn in ein rotes Auto steigen sehen.

Mit genau diesen Jugendlichen sprachen Nadia, Stéphane und Kenny jetzt.

»He, Kleine, wir haben dir das schon alles mal erzählt, das nervt«, meinte ein etwa fünfzehnjähriger Junge.

»Ich weiß«, sagte Nadia und unterdrückte den Impuls, den Jugendlichen zurechtzuweisen, weil sie weder als *Kleine* bezeichnet noch geduzt werden wollte. Auch wenn ihr klar war, dass es im Arabischen die Anrede mit *Sie* nicht gab und deshalb viele Leute aus diesen Ländern sie auch im Französischen nicht anwandten. »Aber ich muss es noch einmal hören. Ihr seid wichtige Zeugen, und ich brauche jedes noch so winzige Detail.«

Zugleich dachte sie mit Bangen an ihr Gespräch mit Rachid. Dieser hatte gemeint, die Jugendlichen hätten dem Jungen etwas antun und sich das Auto nur ausdenken können. Allerdings sprach dagegen, dass bei Saids Verschwinden zwei Wochen zuvor in der Nähe der Cité Bassens von einem Guetteur, einem Handlanger der Dealer, auch schon ein rotes Auto gesehen worden war. Nadia glaubte zwar nicht, dass diese Jugendlichen Engel waren, gewiss arbeiteten sie alle für den Drogenring, aber ihre Intuition sagte ihr, dass sie für Mohammeds Verschwinden nicht verantwortlich waren.

»Also, ihr meint, es hat nicht so ausgesehen, als sei der Junge gekidnappt worden?«, fragte Nadia. »Es hat ihn niemand ins Auto gezerrt, oder?«

»Nein, das haben wir schon vor ein paar Tagen erklärt, er ist ganz einfach eingestiegen, M'dame«, sagte ein Schwarzer, der ungefähr sechzehn war. Er schien ein wenig besser erzogen zu sein als die anderen. *Madame* statt *Kleine.*

»Der hat den Fahrer gekannt, ganz sicher!«, pflichteten die anderen bei. Keiner hatte jedoch die Person am Steuer gesehen. Sie wussten nicht einmal, ob es sich um einen Mann oder eine Frau gehandelt hatte. Unter deren Protest nahm Nadia die Personalien der jungen Leute auf.

»Wir können da nichts dafür!«, ereiferte sich ein sehr junger Nordafrikaner. »Jetzt wird das uns in die Schuhe geschoben.«

»Absolut nicht«, sagte Nadia, »aber ihr seid wichtige Zeugen. Und es werden die Personalien aller Zeugen aufgenommen.«

Sie wusste genau, warum die Jugendlichen das so störte: Weil sie dealten oder Laufburschen der Drogenbosse waren. Doch seltsamerweise spürte Nadia an diesem Tag weniger Feindseligkeit vonseiten der jungen Leute als sonst. War es deshalb, weil es sich um ein verschwundenes Kind handelte? Oder weil sie es nicht mit den wirklich harten Kerlen, sondern nur mit deren Nachwuchskräften zu tun hatte? Sie war trotz allem froh, dass sie zumindest zu dritt waren. Nadias Kollegen Carole und Jacques fuhren in Mohammeds Schule, um dort das Personal und einige Mitschüler des vermissten Jungen zu befragen, während Kenny und Stéphane bei Nadia blieben.

»Das Weib, diese kleine Schlampe, ist der Boss«, hörte Nadia die Jungs raunen. Sie verzog den Mund. Natürlich gefiel es diesen Typen nicht, wenn eine Frau das Regiment führte. Von zu Hause waren sie anderes gewöhnt.

Bald ließen Nadia und ihr Team die jungen Leute in Ruhe, um zum Sportplatz zu fahren. Rachid redete inzwischen noch einmal mit den Eltern des Jungen und erstellte eine Liste aller Personen, mit denen Mohammed und sie selbst außerhalb der Schule in engerem Kontakt gestanden hatten. Die Eltern sprachen ein sehr schlechtes Französisch, deshalb hatte Rachid sich erboten, sie aufzusuchen.

Nadia seufzte. Wie gern hätte sie Arabisch gesprochen! Doch ihre Mutter hatte es abgelehnt, ihre Kinder zweisprachig zu erziehen. Sie hatte der algerischen Kultur und Sprache den Rücken gekehrt, als sie Nadias Vater, einen Bretonen, geheiratet hatte und in die Normandie, weit weg von ihrer Familie, gezogen war. Im Kommissariat arbeiteten drei Personen, die Arabisch sprachen: Rachid selbst, Momo, mit vollem Namen Mohammed Bensaim, einer der jungen Männer aus seinem Team, und ein anderer junger Mann in der Brigade de Protection de la Famille, der Familienschutz-Brigade, von der Nadia die Ermittlung geerbt hatte.

Nadia blickte auf die riesigen Wohnblöcke. Genau hier war Rachid aufgewachsen. Er hatte es geschafft, der Vorstadt zu entfliehen, gemeinsam mit seinen Eltern und seinen Schwestern. Es gab immer wieder Jugendliche, die trotz ihrer Kindheit in so einer Umgebung eine gute Ausbildung machten, aber es war für sie auf jeden Fall schwieriger als für Jugendliche aus den besseren Ecken der Stadt.

Kenny, Stéphane und Nadia legten die kurze Strecke von Mohammeds Wohnblock bis zum Sportplatz im Auto zurück.

»Bekommen wir jemanden als Ersatz für Fiona?«, wollte Stéphane wissen.

»Eher nicht«, meinte Nadia. Sie warf ihm im Rückspiegel einen Blick zu. »Wir haben die Stups, die uns im Moment in diesen Vierteln helfen, aber wir werden in den nächsten Tagen und auch über Weihnachten ziemlich viele Überstunden machen müssen. Ihr wisst, dass in fast jedem Team wegen Krankheit Leute fehlen.«

Stéphane verzog das Gesicht. Seine Freundin lebte in den Südalpen, und er hatte sich zwei Wochen Urlaub genommen, um die Weihnachtszeit bei ihr zu verbringen. Wahrscheinlich würde er auf eine Woche verzichten müssen, weil im Kommissariat alles drunter und drüber ging.

»Ich werde versuchen, dir deinen Urlaub trotzdem zu ermöglichen«, sagte Nadia mit einem schnellen Blick in den Rückspiegel. »Aber Fiona wird nicht vor Januar zurückkehren und wir scheinen jeden Tag neue Aufgaben zu bekommen.« Sie seufzte.

»Wie geht es ihr – Fiona?«, fragte Stéphane.

»Nicht so schlecht. Eine kleine Blutung. Sie muss nur viel liegen.«

»Schade, dass wir sie nicht mehr sehen«, seufzte Kenny. »Sie erhellt uns jeden Tag. Obwohl sie mit diesem Typen liiert ist! So eine Schande!«

Fiona war sehr hübsch und hatte bei ihrer Ankunft in Marseille viel Aufsehen erregt. Die Tatsache, dass sie mit dem Staatsanwalt eine Beziehung begonnen hatte, hatte die ledigen Männer im Kommissariat ziemlich getroffen.

»Diese Bemerkung ist wohl überflüssig, Kenny«, stöhnte Stéphane.

Kenny drehte sich um und sah seinen Kollegen ungerührt an. »Du warst genauso wild auf sie wie ich. Bis du deine Krankenschwester kennengelernt hast. Und jetzt erteilst du mir Lektionen?«

Nadia musste an sich halten, um nicht schallend laut herauszulachen. Es war trotz allem sehr erfrischend, Kenny und Stéphane bei ihren Streitereien zuzuhören. Die zwei jungen Männer hackten ständig aufeinander herum, waren jedoch meist unzertrennlich.

»Ich weiß nicht, ob Fiona in ihrem Zustand weiterhin in unserem Team arbeiten möchte. Oder sobald sie Mutter ist. Unsere Arbeit ist schwierig und zeitaufwendig. Wir haben zwar theoretisch gesehen normale Bürozeiten, schauen bei schwierigen Ermittlungen aber nicht auf die Uhr«, erklärte Nadia.

Als sie beim Sportplatz ankamen, erwartete Mohammeds Trainer sie schon. Fiona hatte mit ihm bereits am Samstagmorgen telefoniert. Nun sollte er ihnen die Namen aller Personen geben, die am Nachmittag von Mohammeds Verschwinden beim Kicken gewesen waren. Nadia wollte auch die Liste der Eltern, die ihre Kinder zum Sportplatz hingebracht oder abgeholt hatten.

Der Trainer war ein Mann um die vierzig. Er war nordafrikanischer Abstammung, sprach jedoch wie Rachid ein akzentfreies Französisch.

»Mohammed ist wie schon gesagt sehr begabt. Er gilt als unsere größte Hoffnung hier im Verein. Er ist Stürmer. Er versäumte nie ein Training, deshalb wurde ich sofort stutzig, als er am Donnerstag nicht auftauchte. Ich habe Ihrer Kollegin schon erzählt, dass ich nach einigen Minuten seinen Vater angerufen habe. Dieser war bei der Arbeit auf einer Baustelle und sagte mir, er wisse nicht Bescheid, aber er glaube nicht, dass Mohammed krank sei. Und dann rief mich die Mutter nach dem Training an. Sie war ratlos und schon etwas beunruhigt, weil sie auch keine Neuigkeiten von ihrem Sohn hatte.«

»Denken Sie, dass es unverantwortlich ist, die Kinder allein hier herumlaufen zu lassen?«, fragte Nadia den Mann.

Der Trainer zuckte mit den Schultern. »Ihnen von außerhalb mag es so vorkommen, weil die Quartiers Nord als gefährlich gelten. Die Kinder wachsen hier nicht so behütet auf wie anderswo, und die meisten Grundschüler gehen allein zur Schule oder zum Sport. Die Eltern haben nicht immer die Zeit, sie herumzukutschieren, die wenigsten besitzen ein Auto. Nur die ganz Kleinen werden begleitet. Mohammeds Mutter arbeitet als Putzfrau, der Vater ist am Bau, Mohammed ging allein von der Schule heim. Allerdings sind die Kinder meistens in Gruppen unterwegs. Mohammed war an diesem Nachmittag aber allein, da sein Freund gesundheitlich angeschlagen war und das Training nicht besuchte. Natürlich gibt es zuweilen Probleme mit Dealern, aber an sich vergreifen die sich nicht an Kindern. Nur wenn ein Kind etwas beobachtet, was es nicht sehen soll, dann ist es in Gefahr.«

»Glauben Sie, dass in Mohammeds Fall so etwas passiert ist? Dass jemand dem Jungen etwas angetan hat, weil er befürchtete, dass Mohammed ihn anschwärzen würde?«

Der Trainer sah Nadia ratlos an. »Ich weiß es wirklich nicht. Das Einzige, was ich glaube, ist, dass es nichts mit irgendjemandem vom Verein zu tun hat. Aber ganz sicher kann man sich da auch nicht sein.« Er seufzte.

»Monsieur, wir glauben, dass Mohammed in ein rotes Auto gestiegen ist. Und auch bei der Entführung von Said Abdelghani in Bassens hat ein junger Mann den Jungen in einem roten Wagen verschwinden sehen. Deshalb glauben wir nicht an ein Problem mit einer Bande. Viel eher an einen Kindesentführer, der beide kannte. Kennen Sie hier Eltern oder Mitarbeiter, die ein rotes Fahrzeug haben?«

Der Mann sah Nadia nachdenklich an. »Eine Frau fährt ein rotes Auto. Die Mutter eines Jungen von der Côte Bleue, die unbedingt will, dass ihr Sohn mit den Jungs der Quartiers Fußball spielt. Einen roten Beetle. Sonst fällt mir niemand ein. Aber ich werde in den nächsten Tagen auf die Autos achten, die von außerhalb hierherkommen. Und sollten rote dabei sein, werde ich Sie verständigen.«

Nadia hielt es zwar für unwahrscheinlich, dass es sich bei dem verdächtigen Auto um einen Beetle handelte, notierte sich aber trotzdem die Adresse und den Namen der Dame. Der Mann versprach Nadia auch, ihr die Liste aller Trainer, Eltern und ehrenamtlichen Mitarbeiter des Fußballklubs zukommen zu lassen.

»Haben Sie überhaupt keine Spur?«, fragte er sie schließlich.

Nadia schüttelte den Kopf. »Nur das rote Auto.«

»Ich habe gelesen, dass bei dem ersten Jungen zwei

Personen verdächtigt wurden. Zwei Pädophile, die kürzlich aus dem Gefängnis entlassen worden sind.«

Nadia nickte seufzend. Louis Aragon und Marc Merlier. Nadia wusste, dass diesen beiden Männern unrecht getan wurde, aber sie konnte nichts dafür. Die Presse war wieder einmal zu weit gegangen. Sie und ihr Team hatten alle bekannten Pädophilen genau abgecheckt, weil das eben in so einem Fall die erste mögliche Spur war, die verfolgt werden musste. Vor allem, weil nach dem Zeugen der Junge freiwillig in dem Auto mitgefahren war.

Mutlos schüttelte der Trainer den Kopf. »Es tut mir so leid für Mohammed. Für seine Eltern. Ich hoffe, er lebt noch.« Der Mann fuhr sich mit der Hand über das Gesicht.

Nadia befiel ein banges Gefühl. Ihr Instinkt sagte ihr, dass Mohammed wahrscheinlich tot war. Genau wie Said, der erste Junge, der verschwunden war. Die Uhr tickte, und das bereitete ihr großes Unbehagen. Sie mussten schneller und effizienter sein, aber sie wusste nicht, in welche Richtung die Ermittlung gehen sollte.

Ermittlungsarbeit

Nadia und Carole gingen noch einmal alle Berichte und Aussagen zum Verschwinden von Said, dem ersten Jungen, im Detail durch. Anfangs hatte sich die Brigade de Protection de la Famille, die Familienschutz-Brigade, um den Fall gekümmert, vier Tage später war er jedoch der Crim übertragen worden, weil die Kollegen schon eine große Missbrauchsgeschichte bei Toulon am Hals hatten und außerdem der Capitaine, der die Ermittlung begonnen hatte, sich einer komplizierten Knieoperation unterziehen musste. Die Brigade war stark unterbesetzt, und so hatte Nadia als einzige weibliche Ermittlungsleiterin der Crim diesen von Anfang an hochsensiblen Fall, der in den Medien großes Aufsehen erregte, übernommen.

Jeden Tag wurde in der Presse und im Fernsehen über die zwei Jungs berichtet. Ihre Fotos waren überall in Frankreich und auch im angrenzenden Ausland zu sehen und der Plan Alerte-Enlèvement, ein Maßnahmenkatalog zur Auffindung vermisster Minderjähriger, der Suchaktionen und Straßenkontrollen zur Folge hatte, war beide Male sofort aktiviert worden. Die Bevölkerung der Quartiers Nord war verunsichert, und in ganz Marseille herrschte Besorgnis. Die Eltern wollten die Kinder nicht mehr aus dem Haus lassen, viele sagten die sportlichen Aktivitäten ihrer Sprösslinge ab, und es gab am Spätnachmittag und am Morgen viel mehr Stau als sonst, weil die Kinder, die normalerweise den Schulweg alleine und zu Fuß zurücklegten, plötzlich alle von den Erwachsenen mit dem Auto gefahren wurden.

Said Abdelghani war zwei Wochen vor Mohammed Rafti, am 25. November um sechzehn Uhr dreißig auf dem Heimweg von der Schule verschwunden. Er war am Eingang der Wohnanlage Bassens vorbeigegangen, um in sein Viertel zu gelangen, das einige Minuten davon entfernt war. Der Teenager, der beobachtet hatte, wie Said in ein Auto eingestiegen war, war ein sogenannter Guetteur gewesen, der die Cité für die Drogenhändler bewachte, entschied, wer hineindurfte, und Alarm schlug, sobald die Polizei auftauchte. Er hatte Nadias Team damals gesagt, er sei durch Zufall am Eingang seiner Cité gewesen, doch die Ermittler wussten es besser. Die Guetteurs saßen den ganzen Tag auf Hochstühlen an der Einfahrt in die Cité und behielten alles im Auge. Nun, in diesem Fall hatte der junge Nordafrikaner wirklich etwas Nützliches gesehen und auch die Vernunft besessen, seine Information mit den verhassten Poulets, den Polizisten, zu teilen.

Said war neun und ging jeden Tag zu Fuß von der Schule nach Hause, oft auch mit Freunden. Bassens lag zwischen seiner Schule und seinem Viertel, das ebenfalls nicht sonderlich wohlhabend war. Dort waren die Wohnblöcke allerdings nicht ganz so riesig, und es gab keine illegal besetzten Wohnungen.

Saids Vater arbeitete als Wachmann in einem Einkaufszentrum, die Mutter kümmerte sich daheim um die Kinder. Sie kamen aus Marokko und sprachen wie Mohammeds Eltern nicht besonders gut Französisch.

Auch dort hatte Rachid die wichtigsten Informationen gesammelt. Er würde noch einmal hinfahren müssen, um die Liste der Personen, die Said gekannt hatte, mit den Eltern erneut durchzugehen. Vielleicht bestand irgendeine Verbindung zwischen Said und Mohammed. Eine Person, die sie beide gekannt hatten. Das Seltsame war, dass die Wohnviertel der beiden Jungen fünf Kilometer auseinander lagen. Aber der Charakter der Wohngegend war ähnlich, das Profil der Opfer und die Umstände waren die gleichen. Das galt sogar für die Zeugen – Jugendliche, die des Drogenhandels verdächtigt wurden und das jeweilige Stadtviertel mehr oder weniger kontrollierten. Jedes Mal waren die abgängigen Jungen augenscheinlich bei jemandem mitgefahren, den sie kannten. Das war ein wichtiger Anhaltspunkt. Trotz der relativ großen Entfernung zwischen den zwei Vierteln kannte ein und dieselbe Person offenbar die Kinder.

»Wir müssen herausfinden, ob die Jungs in denselben sozialen Einrichtungen verkehrten«, sagte Nadia zu Carole. »Vielleicht unternahmen sie mit der Schule irgendwelche Aktivitäten.«

Carole las in ihren Notizen nach und schüttelte den Kopf. »Ich habe bisher nichts gefunden. An Mohammeds Schule arbeiten drei Lehrer, die rote Autos haben. Die müssen wir uns vornehmen. Zwei davon sind allerdings Frauen. Und in Saids Schule hat offenbar niemand einen roten Wagen, aber wir müssen da morgen noch einmal genauer nachfragen. Said spielte nicht Fußball, er spielte Basketball. Soweit ich verstanden habe, ist Saids Familie ein bisschen besser gestellt als Mohammeds. Das Haus, in dem sie wohnt, ist in besserem Zustand, der Vater arbeitet im großen Einkaufszentrum Carrefour, die Mutter war ebenfalls in einem Lebensmittelgeschäft tätig, ist aber im Moment arbeitslos gemeldet und betreut daheim Saids kleine Geschwister, die vier und zwei Jahre alt sind. Aber natürlich handelt es sich um ein eher armes Umfeld. Laut Rachid sind beide Familien nicht wirklich hier in Frankreich integriert. Die Eltern sprechen nicht gut Französisch, haben nur maghrebinische

Freunde und sind auch ziemlich fromm. Ramadan, Eid und so weiter.«

»Nun, das ist bei diesen nordafrikanischen Familien ziemlich normal. Hat Rachid herausgefunden, ob jemand aus diesen Familien etwas mit dem Drogenhandel oder mit einer fundamentalistischen Organisation zu tun hat oder hatte?«

Nadia wusste aus Erfahrung, dass Rachid genau die richtigen Fragen stellte, um dies als Allererstes abzuklären, wenn er im Norden der Stadt unterwegs war.

Carole schüttelte den Kopf. »Nein. Er hat gemeint, die Familien seien *clean*. Leute, die arbeiten, keine halbwüchsigen Kinder, keine Beziehungen zu fanatischen Muslimen oder zu Drogenhändlern. Es handelt sich zwar um Kinder aus armen Verhältnissen, aber nicht aus Familien, die Probleme machen. Es sind Leute, die nicht auffallen wollen. Die bescheiden ihren Weg gehen und versuchen, das schwierige Leben im Vorstadtdschungel so gut zu meistern, wie es eben geht. Und hoffen, eines Tages von dort wegziehen zu können.«

»Was ist deine Theorie?«, fragte Nadia ihre Kollegin. »Was, glaubst du, könnte geschehen sein?«

Carole zuckte mit den Schultern. »Ich persönlich vermute, es ist ein Pädophiler. Jemand, der noch nicht polizeibekannt ist. Der im Alltag nicht auffällt. Der nicht in den Quartiers Nord lebt, sondern dorthin fährt, um hin und wieder ein Kind zu kidnappen.«

Nadia nickte langsam. »Für mich ist das auch die plausibelste Theorie. Und, was meinst du, wohin bringt er die Kinder?«

Carole sah Nadia mit einem bangen Blick an. »Entweder er hält sie irgendwo fest, um sich immer wieder an ihnen zu vergehen, oder er vergewaltigt sie und tötet sie danach sofort. Wo er sie hinbringt, kann keiner wissen. Entweder irgendwo aufs Land in ein einsames Haus oder er hält sie in einem Keller oder in einer Wohnung in der Stadt fest. Ist alles möglich!«

»Könnte es um Kinderhandel gehen?«, fragte Nadia nachdenklich.

Carole zuckte mit den Schultern. »Lässt sich so momentan nicht sagen, wir wissen es nicht.«

»Okay«, seufzte Nadia, »wir müssen jetzt wirklich versuchen, eine Verbindung oder Parallelen zwischen den beiden Jungen herzustellen. Gemeinsame Bekannte finden. Nur so geht es!«

Sie zitterte innerlich, wenn sie daran dachte, was diesen beiden Jungen widerfahren war, wenn Caroles Theorie sich bewahrheitete, und spürte, dass die Verantwortung für diesen Fall sie beinahe erdrückte. Sie war ratlos, denn sie hatte keine Ahnung, wonach sie suchen sollte.

Da kam Rachid herein.

»Hallo Rachid. Alles okay?«, fragte Nadia.

Er grinste schief. »Alles bestens. Bin den ganzen Tag in meinem früheren Stadtviertel gewesen. Nette Gespräche mit ehemaligen Nachbarn. Einer hat gesagt, ich sei der Sargnagel der Cité, weil ich ihnen den Drogenhandel kaputt mache. Aber heute waren die meisten freundlicher als sonst. Weil sie verstanden haben, dass ich nicht wegen Drogen dort war, sondern wegen Mohammed. Aber ein gern gesehener Gast bin ich da trotz allem nicht, weil die Dealer wissen, dass wir in der Cité jeden Stein umdrehen werden.«

Er gab Nadia drei ausgedruckte Blätter. »Momo hat die Liste getippt. Alle wichtigen Leute in Mohammeds Umkreis. Ich kann sie dir schon einmal geben. Außerdem denke ich, dass wir morgen eine kleine Konferenz abhalten sollten, damit wir euch unsere wichtigsten Ergebnisse mitteilen können. Ich befürchte, viel Neues haben wir nicht. Doch es geht ja darum, zu sehen, welche Gemeinsamkeiten mit dem Fall Said bestehen. Mir sticht nichts ins Auge, aber wir dürfen nicht aufgeben. Irgendwo finden wir etwas. Ich gehe morgen wieder zu Saids Eltern. Und ihr solltet euch seine Schule noch einmal vornehmen.«

Nadia nickte. »Das ist sowieso geplant.«

Rachid seufzte. »Wird wohl eine anstrengende Vorweihnachtszeit. Zwei große Ermittlungen, bei denen wir gehörig Druck haben. Ich hätte eigentlich meinen Eltern im Geschäft helfen sollen, aber das fällt wohl ins Wasser.«

Nadia nickte. »Du ermittelst doch ohnehin lieber«, wandte sie jedoch ein.

Rachid unterstützte seine Eltern und seine Schwester gelegentlich zu Weihnachten, weil ihr Laden ständig geöffnet war und sie sehr viel Arbeit hatten.

»Feiert ihr Weihnachten?«, fragte sie ihren Kollegen.

»Natürlich«, antwortete Rachid. »Wir gehen nicht in die Christmette, aber am Heiligen Abend machen wir uns ein schönes Weihnachtsessen mit Champagner und Gänseleberpastete, und am Feiertag sperren wir das Geschäft nur zwei Stunden auf. Wir schenken uns auch was. Das dürfen wir doch, oder?«

»Natürlich«, erwiderte Nadia, »aber viele Muslime feiern Weihnachten nicht.«

»Wir sind keine Muslime mehr«, erklärte Rachid. »Wir sind Ungläubige. Wir essen rohen Schinken und Gänseleberpastete, trinken Alkohol, verkaufen Champagner, beten nicht und halten keinen Ramadan.«

»Na gut«, meinte Nadia. »Zumindest könnt ihr den Weihnachtstag mit gutem Essen und Geschenken genießen.«

Rachid seufzte. »Es ist dieses Jahr eine sehr komische

Weihnachtszeit. Diese verschwundenen Jungen, David, der erschossen wurde, Aurores Verzweiflung … ein Albtraum!«

Nadia stimmte ihm zu. Sie mochte die Weihnachtszeit eigentlich sehr, vor allem, seit sie mit Laura zusammenlebte. Da war etwas Motivierendes, die Leute waren glücklicher als sonst, auch wenn alles nur Kitsch und Kommerz war. Die Menschen hatten zu Beginn des Winters etwas, worauf sie sich freuen konnten. In diesem Jahr jedoch war da so gar nichts Aufmunterndes für Nadia und ihre Freunde. Keine Freude, nur Bangen. Zu viele Leute um sie herum litten, und sie konnte nichts dagegen tun. Sie musste diese Kinder finden und dem Entführer das Handwerk legen. Luc musste herausfinden, wer David auf dem Gewissen hatte. Und wie konnten sie Aurore helfen?

»Wie geht es Aurore?«, fragte sie Rachid vorsichtig.

Rachid zuckte mit den Schultern. »Ich bin nicht besonders oft bei ihr, da ich so viel arbeite. Aber ich gehe am Abend hin, damit sie nicht allein ist. Die Abende sind am schlimmsten. Und die Nächte. Deshalb schlafe ich in ihrem Gästezimmer. Aber ich weiß nicht, ob sie mich überhaupt wahrnimmt. Ich versuche einfach da zu sein, unauffällig und unaufdringlich.«

Nadia nickte. »Laura hat dasselbe Gefühl wie du. Sie denkt, Aurore ist für eure Besuche und eure Anwesenheit dankbar, aber sie kann im Moment auf niemanden eingehen. Sie muss zuerst mit ihrem Schock und ihrer Trauer fertigwerden.«

Rachid seufzte. »Ich habe ihr noch zweimal Céline geschickt, die ja mit solchen Situationen viel Erfahrung hat. Aber auch sie hat keinen richtigen Zugang zu Aurore gefunden. In zwei Tagen kommen ihre Schwestern und holen sie ab. Sie fahren dann nach Paris zu den Eltern, wo sie Weihnachten verbringen werden. Ich habe keine Ahnung, ob Aurore danach zurückkehrt.«

Nadia nahm in Rachids Augen Trauer wahr. Sie vermutete, dass er Aurore sehr mochte. Ob er sogar ein wenig verliebt in sie war?

»Am Freitag findet Davids Begräbnis in Sens statt, wo seine Eltern leben. Fährst du hin?«, fragte Nadia Rachid.

Er nickte. »Ja. Ich werde mit Pierre fahren. Willst du mit uns kommen? Mit Laura?«

»Ich würde gern. Aber Luc, Franck und ich müssen uns mit Martine und eurem Commissaire absprechen. Wir wissen nicht, ob wir einen freien Tag bekommen. Bei alldem, was derzeit abgeht … Aber dir geben sie sicher frei. Sie wissen, dass du mit David sehr befreundet warst und Aurore beistehen musst. Eventuell kommt Laura mit euch.«

Rachid sah Nadia schweigend an. »Ja. Sagt uns einfach Bescheid«, meinte er nach einigen Sekunden. »Es ist schrecklich, was Aurore mitmachen muss. Sie tut mir so leid.«

Nadia nickte. Sie litten alle mit Aurore. Zu grausam war das, was ihr zugestoßen war.

Begräbnis

Die Tage und Nächte waren ineinandergeflossen. Aurore konnte noch immer nicht glauben, dass das, was sie erlebte, real war. David war tot, ihr Leben glich einem Trümmerhaufen. Alle Hoffnungen, alle Pläne, alles war zunichte. Sie und David würden im Sommer nicht wie geplant heiraten, sie würde nicht Mutter werden und niemals eine Familie haben.

David hatte zuweilen Drohungen erhalten. Aber die hatte jeder bekommen, auch der Procureur, die Capitaines, Lieutenants und Commissaires der PJ. Die Arbeit bei Polizei und Justiz war gefährlich. Ihre Freundin Fiona wäre im Sommer beinahe von einem illegalen Einwanderer erstochen worden, dessen Bruder sie bei einem Aufruhr in der Vorstadt unabsichtlich tödlich verletzt hatte. Aurore wusste, dass Fiona schon mehrmals ihr Leben riskiert hatte. Aber es war dennoch unendlich grausam, dass David wie aus heiterem Himmel erschossen worden war. Nichts hatte darauf hingewiesen, dass sein Leben so plötzlich und grausam zu Ende sein würde.

Aurore war froh, dass ihre Freunde sich ständig um sie kümmerten. Sie waren im Haus, ließen sie jedoch in Ruhe, wenn sie allein sein wollte. Es war sehr angenehm und unaufdringlich. Am häufigsten kam Rachid. Er war in den paar Wochen, die sie und David in Marseille verbracht hatten, zu ihrem besten Freund geworden.

Aurore erinnerte sich mit Wehmut an die Abende, an denen er spontan erschienen war, um mit ihnen ein Glas

Wein zu trinken und zu plaudern. Er hatte sie auch mehrmals zu sich in seine schöne Dachwohnung eingeladen. Es geschah nicht oft, dass sie sich als Paar mit einer Person so gut verstanden und zu dritt so interessante Gespräche führen konnten.

»Komm, wir spazieren hinauf zur Basilika und zünden eine Kerze für David an«, hatte er ihr am Sonntag angeboten. Doch Aurore hatte nur den Kopf geschüttelt. Sie war zu schwach, zu verzweifelt, zu schockiert, sie wollte nicht nach draußen. Hier in ihrem Kokon fühlte sie sich am sichersten.

Fiona rief zweimal pro Tag bei ihr an und bat sie vorbeizukommen, aber Aurore blieb ihrem Vorsatz treu, nicht vor die Tür zu gehen. Auch hegte sie einen Groll gegen Fiona. Die Freundin hatte alles, was sie selbst niemals mehr haben würde.

Wenn Aurore nicht gerade völlig in Verzweiflung versank, kreisten ihre Gedanken um das Tatmotiv und den Täter. Sie versuchte sich an alles zu erinnern, was David ihr über seine Arbeit erzählt hatte. Sie wollte Capitaine Luc Garnier bei seinen Ermittlungen helfen. Oftmals fiel ihr etwas ein, und dann schrieb sie Luc eine E-Mail. Zum Telefonieren fühlte sie sich nicht in der Lage, weil sie oft urplötzlich in Tränen ausbrach.

Dutzende Personen hätten einen Grund gehabt, David umzubringen. Und einer hatte es tatsächlich getan.

Aurore wusste, dass sie nun für einige Tage aus Marseille wegmusste, wenn sie diese Vorweihnachtszeit überstehen wollte. Sie würde erst im Januar wieder zu arbeiten beginnen, wenn überhaupt. Vielleicht würde sie sich aber auch zurück nach Paris versetzen lassen.

Ihre Schwestern würden gleich kommen, um Aurore zu den Eltern nach Paris zu bringen. Davids Begräbnis würde am morgigen Tag in Sens stattfinden, wo schon sein Großvater und seine Urgroßeltern begraben waren. Auf dem Friedhof würde es eine große Andacht geben. Sogar der Staatspräsident würde anwesend sein und ihnen sein Beileid aussprechen. In Frankreich erschien das Staatsoberhaupt oder einer seiner Minister häufig, wenn ein schlimmer Mord an einem Staatsdiener stattfand, um den Angehörigen die Anteilnahme des Staates zu versichern. Und hier handelte es sich um einen wichtigen Vertreter der Republik, der kaltblütig ermordet worden war. Aurore wollte den Präsidenten nicht sehen. Sie wollte diese große Beisetzung nicht. Sie wollte allein trauern, sich damit abfinden, ohne David zu leben, überlegen, was sie nun tun sollte.

Das Begräbnis zog wie hinter einem grauen Schleier an Aurore vorbei. Ihre ganze Familie war da. Und natürlich Davids Familie. Davids Eltern und sein älterer Bruder befanden sich in demselben Zustand wie sie selbst. Sie konnten einfach nicht glauben, was geschehen war, und jeder fragte sich, warum David erschossen worden war. Weder die Ermittler in Marseille noch jene in Paris hatten eine Spur. Aurore fühlte sich nicht besser, nun, da sie Marseille verlassen hatte. Im Gegenteil, sie war vollkommen desorientiert. In Marseille hatte sie zumindest ihr Nest, ihr Haus, wo noch Spuren von David waren. Außerdem hatte sie dort ihre Ruhe. Bei den Eltern wurde sie von der ganzen Familie umsorgt und bemitleidet, was die Sache nur noch schlimmer machte.

Während des Begräbnisses beschloss Aurore, Weihnachten mit ihrer Familie zu verbringen und nach den Feiertagen wieder nach Marseille zurückzukehren.

Sie blickte in die Menge der vor dem Friedhof wartenden Trauergäste.

Pierre, seine Mitarbeiter Caroline und Jean sowie

zwei Sekretärinnen waren anwesend, von den Polizisten waren nur Rachid und die Leiterin der PJ gekommen. Aurore konnte sich nicht mehr an den Namen der Frau erinnern. Die anderen hatte man aufgrund der krankheitsbedingten Personalknappheit und der beiden so dringenden Fälle gebeten, im Kommissariat zu bleiben. Laura war auch da, ihr Chefredakteur hatte ihr erlaubt, über Davids Tod und das Begräbnis zu berichten.

Aurore bemerkte trotz ihrer Verzweiflung, dass Rachid sie nicht aus den Augen ließ. Es war rührend, wie er sich um sie kümmerte, aber sie hatte das Gefühl, dass es zu viel war. War das seine Art, sich so zu verhalten, oder steckte da eine Absicht dahinter? Rachid und Aurore waren von Anfang an gute Freunde gewesen, aber eben nicht mehr. Etwas anderes hätte Aurore nie ins Auge gefasst und wollte es auch jetzt nicht tun. Es würde Monate, vielleicht sogar Jahre dauern, bis sie daran denken konnte, wieder mit einem Mann eine Beziehung einzugehen. Und das betraf auch Rachid. Obwohl er objektiv gesehen ein Traummann war: Er hatte einen guten Job, war liebenswürdig, gut aussehend und intelligent.

Aber Aurore glaubte trotz all dieser Dinge nicht, dass sie eines Tages mit Rachid eine Beziehung beginnen könnte. Denn er war Davids Freund gewesen. Sie fühlte sich ihm gegenüber befangen. Erwartete er sich etwas von ihr? Aurore hoffte, dass das nicht der Fall war. Sie wollte nicht, dass er enttäuscht wurde. Das hatte er nicht verdient.

Der Staatspräsident erschien bald, umgeben von Leibwächtern, und schüttelte Aurore und der gesamten Familie die Hand. Er sprach ein paar aufmunternde und tröstende Worte. Dann setzte er vor dem Friedhof zu einer Rede an.

»Wieder ist die Republik in ihrem Herzen getroffen

worden. Ein Repräsentant unseres Staates, ein Sohn, ein Bruder, ein Lebensgefährte, ein Freund ist getötet worden. Wir wissen noch nicht warum, aber wir vermuten, dass es mit der Ausübung seiner Pflicht zu tun hat. David Maurin war ein äußerst gewissenhafter Staatsanwalt, der trotz seiner Jugend sehr wichtige Fälle übernommen und in seiner Arbeit keine Mühen gescheut hat.«

Der Präsident versprach auch, den Ermittlern alle denkbaren Mittel zur Verfügung zu stellen, dann kam die große Überraschung, die Aurore sich nicht erwartet hätte. Der Präsident verlieh David den Orden der Légion d'honneur. Es handelte sich um die höchste Auszeichnung, die treue Diener des Staates und der Gesellschaft in Frankreich erhielten, normalerweise allerdings zu Lebzeiten. Doch schon einen Monat zuvor hatte der Präsident den Légion d'honneur einem Mordopfer verliehen: dem von einem Islamisten enthaupteten Lehrer. Aber bei diesem Lehrer war ganz klar gewesen, warum er gestorben war, während man bei David nur vermutete, dass es mit seiner Arbeit zusammenhing. Die Ermittlung hatte gerade erst begonnen.

Als der Präsident weg war, wurde David auf dem Friedhof von Sens beigesetzt. Es war ein schrecklicher Augenblick. Die Worte des Priesters, der Sarg, der ins Grab hinuntergelassen wurde, die Blumen, die darauf geworfen wurden. Aurores ältere Schwestern Solène und Elise standen neben ihr und stützten sie. *Warum ich? Warum wir?*, fragte Aurore sich immer wieder, während sie haltlos weinte.

Dann kam der Moment, den Aurore am meisten fürchtete: Alle Anwesenden sprachen ihr und Davids Familie ihr Beileid aus. Manche kannte sie, andere nicht, der Strom von Menschen schien nicht enden zu wollen. Mitfühlend blickende Augen, Hände, die ihre eiskalte

Hand drückten, quetschten, streichelten. Aurore wollte niemanden mehr sehen und nicht mehr berührt werden. Auch wenn alle da waren, um ihr Mitgefühl zu zeigen.

Ganz am Schluss kamen Laura, Rachid, Pierre und sein Team.

»Es tut mir so leid, Aurore, du kannst es dir nicht vorstellen«, murmelte Pierre und drückte ihre Hand.

Er sah nicht gut aus. Seine Haut wirkte wächsern, seine Augen waren genauso gerötet wie ihre.

Die anderen Kollegen murmelten ihre Beileidsbekundungen, als Rachid an der Reihe war, nahm er sie in die Arme und drückte sie an sich.

»Du weißt, dass ich immer für dich da bin«, flüsterte er ihr ins Ohr. »Komm bald wieder zurück nach Marseille!«

Aurore bemerkte, dass die Eltern und die Schwestern die Szene neugierig beobachteten. Davids Familie war zum Glück mit Pierre und seinem Team beschäftigt. Rachid war in aller Öffentlichkeit wahrscheinlich einen Schritt zu weit gegangen. Aber es spielte keine Rolle. Nichts spielte für Aurore mehr eine Rolle. Weder was die Leute dachten, noch was Rachid sich von ihr erhoffte. David war tot. Diese Tatsache stellte alles andere in den Schatten.

Frais Vallon

Commissaire Martine Prévert stürzte in Nadias Büro.

»Es ist wieder ein Junge verschwunden«, keuchte sie. »Jetzt ist endgültig klar: Wir haben es mit einem Serientäter zu tun!«

Nadia zuckte zusammen. Das hatte gerade noch gefehlt!

»Wo?«, stieß sie hervor.

»Cité Frais Vallon. Zwischen der Cité und der Schule La Rose. Ein zehnjähriger Junge komorischer Abstammung namens Nassim Aboudou, der in der Mittagspause zum Essen nach Hause wollte. Es sind zu Fuß nur knappe zehn Minuten, und er ging eine ziemlich belebte Straße entlang, in der sich auch ein Lebensmittelgeschäft befindet. Die Kollegen, die gerufen wurden, fahren bereits das gesamte Stadtviertel nach dem Kind ab. Und befragen die Leute, die ihn auf dem Schulweg gesehen haben könnten. Ihr müsst auch schleunigst nach Frais Vallon.«

Nadia erschrak. Ausgerechnet in der Cité, in der Rachid und Franck in den vergangenen Wochen auf Davids Anordnung hin Razzien veranstaltet und mehrere Verhaftungen vorgenommen hatten! Die Stimmung würde dort unerträglich sein. Schon allein in die Cité hineinzukommen, würde schwierig sein. Außerdem war Rachid nicht da, um Nadia beizustehen. Die Commissaire schien Nadias Gedanken zu lesen.

»Fahr sofort mit deinem Team hin und nimm auch Rachids drei Mann, die heute da sind, mit! Vor allem

Momo, der Arabisch spricht. Wenn du Hilfe brauchst, melde dich! Schlimmstenfalls schicke ich dir die CRS.«

»So weit kommt es hoffentlich nicht!«, sagte Nadia, die auf jeden Fall ohne die Spezialeinheit in diesem Stadtviertel arbeiten wollte.

»Wir kommen dorthin, um ein Kind zu suchen. Das müssen die Bewohner der Cité wohl einsehen.«

»Klar, aber du weißt ja …«

Die Commissaire murmelte etwas von *geistiger Umnachtung*, dann sagte sie: »Alles Gute, Nadia. Ich schicke dir dann später Franck.«

Nadia seufzte. Franck von der Drogenbrigade war wie Rachid in der Cité nicht unbedingt beliebt, aber sie würde mit ihm schneller vorankommen. Denn die Zeit drängte.

Nadia, Carole, Jacques, Kenny, Stéphane und Rachids Mitarbeiter rasten in zwei Autos zur Cité Frais Vallon, die sich nördlich des Stadtteils La Rose in den Quartiers Nord befand. Dort, wo zwei wichtige und sehr befahrene Verkehrsachsen aufeinandertrafen, die Rocade, die einen Teil der Nordstadt durchquerte, und die Autobahn A507, die vom Osten in die Innenstadt führte. Frais Vallon war eigentlich immer eines der ruhigeren Randgebiete gewesen, doch in letzter Zeit hatte es auch da Unruhen gegeben, nachdem am Anfang des Jahres zwei junge Männer erschossen worden waren. Die PJ hatte ermittelt, und vor allem die Stups hatten sich um die Sache gekümmert. Es war um einen Bandenkrieg gegangen, und mehrere Drogenhändler waren in den letzten Monaten verhaftet worden. Allerdings war das Drogennetzwerk in diesem Viertel noch nicht ausgemerzt und die Stimmung explosiv.

Als Nadia und ihre Kollegen eintrafen, standen schon

etliche Jugendliche vor der Cité und blockierten die Einfahrt.

Nadia stieg aus dem Auto, Stéphane und Kenny neben sich.

»Bonjour, wir sind die Crim. Wir suchen nach den vermissten Jungs. Wir müssen die Familie befragen. Wir wurden gerufen.«

»Du Schlampe!«, schrie ein Jugendlicher. »Ich kenne die drei Blödmänner im Auto hinter dir. Die sind von den Stups.«

Er spuckte einige Meter vor Nadia aus. Das fing ja gut an!

Nadia beschloss, sich nicht aus der Fassung bringen zu lassen.

»Jetzt mal ganz ruhig. Wir müssen mit allen hier sprechen. Ich bin von der Abteilung Kapitalverbrechen. Mich interessieren Drogen nicht. Und meine Kollegen sind da, weil sie die Cité kennen. Aber es geht heute darum, alle Leute in dieser Gegend zu fragen, ob jemand den abgängigen Jungen gesehen hat. Hat irgendwer von euch etwas beobachtet?«

Momo stieg aus dem Auto und kam auf Nadia zu. Er begann mit den Jungen auf Arabisch zu sprechen. Sie schrien ihn an, Momo konterte, irgendwann hörte Nadia das Wort CRS, dann trotteten plötzlich alle spuckend und fluchend hinter den Wohnblock.

»Danke, Momo!«, sagte Nadia.

Er zuckte mit den Schultern. »Sie sind unmöglich. Respektieren gar nichts. Weder die Polizei noch Gott.«

»Tja …«

Rachid hatte sich bei Nadia über Momo beschwert, der zwar ein guter Polizist, aber seiner Meinung nach zu fromm war. Momos Frau trug einen Hijab, Momos Schwiegereltern waren strenggläubige Muslime und setzten ihn gehörig unter Druck. Er trank keinen Alkohol mehr, aß nur mehr halal und hatte zu Frauen ein merkwürdiges Verhältnis. Es gefiel ihm überhaupt nicht, dass die Kripo und die PJ insgesamt jetzt von Frauen geleitet wurden. Nadia hatte gemeint, Rachid solle Momo in Ruhe lassen, solange dessen Einstellung bei der Arbeit keine Probleme bereitete. Rachid hatte entgegnet, im Moment sei das nicht der Fall, aber er kenne das schon. Momo würde mit der Zeit immer konservativer und strenggläubiger werden und nicht mehr ins Team passen. Und wenn auch noch eine Frau zur Gruppe stieß, wie es in allen anderen Abteilungen bereits der Fall war, dann würde Momo das nicht ertragen.

Nadia schien Glück zu haben, weil Momo immer sehr gut mit ihr zusammengearbeitet hatte. Trotz ihres Status als Lieutenant und ihrer lesbischen Orientierung schien der Kollege sie zu achten. Und an diesem Tag war sie sehr froh über seine Anwesenheit.

Die Polizisten gingen zwischen den großen Wohnblöcken durch. Überall lagen Müll und alter Hausrat herum, wie alle armen Vorstadtviertel war auch Frais Vallon sehr schmutzig.

»Okay«, sagte Nadia. »Wir müssen so viele Leute wie möglich befragen. Beginnen wir systematisch! Mit dem Wohnblock des verschwundenen Jungen. Der da hinten. Der höchste!«

Es handelte sich tatsächlich um einen *Turm*, die Art von Mietshaus, wie die Dealer sie liebten. Ihre Geschäfte tätigten sie in den Treppenhäusern, ihre Ware versteckten sie auf dem Dach.

»Es sieht besser aus als vor einigen Wochen«, meinte Paul, Rachids und Momos Kollege. »Heute sind keine Einkaufswagen zu sehen.«

Auch in dieser Cité verbarrikadierten die Dealer ihre

Wohnblöcke vor der Polizei mit Einkaufswagen, die sie aufeinanderstapelten. Sie ließen die Bewohner nur zu bestimmten Tageszeiten hinein oder hinaus. Meistens sah man vor den Cités, in denen gedealt wurde, Einkaufswagen in rauen Mengen herumstehen.

»Wahrscheinlich haben sie aufgeräumt, als die Nachricht umging, dass der Junge verschwunden ist. Weil sie wussten, dass wir kommen würden«, vermutete Nadia.

Sie ging mit Momo zur Familie des Vermissten, die im fünften Stock wohnte. Die anderen sollten jeweils zu zweit die gesamte Cité abklappern, beginnend mit Nassims Wohnblock. Danach würden sie sich noch einmal den Schulweg vornehmen. Und natürlich würden überall im Stadtviertel Streifenwagen nach Nassim suchen. Der Plan Alerte-Enlévement würde wohl noch am selben Nachmittag aktiviert werden. Nassims Foto würde überallhin geschickt und auch immer wieder im Fernsehen und im Web eingeblendet werden. Überall in Marseille und Umgebung würde es Kontrollen geben. Nadias Chefin kümmerte sich gewiss bereits um diese groß angelegte Suchaktion.

»Wenn ihr Probleme habt, dann funkt uns sofort an!«, befahl Nadia den Kollegen. Sie hatte ein flaues Gefühl im Magen. Irgendein Jugendlicher konnte ganz plötzlich ausrasten. Eine Bande konnte die Ermittler attackieren. Häufig trafen sie auch auf Barbus, bärtige Männer in Dschellabas, denen sofort anzusehen war, dass sie strenggläubige Muslime und wahrscheinlich auf dem Weg zur Radikalisierung waren. Mehrere Leute waren sans papiers, Illegale, und wollten mit der Polizei nicht sprechen. Da es sich jedoch um ein verschwundenes Kind handelte, würden die Einwohner, sogar die jugendlichen Aufrührer, vielleicht ein wenig kooperativer sein.

Nadias Herz zog sich zusammen, als sie bei der Tür der Familie Aboudou läuteten. Eine etwas pummelige, sehr dunkelhäutige Frau mit einem Turban und einem weiten afrikanischen Kleid öffnete ihnen. Ihr Gesicht wirkte sehr besorgt, ihre Augen waren verschwollen vom Weinen. Hinter ihr versteckten sich zwei kleine Kinder. Aus einem Raum schauten zwei weitere Afrikanerinnen in den Flur.

Nadia stellte sich und Momo vor. Die Frau überschüttete sie mit einem Wortschwall, der französisch hätte sein sollen. Nadia verstand jedoch kein Wort, vor allem, weil die Frau dazwischen immer wieder aufschluchzte und vor Aufregung kaum mehr atmen konnte.

Momo wandte sich auf Arabisch an die Dame. Sie sprach besser Arabisch als Französisch.

»Sie meinte, Nassim würde zu Mittag eigentlich nie nach Hause kommen. Heute wollte er aber daheim essen, weil sein bester Freund krank ist. Und deshalb hat er die Schule allein verlassen«, übersetzte Momo. Die Frau schluchzte wieder laut auf.

Nadia fand es angebracht, sie zu beruhigen.

»Es muss nicht sein, dass Nassim entführt wurde. Es kann auch etwas anderes sein. Er kann jemanden getroffen haben und zu ihm gegangen sein. Die Schule vergessen haben. Er ist erst eineinhalb Stunden abgängig.«

Normalerweise rückte in solchen Situationen nicht sofort die Polizei an, aber bei der derzeitigen Lage dachten alle gleich an das Schlimmste. Die Mutter und deren Freundinnen hatten schon überall herumtelefoniert, mehrere Leute des Wohnblocks hatten Nassim bereits im gesamten Stadtviertel gesucht.

Es gelang Nadia und Momo, die Frau dazu zu bewegen, sich in die Küche zu setzen, wo sich bereits vier ihrer Freundinnen aufhielten. Die schwarzen Frauen sahen alle ähnlich aus. Sie wirkten sehr besorgt und außer sich. Nadia konnte sie verstehen. Momo übersetzte so gut er konnte. Hin und wieder übernahm die älteste der Frauen, die relativ gut Französisch sprach. So viel Nadia verstanden hatte, war auch Arabisch nicht die Muttersprache dieser Frauen, sie konnten sich jedoch damit verständigen.

Ungefähr zehn kleine Kinder tollten herum, schrien, lachten, weinten und stritten. Nadia spürte, wie sie Schweißausbrüche bekam. Sie hatte Schwierigkeiten, sich darauf zu konzentrieren, welche Informationen sie brauchte. Im Geiste stellte sie den genauen Zeitplan auf. Nassim hatte die Schule um Viertel nach zwölf verlassen. Es waren von da nur wenige Minuten bis zur Cité. Die Straße, die er entlanggehen musste, führte zwischen Wohnblöcken durch und an zwei Lebensmittelgeschäften vorbei. Sie war nicht groß, aber zumeist recht belebt. Wenn er dort in ein Auto gestiegen war, hatte ihn bestimmt jemand gesehen.

Um Viertel vor eins hatte die Mutter die Schule kontaktiert, weil Nassim noch nicht heimgekommen war. Sie hatte auch die Familien aller seiner Freunde angerufen, die entweder krank oder in der Kantine geblieben waren. Bald waren mehrere Männer und Frauen aus der Cité aufgebrochen, um Nassim zu suchen. Um Viertel nach eins war die Polizei eingeschaltet worden. Nun war es zwei, und Nassim war auch nicht wieder in der Schule aufgetaucht. Es war der letzte Schultag vor den Weihnachtsferien, und am Nachmittag hatte die Lehrerin eine kleine Party vorgesehen. Deshalb hätte Nassim nie die Schule geschwänzt. Er aß zu gern Schokolade. Es handelte sich um einen hübschen afrikanischen Jungen mit einer unglaublichen Haarpracht. Er war stark und sportlich, für sein Alter groß und betrieb Leichtathletik.

Nassims Familie war fünf Jahre zuvor von den Komoren nach Frankreich gekommen. Die Mutter war nicht berufstätig, der Vater war bei Zeitarbeitsagenturen angemeldet und arbeitete an diesem Tag am Bau. Bis vor Kurzem hatte die Familie aber nur von der Sozialhilfe gelebt. Die Wohnung war schäbig und viel zu klein für sieben Leute. Nassim hatte einen achtjährigen Bruder und eine sechsjährige Schwester, die beide in der Schule waren, sowie zwei kleine Brüder, vier und zwei, die im Moment mit den Sprösslingen der anderen Frauen um Nadia herumtollten.

Die Mutter und die Frauen kannten niemanden, der Nassim hätte kidnappen können. Jedenfalls verdächtigten sie niemand Konkreten.

»Natürlich die Araber«, sagten sie, »die Araber sind ein Problem.«

Nadia sah, dass Momo die Stirn runzelte und sich sein Blick verdüsterte. Er war auch ein *Araber*.

»Die Algerier handeln mit Drogen«, erklärte die Frau, die gut Französisch sprach. »Sie blockieren oft das Treppenhaus und lassen uns nicht herein oder hinaus. Diese jungen Flegel. Sie knallen sich auch gegenseitig ab. Aber einem Kind würde trotzdem keiner was zuleide tun.«

Die anderen schienen nicht mit ihr einverstanden zu sein und diskutierten hitzig auf Komorisch. Momo schaute Nadia achselzuckend an. Es war ihm anzusehen, dass auch er das Gespräch mit diesen Frauen sehr anstrengend fand.

Kurz darauf kam der Vater nach Hause. Er hatte sich auf den Weg gemacht, als seine Frau ihn angerufen hatte. Er schien vollkommen verunsichert. Seine Frau warf sich weinend auf ihn, auch er war den Tränen nahe.

Er sprach gut Arabisch und erklärte Nadia und Momo, dass Nassim nie weggelaufen wäre oder etwas getan hätte, was nicht ausgemacht gewesen war. Nassim sei ein folgsames Kind, als der Erstgeborene sehr gewissenhaft und kümmere sich viel um die jüngeren Geschwister. Ihm war etwas passiert.

Da läutete es, und ein älterer, in eine lange, bunte Tunika gekleideter Afrikaner stand vor der Tür. Nassims Vater erklärte Nadia: »Mein Freund ist ein Voodoo-Priester. Er wird sich nun im Schlafzimmer der Jungen einschließen und versuchen, Nassims Entführer wehzutun oder ihn zumindest zu verwirren, damit er falsche Entscheidungen trifft und erwischt wird. Dann wird er auch im Kaffeesatz lesen, um herauszufinden, wo Nassim sich befindet. Ich sage Ihnen natürlich Bescheid, sobald wir mehr wissen.«

Nadia nickte höflich und bemerkte aus den Augenwinkeln Momos aufgebrachten Blick. Sie entschied, dass es an der Zeit war, sich zu verabschieden und die Familie dem Voodoo-Priester zu überlassen.

Sie gab allen anwesenden Erwachsenen die Karte mit ihrer Telefonnummer, dann verließen sie die laute und überfüllte Wohnung. Im Treppenhaus begann Momo über die Afrikaner zu schimpfen.

»Das ist unerhört, was die da machen«, sagte er giftig. »Sie beleidigen Allah mit diesem Voodoo-Mist. Sie behaupten, sie seien Muslime, dabei glauben sie an solche widersinnigen Sachen. Allah wird sie dafür bestrafen.«

Nadia seufzte tief. Als ob sie nicht so schon genug Probleme hätte! Nun mischte sich auch noch Allah ein.

»Weißt du«, meinte sie vorsichtig, »diese Leute befinden sich im Ausnahmezustand. Sie sind komplett panisch. Und sie halten sich an allem fest, was ihnen einen

Funken Hoffnung gibt. Sie hoffen, so zu erfahren, wo Nassim ist. Auch wenn wir natürlich wissen, dass das nichts bringt. Aber für sie geht es darum, diese Situation durchzustehen.«

Momo wollte etwas entgegnen, doch Nadia hatte schon das Funkgerät in der Hand, um zu überprüfen, wie die anderen Duos vorankamen. Das Allerletzte, was sie jetzt gebrauchen konnte, war eine Diskussion mit Momo über gute und schlechte Muslime. Anscheinend kamen die Kollegen mit den Befragungen voran und hatten bislang keine größeren Probleme

Die Stimmung in der Cité war, wie überall in den Quartiers Nord, angespannt. Der Ort, an dem Nassim verschwunden war, war keine heile Welt. Alles Mögliche hätte geschehen können. Und doch waren Kindesentführungen kein typisches Verbrechen dieser Stadtviertel.

Ein Hinweis

Carole und Jacques befragten alle Leute in der oberen Hälfte des Wohnblocks, in dem Nassim lebte. Sie wurden zum Teil mürrisch, zum Teil feindselig und wütend, aber manchmal auch freundlich empfangen. Mehrere junge Nordafrikaner sagten zu ihnen, sie sollten sich verpissen, sie sprächen aus Prinzip nicht mit den Bullen, und warfen ihnen die Tür vor der Nase zu. Carole notierte die Wohnungsnummern dieser Typen, denen würde sie vielleicht die Kollegen von den Stups vorbeischicken.

Die Frauen und die älteren Männer redeten mit ihnen. Alle waren entsetzt über das Verschwinden dieses Kindes aus ihrem Haus, und Carole spürte, dass langsam Hysterie in der Cité ausbrach.

Es gab Leute, die irgendwelche Jugendlichen oder Islamisten verdächtigten, die Nordafrikaner beschuldigten die Schwarzafrikaner und die Schwarzafrikaner die Nordafrikaner. Aber einen echten Hinweis gab Carole und Jacques niemand. Es waren durch die Bank nur haltlose Mutmaßungen, die sie zu hören bekamen.

Nun hatten sie an einer Tür geläutet, die ein ungefähr siebzehnjähriges afrikanisches Mädchen öffnete. Sie sah die Polizisten mürrisch an. »Ja?«

Carole und Jacques stellten sich vor und erklärten, um was es ging.

»Wir sind am Mittag von unserem Lycée hierhergegangen. Aber wir haben den Kerl nicht gesehen«, sagte das Mädchen. »Ich weiß auch nicht, wer er ist. Sie sehen alle gleich aus, diese Bengel.«

»Und sonst ist Ihnen nichts aufgefallen?«, fragte Carole.

Da kam plötzlich Leben in das Mädchen. »Ach, doch! Doch! Wir haben ein Auto mehrmals hin- und herfahren sehen.« Sie rief in die Wohnung hinein. »Mädels, kommt mal!«

Zwei andere Afrikanerinnen, die ihr sehr ähnlich sahen, tauchten im Korridor auf.

»Ein Kind ist verschwunden. Nur wenige Minuten nachdem wir diesen komischen Typen im Auto gesehen haben. Wir hätten das Nummernschild fotografieren sollen. Merde!«

»Ein Mann in einem weißen Auto?«, fragte Jacques.

»Ein Mann mit Sonnenbrille und Schildkappe«, sagte die eine.

»Weiße Schildkappe«, fügte die andere hinzu.

»Wie oft fuhr er auf und ab?«

»An die fünf Mal!«

»Nein, öfter!«

»Fuhr er langsam?«, fragte Nadia.

Das dritte Mädchen, das noch nichts gesagt hatte, meinte: »Er fuhr langsam und so, als würde er etwas suchen. Wir haben kurz darüber gesprochen, dass er komisch war, aber nichts weiter getan.«

Die Mädchen begannen wieder zu fluchen, weil sie nicht die Geistesgegenwart besessen hatten, das Autokennzeichen zu fotografieren.

Carole und Jacques bedankten sich für die Information und fuhren mit ihren Befragungen fort. Bald hatten sie ihre Wohnungen durch und gingen hinunter vors Haus, um ihre Erkenntnisse mit ihrer Chefin zu teilen. Unten befand sich Nadia mit Momo, Stéphane und Kenny sowie zwei jungen Männern und einer jungen Frau, mit denen sie stritt. Carole hatte wenig Zweifel, um welche Art von Personen es sich bei ihnen handelte. Die Presse war schon auf dem Laufenden, und die ersten Journalisten waren in der Cité eingetroffen.

»Es geht einfach nicht, dass Sie da gleichzeitig mit uns die Leute ausfragen!«, ereiferte sich Nadia.

»Wir fragen sie nicht aus«, widersprach der junge Mann, der mit einer Kamera herumhantierte. »Wir versuchen nur, die Atmosphäre einzufangen. Es ist doch wichtig, dass wir über Ihre Arbeit berichten.«

Die junge Frau, die wohl mit ihm zusammenarbeitete, nickte. »Wir wollen Ihnen nicht im Weg sein, sondern eher helfen.«

»Hören Sie!«, sagte Nadia. »Sie sind uns aber im Weg. Das ist hier ein sehr sensibles Wohngebiet. Wir hatten vor einigen Wochen hier bereits Probleme wegen der Ermittlungen zu den Bandenkriegen am Jahresanfang. Zwei Erschießungen. Diese Leute können jederzeit ausrasten. Deshalb bitte ich Sie, zu gehen. Es wird bald eine Pressekonferenz geben.«

Den dritten Journalisten kannte Carole besser. Er hieß Stanislas Fouquet und arbeitete für die *Marseillaise*. Er war befördert worden, nachdem sein Kollege Grégory Gazan im Sommer ermordet worden war, und hatte der PJ seither nicht viel Freude bereitet. Er kritisierte die Polizei sehr gern. Das war allerdings nichts Besonderes, denn die *Marseillaise* hatte der Polizei schon immer kritisch gegenübergestanden. Stanislas war jedoch sehr lästig und tauchte immer dann auf, wenn die Ermittler ihn am allerwenigsten brauchen konnten. Soweit Carole verstand, hatte er nun mit irgendwelchen Dealern gesprochen, die der PJ unmenschliche Methoden und Misshandlungen vorwarfen.

»Es ist doch wohl wirklich nicht nötig«, fuhr Nadia ihn an, »die Drogenbosse jetzt ausgerechnet dort auszufragen, wo wir nach einem vermissten Kind suchen.«

Der junge Mann sah sie ungerührt an. »Ich muss mir die Informationen an dem Ort besorgen, wo sie zu bekommen sind. Sie geben mir ja gar nichts. Und ich weiß auch warum. Weil Sie die Konkurrenz bevorzugen. Es geht da um Bettgeschichten. Und das ist nicht professionell.«

Carole seufzte. Der Journalist spielte auf Nadias Lebensgefährtin Laura an. Sie schien ihm wirklich ein Dorn im Auge zu sein, weil er diesbezüglich schon mehrmals Bemerkungen gemacht hatte, meistens in schriftlicher Form.

Nadia begann sich aufzuregen. Es sah fast so aus, als wolle sie dem Journalisten an die Gurgel springen. Caroles Blick traf Stéphanes. Sie würden ihre Chefin davon abhalten, denn das war genau das, was Stanislas Fouquet wollte. Von der Polizei körperlich attackiert werden. In diesem Moment kam Franck Rimier mit seinem Team.

»Du schon wieder?«, rief er, als er den Journalisten erblickte. »Du kleiner Wichser, du elender! Willst uns schon wieder reinpfuschen. Aber ich sag dir was. Entweder du haust sofort von hier ab oder ich nehme dich unter den Arm und bringe dich ins Büro des Procureurs. Dann kannst du ihm mal erklären, warum du immer gegen uns arbeitest.«

Franck trat auf Fouquet zu. Er war größer und kräftiger gebaut als seine Kollegen, beinahe ein Riese. Der Journalist hingegen war ein kleiner, ausgemergelter junger Mann, den Franck ohne Schwierigkeiten hätte hochheben können. Während Nadias Geschimpfe auf ihn überhaupt keinen Eindruck gemacht hatte, war Fouquet nun doch verunsichert. Er hob beide Hände.

»Ist ja schon gut«, sagte er und wich zwei Schritte zurück. Dann wandte er sich an seine Kollegen. »Ihr habt gesehen, wie die Polizei mit uns redet, wie sie uns behandelt. Ihr seid Zeugen.«

Die beiden nickten. Der Mann mit der Kamera machte Anstalten, sie einzuschalten. Gewiss hätte er die Auseinandersetzung mit der PJ gern gefilmt. Doch Franck hielt ihn mit einer drohenden Gebärde davon ab.

Er hob die Faust und brüllte los: »Haut ab! Haut sofort ab! Schreibt über uns, was immer ihr wollt, aber lasst euch hier nicht mehr blicken. Und wenn ihr noch einmal mit den Dealern sprecht, dann beginnt der Procureur gegen euch zu ermitteln!«

»Das kann er nicht …«, entgegnete Stanislas Fouquet, aber da ging Franck mit erhobener Faust auf ihn zu, und der Journalist kuschte.

»Okay, wir gehen. Aber das ist Einschüchterung.« Stanislas' Stimme zitterte ein wenig.

»Ja. Ist es. Weil wir hier einen Notfall haben. Und die Befragungen ungestört durchführen müssen. Kommt übermorgen wieder, wenn wir fertig sind.« Francks Gesicht war rot vor Wut.

»Morgane und Francis, begleitet die drei zum Eingang!«, befahl er zweien seiner Mitarbeiter. Von den beiden Polizisten in Zivil eskortiert, begaben sich die drei Journalisten zur Einfahrt in die Cité. Carole befürchtete allerdings, dass sie trotz allem die Vorstadt nicht verlassen würden. Journalisten waren hartnäckig, das wusste sie. Denn sie lebten von solchen Dingen. Und hatten keine Wahl. Ihr Kollege Franck schien das nicht zu verstehen. Er war außer sich vor Wut.

»Was kommen die hierher und arbeiten gegen uns? Wenn wir ein verschwundenes Kind suchen? Ja, haben die denn überhaupt keine moralischen Hemmungen mehr?«

Nadia konnte ihn nur mit größter Mühe beruhigen.

Carole war klar, dass sie keine Zeit verlieren durften. Nassims Haus hatten sie durch, aber nun wollten sie auch die Bewohner der anderen Wohnblöcke der Cité befragen, sich den Schulweg noch einmal vornehmen und mit den Lehrern und Angestellten der Schule sprechen.

Durchkreuzte Pläne

Laura hatte aufgeatmet, als sie mit Pierre und Rachid ins Auto gestiegen war. Ihre Zähne klapperten auch eine halbe Stunde später noch vor Kälte, und sie war völlig deprimiert. Ein Begräbnis ist nie ein angenehmer Moment und das Begräbnis eines Freundes eine harte Prüfung. Sens war eine hübsche Kleinstadt in Burgund mit einem schönen Zentrum, das von der alten Kathedrale und malerischen Straßen geprägt wurde, aber die Freunde hatten an diesem Tag keine Augen für solche Dinge gehabt. Sie waren nach der Beisetzung auf der Suche nach einem schnellen Mittagssnack ein wenig durch das Städtchen gelaufen, hatten auf der Straße ein Sandwich hinuntergeschlungen, wollten Burgund nun aber so schnell wie möglich wieder verlassen.

Es hatte sie mitgenommen zu sehen, wie verzweifelt Aurore und Davids Eltern waren. Auch Pierre und Rachid waren wortkarg und müde, als sie auf der Autobahn Richtung Süden fuhren. Laura bot Pierre halbherzig an, sich selbst ans Steuer zu setzen.

Doch Pierre meinte: »Ist schon in Ordnung. Ich kann noch eine Weile fahren, dann löst einer von euch beiden mich ab.«

Der einzige Lichtblick an diesem traurigen Tag war für Laura der Abend mit Mathieu und Mélanie, die sie auf der Rückfahrt nach Marseille zu einem Fondue in ihrem Haus im Beaujolais erwarteten. Pierre, Rachid und sie waren von den beiden Freunden eingeladen worden, zwei Nächte bei ihnen zu verbringen. Sie waren am vorhergehenden Abend gegen sechs aus Marseille abgefahren und kurz vor neun bei Mathieu und Mélanie gewesen.

Der Abend war sehr angenehm verlaufen, sie hatten miteinander Raclette gegessen, dazu viel guten Wein getrunken und sich die Begebenheiten der letzten Monate erzählt.

Nun machte es sich Laura mit ihrem Laptop auf dem Rücksitz bequem, um ihren Artikel zu verfassen. Pierre sah sie im Rückspiegel an.

»Wird dir dabei nicht schlecht?«, fragte er besorgt.

Laura lachte. »Im Prinzip nicht. Aber ich sage es euch, bevor ich reihern muss.«

»Das wäre nett«, meinte Rachid sarkastisch.

»Ich muss den Bericht sofort schreiben«, erklärte Laura. »Das war die Bedingung meines Chefredakteurs, damit er mich mit euch kommen ließ.«

»Nun, schlimmstenfalls halten wir an, trinken einen Kaffee und du schreibst in der Raststätte«, sagte Rachid.

»Ich glaube, es geht auch so«, erwiderte Laura. »Wir sind ja auf der Autobahn.« Sie begann konzentriert zu tippen.

Rachid und Pierre begannen, sich über den Orden der Légion d'honneur zu unterhalten, die Auszeichnung, die David als treuer Diener Frankreichs vom Präsidenten erhalten hatte.

»Ich finde es ist gerechtfertigt«, meinte Pierre. »Es ist eine schöne Geste.«

Rachid schien nicht ganz seiner Meinung zu sein.

»Im Prinzip, ja. Aber wir wissen noch überhaupt nicht, warum David umgebracht wurde. Es könnte auch eine persönliche Fehde sein.«

»Und trotzdem hat er seit Anfang seiner Karriere

wichtige Fälle bearbeitet. Und für seine Arbeit alles gegeben.«

»Natürlich. Aber da ist er nicht der Einzige. Es ist nicht erwiesen, dass er ein Märtyrer ist.«

»Nein. Aber es besteht eine starke Vermutung«, behauptete Pierre.

Laura hörte den beiden aufmerksam zu. Sie würde versuchen, diese beiden Meinungen in ihrem Artikel über das Begräbnis zu verarbeiten. Konzentriert begann sie zu tippen, bald fuhr Pierre auf einen Parkplatz und bat Rachid, das Steuer zu übernehmen. Einige Minuten später hörte sie ihn schon leise schnarchen. Rachid drehte sich um und grinste Laura an.

»Er ist müde«, meinte er. »Kein Wunder bei der kurzen Nacht und dem vielen Wein gestern Abend.«

»Wenn du auch müde bist, kann ich gern einmal lenken. Ich bin heute Vormittag auch nicht gefahren«, meinte Laura. Sie saß nicht gern in fremden Autos hinter dem Lenkrad, aber sie wollte es den Freunden trotzdem anbieten.

»Nein, Laura. Weißt du, wir sind authentische Machos. Wir lassen keine Frauen das Steuer übernehmen. Auch keine Lesben. Ihr seid in der Küche viel besser aufgehoben.« Er zwinkerte ihr zu.

»Wie du willst, *Monsieur le Macho*. Aber leider hast du, was mich betrifft, vollkommen recht. Ich bin eine sehr mittelmäßige Autofahrerin, aber man sagt, ich sei eine gute Köchin.«

»Die allerbeste! Den Titel der besten Köchin kann dir wirklich niemand streitig machen. Nadia hat großes Glück.«

In diesem Moment läutete Lauras Telefon.

»Wenn man vom Teufel spricht ...«, sagte sie und hob

ab. »Hallo Nadia, Rachid und ich reden gerade über dich.«

»Laura …«, keuchte Nadia. »Ich rufe dich an, weil … Es ist wieder was passiert. Diesmal ist ein zehnjähriger Junge afrikanischer Abstammung verschwunden. In der Cité Frais Vallon. Vor zwei Stunden. Ich bin gerade mit meinem und Rachids Team dort. Der Plan Alerte-Enlèvement ist aktiviert. In ganz Frankreich wird kontrolliert. Der Junge wird überall gesucht. Du kannst sofort darüber schreiben.«

»Was …?«, rief Laura entsetzt und so laut, dass Pierre erschrocken aus dem Schlaf auffuhr.

»Was ist los?«, japste er.

Laura schaltete ihr Handy auf Lautsprecher. Nadia erklärte den Sachverhalt in einigen Sätzen.

Pierre und Rachid waren genauso schockiert wie Laura.

»Nadia, wir sollten vielleicht sofort kommen, was meinst du?«, fragte Rachid.

»Das müsst ihr nicht. Ich habe dein Team sowieso hier bei mir, und du kannst morgen genauere Nachforschungen in dieser Cité anstellen. Auch Franck ist gerade mit seinen Leuten eingetroffen. Allerdings sind wir hier aufgrund eurer Aktionen in den letzten Wochen nicht gerade beliebt.«

Rachid seufzte tief. »Das kann ich mir vorstellen. Ausgerechnet Frais Vallon!«

»Nadia, wir beraten uns und sagen dir dann, wann mit uns zu rechnen ist«, meinte Pierre.

Als Laura aufgelegt hatte, war auch sie unentschieden. Sie würde nichts lieber tun, als einen Abend bei Mathieu und Mélanie mit ihrem Patenkind Anna zu verbringen. Aber andererseits sollte sie sofort nach Marseille, bevor ihr Chef daran dachte, jemand anderen mit dem Artikel zu den jüngsten Ereignissen zu beauftragen. Nadias Fall gehörte ihr. Nach einer kurzen Beratung kamen die drei zu dem Schluss, dass sie auf direktem Weg nach Marseille fahren sollten.

Pierre musste eine Pressekonferenz abhalten, und das so schnell wie möglich. Rachid wurde in der Cité, die er selbst am besten kannte, gebraucht. Und Laura wollte die Berichterstattung zu diesem Fall nicht verlieren.

Schweren Herzens rief Laura Mélanie an, um ihr Bescheid zu sagen. Diese schien enttäuscht, verstand aber die Entscheidung ihrer Freunde.

»Wisst ihr was?«, sagte sie. »Ihr fahrt bei Dardilly von der Autobahn ab, und ich warte dort mit eurem Gepäck auf euch. Keine Sorge, das sind nur ein paar Minuten für mich!«

Laura willigte ein, weil sie wirklich keine Zeit zu verlieren hatten, auch wenn es sie störte, dass Mélanie nun die Habseligkeiten der drei Freunde packen musste.

»Schade, dass wir nicht mein Auto mit dem Blaulicht haben«, bemerkte Rachid.

»Ach, wir können auch mit meinem die Geschwindigkeit überschreiten«, erwiderte Pierre. »Schalt den Turbo ein!«

Sie flitzten auf der Autobahn dahin. Laura telefonierte mit ihrem Chef François, der gerade erst von dem Verschwinden des Jungen gehört hatte, und versprach ihm einen Artikel.

Eine Stunde später trafen sie Mélanie an der Autobahn. Sie übergab ihnen ihr Gepäck und umarmte Laura. Laura küsste Anna auf ihre prallen Wangen, die voller Keksbrösel waren. Es tat ihr weh, dass sie sich schon wieder von ihrem geliebten Patenkind trennen musste.

»Wirklich schade«, sagte diese. »Aber warum kommt ihr nicht zu Silvester ein paar Tage zu uns?«

»Ich könnte euch meine Wohnung überlassen«, schlug Rachid vor. »Ich kann bei Aurore im Haus bleiben. Sie hat mir ihren Schlüssel gegeben, damit ich dort nach dem Rechten sehe.«

»Nun … vielleicht. Mir würde es gefallen«, meinte Mélanie. »Ich werde sofort heute Abend mit Mathieu darüber sprechen.«

»Wir zählen auf euch!«, sagte Pierre.

Dann sprangen sie wieder ins Auto, winkten und fuhren weiter. Laura telefonierte, schrieb Mails und verfasste ihre Artikel. Als sich zweieinhalb Stunden später die beleuchtete Großstadt mit ihren Hafenanlagen vor ihnen erstreckte, war es sechs Uhr. Die Pressekonferenz war für sieben am Alten Hafen anberaumt. Laura wollte davor noch in die Redaktion gehen, Rachid und Pierre ins Kommissariat.

Als sie vor dem Gebäude der *Provence* hielten, bedankte Laura sich bei den beiden, stieg aus dem Auto und zerrte ihren kleinen Koffer aus dem Kofferraum. Dabei schüttelte sie den Kopf. Was war das nur für eine stressige Aktion gewesen? Nicht die geringste Verschnaufpause war ihr vergönnt gewesen! Aber so war ihr Beruf nun einmal. Und für Nadia war es bestimmt noch viel schlimmer.

Lisa

Lisa sah in den Spiegel. Sie war alt. Alt und verhärmt. Wie hatte ihr Leben nur so entgleisen können? Und warum? Sie verstand einfach nicht, was los war. Lisa war bislang glücklich verheiratet gewesen, Mutter von zwei kleinen Mädchen, zufriedene Grundschullehrerin. Sie wohnte an der Côte Bleue in dem hübschen Ort Le Rove, nicht weit vom Meer, arbeitete in L'Estaque, nur ein paar Kilometer von ihrem Haus. Ihr Mann Gérald war in Marseille in der neuen Bibliothèque Méditerranée als Animateur Culturel Jeunesse – Kulturbeauftragter für die Jugend – angestellt. Eigentlich müsste sie glücklich sein.

Doch irgendetwas war geschehen, was Lisa nicht begreifen konnte. Gérald war ihr entglitten. In letzter Zeit kümmerte er sich überhaupt nicht mehr um sie. Um die beiden Mädchen ja, aber nicht um sie, Lisa. Es war auch schon über acht Monate her, seit sie das letzte Mal Sex gehabt hatten. Das war nicht normal. Sie waren noch nicht einmal vierzig und hatten sich immer sehr nahegestanden.

Lisa befürchtete, dass sie nicht begreifen *wollte*, was los war. Dabei war es glasklar. Gérald hatte eine andere. So wie er sich verhielt, war das eindeutig der Fall. Gerade eben hatte er ihr eine SMS geschrieben: *Ich komme spät heim. Habe noch eine Konferenz.*

Am Freitagabend eine Konferenz? Wer sollte ihm das glauben? Lisa kannte Géralds Kollegen, doch sie hätte es nie gewagt, einen von ihnen zu fragen, ob das mit der

Konferenz stimmte. Es wäre ihr peinlich. Aber sie konnte so nicht weiterleben. Sie musste etwas tun. Sein Handy konnte sie nicht durchsuchen, denn er hatte es immer bei sich und seine PIN kannte sie auch nicht. Sollte sie eine App herunterladen, die Handys ortete? Sie kannte sich damit überhaupt nicht aus und fürchtete, zu viel für das Abonnement zu bezahlen und es nicht mehr loszuwerden. Verdammt! Es war nicht zu übersehen, dass Gérald ihr auswich, dass er sie anlog, dass er etwas vor ihr verbarg. In der letzten Zeit war er sehr gereizt und schlief schlecht. Er wälzte sich neben ihr im Bett hin und her. Glücklich erschien er ihr nicht. Aber wer war schon glücklich, wenn er eine Geliebte hatte, jedoch noch mit seiner Frau und seinen zwei Töchtern zusammenlebte?

Lisa beschloss, Weihnachten verstreichen zu lassen und dann zu handeln. Gérald wenn nötig hinterherzuspionieren. Eventuell einen Privatdetektiv zu beauftragen. Sie hasste den Gedanken, dass er sie betrügen könnte und sie bisher keine Ahnung davon gehabt hatte. Den Gedanken, dass er das vielleicht schon einmal oder sogar mehrmals gemacht hatte. Allein schon die Vorstellung widerte sie an. Sie hatte mit ihrem Mann geschlafen, der wahrscheinlich auch noch andere Frauen berührt und beglückt hatte. Die Zeit vor fünf Jahren fiel ihr wieder ein, als sie in der Nähe von Bordeaux gelebt hatten. Damals hatte es auch eine Zeitspanne gegeben, in der Gérald so unnahbar gewesen war. Dann hatten sie die Region verlassen, und alles war wieder ins Lot gekommen.

Lisas Telefon läutete. Es war ihre Mutter. Die Eltern wollten sie und ihre Familie spontan zum Abendessen zu sich nach Aix-en-Provence einladen.

»Onkel Fred ist auch da. Er möchte, dass wir den Verkauf feiern. Wir haben gerade eben unterschrieben, und das Geld kommt am Montag aufs Konto.«

»Super! Dann seid ihr erstmals reich!«

Lisa atmete auf. Die Mutter und deren Bruder hatten von einem ihrer Onkel ein Haus am Fuß des Sainte-Victoire-Massivs geerbt. Es war eine totale Bruchbude, von Grund auf renovierungsbedürftig, und sie hatten sofort beschlossen, das Anwesen zu verkaufen. Das Haus stand zwar an einem wunderschönen Ort, war aber viel zu weit vom Schuss. Weder die Eltern noch Onkel und Tante wollten dort leben, und beide Paare besaßen bereits jeweils eine Villa am Stadtrand von Aix-en-Provence.

Das Anwesen war allerdings ein begehrtes Objekt für ausländische Investoren. Reiche Leute, die einen Zweitwohnsitz in einer traumhaften Landschaft suchten. Ein deutsches Ehepaar hatte sich auf Anhieb in das Haus verliebt und es gekauft. Es war alles sehr schnell vonstattengegangen, anscheinend hatten diese Deutschen es wirklich eilig. Sie wollten sogar noch vor Weihnachten mit den ersten Bauarbeiten beginnen, deshalb hatten sie darauf bestanden, noch vor dem zwanzigsten Dezember den Kaufvertrag zu unterschreiben.

Der Onkel hatte die ganze Sache abgewickelt, und die Mutter bekam nun ihren Anteil, der an die zweihunderttausend Euro ausmachte. Lisa wusste, dass die Eltern sie finanziell unterstützen würden, falls sie sich von Gérald trennte.

»Wir kommen gern«, sagte sie zur Mutter. »Allerdings nur die Mädchen und ich. Gérald hat heute Abend noch eine Konferenz.«

»Am Freitagabend?«, fragte die Mutter ungläubig.

Lisa biss sich auf die Unterlippe. »Anscheinend.«

Aber sie wollte das mit der Mutter nicht durchdiskutieren. Sie hatte keine Ahnung, dass Lisas Ehe nicht gut lief. Und Lisa hatte keine Lust, sich ihr anzuvertrauen.

»Kommt doch sofort!«, meinte die Mutter. »Dann essen wir früh zu Abend.« Sie wusste, dass Sara, die erst sechs war, abends immer früh müde wurde.

Lisa war versucht, Gérald anzurufen, tat es aber nicht. Sie würde ihm nicht hinterherrennen. Sie würde lediglich Beweise für seine Untreue sammeln und ihn dann verlassen. Es würde für die Mädchen schwierig werden, sie liebten ihren Vater, aber es ging nicht anders. Allerdings zog sich ihr Magen bei dem Gedanken zusammen, dass ihr Mann und seine unbekannte Geliebte sich gemeinsam jede zweite Woche um die Kinder kümmern würden. Denn Gérald würde sicher das geteilte Sorgerecht anstreben. Allein wenn sie daran dachte, bekam Lisa Kopfschmerzen. Vielleicht war es doch besser, so weiterzumachen wie bisher. Und so zu tun, als ahnte sie nichts. Aber sie wollte wissen, wer die andere Frau war! Diese Gedanken, die sich ständig im Kreis drehten …

Stopp!, sagte Lisa sich.

Sie rief die Mädchen aus ihren Zimmern und teilte ihnen mit, dass sie zu Oma und Opa fahren und dort zu Abend essen würden. Das gefiel den beiden, sie mochten ihre Großeltern, den Großonkel und die Großtante sehr.

Als sie wenige Minuten später nach Aix-en-Provence aufbrachen, sagte Léa: »Aber wir müssen auf Papa warten!«

»Papa arbeitet heute bis spät in die Nacht«, erklärte Lisa ihr. »Wir fahren ohne ihn.«

»Schade«, meinte Léa enttäuscht.

Daran wirst du dich wohl gewöhnen müssen, dachte Lisa bitter.

Als sie in Aix-en-Provence eintrafen, herrschte dort ziemliche Aufregung. Der Onkel war am Telefon und sprach in gebrochenem Englisch.

»Der Käufer!«, raunte die Mutter Lisa zu. »Ist hysterisch! Ein Deutscher.«

»Yes, yes, you can call the gendarmes«, sagte der Onkel gerade, »but they want not come. Not for this.« Sein Akzent war fürchterlich, und er massakrierte die Grammatik. Lisa musste sich das Lachen verkneifen.

»Yes, yes, yes … I call Andrea!«

Dann legte er auf und wählte eine andere Nummer. Als der Teilnehmer nicht dranging, verdrehte der Onkel laut schnaufend die Augen.

Die Mutter schob ihre Tochter und die Enkelinnen in die Küche. »Kommt mit!«

»Hat er jetzt schon Probleme mit den Käufern?«, fragte Lisa erstaunt.

»Ja, irgendwas ist dort oben nicht in Ordnung. Sie sind gleich nach der Unterschrift beim Notar hingefahren und haben wohl jemanden vorgefunden.«

»Im Haus?«

»Ja. Wie es aussieht. Aber ich weiß es nicht genau. Er wird es uns gleich erzählen.«

Die Tante und Lisas Vater betraten die Küche. Sie begrüßten Lisa und die Kinder.

»Wir haben aus dem Keller zwei gute Flaschen Wein geholt«, erklärte der Vater. »Aber Fred scheint ziemlich aufgebracht zu sein.«

»Wir haben wohl irgendein Problem mit dem Käufer«, erklärte die Mutter.

»Nur zwei Stunden nach dem Verkauf? Das kann ja heiter werden!« Lisas Vater verzog das Gesicht.

Da kam der Onkel in die Küche.

»Mon Dieu, diese Deutschen. Sind ja wirklich nette Leute, aber so was von pingelig. Sie behaupten, jemand war heute Nachmittag auf ihrem Grundstück. Sie haben einen Wagen von ihrem Haus wegfahren sehen.«

»Und warum beunruhigt sie das so?«, wollte Lisas Vater wissen.

»Na ja, die Einöde dort oben. Es gibt ja keine unmittelbaren Nachbarn. Und die Tatsache, dass sie im Ausland sind.«

»Aber sonst ist alles in Ordnung?«

»Alles in Ordnung. Es wurde auch kein Müll abgeladen. Aber sie wollen trotzdem der Gendarmerie Bescheid sagen.«

Die Mutter prustete los. »Das wird die aber nicht besonders interessieren.«

»Klar. Überhaupt nicht. Vor allem, weil nichts geschehen ist. Und wenn jemand dort seinen Abfall entsorgt hat, ist es auch nicht schlimm, denn ab Montag wird sowieso alles umgegraben. Es ist dort viel Dickicht, das sie noch vor Weihnachten herausreißen wollen, damit im Januar die Bauarbeiten beginnen können. Ich habe auf jeden Fall die Maklerin angerufen, damit sie die beiden beruhigt. Sie spricht besser Englisch als ich.«

»Gut. Dann können wir ja jetzt feiern!«

Die Mutter nahm eine Flasche Champagner aus dem Kühlschrank.

Der Vater ging ins Wohnzimmer, um die Gläser aus dem Schrank zu holen. Lisa half ihm. Der Fernseher lief ohne Ton, und Lisa wollte ihn abschalten, denn es kamen nur die regionalen Nachrichten. Doch als sie das Textband am unteren Rand des Bildes las, wurde sie stutzig und stellte den Ton lauter.

»… Mitschüler haben den Zehnjährigen zuletzt gesehen, als er mittags seine Schule Richtung Cité verlassen hat. Drei Jugendliche haben beobachtet, dass ein weißes Auto mehrmals auf und ab gefahren ist. Ansonsten wurde nichts bemerkt. Der Plan Alerte-Enlèvement ist aktiv. Überall in Marseille und Umgebung finden Polizeikontrollen statt.«

»Schon wieder ein verschwundenes Kind?«, fragte

der Vater ungläubig. »Und immer in den Quartiers Nord. Das wird langsam bedenklich.«

Lisa schluckte. Sie dachte an ihre Töchter. Sie holte sie im Moment noch jeden Tag von der Schule ab, da sie nicht wollte, dass die beiden allein im Dorf herumliefen. Zwei neunjährige Jungen und ein Zehnjähriger waren in den Quartiers Nord in den letzten drei Wochen spurlos verschwunden. Jedes Mal war eine große Suchaktion eingeleitet worden. Auch Lisa hatte einen Anruf von der Polizei bekommen, weil ihr Auto in der Nähe von Bassens, wo der erste Junge verschwunden war, an ebendem Tag beim Vorbeifahren gefilmt worden war. Ihr Mann nahm zuweilen diese Strecke und hatte an dem Tag ihr Auto, das rot lackiert war, gehabt, weil seines in der Reparatur gewesen war. Der gesuchte Junge war in einen roten Wagen gestiegen, und nun wurden alle Besitzer derartiger Fahrzeuge, die in einem bestimmten Radius um die Cité unterwegs gewesen waren, kontaktiert. Was das bringen sollte. Aber die Polizei hatte keine anderen Anhaltspunkte. Sie hatte dem Polizisten, der bei ihr klingelte, erklärt, was Gérald machte und wo er arbeitete. Das hatte ihm wohl genügt.

Die anderen kamen ins Wohnzimmer, und Lisa schaltete den Fernseher aus. Sie würde später mehr darüber im Internet erfahren. Sie prosteten einander zu.

»Zum Wohl! Auf das Haus! Das wir jetzt los sind!«, sagte der Onkel.

»Auf dich!«, erwiderte Lisas Mutter. »Du hast das super gemanagt!«

»Auf die Deutschen! Auf dass das Haus ihnen Freude bereitet und niemand mehr unerlaubt in ihr Grundstück eindringt!«, meinte der Vater spöttisch.

Details

Als Rachid und Pierre im Kommissariat ankamen, organisierten sie sofort eine Besprechung mit dem gesamten Team. Nadia war erst eine halbe Stunde vorher aus der Vorstadt zurückgekehrt und fühlte sich wie gerädert. Mehrere Einwohner von Frais Vallon hatten sie und ihr Team großzügig beschimpft.

»Ihr bringt nichts weiter, und nun ist ein Kind von hier verschwunden. Ihr denkt nur daran, unsere Jugendlichen wegen Drogenhandels einzulochen, und lasst Kindesentführer laufen. Ihr seid inkompetent!«

Und dann noch die Zusammenstöße mit den Journalisten … Dieser Nachmittag war ein wahrer Albtraum gewesen!

»Tut mir leid, Nadia«, sagte Rachid. Auch er sah abgekämpft aus, er hatte sechs Stunden im Auto gesessen, und nun verlief sein Abend ganz anders als geplant.

Nadia winkte ab.

»Wie geht es Aurore?«, fragte sie den Kollegen.

Rachid seufzte. »Unverändert. Sie ist total … teilnahmslos. Ich habe mit ihrer Schwester gesprochen, die meint, es wäre vielleicht gut, wenn sie nach Weihnachten wieder nach Marseille kommen würde. Aber … Ich weiß auch nicht, wie wir ihr helfen können.« Rachid sah Nadia betrübt an.

Sie wusste nichts zu erwidern und zuckte nur resigniert mit den Schultern.

»Okay, aber jetzt zu der Sache, wegen der ich mein Wochenende bei Freunden abbrechen musste. Erzählt uns bitte im Detail, um wen es sich bei diesem abgängigen Jungen handelt«, fuhr er fort.

Nadia erklärte den Kollegen alles, was über die Familie und den Jungen bekannt war.

Dann hielt sie einen Plan hoch, den sie ausgedruckt und im A3-Format fotokopiert hatte.

»Hier ist die Cité. Die Schule ist zu Fuß nur wenige Minuten davon entfernt. Nassim musste diese Straße entlang. Dort sind meistens noch andere unterwegs. Drei junge Mädchen haben zu dem Zeitpunkt, als Nassim verschwunden ist, ein weißes Auto mehrmals hin- und herfahren sehen. Am Lenkrad saß ein Mann mit einer Schildkappe. Das ist der einzige Hinweis, den wir haben. Wir wissen nicht, wo genau Nassim verschwunden ist, denn das hat niemand beobachtet. Allerdings ...«, Nadia seufzte und schaute Rachid an, »... haben wir wegen unserer Aktionen vom Herbst in dieser Cité mehr Probleme als anderswo, mit den Leuten zu sprechen.«

»Wie lief es heute mit den Dealern?«, fragte Rachid Nadia.

Sie seufzte wieder. »Wie immer. Sie haben ihre Guetteurs. Die Aufpasser wollten uns anfangs daran hindern, in die Cité hineinzufahren. Doch als wir in die Gebäude gingen, haben wir in den Treppenhäusern niemanden angetroffen. Vielleicht gibt es ja jemanden, der was gesehen hat, aber nicht mit mir sprechen will.«

»Und das Auto war diesmal weiß«, stellte Rachid fest.

Nadia nickte entmutigt. Es war wesentlich schwerer, ein weißes Fahrzeug zu finden als ein rotes. Zu viele Leute besaßen weiße Autos. Außerdem konnte es auf einen zweiten Entführer hindeuten. Obwohl der Täter natürlich auch jederzeit den Wagen wechseln konnte!

Die Letzten, die Nassim gesehen hatten, waren seine

Mitschüler und Lehrer gewesen. In der Schule hatte man seiner Mutter gesagt, ihr Sohn habe zeitgleich mit einigen anderen Kindern das Gelände verlassen. Bereits eine Stunde später war Nadia mit ihren Kollegen in die Cité gekommen.

»Also haben wir nicht besonders viel, das uns weiterhelfen könnte«, meinte Nadia.

»Nicht wirklich«, erwiderte Rachid. »Das Auto hat eine andere Farbe. Wir können keineswegs sicher sein, dass es sich um denselben Entführer handelt.«

»Könnte es vielleicht doch ein Netzwerk sein, das Menschenhandel betreibt?«, fragte Nadias Kollege Jacques. »Die Tatsache, dass Kinder in mehreren Stadtteilen verschwinden und verschiedene Autos gesehen werden ...«

»Es ist denkbar«, gab Rachid zu. »Aber wir haben überhaupt keine Hinweise diesbezüglich. Ich bin vielleicht durch meine Tätigkeit bei den Stups geschädigt, aber ich verdächtige eher die Dealer.«

»Aber warum sollten Dealer Kinder ihrer Cité kidnappen?«, fragte Rachids jüngster Kollege Paul. »Wir wissen, dass sie keine Engel sind und sich gegenseitig abknallen, aber Kindesentführungen liegen wohl ein wenig außerhalb ihres Tätigkeitsbereiches!«

»Ich denke noch immer an einen Pädophilen«, sagte Nadia. »Der sich aus irgendeinem Grund seine Opfer in den Quartiers Nord sucht.«

»Vielleicht weil sie oft nicht so behütet werden wie die Kinder in den besseren Vierteln«, wandte Jacques ein. »Weil ihre Eltern sie nicht herumkutschieren.«

»Andererseits ist in solchen Gegenden immer jemand da, der alles im Blick behält. Die Drogenbosse und ihre Handlanger haben die Cités gut im Griff. Mich wundert, dass niemand Nassim gesehen hat«, entgegnete Rachid.

Nadia wusste, was der Capitaine dachte. Er vermutete wie sie selbst, dass die Leute in Frais Vallon die Arbeit der PJ sabotierten. Dass jemand Nassim gesehen hatte, es der Polizei aber aus Rache nicht sagen wollte. Hassten sie die PJ wirklich so sehr, dass sie dafür das Leben eines komorischen Kindes aufs Spiel setzen würden?

Sie wusste, dass Rachid und sie am folgenden Tag wieder nach Frais Vallon mussten, um dort noch einmal genau nachzufragen.

»Wie gehen wir dann vor, Nadia?«, wollte Rachid wissen. »Ich halte mich wie immer an die Drogenhändler. Und mit wem befasst du dich?«

»Ab morgen widme ich mich ausgiebig der Schule«, erwiderte sie. »Außerdem möchte ich, dass wir ab sofort noch einmal ganz genau die Datenbank der pädophilen Straftäter durchforsten. Ich möchte erfahren, wo sie alle sich aufhalten und vor allem zum Zeitpunkt von Nassims Verschwinden waren. Besonders diejenigen, die vor Kurzem freigelassen wurden.«

Damit war die Besprechung zu Ende. Nadia seufzte. Nun mussten sie und Pierre mit der Commissaire noch die Pressekonferenz abhalten! Sie wusste von Laura, dass in der ganzen Stadt inzwischen eine wahre Hysterie herrschte. Drei vermisste Kinder in den Quartiers Nord! Und keine Spur von einem Entführer! Die Journalisten liefen Amok, und die Einwohner der Stadt und der ganzen Gegend ergingen sich in wilden Spekulationen und kritisierten die Polizei in den sozialen Medien. Was angesichts der Tragweite dieses Falles ganz normal war. Aber trotzdem alles andere als angenehm.

Freitagabend

Laura war müde und genervt. Es war mit Abstand die unangenehmste Pressekonferenz, die sie je erlebt hatte. Wie gern wäre sie jetzt in Mathieus und Mélanies Wohnzimmer, mit ihrem geliebten Patenkind auf dem Schoß und einem guten Glas Wein vor sich! Der Raum war gerammelt voll, und Laura fühlte sich nicht wohl. Die Journalisten waren alle sehr aufgeregt und aufgebracht. Die Staatsanwaltschaft und die Polizei wurden bezichtigt, diese Ermittlung zu vernachlässigen, weil der tote Substitut um so vieles wichtiger wäre. Das hatte Commissaire Martine Prévert jedoch entschieden von sich gewiesen.

»Die Ermittlung im Fall der verschwundenen Kinder hat oberste Priorität. Und wir haben zwei Capitaines der Stups und einen Lieutenant der Crim mit insgesamt fünfzehn Ermittlern auf die Sache angesetzt. Die Kinder werden landesweit gesucht. Überall werden ihre Fotos gezeigt, und alle Gendarmerie-Stellen und Kommissariate sind alarmiert worden. Nur haben wir leider noch immer keine Spur und keine Zeugen, die jeweils den genauen Tatablauf mitbekommen haben. Wir vermuten, dass wir es mit einem Pädophilen zu tun haben, der noch nicht in den Datenbanken erfasst wurde. Der ein ganz normaler Bürger ist und deshalb nicht auffällt.«

»Und warum arbeiten dann die Stups mit?«, wollte Igor, ein sehr aufmüpfiger Radiojournalist, wissen.

»Die eingeteilten Beamten der Stups kennen diese Stadtviertel und ihre Einwohner am besten. Außerdem brauchen wir für die Ermittlung in den Quartiers Nord viele Mitarbeiter, und meine Teams sind bereits voll ausgelastet«, erwiderte die Commissaire kühl.

Martine Prévert, Pierre und Nadia beantworteten die Fragen, so gut sie konnten, bis es dem Oberstaatsanwalt irgendwann zu viel wurde und er die Pressekonferenz kurzerhand für beendet erklärte.

»Diese Blödmänner«, schnaubte Pierre, als Laura ihn und Nadia vor dem Gebäude traf. »Haben wirklich keine Ahnung, wie eine Ermittlung läuft. Kritisieren können sie. Aber sonst nichts.«

Pierre schien wirklich mit den Nerven am Ende. Er winkte ihnen zum Abschied zu und marschierte zu seinem Auto.

Laura nahm Nadia in die Arme. Sie wollten beide nur noch nach Hause.

Um zweiundzwanzig Uhr saßen sie endlich in ihrem kleinen Wohnzimmer.

»Du hast mir gefehlt, Chérie«, seufzte Laura.

»Du mir auch, Trésor«, erwiderte Nadia. »Es war ein schrecklicher Tag. Und morgen muss ich wieder in diese Vorstadt.«

Laura verzog das Gesicht: »Nicht unbedingt ein angenehmer Ort, das Wochenende zu verbringen.«

Nadia seufzte tief. »Und dann noch die Medien … Ich kann Ermittlungen, bei denen die Journalisten mir im Nacken sitzen, echt nicht gut managen!« Laura sah ihre Freundin voller Mitleid an und streichelte ihre Hand: »Du hast wirklich keine einfache Rolle«, sagte sie. »Aber jetzt entspannen wir uns erst einmal. Ich koche uns Nudeln mit Tomatensoße und Pilzen.«

Nadia protestierte: »Aber nein, Laura, du bist auch gerade erst heimgekommen.«

Aber Laura kochte sogar dann gern, wenn sie müde war.

»Doch. Ich will das so. Setz dich hin und trink ein Gläschen Wein.«

Sie wusste, wie wichtig es für ihre Lebensgefährtin war, sich nach einem so stressigen und belastenden Tag daheim zu entspannen. Sie würde Nadia in den kommenden Tagen so gut wie möglich umsorgen und so das Ihre dazu beitragen, dass die Ermittlung voranging.

Der Schulwart

Die Pressekonferenz vom Freitagabend war chaotisch gewesen. Die Commissaire und Pierre hatten die Journalisten kaum beruhigen können. Drei verschwundene Jungen, das hieß ein Kindesentführer lief frei herum. Zum Glück waren schon Ferien, und die Kinder blieben zu Hause. Überall in Marseille und Umgebung wurden nun an Kreisverkehren, Kreuzungen und Mautstellen Personen und Fahrzeuge kontrolliert. Die Commissaire hatte die Weisung gegeben, sich vor allem auf Männer zu konzentrieren. Bislang hatte das jedoch nichts ergeben.

Als Nadia am Samstagmorgen in den Open Space kam, sprang ihr Kenny entgegen. Er schien sehr aufgeregt zu sein.

»Nadia, ich habe etwas gefunden. Gerade eben. Komm!«

Er hastete zu seinem Computer und öffnete eine Eintragung in der Datenbank.

»In Nassims Schule La Rose arbeitet ein junger Nordafrikaner als Schulwart. Ahmed Reza. Das hier ist seine Akte. Er hat eine lange Liste an Straftaten. Drogenhandel, Waffenbesitz und … Belästigung einer Minderjährigen. Er saß schon dreimal im Gefängnis, dabei ist er erst zwanzig.«

»Ach!« Nadia sah auf die Eintragung. Genau so jemanden suchten sie! Nadia las, dass der Typ vor nicht allzu langer Zeit in der Nähe der Cité Les Flamants gearbeitet und auch in Bassens sein Unwesen getrieben hatte. Das konnte kein Zufall sein!

Sie seufzte auf. »Bravo, Kenny! Unsere Arbeit hat sich bezahlt gemacht. Den schnappen wir uns.«

Vielleicht befand sich der junge Mann in der Schule, wo das Personal zu Beginn der Ferien noch mit Aufräumarbeiten beschäftigt war? Dort würden sie ihn leicht verhaften können. Ansonsten mussten sie ihn bei sich zu Hause in Frais Vallon festnehmen. Seine Familie war schon befragt worden, obwohl er nicht im gleichen Wohnblock wie Nassim lebte. Aber Ahmed Reza selbst war von keinem Polizisten erkannt worden. Auch in der Schule, wo Kenny und Stéphane am Freitag die Lehrer und die Direktorin bereits einmal befragt hatten, hatte keiner ihnen etwas von Ahmed erzählt. Wahrscheinlich wussten sie dort nicht einmal, dass er bereits mehrere Jahre im Gefängnis verbracht und auch wegen sexueller Belästigung einer Minderjährigen eine Strafe abgesessen hatte!

Nadia beschloss, Stéphane, Kenny und Carole mitzunehmen und Rachid Bescheid zu sagen. Jacques, der im Moment beim Augenarzt war, würde bis Mittag im Kommissariat die Stellung halten. Rachid und sein Kollege Paul kamen in einem zweiten Auto mit Nadia und ihren Kollegen. Zu sechst würden sie es wohl schaffen, den Hausmeister in der Schule oder in seiner Wohnung festzunehmen.

Als sie vor der Schule eintrafen, läutete Nadia und meldete sich bei der Direktion an, um eingelassen zu werden. Die Schulen glichen Festungen, mit hohen Zäunen und Mauern rundherum, vor allem in den Quartiers Nord. Die Direktorin holte die Polizisten am Eingang ab und sah sie besorgt an.

»Ist er verhaftet?«, fragte sie. »Er hat mir geschworen,

dass er sich seit seinem letzten Gefängnisaufenthalt gebessert hat, und ich bin zufrieden mit ihm, aber man weiß ja nie ...«

Die Direktorin versuchte sich zu rechtfertigen. Sie oder vielmehr die Stadtverwaltung, die die Schulangestellten bezahlte, hatte einem Typen, der etliche Straftaten begangen hatte, eine Chance gegeben. Allerdings hatten sie nicht gewusst, dass er auch schon wegen Belästigung einer Minderjährigen belangt worden war. Nadia schüttelte unwillig den Kopf. Wie konnte so etwas passieren? In einem Umfeld, in dem es um Kinder ging?

»Er ist im hinteren Schulhof, wo er die Steinplatten repariert«, erklärte die Direktorin.

Nadia schaute um sich. Die Schule war tatsächlich sehr heruntergekommen. Weder die Stadt Marseille noch das Département oder die Region investierten in die Schulen dieser Stadtviertel, und die Gebäude waren meistens baufällig und schäbig. Sie durchquerten die leere Halle eines Gebäudes, in der zwei Reinigungskräfte beschäftigt waren, und sahen am anderen Ende des Hofes einen dunkelhaarigen jungen Mann knien.

Dann geschah alles blitzschnell. Der Mann merkte, dass sie auf ihn zukamen, und sprang auf. Er stürzte in das Gebäude hinter ihm, dessen Tür offen stand. Stéphane, Rachid und Paul reagierten sofort und rannten ihm hinterher.

Nadia sagte zu den beiden anderen: »Schnell, wir laufen zum Eingang!«

Die Direktorin blieb wie angewurzelt mitten im leeren Schulhof stehen, während Nadia und ihre Kollegen davonstürzten. Gewiss würden die Kollegen den Typen noch auf dem Schulgelände fassen. Trotzdem wollte Nadia den Eingang bewachen. Sie befahl Carole, dort zu bleiben, schickte Kenny auf die eine Seite der Umzäunung und ging selbst auf die andere. Plötzlich sah sie ihren Verdächtigen aus einem Fenster springen. Sie war einige Dutzend Meter von ihm entfernt und hob ihre Waffe.

»Halt, oder ich schieße!«, schrie sie.

Aber er war sehr flink und bereits hinter einem Wohnblock verschwunden, der gegenüber der Schule stand. Nadia rannte ihm hinterher. Doch sie hatte ihn verloren. Ihr Verdächtiger war wie vom Erdboden verschluckt. Sie befahl Rachid und den anderen Kollegen per Funk, zu ihr zu kommen. Nadia ärgerte sich. Sie hatte nicht schnell genug reagiert. Er war ihr entwischt.

Dass er davonlief, hieß jedoch, dass er sich etwas vorzuwerfen hatte. Sie hatten es wahrscheinlich mit dem Täter zu tun. Nun mussten sie die gesamte Zone absuchen. Er konnte nicht einfach weg sein, irgendwo ganz in der Nähe versteckte er sich. Nadia forderte im Kommissariat Verstärkung an und bat ihre Vorgesetzte, ein Foto des Mannes zusammen mit einem Fahndungsaufruf an die Presse weiterzugeben.

Ergebnislose Suche

Es war elf Uhr am Abend, aber Nadia war noch immer nicht da. Sie beantwortete auch ihre Anrufe nicht. Laura wusste, dass sie nun einen Verdächtigen hatten, er ihnen jedoch einstweilen entwischt war. Jetzt wurden Frais Vallon und die Gegend um die Schule La Rose komplett durchforstet. Straßensperren waren errichtet, alle Wohnungen durchsucht worden. Aber in einer Cité gab es so viele Orte, wo man sich verstecken konnte! Die Polizisten hatten sogar die Mülltonnen durchwühlt. Ahmed Reza war unauffindbar. Sein Profil war besorgniserregend. Er war im Bereich des Verbrechens ein *Allrounder*, hatte bereits wegen Drogenhandels, Körperverletzung, sexueller Belästigung und Erpressung im Gefängnis gesessen. Dass ein Mann mit einem derartigen Lebenslauf in einer Schule arbeiten durfte, verstand keiner. Irgendwie hatte irgendjemand etwas übersehen, und die Presse ließ sich über die schlimmen Zustände der Schulen in den Quartiers Nord aus. Allerdings war die Anstellung des Reinigungspersonals nicht Sache der Schulbehörde, sondern der Stadtverwaltung. Wahrscheinlich wurden einfach irgendwelche Leute auf die Schnelle angestellt, und es wurde nicht überprüft, ob sie vorbestraft waren. Was in Schulen fatal war.

Rachid und sein Team hatten auch begonnen, die Leute aus Ahmeds Umfeld zu befragen.

Seine Mutter hatte geweint und erklärt: »Er hat viel Blödsinn gemacht, versucht nun aber, nicht mehr vom rechten Weg abzukommen. Ich vertraue ihm. Außerdem ist er am Freitag wegen einer schweren Verkühlung den ganzen Tag daheim gewesen.«

Auf Rachids Frage, warum er davongelaufen sei, wenn er sich nichts vorzuwerfen habe, hatte die Mutter gemeint, ihr Sohn habe sich schon immer vor der Polizei gefürchtet. Auch die Freunde hatten ausgesagt, dass er seit seiner Entlassung aus dem Gefängnis versuchte, clean zu bleiben.

Laura wusste das alles, weil sie die Sache verfolgt hatte. Sie war den ganzen Tag über mit Rachid und Nadia in Kontakt gewesen und hatte sofort einen Artikel geschrieben. Wieder einmal war sie den anderen Journalisten um einiges voraus. Commissaire Prévert hatte allerdings Ahmed Rezas Fahndungsfoto allen Medien geschickt, damit die Jagd nach dem Verdächtigen effizient organisiert werden konnte.

Um halb zwölf kam Nadia.

»Wir haben ihn nicht gefunden. Er ist weg. Wie vom Erdboden verschluckt. Dabei haben wir sofort alles absuchen lassen. Aber es gibt Tausende Orte, wo man sich in einer Vorstadt mit riesigen Gebäuden verstecken kann. Wahrscheinlich hält er sich bei Freunden, Verwandten oder Bekannten auf. Wir konnten heute noch nicht alle Wohnblöcke von oben bis unten durchsuchen. Und auch nicht alle Wohnungen. Aber damit geht es morgen weiter. Wir bekommen dafür zehn zusätzliche Kollegen.« Sie seufzte und begann sich mit Vorwürfe zu überschütten, weil ihr der Verdächtige vor der Nase davongerannt war. »Rachid hätte ihn an meiner Stelle sicher erwischt«, stammelte sie, den Tränen nahe.

Laura nahm sie in die Arme.

»Aber nein, Nadia. Keiner hätte ihn erwischt. Er hat dich überrumpelt. Du ahntest nicht, dass er aus dem

Fenster springen würde. Soviel ich weiß, war Rachid hinter ihm und ist ihm nicht hinterhergesprungen.«

»Es war ein Fenster im ersten Stock der Schule. Nicht besonders hoch. Dahinter befindet sich eine kleine Straße, und gleich gegenüber dem Schulgebäude stehen Wohnblöcke. Und hinter diesen Wohnblöcken ist er spurlos verschwunden.«

»Ihr findet ihn irgendwann. Er kann nicht ewig verschwunden bleiben. Willst du noch etwas essen?«

Nadia schüttelte den Kopf. Nein, sie hatte keinen Hunger mehr.

»Komm, dann gehen wir schlafen!«

Laura las im Bett und hörte Nadia im Badezimmer rumoren. Wieder einmal dachte sie, dass ihre Lebensgefährtin wirklich keinen einfachen Job hatte. Und diesmal hatte Nadia an Davids Tod und der Tatsache, dass auch Pierre diesen so schlecht wegsteckte, sehr zu kauen. Es war einfach alles zusammen eine unmögliche Situation!

Gespräch am Morgen

Lisa und Gérald saßen beim Frühstück. Die Mädchen schliefen noch, weil Ferien waren. Eigentlich hätte auch Lisa an diesem Montagmorgen ausschlafen können, aber sie war sehr früh aufgewacht. Sie wollte außerdem versuchen, mit Gérald zu sprechen, der ihr ständig auswich. Ihr Ehemann, mit dem sie seit über zehn Jahren zusammenlebte, versuchte sie zu meiden, das spürte Lisa genau. Das ganze Wochenende hatten sie kaum ein Wort gewechselt. Gérald hatte sich in jeder freien Minute seinen Töchtern gewidmet, mit ihnen gespielt, gebastelt, gekocht. Die Mädchen waren entzückt gewesen. Und Lisa hatte sich ausgeschlossen gefühlt. Gérald hatte ihr klar zu verstehen gegeben, dass sie bei diesen Aktivitäten mit den Mädchen nicht erwünscht war. Deshalb hatte sie sich um ihre Weihnachtsgeschenke gekümmert. Sie war ihrem Vorsatz treu geblieben und hatte sich Gérald nicht aufgedrängt.

Aber nun wollte sie sich kurz mit ihrem Mann unterhalten. Er sah an diesem Morgen nicht besonders gut aus. Sein eher schmales Gesicht wirkte eingefallen und blasser als sonst, er hatte dunkle Ringe unter den Augen und schien zu schwitzen, obwohl es in der Küche nicht heiß war. Seine dunkelblonden Haare klebten feucht an seiner Stirn.

Lisa fragte sich, ob Gérald wohl Fieber hatte?

Er aß auch nichts, nippte nur an einer Tasse Milchkaffee und starrte auf sein Smartphone.

»Sie haben einen Verdächtigen im Fall der drei Jungen in den Quartiers Nord«, begann Lisa.

Sie hatte das soeben auf ihrem Smartphone gelesen.

Gérald hob ruckartig den Kopf.

»Ach so? Haben sie ihn erwischt?«

»Er ist auf der Flucht«, seufzte Lisa. »Die Bevölkerung wird vor ihm gewarnt.«

Sie zeigte ihrem Mann das Foto des Typen auf dem Handy.

»Ein junger Nordafrikaner, der dort lebt. Er arbeitete in einer Schule, obwohl er bereits wegen Belästigung einer Minderjährigen Probleme hatte.«

Gérald sah sich das Foto an. »Meine Kollegen und ich, wir haben immer vermutet, dass es jemand aus den Quartiers ist. Wenn wir da auftauchen, was nicht besonders oft vorkommt, werden wir sofort beobachtet. Man kann in diesen Stadtteilen nicht einfach tun und lassen, was man will. Außer, man ist von dort.«

»Ja, aber so weit ich verstanden habe, handelt es sich um drei verschiedene Stadtviertel, die mindestens fünf Kilometer auseinander liegen. Seltsam, nicht?«

Gérald brummte etwas und vertiefte sich wieder in sein eigenes Smartphone.

Lisa hatte große Lust, ihn anzubrüllen. Ihm das Handy wegzureißen und es an die Wand zu schleudern. Er betrog sie, er hinterging sie, und wenn sie zusammen am Tisch saßen, war er nicht einmal ansprechbar. Für ihn schien seine Frau ganz einfach nicht mehr zu existieren.

Ich bin auch noch da!, wollte Lisa schreien. *Ich will, dass du anwesend bist, mit mir redest, wie früher!*

Aber es hatte keinen Sinn, ihm hinterherzurennen. Nach den Festtagen würde sie das Problem in Angriff nehmen.

Nun mussten sie allerdings noch über Weihnachten sprechen.

Lisa räusperte sich. »Wir ... meine Eltern möchten uns gern zu Weihnachten einladen. Mit Onkel und Tante. Was ist dir lieber? Am Heiligen Abend oder am Weihnachtstag mittags?«

Gérald zuckte mit den Schultern, ohne sie anzusehen. »Wie du willst. Ist mir egal.«

Seine Stimme klang tonlos, fast depressiv. Ja, Weihnachten war eine schwierige Zeit, wenn man sich mit seiner Frau nicht mehr verstand. Weihnachten war ein Familienfest.

»Wenn du nicht willst, musst du nicht mit«, sagte Lisa und spürte, wie die Verzweiflung in ihr hochkroch.

»Doch, doch, ich komme mit. Es ist Weihnachten.«

Aber seine Stimme war noch genauso tonlos und unmotiviert wie zuvor. Sein Blick war leer.

Und da explodierte Lisa. »Du würdest sicher lieber mit IHR feiern«, schleuderte sie ihm ins Gesicht. »Es ist dir eine Last, mich zu sehen, mit mir Zeit zu verbringen.«

Er hob den Kopf. In seinen Augen sah sie Unverständnis.

»Wovon redest du?«, fragte er sie.

Lisa atmete tief durch. »Meinst du, ich merke nicht, dass du nie da bist? Und auch wenn du da bist, nicht wirklich anwesend bist? Dass du dein Handy eifersüchtig bewachst? Und deinen Computer mit einer PIN geschützt hast? Wir hatten nie Geheimnisse voreinander ... und jetzt plötzlich ...« Sie begann zu schluchzen. »Du hast eine andere. Gib es zu!«

Er saß einen Moment lang wie erstarrt da, dann schüttelte er langsam den Kopf. »Nein. Nein. Ich habe keine andere. Es ist ... Ich habe andere Probleme, in der

Arbeit, über die ich nicht sprechen darf. Je weniger du darüber weißt, desto besser ist es für dich.«

In seinen Augen sah sie Verzweiflung. Sie erschrak, aber dann meldeten sich Zweifel. Sollte sie ihm glauben? Welche Probleme konnte er beruflich schon haben? Er arbeitete in der großen städtischen Bibliothek, wo er sich um den Ankauf von Kinder- und Jugendbüchern kümmerte. Außerdem machte er mit Schulklassen aus ganz Marseille Workshops. Die Stadt hatte diese Aktion ins Leben gerufen, um vor allem den Schülern aus den ärmeren Vierteln Zugang zu Büchern zu verschaffen. Ob das etwas nützte, war dahingestellt. Gérald hatte allerdings einen sehr guten Draht zu den Kindern und Jugendlichen. Der Job war für ihn wie geschaffen, und er war bisher glücklich in seiner Arbeit gewesen. Und nun hatte er plötzlich Probleme in der Bibliothek? Wahrscheinlich war das Problem die neue Mitarbeiterin, die sie eingestellt hatten. Lisa vermutete, dass sich die »beruflichen Schwierigkeiten« ihres Gatten auf eine Affäre mit ihr bezogen. Auch wenn er sein Erstaunen über ihre Vorwürfe gut gespielt hatte. Bravo, Gérald, dachte sie grimmig. Leugnen kannst du gut, aber nach Weihnachten geht es in die nächste Runde. Denn ich suche nach Beweisen.

»Okay, wenn du meinst«, sagte sie kalt, stellte ihre Tasse in die Geschirrspülmaschine und verließ die Küche. Auf dem Weg ins obere Stockwerk unterdrückte sie die Tränen. Wenn sie nur wüsste, was mit ihrem Mann los war!

Fahndung

Er war und blieb verschwunden. Wie vom Erdboden verschluckt. Die Presse klebte Nadia und ihren Kollegen ständig an den Fersen, und es wurde nichts Nettes über sie geschrieben.

Verdächtiger Kindesentführer in den Quartiers Nord flüchtig. Die Polizisten der PJ ließen ihn vor ihrer Nase davonlaufen, titelte die *Marseillaise.*

Laura hatte sich wesentlich taktvoller über Nadias misslungene Verhaftung geäußert und lediglich berichtet, dass der Verdächtige die Flucht ergriffen habe, als er die Polizisten gesehen hatte. In den sozialen Medien war die Hölle los. Die Leute schimpften über die Beamten der PJ, die es nicht einmal mehr schafften, zu sechst einen Typen festzunehmen, und dass dieser nun vielleicht noch mehr Kinder entführen würde. Es wurde spekuliert, wo die Kinder festgehalten wurden, und so mancher Facebook-Nutzer ereiferte sich, dass viel zu wenige Personen an diesem wichtigen Fall arbeiteten. Auf einmal waren alle Kriminalkommissare, obwohl keiner wirklich Bescheid wusste.

Nadia rief Fiona an und bat sie, ihr die betreffenden Artikel in den Zeitungen und die Posts in den sozialen Medien zusammenzustellen.

»Das tue ich gern«, meinte Fiona. »So kann ich mich nützlich machen. Ich schicke dir ab morgen jeden Tag einen kurzen Bericht mit den wichtigsten Artikeln.«

Nadia hatte Probleme, sich zu vergeben, dass sie Ahmed Reza hatte entkommen lassen. Doch er hatte sie einfach überrumpelt.

Nadia und Rachid waren den ganzen Tag in Frais Vallon und La Rose, um das Umfeld dieses Kerls zu befragen. Er hatte schon mit zwölf seine ersten Straftaten verübt, für das Drogennetzwerk der Cité gearbeitet und war trotz seiner Jugend gefürchtet gewesen. Mehrere Körperverletzungen, Schüsse auf die Polizei, Mitwirkung bei einem Aufruhr …

Ahmed Reza war im Alter von vierzehn bis sechzehn in einer Erziehungsanstalt gewesen. Dann war er entlassen worden und hatte munter weitergemacht. In dieser Zeit hatte es auch die Anzeige wegen sexueller Belästigung gegeben. Reza hatte versucht, eine Zwölfjährige aus seiner Cité zu vergewaltigen, und dafür eine zweijährige Haftstrafe bekommen. Wenige Monate nach seiner Freilassung war er wegen Drogenhandels wieder für sechs Monate ins Gefängnis gewandert. Und nun schien er seit einem Jahr ein normales und ruhiges Leben zu führen und in der Schule zu arbeiten. Er hatte es tatsächlich geschafft, sein gesamtes Umfeld zu täuschen.

»Alle behaupten, dass er nicht mehr dealt«, erklärte Rachid. »Meine Kunden meinen, er würde sie komplett ignorieren, weil er ein geordnetes Leben führen will.«

»Das mag schon sein«, erwiderte Nadia. »Er hat mit dem Dealen aufgehört, weil er die Aufmerksamkeit der Polizei nicht auf sich lenken will. Er spielt den Musterknaben. Hat eine geregelte Arbeit in der Schule, geht seinen ehemaligen Geschäftspartnern aus dem Weg, wohnt bei seiner Familie. Aber wir verdächtigen ihn einer viel schlimmeren Sache als Dealen. Und aufgrund seiner Vorstrafen wissen wir, dass er ein hohes Gewaltpotenzial besitzt und als skrupellos bezeichnet werden kann.«

Rachid nickte. »Außerdem kennt er Bassens und Les Flamants wie seine Hosentasche.«

Die Tatsache, dass Reza früher nicht nur in Frais Vallon, sondern ausgerechnet auch in Bassens tätig gewesen war und dort viele Bewohner kannte, belastete ihn zusätzlich. Rachid hatte außerdem herausgefunden, dass Reza nach seiner Entlassung aus dem Gefängnis einige Monate lang in einem kleinen Lebensmittelgeschäft nahe der Cité Les Flamants gearbeitet hatte. Noch bedeutender war die Erkenntnis, dass einer seiner Kumpels eine Autowerkstatt besaß, in der Ahmed Reza in jeder freien Minute mithalf. Zeugen sagten aus, er kurve mit den verschiedensten Autos durch die Quartiers Nord. Es handelte sich meistens um Wagen, die sie dort frisierten und sofort ausprobierten. Rachid hatte Rezas Freund darauf hingewiesen, dass das illegal sei, der hatte aber nur schulterzuckend erwidert:

»Wenn dir lieber ist, dass ich wieder mit Drogen handle, dann höre ich mit den Autos auf. Aber irgendwie muss ich meinen Lebensunterhalt verdienen.«

Auf jeden Fall schien nun klar zu sein, warum bei den Entführungen der Kinder zweimal ein rotes und einmal ein weißes Auto verwendet worden war. Alle Details deuteten auf Ahmed Reza hin. Wenn er sich wirklich nichts vorzuwerfen gehabt hätte, wäre er außerdem nicht vor den Ermittlern geflohen, sondern hätte sich befragen lassen. Er war ihr Mann, davon waren Nadia und Rachid überzeugt. Allerdings mussten sie ihn erst mal finden. Nachdem Reza seit vierundzwanzig Stunden flüchtig war, hatten sie die Theorie, dass er Marseille verlassen hatte, sich eventuell sogar im Ausland befand. Interpol war eingeschaltet, und überall in Frankreich lief die Großfahndung nach ihm auf vollen Touren. Er war der meistgesuchte Mann Frankreichs.

Der Brunnen

Hermann Witt freute sich. Endlich hatte er ein Haus nach seinen Vorstellungen gefunden. Ein Haus mit einer wundervollen Lage, einer schönen Aussicht, einem großen Grundstück und viel Potenzial. Ein Haus, das richtig gut renoviert werden konnte, bei dem er und Gertrude ihre Kreativität ausleben und alles so gestalten konnten, wie sie es wollten.

Er hatte es eilig, vor allem sollte das Grundstück sofort gesäubert werden. Es wuchs dort einiges an Gestrüpp, deshalb hatte er noch vor Weihnachten den Bagger kommen lassen, um es zu entfernen. Und im Januar ginge es daran, das Haus zu renovieren. Gleichzeitig wollte er auch schon das Schwimmbad in Angriff nehmen, damit er im Frühjahr den Rasen anlegen konnte. Es war schön, in Pension zu sein, Geld zu haben und sich um ein Projekt wie dieses kümmern zu können.

Zum Glück hatte er Gaël, den jungen Architekten, der Deutsch sprach und aus der Gegend war. Er würde die Arbeiten überwachen, weil Hermann sich mit den anderen Männern nicht verständigen konnte. Er konnte kein Französisch und Gertrude nur wenig. Sie verstand die Leute aus dem Süden nicht besonders gut. Sie hatten einen so seltsamen Singsang-Akzent, an den sie sich erst gewöhnen musste.

Es war ein Tag mit herrlichem Wetter und angenehmen Temperaturen. Der Wind wehte nur leicht, und die Luft war klar. Das Sainte-Victoire-Massiv strahlte Hermann weiß in der Sonne des frühen Nachmittags entgegen, die Kiefern leuchteten grün. Wie schön doch das provenzalische Licht war! Kein Wunder, dass Paul Cézanne das Motiv des Sainte Victoire in über achtzig Bildern verewigt hatte. Es handelte sich um einen Bergzug, der sich bei Aix-en-Provence über achtzehn Kilometer weit nach Osten erstreckte. Die Südseite war steil und felsig, doch vom Norden her konnte man hinaufsteigen. An der höchsten Stelle stand auf tausend Höhenmetern ein großes Kreuz, das von Aix aus gut sichtbar war, das *Kreuz der Provence*. Hermann und seine Frau hatten vor, im Frühjahr von dort oben die Aussicht zu bewundern.

Ihr neues Anwesen lag an der Südseite des Berges, nicht weit vom Dorf Puyloubier entfernt. Anfangs hatten sie ein Haus am Meer gesucht, jedoch keines mit einem Grundstück gefunden, das einsam und groß genug war. Als sie dieses uralte und verwahrloste Steinhaus am Fuß des berühmten Kalkmassives mitten in der provenzalischen Vegetation gefunden hatten, hatte Hermann sich auf Anhieb in das Gemäuer und das Grundstück verliebt, trotz der Tatsache, dass alles so verwildert war. Oder vielleicht gerade deshalb. Wildromantisch, verwegen, abenteuerlich hatte es gewirkt, und Hermann hatte sofort erkannt, dass auch der Kaufpreis stimmte. Es gab nur mehr wenige solche Objekte. Natürlich musste investiert werden, aber das hatte er einkalkuliert.

Gertrude hatte zwar einige Zeit gebraucht, um von ihrem Traum eines Hauses am Meer Abschied zu nehmen. Dass das Anwesen an der Route Cézanne lag, in der Gegend, die den berühmten Impressionisten so sehr inspiriert hatte, hatte ihr jedoch bei der Entscheidung geholfen. Außerdem wollte Gertrude mehr noch als er selbst in Ruhe und ohne unmittelbare Nachbarn leben. Zufrieden ließ Hermann sich die Wintersonne ins Gesicht scheinen. Zu Hause in Hamburg regnete es in Strömen, und hier war es am frühen Nachmittag für die Jahreszeit sehr warm – das war der Süden.

Gaël kam auf ihn zu.

»Ich habe die Männer angerufen, die den Brunnen begutachten sollen. Einer wird hinuntersteigen. Aber wie die Verkäufer ja schon gesagt haben, ist das Grundwasser in den letzten Jahrzehnten kräftig gesunken. Der Brunnen wurde lange Zeit nicht mehr benützt. Sie kommen gleich und sehen ihn sich an, um einen Kostenvoranschlag zu machen.«

»Sehr gut!«

Hermann hatte darauf bestanden, dass das mit dem Brunnen sofort erledigt wurde. Die Verkäufer und die Maklerin hatten zwar gemeint, der Brunnen, der sich am Rand seines Grundstückes befand, könne wohl nicht mehr verwendet werden, aber Hermann wollte auf Nummer sicher gehen. Er wollte sicherstellen, dass im Sommer genügend Wasser für seinen Pool und seinen Rasen vorhanden war. Er wusste, dass das Wasser in der Provence ein kostbares Gut war. Und bevor er einen neuen Grundwasserbrunnen graben ließ, wollte er den alten überprüfen.

Der Schacht war fünfzehn Meter tief in den Kalkfelsen hineingetrieben worden. Wenn den Verkäufern zu glauben war, dann war dieser Brunnen schon vor hundertfünfzig Jahren angelegt worden.

»Das Wasser ist natürlich nur für den Garten und den Pool geeignet«, erklärte Gaël. »Wir werden das Haus trotzdem an die Trinkwasserversorgung der Gemeinde Puyloubier anschließen müssen.«

»Kein Problem«, erwiderte Hermann. Er wusste Bescheid. Er hatte sich alle Ausgaben vor dem Kauf aufstellen lassen, um ungefähr zu wissen, wie viel ihn das ganze Abenteuer schlussendlich kosten würde. Nur den finanziellen Aufwand für den Brunnen hatte ihm noch keiner beziffern können. Mit ein bisschen Glück würden sie dort unten bald auf das Grundwasser stoßen. Dann war nur eine Pumpe nötig, um es nach oben zu befördern. Wenn sie jedoch Pech hatten, war da nichts zu machen, und es musste ein neuer Brunnen gegraben werden. Oder Hermann musste sich für den Pool und den Garten mit dem teuren Trinkwasser der Gemeinde begnügen.

Kurz darauf kam ein Jeep durch die Einfahrt gerollt. Zwei Männer stiegen mit einer Kletterausrüstung aus dem Wagen. Seil, Gurte, Stirnlampen, alles hatten sie dabei.

»Wow, die sind ja ausgestattet«, staunte Hermann.

»Sie steigen jetzt hinunter, um herauszufinden, wie der Boden da unten aussieht und welches Gerät sie brauchen, um den Schutt zu beseitigen und weiter zu graben. Vielleicht ist der Boden feucht oder steht da sogar Wasser. Wahrscheinlich muss jedoch da unten einiges an Schutt weggeräumt werden. Der Brunnen lag jahrelang frei, ohne irgendein Gitter. In ihn kann alles Mögliche hinuntergefallen sein.«

In der Tat war der Brunnen ein nicht abgedecktes Loch mit drei Metern Durchmesser, das für Tiere eine Gefahr darstellen konnte. Er sah von außen mit seiner schönen Natursteinverkleidung gut erhalten aus, der Rand war an die siebzig Zentimeter hoch.

Die beiden jungen Männer begannen mit den Seilen zu hantieren. Der eine schlug einen Haken in den Rand des Brunnens.

»Keine Sorge«, sagte Gaël, der Hermanns Blick bemerkte, »das beschädigt den Brunnen nicht. Die Natursteinverkleidung muss ohnehin zum Teil erneuert werden.«

Der andere Mann setzte sich eine Stirnlampe auf und zog seinen Gurt stramm. Es war klar, dass er sich nun abseilen würde. Gertrude, die im Haus gewesen war, kam auf Hermann zu. Mit einem Kopfnicken begrüßte sie die beiden Männer. Als der junge Mann sich in den Brunnen abzuseilen begann, meinte sie: »Ich würde nicht an seiner Stelle sein wollen! Fünfzehn Meter unter der Erde.«

»Na ja, es ist ihr Job. Wir bezahlen dafür auch eine schöne Stange Geld.«

Der Arbeiter, der das Seil sicherte und seinen Kollegen hinunterließ, gab Gaël Erklärungen.

»Er lässt seinen Kollegen jetzt ganz hinunter«, übersetzte Gaël, »dann sieht der sich den Grund an. Wenn er tiefer hinunter will, zieht er auf eine bestimmte Weise am Seil, und auf eine andere, wenn er herauf möchte. Die beiden sind auch Kletterer, kraxeln viel in den Calanques und anderen Kalksteinmassiven hier in der Gegend.«

Hermann und Gertrude nickten höflich. Sie selbst hatten mit Klettern nichts am Hut, aber sie bewunderten diese abenteuerlustigen jungen Männer.

Der eine Mann verschwand im Brunnen. Sie warteten einige Minuten. Plötzlich schien ein Ruck durch das Seil zu gehen. Der junge Mann neben Gaël zog daran.

»Ah, er will wieder rauf. Hat wohl schon gesehen, was es zu sehen gibt«, erklärte Gaël Hermann und Gertrude. Der Mann neben ihnen zog seinen Kollegen hoch. Gaël half ihm dabei, die beiden sprachen über irgendetwas.

Da hörten sie die Stimme des Mannes im Schacht. »Vite! Plus vite!« Er klang seltsam panisch.

»Er will schnell raus«, raunte Gertrude Hermann zu. »Kann ich gut verstehen.«

»Er scheint dort unten wohl was Unappetitliches gefunden zu haben«, meinte Gaël gelassen. »Klingt ganz schön aufgeregt. In solche Brunnen stürzen oft Tiere. Die verwesen dann, und der Geruch …«

Gertrude schüttelte sich. »Etwas unheimlich, dieser Brunnen.«

Der Mann kam nun in Sicht. Hermann sah, dass er schlaff im Seil hing. Er erschrak. Hatte der junge Kerl sich etwa verletzt?

Auch sein Kollege schien zu bemerken, dass etwas nicht stimmte.

»René!«, rief er und gab dem Kletterer irgendeine Anweisung. Doch der andere reagierte nicht. Als sie ihn über den Rand des Brunnens gehievt hatten, wichen alle zurück. Der Mann war wortwörtlich grün im Gesicht, und seine Augen starrten erschrocken ins Leere, schienen sie nicht einmal wahrzunehmen.

»Was ist los, René?«, fragte sein Kollege besorgt.

Doch René schüttelte nur den Kopf, löste den Haken von seinem Gurt und taumelte ein paar Meter weiter, wo er zu Boden sank, würgte und sich mehrmals übergab.

Alle schwiegen. Hermann und Gertrude sahen sich entsetzt an.

Der Kollege winkte jedoch ab. »Ihm ist wohl übel. Der Geruch da unten kann ganz schön grausam sein. Eigentlich hätte er eine Maske aufsetzen sollen. Wir haben die immer mit, vergessen sie aber meistens.«

Er ging zu René und legte ihm die Hand auf die Schulter. Dieser begann laut zu schluchzen. Gaël begab sich ebenfalls zu ihnen, weitere Minuten vergingen.

Hermann spürte, wie ihm mulmig wurde. Was hatte der junge Mann dort am Grund des Brunnens gefunden?

Irgendwann trat Gaël mit bleicher Miene auf Hermann und Gertrude zu, während der Brunnenspezialist, der oben geblieben war, sein Telefon zückte.

Gaël versagte beinahe die Stimme, als er ihnen erklärte:

»Dort unten liegen Leichen. Mindestens zwei. Es scheint sich um Kinder zu handeln. Wir müssen sofort die Polizei rufen!«

Das Anwesen

Nadia und ihr Team rasten mit Blaulicht Richtung Aix-en-Provence. Anscheinend waren die Leichen der verschwundenen Jungen gefunden worden. Am Grund des Brunnens eines alten Anwesens auf der Südseite des Sainte-Victoire-Massives, mehr als vierzig Kilometer von der Großstadt entfernt. Die Kriminaltechnik war schon vor Ort, sie hatten Nadia verständigt, sobald klar war, dass es sich um Kinderleichen handelte. Die Polizisten fuhren bei Aix-en-Provence von der Autobahn ab und nahmen die kleine Straße nach Le Tholonet, einem hübschen Dörfchen mit schönen alten Häusern aus dem hellen gelblichen Kalkstein, der typisch für die Stadt Aix-en-Provence und ihre Umgebung war. Die Autos der Polizisten wanden sich bald die schmale Straße nach oben, Richtung Sainte-Victoire-Massiv.

»Wie kommt jemand darauf, in dieser Gegend eine Leiche zu entsorgen?«, murmelte Nadia. »Hier sagen sich ja Fuchs und Hase gute Nacht!«

»Eben deshalb«, meinte Carole, die auf dem Rücksitz saß.

»Derzeit sagen sich hier Fuchs und Hase gute Nacht«, ließ sich ihr Kollege Kenny vom Fahrersitz vernehmen. »Aber im Sommer ist hier einiges los. Wir sind auf der Route Cézanne. Hier hat Cézanne überall gemalt. Deshalb wimmelt es im Sommer von Touristen.«

»Ach so?«, fragte Nadia. »Und was genau gibt es zu sehen?«

»Die provenzalische Landschaft und den Berg. Die Ausländer mögen den besonders.«

»Ich finde sie sehr schön«, meinte Carole. »Diese mediterrane Landschaft mit den Kiefern. Und diese rote und gelbe Erde ... ist das Ocker?«

»Ja, wahrscheinlich«, murmelte Nadia. Sie war so schockiert, dass sie an diesem Nachmittag für die landschaftlichen Reize der Provence überhaupt nichts übrighatte. Die Hoffnung, die drei Jungs lebend zu finden, war vermutlich zunichte. Zu grausam erschienen ihr die Umstände, und sie fühlte sich schuldig. Sie war zu langsam gewesen. Man war sich noch nicht sicher, aber die Wahrscheinlichkeit war groß, dass die drei gekidnappten Kinder in dem tiefen Brunnen lagen. Und ihr Mörder war auf der Flucht. Anscheinend hatte er Pech gehabt, weil er geglaubt hatte, dass das uralte Anwesen komplett verlassen war. Nun waren die Leichen der Jungen zufällig entdeckt worden. Nur vier Tage nach dem Verschwinden des letzten Kindes, Nassim.

Als sie am Ort des Geschehens ankamen, herrschte dort schon rege Geschäftigkeit. Überall waren Gendarmerie-Autos, standen bereits Schaulustige herum, und auch zwei Journalisten hatten Wind von der Sache bekommen.

»Sie können da nicht rein«, sagte ein hünenhafter blonder Gendarm, als Nadia das Fenster herunterließ. »Der Tatort ist abgesperrt.«

Nadia zückte ihren Polizeiausweis. »Ich bin der Lieutenant der PJ, der nach den drei Jungs aus der Marseiller Cité sucht. Es besteht der Verdacht, dass sie es sind.«

»Auf jeden Fall«, erwiderte der Mann. »Und SIE sind der Lieutenant?«

Er sah sie etwas ungläubig an. Nadia wusste, dass sie jünger wirkte, als sie war. Außerdem gab es im Süden genügend Kollegen, die noch immer dachten, eine Frau könne kein guter Ermittlungsleiter sein. Die sollten mal ins Kommissariat kommen! Die Leiterin der PJ Marseille war nun eine Frau, genauso wie Nadias Vorgesetzte. Die Situation hatte sich nach dem Skandal im Frühjahr schlagartig zugunsten der Frauen geändert. Nun saßen zwei weitere Frauen auf wichtigen Posten, und gewiss gab es auch bei der Gendarmerie schon weibliche Führungskräfte.

»Die beiden Autos, die uns folgen, sind der Rest meines Teams und ein Kollege der Stups.«

»Stups? Was haben die damit zu tun?«, wunderte sich der Beamte.

»Wir haben einen Verdächtigen, der derzeit auf der Flucht ist. Und er war in der Drogenszene von Frais Vallon ziemlich aktiv.«

Die Wahrheit war, dass Nadia sofort Rachid kontaktiert hatte, damit er mitkam. Seine Anwesenheit gab ihr Halt, außerdem ermittelte er nun schon seit Tagen mit ihr.

Der Gendarm öffnete die Absperrung und ließ die drei Autos durch. Sie fuhren an, bevor ein Journalist, den Nadia von irgendwoher kannte, ihren Wagen erreichte. Da standen sie, die Schaulustigen und die Aasgeier und wollten nichts lieber, als zum Tatort zu gelangen. Und Nadia hätte sich in diesem Moment am liebsten weit weg gewünscht. Sie wusste, dass sie etwas Schreckliches sehen würde. Drei halbverweste Kinderleichen. Und sie hatte den Mörder entkommen lassen. Sie fuhren auf das Grundstück, das wohl gerade komplett umgegraben wurde. Auf einer Seite befand sich ein riesiger Haufen mit Grassoden und Büschen, daneben standen ein Bagger und ein großer Lastwagen. Links von ihnen war ein altes Steinhaus. Das gesamte Grundstück wurde durch einen alten Holzzaun abgegrenzt, dahinter kam der Kiefernwald.

Am Brunnen, auf der Südseite des Grundstückes, waren die Kollegen der Spurensicherung bei der Arbeit. Wenige Meter weiter, wo die Polizisten der PJ nun parkten, befanden sich schon mehrere Autos und ein großer Feuerwehrwagen. Die Feuerwehr war anwesend, um einen Techniker der PJ in den Brunnen hinunterzulassen und die Leichen dann aus fünfzehn Metern Tiefe zu bergen. Bruno, der Verantwortliche der Spurensicherung, begrüßte Nadia und erklärte, es würde wohl eine Weile dauern.

»Kein einfacher Ort für eine Leichenbergung. Der Täter hat es uns schwer gemacht. Und wenn er nicht so großes Pech gehabt hätte, wären die Jungen niemals entdeckt worden!«

Als Nadia ihn fragend ansah, fügte er hinzu: »Das Haus wurde am Freitag verkauft, und der Besitzer wollte sofort damit beginnen, das Grundstück zu säubern. Das ganze Buschwerk herauszureißen. Er hat auch darauf bestanden, dass der Brunnen begutachtet wird, obwohl er schon uralt ist. Ein Arbeiter stieg hinunter und entdeckte die Leichen.«

Nun schüttelte sich sogar Bruno, der eigentlich an den Tod gewöhnt war.

»Und wer ist jetzt unten?«, fragte Rachid, der hinter Nadia aufgetaucht war.

Bruno grinste. »Bernie, unser Sportler. Er hat sich sogar freiwillig gemeldet, weil er auch Höhlenforschung betreibt. Er hat keine Angst. Ich würde da nicht hinunter wollen. Ihr etwa?«

Rachid schüttelte den Kopf. »Nein, ich nicht. Und ich denke, nicht einmal Nadia. Obwohl sie klettert.«

Nadia stimmte ihm zu. »Ich klettere nach oben, nicht

nach unten. Ich habe keine Höhenangst, bin aber leicht klaustrophobisch.«

Sie sah mit Bangen in das tiefe schwarze Loch hinunter. Um kein Geld der Welt würde sie sich dorthin abseilen lassen! Aber nun musste sie mit ihrer Arbeit vorankommen. Die richtigen Leute befragen.

»Wo ist der Besitzer?«, wollte sie wissen.

Bruno deutete Richtung Terrasse. »Dort beim Haus! Das ältere Ehepaar. Mit ihren Arbeitern. Sie sind Deutsche!«

»Deutsche?« Nadia sah Rachid an.

Dieser zuckte mit den Schultern. »Diesmal kann auch ich nicht helfen. Ich habe nie Deutsch gelernt. Aber vielleicht sprechen sie gut Englisch.«

»Anscheinend haben sie einen Architekten, der übersetzen kann!«, sagte Bruno.

»Gut, dann schauen wir mal. Kommst du mit?«, fragte Nadia Rachid.

Er zuckte erneut mit den Schultern. »Es ist dein Fall, Nadia. Ich möchte ihn nicht an mich reißen.«

»Nein, aber es wäre gut, wenn wir zu zweit sind.«

Sie wandte sich an das restliche Team. »Sprecht schon einmal mit den Gendarmes, den Arbeitern und den Nachbarn, wir unterhalten uns mit den Besitzern.«

Sie gingen auf die Terrasse des Steinhauses zu und begrüßten die Leute, die dort standen. Der Nachmittag neigte sich dem Ende zu, und Nadia sah, dass die meisten ein wenig erfroren wirkten.

Sie stellte sich und Rachid vor.

»Do you speak English?«, fragte sie das deutsche Ehepaar. Die beiden nickten.

»Schlimmstenfalls kann ich übersetzen«, bot ein junger Mann in Nadias Alter an. »Ich bin ihr Architekt.«

»Gut«, meinte Nadia. »Dann beginnen wir mit Ihnen.

Können wir ins Haus oder ein Stück auf die Seite gehen? Wir beide, Sie und Ihre Kunden?«

Der Architekt nickte. »Ins Haus lieber nicht ... Es ist eine Bruchbude, wir werden es komplett renovieren! Es ist leer, das Holz im Innern ist morsch, die Wände brüchig und das Dach stark beschädigt. Mir wäre lieber, wenn keiner hineingehen würde. Wegen der Einsturzgefahr. Aber wir können hinter das Haus gehen, dort ist es noch sonnig, und man kann sich auf Holzbalken setzen.«

»In Ordnung«, sagte Rachid und forderte die beiden Deutschen auf Englisch auf, ihnen auf die Westseite des Hauses zu folgen. Er bat die sieben Arbeiter, auf der Terrasse zu warten, seine Kollegen würden sie befragen.

Hinter dem Haus fiel Nadia auf, wie zittrig die beiden Deutschen waren. Es handelte sich um rüstige Rentner, aber der Fund der Leichen hatte sie sichtlich schockiert.

»Können Sie zu erklären beginnen?«, fragte Nadia den Architekten, als die beiden älteren Herrschaften auf einem dicken Holzbalken Platz genommen hatten. Nadia, Rachid und Gaël verzichteten darauf, sich zu setzen.

»Ja, das Haus wurde von einer Freundin meiner Mutter, Andrea Boyer, einer Immobilienmaklerin in Aix-en-Provence, an diese Herrschaften verkauft. Andrea rief mich noch vor dem Verkauf, das war im Oktober, an und fragte mich, ob ich mit ihr zur Besichtigung kommen würde, weil die beiden Fragen hatten, was architektonisch gesehen möglich ist und was nicht. Es ging auch darum, einen ersten ungefähren Kostenvoranschlag für die Renovierung aufzustellen. Außerdem spreche ich Deutsch und würde diese Leute hier in Frankreich optimal betreuen können. Für mich war das natürlich super, ich habe mich erst vor Kurzem selbstständig gemacht und habe noch nicht viele Kunden. Und das hier ... das hat Potenzial.«

»Ja, allerdings ist viel zu tun«, bemerkte Rachid skeptisch und zeigte auf das lädierte Dach und die maroden Fensterläden.

»Klar, aber Geld ist vorhanden. Und ich habe bereits einige Erfahrung mit Altbauten. Nach der Besichtigung hat das Ehepaar Witt beschlossen, das Haus zu kaufen. Der Vorvertrag wurde einige Tage später unterschrieben, und wir haben mit den Plänen angefangen, der endgültige Kaufvertrag war für Mitte Dezember angesetzt. Sofort danach wollte Herr Witt mit der Rodung des Grundstücks beginnen.«

»War das Grundstück ... lagen irgendwelche Dinge herum, als Sie zum ersten Mal hier waren? Haben Sie bemerkt, dass jemand eingedrungen ist?«

»Nein. Das Grundstück war voller Büsche. Es war sehr verwildert. Der Bagger hat heute Vormittag umgegraben.« Der junge Mann zeigte auf den riesigen Haufen mit Grassoden vermischter Erde und die ausgerissenen Büsche am Zaun. »Wir haben bisher nichts gefunden. Keinen Müll, gar nichts.«

Nadia seufzte. Es war ein unglücklicher Zufall, dass am selben Morgen umgegraben worden war. Nun würde man keine Spuren mehr feststellen können.

»Man hat, wie Sie gesehen haben, leicht Zugang zum Grundstück«, fuhr der junge Architekt fort. »Da steht zwar dieser uralte Zaun rundherum, aber es gibt kein Gartentor. Wer will, kann einfach hereinfahren. Ich bin mir sicher, einige Leute sind gekommen, um sich das Haus anzusehen. Im September und im Oktober hing ein Verkaufsschild der Agentur am Zaun.«

»War der Brunnen abgedeckt?«, wollte Nadia wissen.

»Nein«, erwiderte der Architekt. »Und um den Brunnen war nur Gras. Seltsamerweise stellten meine Klienten letzten Freitag, als sie abends nach der Unterschrift beim Notar hierherkamen, fest, dass das Gras zertrampelt war. Außerdem haben sie, als sie sich dem Haus näherten, jemanden wegfahren sehen. Ein weißes Auto. Das hat ihnen Sorge bereitet, sie wollten sogar die Gendarmerie verständigen, aber Madame Boyer hat sie beruhigt. Wahrscheinlich hatte sich jemand aus der Gegend, der nicht wusste, dass es schon verkauft war, das Grundstück auf eigene Faust angesehen.«

»Ein weißes Auto?«, fragte Nadia interessiert.

Am Freitag war Nassim verschwunden. Die Mädchen aus der Cité Frais Vallon hatten ein weißes Auto in der Nähe der Schule von La Rose herumfahren sehen. Konnte es sein, dass diesen Deutschen das Auto des Mörders der Jungen begegnet war?

»Wann war das?«, fragte Rachid nach und wandte sich auf Englisch an die Deutschen. »Wann sind Sie am Freitagabend hierhergekommen?«

»Gleich nach dem Termin beim Notar. Gegen halb sechs. Es dämmerte bereits. Das weiße Auto kam aus unserer Einfahrt. Wir waren noch einige Hundert Meter entfernt. Es bog von der Einfahrt nach rechts ab und fuhr Richtung Puyloubier davon. Wir haben das seltsam gefunden und sofort alles abgesucht. Und im Garten war das hohe Gras niedergetrampelt. Überall, nicht nur um den Brunnen. Wir haben auch die Verkäufer angerufen, die das nicht besonders tragisch fanden. Das Haus steht leer und ist eine Bruchbude, meinten sie. Sie rieten uns davon ab, die Gendarmerie einzuschalten, weil die das Ganze nicht ernst nehmen würde.«

»War Madame Boyer oft da?«, wollte Nadia von dem Architekten wissen. »Hatte sie viele Besichtigungen?«

»Ich denke schon. Wie viele genau, weiß ich nicht. Sie

142

müssen sie selbst fragen. Ich gebe Ihnen gern ihre Adresse und Telefonnummer.«

»Ja, wir müssen ohnehin mit allen sprechen. Vor allem mit ihr und mit den Verkäufern«, meinte Nadia.

Der junge Architekt nickte.

Rachid wandte sich wieder an die Deutschen. »Wie oft waren Sie zur Besichtigung hier, bevor Sie beschlossen haben, das Anwesen zu kaufen?«

Die beiden sahen sich an und wechselten einige Sätze auf Deutsch.

»Sie sind sich nicht sicher, ob sie fünf- oder sechsmal da waren«, erklärte Gaël.

»Sechsmal vor dem Kauf und am Freitagabend«, sagte der Mann jedoch auf Englisch. »Das erste Mal Ende September. Am nächsten Tag sind wir zurück nach Deutschland gefahren. Und kamen Mitte Oktober wieder. Dieses Haus und ein anderes gefielen uns. Wir haben beide allein von außen besichtigt und fuhren danach noch einmal mit der Maklerin hin. Und dann bot sie uns an, eine Besichtigung mit Gaël zu machen«, erklärte die Frau mit einem Blick auf den Architekten.

»Und Gaël hat alle unsere Fragen beantwortet, und wir haben beschlossen, den Vorvertrag zu unterschreiben und ihn mit der Renovierung zu beauftragen. Dann waren wir noch einmal mit ihm da, um über das Haus, die Materialien, die Pläne, den Pool und den Garten zu reden. Aber natürlich hat keiner von uns in den Brunnen geschaut.«

»Wir hätten weder etwas gesehen noch etwas gerochen«, warf Gaël ein.

»Und bei Ihren vorherigen Besuchen, ist Ihnen da nie etwas aufgefallen?«, fragte Nadia.

Das Ehepaar schüttelte den Kopf. »Absolut nicht.

Bloß am Freitag. Und wahrscheinlich auch nur, weil das Auto direkt vor uns aus der Einfahrt gefahren ist.«

Nadia atmete tief durch. Das Ehepaar war nahe daran gewesen, den Täter auf frischer Tat zu ertappen!

»Der letzte Junge ist am Freitag gegen Mittag in Marseille verschwunden. Und anscheinend haben Sie den Täter um halb sechs mit dem Auto von hier wegfahren sehen. Der erste Junge verschwand am fünfundzwanzigsten November in Marseille, der zweite am neunten Dezember. Derjenige, der die Leichen hier abgelegt hat, kennt den Ort, aus welchem Grund auch immer. Er weiß, wie tief der Brunnen ist.«

Die beiden Deutschen sahen Nadia verständnislos an. Dann ging durch den Mann plötzlich ein Ruck. »Wir waren am fünfundzwanzigsten November und am neunten Dezember in Deutschland, das können wir beweisen. Am Freitag waren wir alle beim Notar, von dreizehn bis sechzehn Uhr. Wir haben jeweils also ein Alibi.«

»Natürlich, Monsieur«, beschwichtigte ihn Rachid. »Sie sind nicht verdächtig. Aber Sie sind wichtige Zeugen. Wir werden uns nun mit den Vorbesitzern unterhalten. Welchen Eindruck haben Sie von ihnen?«

Der Deutsche zuckte mit den Schultern. »Sehr nett. Sehr angenehm. Die Verhandlung war einfach. Sie waren kooperativ. Wollten vor allem schnell verkaufen.«

Der Architekt räusperte sich. »Wir haben auch über den Brunnen gesprochen. Sie haben gemeint, bei dem alten Ding sei nicht mehr viel zu machen, er sei wahrscheinlich versiegt und man solle ein Gitter darauflegen. Sonst kann jemand hineinfallen. Allerdings wollte Monsieur Witt den Brunnen unbedingt begutachten und eventuell instand setzen lassen. Die Verkäufer meinten, das werde teuer, aber sie würden uns die Adresse einer Firma nennen, die so was macht. Und beim Verkauf ha-

ben sie uns die Karte der beiden jungen Männer gegeben, die heute die Leichen entdeckt haben. Das hätten
sie wohl nicht getan, wenn sie gewusst hätten, was dort
unten liegt?«

»Allerdings«, meinte Rachid. »Außerdem haben wir
bereits einen Verdächtigen. Der auf der Flucht ist. Wir
würden nur gern wissen, wie er auf dieses Haus hier
kommt! Woher er über den Brunnen Bescheid weiß.«

Caroles Gefühle

Carole sprach mit den Arbeitern, die an diesem Nachmittag anwesend gewesen waren. Nein, keiner hatte irgendwelche Spuren eines Eindringlings auf dem Grundstück bemerkt. Sie hatten am selben Morgen angefangen, mit einem Bagger das Grundstück zu säubern, das hieß, die Sträucher herauszureißen und umzugraben. Nun waren sie dabei, den Schutt wegzubringen und den aufgerissenen Boden ein wenig zu ebnen. Der Brunnen am Rand des Grundstücks war ihnen nicht seltsam erschienen.

»Aber«, meinte der Älteste, »man sieht von außen nicht, was in so einem tiefen Brunnen liegt.«

Der Brunnenbauer René, der die Leichen entdeckt hatte, stand noch immer unter Schock. Nach Caroles Meinung sollte man ihn sofort heimschicken. Er brauchte psychologische Betreuung. Stockend erzählte er ihr sein Erlebnis.

»Als ich nur noch wenige Meter vom Grund entfernt war, da roch ich es schon: den Geruch eines Kadavers. Es kommt oft vor, dass tote Tiere am Boden eines Brunnens liegen. Das ist zwar ärgerlich, aber nichts Besonderes. Ich hielt mir die Nase zu und seilte mich weiter ab. Und da ... Im Schein meiner Stirnlampe sah ich zwei Meter unter mir ein Gesicht. Ich dachte anfangs, ich sei müde, ich hätte Halluzinationen. Dann nahm ich Arme und Beine wahr, mir schien, dass es zwei Personen waren. Zwei sehr junge Personen. Kinder im Alter meines Sohnes.« Der Mann begann heftig zu schluchzen. »Entschuldigung, aber … ich habe noch nie so etwas Schreckliches gesehen!«

»Das verstehe ich«, sagte Carole leise. »Es war eine fürchterliche Entdeckung. Und es gibt keinen schlimmeren Anblick als ein totes Kind. Mein Sohn ist zehn. Genauso alt wie der Junge, der am Freitag verschwunden ist.«

»Es sind drei?«, fragte der Mann mit gebrochener Stimme.

»Ja. Drei sind verschwunden. Und mindestens zwei liegen am Grund des Brunnens.«

»Lagen«, meinte der Kollege von René und deutete auf den Brunnen.

Carole wandte sich um und sah, dass die erste Leiche soeben geborgen wurde. Es war für die Feuerwehrmänner sicher nicht einfach gewesen, sie aus der Tiefe heraufzuholen. Sie hatten die Toten in Planen eingeschlagen und mit Seilen umwickelt, gerade legten sie das Bündel auf den Erdboden. Carole schluckte. Sie wollte sie nicht sehen, diese toten und halb verwesten Kinder. Auch sie würde diesen Anblick nie mehr vergessen.

Sie räusperte sich. »Wenn die Ermittlungsleiter einverstanden sind, dann können Sie heimgehen.« Die Arbeiter nickten. Sie waren durchgefroren und bedrückt. Alle wollten diesem unheilvollen Ort so schnell wie möglich entfliehen.

Da kam Nadia auf die Terrasse. »Carole, hast du mit den Arbeitern gesprochen?«

Carole nickte. »Ja, das habe ich. Paul und Momo auch. Können wir sie heimschicken?«

»Ich denke, ja. Nehmt noch ihre Personalien auf, dann können sie gehen!«

Nadia trat auf den Brunnen zu, wo gerade das zweite Bündel nach oben gebracht worden war. Carole notierte

Namen, Adressen und Telefonnummern aller Männer, dann entließ sie sie. Die beiden Brunnenbauer gingen schnurstracks auf ihren Jeep zu, der in der Nähe geparkt war. Die anderen warfen neugierige Blicke auf die Bündel am Boden.

Der Tod ist seltsam, dachte Carole. Er stößt die Leute ab, und zugleich zieht er sie magisch an. Die Tragödie ist ein willkommenes Spektakel, wenn sie nicht die eigene Familie oder die engsten Freunde betrifft. Sie atmete tief durch.

Nadia, Rachid und seine zwei Kollegen Paul und Momo standen bereits neben den Leichen. Stéphane und Kenny hatten das Grundstück verlassen, um die nächsten Nachbarn zu befragen. Es gab nur vier Häuser in der Nähe, die jeweils mehrere Hundert Meter entfernt waren. Zwischen dem Anwesen und den Häusern stand Kiefernwald. Die Chance, dass jemand etwas gesehen hatte, war nicht besonders groß.

Langsam ging Carole auf die Leichen zu. Sie sah, dass die meisten Anwesenden Masken aufhatten, wahrscheinlich, um sich vor dem fürchterlichen Gestank der Verwesung zu schützen. Einige hielten sich auch die Armbeuge vor die Nase. Carole atmete durch den Mund. Sie spürte, wie ihr Herz sich mit jedem Schritt mehr zusammenzog.

»Es sind drei«, erklärte Nadia mit tonloser Stimme. »Es liegt tatsächlich noch eine Leiche im Brunnen.«

Die Kriminaltechniker schlugen die Planen zurück, um sich die Leichen anzuschauen. Nun senkte Carole den Blick. Sie erkannte den zehnjährigen schwarzen Jungen anhand der Fotos, die sie von ihm gesehen hatte. Nassim. Sein Gesicht war noch nicht von der Verwesung entstellt. Er hatte am Freitagmittag noch gelebt. Das andere Kind war kaum mehr zu identifizieren, die Verwesung hatte schon deutlich eingesetzt.

Carole spürte, dass ihr die Galle hochkam, und lief schnell von ihren Kollegen weg. Am Zaun musste sie würgen, schaffte es jedoch nicht, sich zu übergeben. Ihr Herz klopfte zum Zerbersten. Tränen rannen über ihre Wangen. Sie wusste nicht, ob sie es schaffen würde weiterzumachen. Während ihrer fünfzehnjährigen Karriere bei der Polizei hatte Carole schon viele Krisen durchgemacht, schon oft schlimme Augenblicke erlebt, doch das hier gehörte zum Schrecklichsten.

Wer tötet Kinder? Konnte es wirklich dieser junge Ex-Dealer aus der Vorstadt sein, dessen Foto derzeit überall in den Medien zu sehen war? Sie selbst glaubte es nicht. Da steckte etwas anderes dahinter. Etwas viel Dunkleres und viel Perverseres.

Die Kinderleichen

Eine zierliche Fünfzigjährige in einem teuren Mantel und Stiefeln mit hohen Absätzen trat auf Nadia und ihr Team zu.

»Bonjour, Madame Aubertin. Ich bin gekommen, so schnell ich konnte.«

Trotz ihrer Bestürzung über diesen so makabren Fall musste Nadia grinsen. Madame Mellot war Rechtsmedizinerin, sehr kompetent und absolut unbeeindruckt von Tod und Verwesung. Allerdings kam sie immer in der unpassendsten Kleidung zu den Tatorten. Sie trug nur Stöckelschuhe und niemals Hosen, war stets perfekt frisiert. Damit stand sie in einem sonderbaren Kontrast zu den sportlich gekleideten Zivilbeamten und den grausigen Tatorten.

»Bonjour, Madame Mellot«, erwiderte Nadia. »Ich bin froh, dass Sie so schnell kommen konnten. Alle drei Jungen wurden im Brunnen entdeckt.«

Die Frau schüttelte den Kopf. »Was für eine Tragödie. Glauben Sie wirklich, dass es dieser Dealer aus der Cité war?«

»Ex-Dealer«, warf Rachid ein. »Heute Schulwart.«

»Ach, bonjour, Monsieur Fandouli!« Die Rechtsmedizinerin bedachte Rachid mit einem zärtlichen Blick. Er gefiel vor allem den Damen mittleren Alters. Die Commissaire Prévert, die Commissaire Divisionnaire Pontier, die Rechtsmedizinerin Mellot, sie alle standen auf ihn.

Nadia seufzte und zuckte mit den Schultern. Es war seltsam. Sie war sich so sicher gewesen, dass der Entführer der flüchtige Ahmed Reza aus Frais Vallon war. Alles sprach gegen ihn. Aber nun, wo sie die Leichen gefunden hatten, meldeten sich bei ihr Zweifel. Wie hatte dieser junge Mann von dem tiefen Brunnen wissen können? Sie glaubte nicht an einen Zufall. Sicher, sie würden weiter nach ihm fahnden, aber auch das Umfeld der Verkäufer ganz genau überprüfen.

Natürlich stimmte das, was der Architekt gesagt hatte. Die Verkäufer, ein Bruder und eine Schwester in den Sechzigern, hätten niemals das Grundstück veräußert, wenn sie gewusst hätten, was sich am Grund ihres Brunnens befand. Und vor allem hätten sie dem Käufer niemals die Adresse und Telefonnummer der Brunnenbauer gegeben. Außerdem waren sie am Nachmittag, als Nassims Leichnam wahrscheinlich im Brunnen gelandet war, beim Notar gewesen. Irgendjemand aus ihrem Umfeld konnte aber den Brunnen gekannt haben. Allerdings hatte der Betreffende keine Ahnung gehabt, dass das Anwesen verkauft war, und vor allem, dass der Käufer den Brunnen begutachten lassen würde.

Irgendwo lief ein Mörder und Kinderschänder unerkannt herum.

»Nun, mit ein bisschen Glück finden wir die DNA des Täters. Dann wissen wir zumindest, wer unschuldig ist«, meinte Madame Mellot.

Die dritte Leiche wurde auf den Boden gelegt, die Plane zurückgeschlagen. Man konnte das Gesicht nicht mehr erkennen, der Tote war schon völlig verwest. Nun wurde auch Nadia übel, und sie wandte sich kurz ab. Der Gestank war unerträglich. Alle schienen zu leiden, bis auf die vornehme Madame Mellot, die sich ohne Scheu der Leiche näherte.

»Was glauben Sie?«, gelang es Nadia die Rechtsmedi-

zinerin zu fragen. »Wie lange lagen die schon dort unten?«

»Ich würde sagen, der hier mehr als vier Wochen, der
zwei Wochen und der da wenige Tage. Ich kann es Ihnen
nach der Obduktion genauer sagen.«

Nadia nickte.

»Das stimmt mit dem Verschwinden der Jungen überein. Fünfundzwanzigster November. Neunter Dezember und achtzehnter Dezember«, meinte Rachid. »Sehen
Sie irgendwelche Zeichen von Gewaltanwendung auf
den Körpern?«, fragte er.

Madame Mellot schüttelte den Kopf. »Im Moment
nicht. Doch sie sind vollständig bekleidet. Sogar die
Anoraks haben sie an. Sieht nicht nach Vergewaltigung
aus. Aber das werden wir noch herausfinden. Zwei
Nordafrikaner und ein Junge von den Komoren, soviel
ich weiß?«, fragte sie.

Nadia nickte wieder. Sie konnte kaum mehr atmen.
Sie hielt diesen Geruch nicht mehr aus. Ihr war so übel
wie noch nie in ihrem Leben.

In diesem Moment sah sie Pierres Auto durch die
Einfahrt hereinkommen. Wie immer war der Oberstaatsanwalt im Stress, er fuhr viel zu schnell und bremste so
ruckartig ab, dass die Erde nach allen Seiten stob. Gewiss hätten Nadia und ihre Kollegen sich über ihn lustig
gemacht, wenn die Situation nicht so schrecklich gewesen wäre. Pierre stürzte auf Nadia und das Team zu,
prallte beim Anblick der Leichen dann jedoch erschrocken zurück. So schlimm hatte er sich das wohl nicht
vorgestellt. Sein Blick traf Nadias, sie konnte in seinen
Augen tiefe Erschütterung lesen.

»Bonjour, Monsieur le Procureur«, sagte die Rechtsmedizinerin. Nadia sah, dass es Pierre nur mit Mühe gelang, ihr zuzunicken.

»Viel kann ich Ihnen hier im Moment noch nicht sagen«, fuhr Madame Mellot fort. »Ich spreche kurz mit dem Techniker, der in den Brunnen hinuntergestiegen ist, und in ein paar Tagen bekommt ihr euren Bericht. Natürlich so schnell wie möglich.«

Sie lächelte Rachid zu.

»Wow, kannst wieder einmal Gigolo spielen«, raunte sein junger Kollege Paul Rachid zu, als sie sich entfernte.

»Sehr witzig«, knurrte Rachid.

Auch Nadia war nicht nach Scherzen zumute. Viel lieber wäre sie beim Anblick der drei Leichen in Tränen ausgebrochen. Sie sah Carole an, dass es ihr genauso ging. Sicher war das für die Kollegin noch viel schlimmer, denn sie hatte Kinder im gleichen Alter, und die gingen auch zuweilen allein zur Schule oder zum Sport. Allerdings lebte Carole nicht in den Quartiers Nord, sondern in Cabriès, einem Dorf zwischen Aix-en-Provence und Marseille. Aber Pädophile konnten überall zuschlagen.

»Das sieht wirklich fürchterlich aus«, sagte Pierre leise, als er und Nadia etwas abseits standen. Sie sah, dass in seinen Augen Tränen schimmerten. »So schlimm wie derzeit war meine Arbeit noch nie. Ein erschossener Kollege, Kinderleichen in einem Brunnen, Fiona schwanger und bettlägerig …«

»Komm!« Ungeachtet der Kollegen, die sie beide gewiss beobachteten, nahm Nadia Pierre in die Arme.

»Zum Glück habe ich wenigstens dich und Rachid«, flüsterte Pierre ihr zu und drückte sie kurz an sich.

Nadia seufzte. Als sie ihn wieder losließ, sagte sie: »Rachid und ich, wir sind nicht stolz auf unsere Leistung. Wir haben unseren Verdächtigen entkommen lassen, und nun ist er über alle Berge.«

»Das macht nichts«, sagte Pierre, und dann sprach er

den Gedanken laut aus, der Nadia schon die ganze Zeit im Hinterkopf herumging: »Ich befürchte, wir müssen in eine andere Richtung ermitteln. Der Brunnen passt nicht zu einem Vorstadtdealer!«

Bald danach verließen Nadia, Rachid und ihre Teams das Anwesen. Sie mussten noch zahlreiche Personen befragen. Stéphane und Kenny hatten bereits mit den Nachbarn gesprochen, die sehr beunruhigt und bestürzt waren, jedoch nichts Auffälliges bemerkt hatten.

»Er hat in den letzten vier Wochen dreimal ein totes Kind in den Brunnen geworfen«, sagte Nadia. »Und beim letzten Mal wurde sein Auto gesehen.«

»Was für ein Schwein. Was für ein mieses Schwein«, murmelte Rachid. »Ich bin froh, dass ich selbst keine Kinder habe.«

»Ich auch.«

»Du wirst bald welche haben«, entgegnete ihr Kollege. »Laura ist fest entschlossen.«

Nadia seufzte.

»Du wirst wahrscheinlich auch irgendwann welche haben«, sagte sie dann. Sie dachte dabei an Aurore.

»So wie es derzeit aussieht, eher nicht«, raunte Rachid. »Wie du bemerkt hast, fahren überwiegend ältere Semester auf mich ab. Die bekommen keine Kinder mehr.«

Nadia hätte normalerweise gelacht, doch ihr war an diesem Nachmittag nicht danach.

Hinter der Absperrung befand sich eine riesige Menschentraube. Wie hatte sich die Neuigkeit vom Fund der Leichen nur so schnell herumsprechen können?

Die Journalisten stürzten sich auf Nadia und Rachid.

»Im Moment kein Kommentar. Wir werden später eine Pressekonferenz veranstalten«, wehrte Nadia ab und kämpfte sich durch die Menge. Bei ihrem Auto stand Laura. Sie sah Nadia mitfühlend an und drückte ihre Hand.

Doch ihre Lebensgefährtin war auch als Journalistin hier. Nadia erzählte ihr in knappen Worten, was geschehen war. Laura sollte sich vorerst an Rachid halten. Sie selbst musste jetzt den Vorbesitzern einen Besuch abstatten. Laura bedankte sich bei ihr und drückte wieder ihre Hand. Wie gut ihre Berührung doch tat! Nadia sehnte den Feierabend herbei. Der Nachmittag endete im Stress. Außerdem mussten die Familien der ermordeten Kinder kontaktiert werden, bevor sie aus der Presse oder den sozialen Medien vom Fund der Leichen erfuhren. Und dann am Abend würde eine Pressekonferenz stattfinden.

Als Nadia zu Kenny ins Auto stieg und er losfuhr, dachte sie an David, mit dem sie diese Ermittlung begonnen hatte, und seufzte. Luc kam mit seiner Untersuchung nicht voran. Sie alle hatten nicht die geringste Ahnung, warum der Staatsanwalt erschossen worden war. Und Nadia hatte das Gefühl, dass ihr eigener Fall mit jedem Tag noch komplizierter wurde.

Böse Überraschung

Lisas Telefon läutete, als sie den Vorort L'Estaque in Richtung Le Rove verließ. Sie hatte ihre Töchter beim Bastelkurs abgeliefert und fuhr nach Hause. Es war die Mutter. Lisa hob ab. Am anderen Ende der Leitung hörte sie ein Schluchzen und erschrak.

»Mama, was ist los?«

»Es ist etwas Fürchterliches passiert, Lisa«, stammelte die Mutter. »Fred und ich haben große Probleme! Unser Haus ... das Haus ...«

»Was ist damit?«

»Es ... Der alte Brunnen ... Im Brunnen wurden die Leichen der drei vermissten Kinder gefunden.«

»Was?«

Vor Lisa begann die Straße zu tanzen, deshalb fuhr sie an den Rand, um sich zu beruhigen. Vor Schreck zitterte sie am ganzen Körper.

»Wie ... wie kann das sein? Wie haben sie die Leichen entdeckt? Der Brunnen ist doch so tief!«

Die Mutter seufzte. »Ein Handwerker, der sich den alten Brunnen anschauen sollte, hat sie entdeckt.«

»Aber in der Zeitung stand, sie haben einen Verdächtigen für die drei Entführungen?«

»Ja, und irgendwie wusste der, dass unser Brunnen fünfzehn Meter tief ist. Allerdings konnte er ja nicht ahnen, dass da jemand hinuntersteigen würde und der Deutsche das Ding wieder instand setzen will. So was macht doch heute keiner mehr!«

»Also ist es ein Zufall. Weiß man schon, wie die Jungen gestorben sind?«

»Nein, Lisa. Ich warte auf die Polizei. Sie können jeden Augenblick hier sein.«

»Ich komme, Mama! Ich rufe Gérald an, damit er die Kinder abholt. Sie sind in L'Estaque beim Bastelkurs.«

»Das musst du nicht ...«

Doch Lisa war fest entschlossen, ihrer Mutter während der Befragung durch die Polizisten beizustehen. Ihr Vater war an der Côte d'Azur und würde erst spätabends nach Hause kommen, der Onkel wurde gewiss separat befragt. Sie rief Gérald an. Er meldete sich mit dem gereizten Ton, den er ihr gegenüber in letzter Zeit ständig anschlug.

»Gérald, ich muss zu Mama. Du hast vielleicht schon gehört, was geschehen ist.«

»Was soll geschehen sein?«

Lisa schilderte es ihm in knappen Worten.

Am anderen Ende herrschte Schweigen.

»Gérald, bist du noch dran?«, rief Lisa.

»Ja ... ja, ich bin da ... aber warum das Haus? Du hast mir nie gesagt, dass es verkauft worden ist!«

Lisa schien, dass seine Stimme leicht zitterte.

»Natürlich habe ich dir das gesagt! Am Freitag wurde der Kaufvertrag unterschrieben. Und die Rodungsarbeiten haben gleich begonnen. Mama und Onkel Fred werden jetzt von der Polizei vernommen. Obwohl sie nichts dafürkönnen.«

»Das hast du mir nie gesagt!«, rief Gérald wieder.

Lisa wurde ungeduldig. »Na, wenn schon? Aber jetzt gibt es Probleme und ich sage dir sofort Bescheid!«

Wieder Schweigen. Vielleicht war aber auch die Verbindung schlecht.

»Gérald, kannst du bitte die Mädchen um fünf vom Bastelkurs in L'Estaque abholen?«

»Ja. In Ordnung«, sagte er tonlos und legte auf.

Lisa schüttelte den Kopf. Da sah sie wieder einmal, dass er ihr ganz einfach nie zuhörte. Lisa war sich sicher, mit ihm über den Hausverkauf gesprochen zu haben. Gérald war einfach kein guter Zuhörer. Vielleicht war er mit den Gedanken ganz woanders. Bei seiner Geliebten.

Es war zum Glück noch nicht allzu viel Verkehr, und Lisa kam bald in Aix-en-Provence an. Sie fuhr durch das vor Weihnachten ziemlich geschäftige Zentrum, den großen Boulevard entlang bis zu dem schönen Viertel am östlichen Stadtrand, wo die Eltern lebten. Das Gartentor stand offen. Ein Wagen parkte vor der Garage. Lisa stellte ihr Auto hinter das unbekannte Fahrzeug und hastete ins Haus.

Dort stürzte ihr die Mutter entgegen und drückte ihre Hand.

Im Wohnzimmer saßen zwei Polizisten in Zivil. Eine dunkelhaarige, hübsche und etwas burschikose junge Frau, die wesentlich jünger als sie selbst zu sein schien, und ein rotblonder, sympathisch wirkender junger Mann.

»Meine Tochter Lisa«, stellte die Mutter sie den beiden vor. »Das sind Madame le Lieutenant Aubertin und Monsieur l'Agent Frolier von der PJ«, erklärte sie Lisa. »Wir haben unser Gespräch gerade erst begonnen.«

Lisa nickte den Polizisten zu, die sie begrüßten.

Dann ergriff die junge Frau, die die Mutter als Lieutenant bezeichnet hatte, das Wort.

»Also haben die Käufer sofort mit den Arbeiten ums Haus angefangen. War das so geplant?«, fragte sie die Mutter.

»Ja, das war es. Und wir haben ihnen geraten, sofort

zu beginnen und sich um das Grundstück zu kümmern, bevor der Boden friert. Sie möchten dann im Januar schon das Loch für das Schwimmbad ausheben.

»Und der Brunnen ... haben Sie sich um den jemals gekümmert?«

»Ich habe mich beim Haus um überhaupt nichts gekümmert. Mein Bruder hat alles erledigt. Aber Sie haben ja gesehen, es ist eine Ruine. Wir waren Anfang September einmal drin, als wir mit unserer Maklerin den Preis festlegten, haben mal kurz in den Brunnen geschaut, aber danach ist auch mein Bruder nie mehr hin. Nur die Maklerin war regelmäßig dort. Sie meinte, man solle so schnell wie möglich ein Gitter oder Bretter daraufflegen, damit niemand hineinfällt. Man könne ihn nicht mehr benützen. Aber dieser Deutsche wollte ihn unbedingt bis auf den Grundwasserspiegel vertiefen lassen, der in den letzten Jahrzehnten stark gesunken ist.«

»Zum Glück«, sagte der rotblonde Mann. »Sonst hätten wir die Leichen der Jungen niemals gefunden.«

Lisa fand, dass er eine angenehme Stimme hatte.

»Und Sie?«, fragte die Polizistin Lisa. »Kannten Sie das Anwesen?«

Lisa spürte den Blick der beiden Polizisten auf sich ruhen und wurde befangen. Sie nickte.

»Ich war einmal mit meinem Mann und meinen Kindern dort. Im September. Viel zu weit vom Schuss, hat Gérald, mein Mann, damals gemeint.«

Sie als Familie hätten sich nicht vorstellen können, dort oben zu leben. Es gab jedoch Leute, die solche Anwesen suchten. Vor allem als Zweithäuser.

Sie merkte, dass der rotblonde Polizist sie aufmerksam ansah. Seine Kollegin wandte sich wieder an die Mutter.

»Meine Kollegen sprechen gerade mit Ihrem Bruder. Wir müssen auch mit der Maklerin reden.«

Die Mutter räusperte sich. »Ich ... Ich verstehe nicht ganz ... Sie haben doch einen Verdächtigen für das Verschwinden der drei Kinder, oder?«

Die Polizistin nickte. »Ganz genau. Aber wir wissen nicht, woher dieser Mann, der in einer Vorstadt von Marseille lebt, Ihr Anwesen kennt. Ich kann mir kaum vorstellen, dass jemand den Brunnen durch Zufall gefunden hat. Er hatte vielleicht Komplizen. Und diese stehen irgendwie mit Ihnen in Verbindung. Bitte denken Sie nach, wem Sie von dem Haus und dem Brunnen erzählt haben. Natürlich sind Sie und der Käufer nicht wirklich verdächtig, aber es kann jemand aus Ihrem Umfeld sein. Oder jemand, der irgendwann einmal mit Ihnen zu tun hatte. Das ist nicht auszuschließen.«

Lisa wusste nicht warum, aber bei den Worten *aus Ihrem Umfeld* wurde ihr eiskalt. Irgendwo und irgendwann hatte sie diese Worte schon gehört. Doch sie konnte die Assoziation nicht herstellen, bekam den Gedanken nicht zu fassen. Der Polizist, der sie nicht aus den Augen ließ, brachte sie ziemlich aus dem Konzept. Sie würde später in Ruhe überlegen, dann würde es ihr wieder einfallen.

»Wie geht es jetzt weiter?«, fragte die Mutter.

Die Polizistin seufzte. »Wir warten nun auf die Ergebnisse der Obduktion, um zu erfahren, wie die Jungen gestorben sind, wann genau und ob ihnen sonst etwas angetan wurde. Wir suchen natürlich weiter nach dem Flüchtigen, aber wir schließen nicht aus, dass jemand aus Ihrem Umfeld damit zu tun haben könnte.«

Da war es wieder. *Jemand aus Ihrem Umfeld.*

Die Mutter sah die Polizisten erschrocken an. »Ich kenne niemanden, der so etwas tun könnte.«

Die Polizistin hob die Augenbrauen. »Natürlich kennen Sie niemanden. Ich auch nicht. So was traut man doch niemandem zu. Und es muss auch nicht jemand sein, den Sie gut kennen. Es kann jemand sein, der einmal Ihr Haus besichtigt hat. Nur eines sollten Sie wissen: Es handelt sich wahrscheinlich um einen Pädophilen. Pädophilie ist eine schwere Störung. Und sehr häufig sind davon Männer betroffen, die ein ganz normales Leben führen. Denen man nichts anmerkt. Oder fast nichts. Sie haben ihre Triebe nicht unter Kontrolle. Und viele töten die Kinder, nachdem sie sie vergewaltigt haben. Damit sie nicht reden können. Denken Sie bitte über Personen in Ihrem Umfeld nach! Über Männer, die solche Neigungen haben könnten. Die trotz ihres normalen Lebens und ihrer sympathischen Erscheinung solche Dinge tun könnten.«

Die Mutter schüttelte verständnislos den Kopf. »Also ich … ich kenne niemanden, der da infrage kommt. Aber natürlich … viele Leute kennt man nicht wirklich.«

»Wir kennen oft sogar diejenigen, mit denen wir zusammenleben, nicht wirklich«, sagte der rotblonde Polizist, wobei er seine hellblauen Augen noch immer nicht von Lisa abwandte. Sie fühlte, wie eine eisige Kälte Besitz von ihr ergriff. Sie verstand nicht ganz warum, aber sie bekam Angst.

Auf der Heimfahrt fiel es ihr plötzlich ein. Sie dachte an damals. War es da nicht so ähnlich gewesen? Und hatten die Polizisten nicht das Gleiche gesagt? Sie wusste nicht, ob sie mit der Polizei darüber reden sollte, aber es erschien ihr nicht sonderlich relevant.

Sie beschloss, das Thema bei Gérald anzusprechen, doch sie bezweifelte, dass er darauf eingehen würde.

Der Politiker

Carole wusste, dass Frédéric Saurel, den Stéphane und sie nun befragten, ein Politiker der Métropole Aix-Marseille-Provence war. Er gehörte zu denjenigen, die den Zusammenschluss der Städte Aix-en-Provence und Marseille mit neunzig umliegenden Gemeinden regierten. Es handelte sich um die größte Städtevereinigung Frankreichs. Die Métropole besaß verschiedene Kompetenzen wie die Müllabfuhr, das Bauwesen, den Umweltschutz, die Flächenausweisung und noch einige andere. Einfach war die Organisation der Metropolregion nicht, denn die Orte und die Métropole lagen oft über Kreuz. Wegen dieses Gerangels um Kompetenzen gab es in Marseille auch die Müllstreiks.

Carole war der Meinung, dass diese Zusammenschlüsse die Korruption in Südfrankreich noch mehr erleichterten und das Chaos begünstigten, da niemand mehr wusste, wer wofür zuständig war. Außerdem multiplizierte man auf diese Art die Zahl der Beamten und Politiker, wo man sie doch eigentlich reduzieren wollte. Sie selbst kannte sich in solchen Dingen nicht besonders gut aus, war aber der Ansicht, dass die Situation in Marseille und Umgebung chaotisch war. Auch ihr Dorf war vom Streik der Müllabfuhr betroffen, und Carole fand das eklig. Sie war froh, ein wenig außerhalb zu wohnen und nicht gleich vor ihrem Haus auf einen Berg von Müllsäcken zu stoßen. Sie lebte an und für sich gern im Süden, aber manchmal war es ihr zu schmuddelig in Marseille.

Frédéric Saurel, der dem deutschen Ehepaar das Anwesen am Fuß des Sainte-Victoire-Massives verkauft hatte, war für das Bauwesen und die Flächenausweisung zuständig. Er hatte also einen sehr wichtigen Posten und war ein einflussreicher Mann. Die Presse würde ihn sicher nicht verschonen. Er schien allerdings nicht in Panik zu sein.

»Mon Dieu, was für ein Drama!«, sagte er, als er Carole und Stéphane empfing. »Die armen Käufer. Sie haben sich so auf das Haus gefreut, auf das Leben in der Provence, und nun beginnt das mit so einem schlimmen, makabren Fund! Und die armen Familien! Neunjährige Kinder!«

»Haben Sie irgendeine Idee, wie der Mörder auf Ihr Grundstück aufmerksam wurde?«, fragte Stéphane.

Der Mann schüttelte ratlos den Kopf.

»Keine Ahnung. Ich denke, er kannte es, weil er es besichtigt hat. Die Maklerin hat im September und im Oktober fünfzig Besichtigungen getätigt und außerdem über dreißig Anrufe von Leuten empfangen, die allein hingegangen sind und sich bei ihr nach dem Preis erkundigten. Sie alle haben vermutlich den Brunnen bemerkt. Dass es allerdings jemand ist, den ich kenne, bezweifle ich.«

Carole und Stéphane warfen einander einen Blick zu. Ein Politiker kennt viele Leute, dachte Carole. Und manchmal vielleicht die falschen. Sie rief sich jedoch in Erinnerung, dass es sich wahrscheinlich um ein Verbrechen in Zusammenhang mit Pädophilie handelte. Aber so genau wussten sie das im Moment noch nicht. Die Rechtsmedizinerin war erst dabei, die Obduktion durchzuführen.

»Waren Sie oft dort?«, fragte sie den Politiker.

»Nein. Wir haben im Sommer erfahren, dass wir es

von einem Onkel geerbt hatten, meine Schwester und ich. Ich bin damals mit meiner Frau und meinem Sohn, der in Paris lebt, hingefahren, um es mir anzusehen. Natürlich wollten wir es so schnell wie möglich verkaufen und haben eine Maklerin damit beauftragt. Es sind, wie Sie sicher gesehen haben, an dem alten Haus aufwendige Bauarbeiten nötig, doch abgesehen davon handelt es sich um ein sehr schönes und ruhiges Grundstück. Meine Schwester und ich waren im September mit der Maklerin dort, als wir den Verkaufspreis festlegten, und dann bin ich nie mehr hingefahren. Die Verhandlung mit den Deutschen lief sehr gut, es gab keine Unstimmigkeiten, der Verkauf ging ohne Probleme vonstatten. Es tut mir wirklich leid, dass es für die Deutschen so schrecklich endet. Denn sie werden nun wohl kaum dort bleiben ...«

»Und für Sie ist es wohl auch unangenehm, in Ihrer Position?«, fragte Stéphane hinterlistig.

Der Mann zuckte mit den Schultern. »Natürlich wird mich die Presse stärker quälen als meine Schwester, aber ich bin an die Medien gewöhnt und werde ein Statement abgeben. Was uns passiert ist, kann jedem passieren.«

Mehr hatte der Mann ihnen nicht mitzuteilen. Er war schockiert, aber nicht verängstigt. Aber er konnte sich nicht vorstellen, wer so ein Verbrechen begehen könnte. Er kannte in seinem Umfeld niemanden, den er dieser Morde verdächtigen könnte.

»Ich bin zwar Politiker«, meinte er augenzwinkernd, »aber trotz allem habe ich keine so fürchterlichen Bekannten.«

»Er scheint mir nicht verdächtig«, meinte Stéphane, als sie vor Saurels schmucker Villa ins Auto stiegen.

Carole pflichtete ihm bei. »Er wäre schön blöd, wenn

er ein Anwesen verkauft hätte, in dessen Brunnen er Leichen deponiert hat.«

Der Tag war lang und anstrengend gewesen. Sie fuhren in der Dunkelheit zurück nach Marseille.

»Das war schlimm, diese Leichen«, meinte Stéphane. »Ich habe noch nie so etwas Schreckliches gesehen.«

»Ich auch nicht«, gab Carole zu. »Und die Jungs sind genauso alt wie mein Sohn. Ich komme nicht umhin, mir vorzustellen, dass so etwas auch einem meiner Kinder hätte zustoßen können.«

»Ich weiß«, meinte Stéphane. »Es ist eine ganz fürchterliche Vorstellung.« Er schüttelte sich.

Sie schwiegen eine Weile, dann sagte er:

»Sandy ist schwanger. Und ich werde wahrscheinlich Marseille verlassen.«

»Ach!« Carole wusste, dass seine Freundin in den Südalpen wohnte, wo sie als selbstständige Krankenschwester tätig war.

»Will sie nicht hierherkommen?«

Stéphane schüttelte den Kopf. »Eher nicht. Und ich möchte mein Kind auch lieber in einer ruhigeren Gegend aufziehen.«

»Aber ... deine Arbeit? Was wird daraus?«

»Ich kann dort oben auch bei der Polizei arbeiten. Sicher werde ich keine so interessanten Aufgaben haben und vielleicht Uniform tragen müssen. Aber da oben lebt man ruhiger als hier.«

Carole seufzte. Ja, Stéphane hatte recht. Sie hatte seit jeher in Großstädten gelebt und gearbeitet. Das war für sie als Kriminalpolizistin nicht zu umgehen. Manchmal sehnte sie sich aber auch nach einem ruhigeren Leben. Vor allem, wenn sie an ihre Kinder dachte.

»Sicher ist es in den Südalpen zum Leben sehr angenehm«, meinte sie. »Nur nicht so warm wie hier. Aber dafür gibt es richtige Winter, mit Schnee. Auf jeden Fall herzlichen Glückwunsch.«

»Danke. Nadia weiß es noch nicht.«

Carole nickte. Stéphane hatte es wohl nur Kenny und ihr anvertraut. Und sie sollte einstweilen Nadia nichts davon sagen.

Wenig später rollte sie in ihrem eigenen Auto aus dem Innenhof des Évêché, des ehemaligen Bischofspalasts, in dem sich nun das Kommissariat befand, hinaus. Vor sich sah sie die große, hell erleuchtete Kathedrale von Marseille, die direkt gegenüber stand. Dahinter befanden sich die ultramodernen Gebäude zweier neuer Museen, des Mucem und der Villa Méditerranée, die zwischen der Kirche und dem Fort Saint-Jean direkt am Meer lagen und aufgrund der schönen Beleuchtung im Dunkeln besonders attraktiv wirkten.

Carole wurde wehmütig. Es tat ihr leid, dass Stéphane wegging. Sie hatten im Moment ein angenehmes Team und arbeiteten sehr gut zusammen. Aber sie konnte ihren jungen Kollegen auch verstehen. Vor allem nach diesem fürchterlichen Nachmittag.

Die Eltern

Für jeden Polizisten war es die schwerste Aufgabe, die im Laufe einer Ermittlung auftauchen konnte: Eltern mitzuteilen, dass ihre Kinder tot waren.

Und nun musste Nadia als Ermittlungsleiterin das übernehmen. Zum Glück begleitete Rachid sie, ein arabischsprachiger Psychologe namens Ilyes, der am Parkplatz der Cité Les Flamants auf sie wartete und bereits mit den Guetteurs verhandelt hatte, würde außerdem mitkommen. Er war ein Mann von etwa fünfunddreißig Jahren, hager und groß gewachsen, mit einem schmalen Gesicht und einem sympathisch wirkenden, warmen Blick. Drei Jugendliche standen einige Meter von ihm entfernt und betrachteten Nadia und Rachid misstrauisch und mit verhaltener Feindseligkeit.

Sie würden nun zu dritt zu den Eltern des zweiten Opfers, Mohammed, gehen. Nadias fühlte sich verpflichtet, Rachid, Ilyes und die Eltern der Jungen durch ihre Anwesenheit zu unterstützen, auch wenn sie kein Wort Arabisch sprach. Aber trotzdem würde sie versuchen, den Müttern der ermordeten Jungen Trost zu spenden.

Ilyes begrüßte Nadia und Rachid, und sie erklärte ihm gleich: »Ich bin nur zur emotionalen Unterstützung dabei, denn ich beherrsche die arabische Sprache leider nicht.«

»Ach so, na ja, ich bin ohnehin daran gewöhnt«, erwiderte der Psychologe. »Meistens begleiten mich Personen, die kein Arabisch verstehen. Ich erlebe solche Situationen leider häufig und habe sie inzwischen im Griff.«

Er schien zu bemerken, dass Nadia sehr unbehaglich zumute war. »Was nicht heißt, dass ich sie genieße«, fügte er hinzu. »Der Tod von Kindern ist das Schlimmste, was es in unseren Berufen gibt. Und nun das ... so ein schrecklicher Fall!«

Das kann man wohl behaupten, dachte Nadia grimmig. Drei Jungen habe ich gesucht, und ich habe sie alle gefunden. Ermordet. Sie spürte, dass ihr die Tränen in die Augen traten. Rachid schien zu bemerken, was in ihr vorging, und drückte kurz ihre Hand.

Ilyes hatte bereits bei den Raftis geläutet.

Es folgte ein kurzer Wortwechsel über die Gegensprechanlage zwischen Rachid und der Stimme, die wohl Mohammeds Vater gehörte. Die Tür des Wohnblocks war offen, sie gingen hinein. Im Treppenhaus waren Stimmen zu hören, wahrscheinlich boomte dort wie in den meisten Cités der Markt für Cannabis und Haschisch, doch Rachid trat schnell entschlossen auf den Aufzug zu, dessen Kabine zum Glück schon da war. Er schien genauso wenig Lust wie Nadia zu haben, sich an diesem Abend mit den Dealern zu befassen.

Sie fuhren in dem schäbigen Aufzug, der ächzte und stotterte, in den fünften Stock. Die Tür der Raftis war bereits geöffnet, Mohammeds Vater blickte ihnen erwartungsvoll entgegen, doch als er ihre Mienen sah, wurden seine Gesichtszüge starr. Er schien sofort zu verstehen, warum sie hier waren, und trat wortlos zur Seite, um sie in die bescheidene Wohnung zu lassen.

Ilyes stellte sich vor, und Rachid erklärte offenbar, wer Nadia war. Er selbst kannte die Familie bereits relativ gut.

Monsieur Rafti nickte nur, steif wie ein Roboter. Ilyes sagte etwas, und der Mann ging ihnen voraus in ein Wohnzimmer mit einer verschlissenen grauen Sitzecke, wo eine etwa vierzigjährige, ziemlich korpulente Frau mit Kopftuch und einem langen schwarzen Kleid saß. Sie knetete nervös ihre Hände.

Mohammeds Vater forderte Nadia und die beiden Männer mit einer Handbewegung auf, Platz zu nehmen. Nach ein paar Sekunden begann Ilyes zu sprechen. Seine Stimme klang angenehm, und Nadia wusste, dass er seine Worte mit Bedacht wählte. Dennoch war er dabei, diesen Leuten eine Wunde zuzufügen, die nie verheilen würde. Nadia spürte, dass sie sich so hart auf die Unterlippe biss, dass sie Blut schmeckte. Sie wünschte sich in diesem Augenblick weit weg. Rachid hielt den Blick auf den Boden gerichtet. Das Ehepaar sah den Psychologen mit vor Entsetzen weit aufgerissenen Augen an. Die Mutter schien wie erstarrt, der Vater schluchzte auf. Dann begann die Mutter Ilyes anzuschreien. Nadia verstand zwar nichts, konnte sich aber vorstellen, was die Frau sagte: Dass die Polizei unfähig sei, weil sie den Jungen nicht rechtzeitig gefunden hatte. Nun mischte sich Rachid ins Gespräch ein. Er erklärte etwas, woraufhin die Frau haltlos zu schluchzen begann. Nadia war klar, dass sie sich nun nützlich machen musste, so schwer es ihr auch fiel. Sie erhob sich, trat auf Mohammeds Mutter zu und nahm deren Hand.

»Es tut mir so leid«, flüsterte sie und spürte, wie ihr dabei die Tränen über die Wangen rannen. »Ich und mein Team, wir haben getan, was wir konnten. Aber wir haben die Jungen nicht rechtzeitig gefunden, weil der Täter sie sofort nach der Entführung getötet hat. Ich bin so unglücklich darüber!«

Sie wusste nicht, ob die Frau sie verstand, sie umklammerte fest Nadias Hand und weinte weiter.

Da ging die Wohnzimmertür auf, und zwei Mädchen und ein Junge im Alter zwischen fünf und acht Jahren spähten in den Raum. Rachid sah sie erschrocken an, doch Ilyes bat sie herein. Zaghaft traten sie ins Zimmer. Mit ruhigen Worten erklärte Ilyes ihnen, was geschehen war. Nadia hoffte, dass er ihnen die ganze grausame Wahrheit ersparte. Der kleine Bruder starrte den Psychologen nur aus riesigen ängstlichen Augen an, er schien nicht zu begreifen, was geschah. Die beiden Mädchen hatten genau verstanden, dass ihr großer Bruder nie mehr zurückkommen würde. Sie warfen sich weinend auf ihre Mutter, die nun Nadias Hand losließ. Nadia setzte sich wieder auf ihren Platz. Sie konnte nicht verhindern, dass ihr weiter Tränen über die Wangen liefen.

Merde, ich bin so unprofessionell, sagte sie sich. Warum schaffe ich es nicht, so ruhig und gefasst wie Ilyes und Rachid zu bleiben? Weil ich eine Frau bin? Ist das mein Mutterinstinkt, der sich nun schließlich doch meldet? Nadia hatte das Gefühl, noch nie im Leben so traurig gewesen zu sein. Und sie fühlte sich schuldig.

Ilyes sprach noch eine Weile mit Mohammeds Eltern, Rachid warf hin und wieder einen Satz ein. An Nadia zog die Szene wie in einem dichten Nebel vorbei. Die Traurigkeit hielt sie so eisern im Griff, dass ihr fast die Luft wegblieb.

Irgendwann erhoben sich der Psychologe und Rachid. Nadia tat es ihnen gleich und merkte, dass sich ihre Glieder schwer wie Blei anfühlten.

Beim Hinausgehen sah sie die Wand des winzigen Korridors, die mit Fotos der Kinder dekoriert war. Mohammed war auf den meisten Bildern im Fußballtrikot zu sehen. Er war ein sportlicher und durchtrainierter Junge gewesen, der offenbar viel gelächelt hatte.

Nadia ballte die Fäuste. Wer war das Ungeheuer, das dieses Lächeln für immer ausgelöscht hatte? Sie würde alles daransetzen, diesen Mann zu finden, auch wenn sie wochenlang nicht mehr schlief!

Beim Abschied fiel Mohammeds Mutter Nadia um den Hals und klammerte sich wie eine Ertrinkende schluchzend an sie. Nadia, die klein und zart gebaut war, fühlte sich von der robusten Frau beinahe erdrückt.

Sie strich über Madame Raftis Rücken und murmelte: »Ich bin bei Ihnen, ich fühle mit Ihnen.«

Die Szene schien eine Ewigkeit zu dauern, dann stand sie irgendwann plötzlich mit Rachid und Ilyes vor der Wohnung, und Monsieur Rafti schob die Tür hinter ihnen zu. Sie atmete auf und entdeckte auch in Rachids Augen Erleichterung.

Das müssen wir jetzt noch zweimal machen, dachte Nadia verzweifelt. Wie sollte sie das nur durchstehen?

Ihr Telefon läutete, während sie das Gebäude verließen. Nadia meldete sich mit zitternder Stimme.

Es war ihre Vorgesetzte Martine Prévert.

»Nadia, geht es dir gut?«

»Nein, nicht besonders«, presste Nadia hervor. »Es ist wirklich fürchterlich.«

»Ich kann es mir vorstellen. Nadia, ich brauche dich in einer halben Stunde hier. Die Rechtsmedizin hat uns erste Ergebnisse mitgeteilt. Wir geben sofort eine Pressekonferenz.«

»Aber … wir müssen noch zu den zwei anderen Familien.«

Die Commissaire seufzte. »Das wird jemand anders übernehmen. Du musst als Ermittlungsleiterin bei der Pressekonferenz anwesend sein. Und ich habe euch doch diesen Psychologen geschickt, der Arabisch spricht und einen so guten Ruf hat.«

Nadia sah ratlos zu Rachid. Dieser schien zu verstehen, worum es bei dem Telefongespräch ging.

»Nadia, wir fahren ohne dich zu den beiden Familien. Wir schaffen das. Es ist wirklich wichtig, dass du dich der Presse stellst. Die Pressekonferenz muss sofort stattfinden, sonst gerät die Sache außer Kontrolle, weil alle üble Spekulationen anstellen.«

Ilyes pflichtete Rachid bei.

»Okay, ich komme«, sagte Nadia zu ihrer Chefin. Sie war einerseits erleichtert, die gleiche Szene nicht noch zweimal erleben zu müssen, andererseits fühlte sie sich Rachid gegenüber schuldig. Es war ihre Ermittlung, und sie machte sich feige aus dem Staub.

Pressekonferenz

Es war die zweite Pressekonferenz innerhalb von wenigen Tagen.

Nadia, Commissaire Martine Prévert und Oberstaatsanwalt Pierre Frigeri saßen auf dem Podium, im Raum herrschte ziemlicher Lärm. Pierre räusperte sich. Laura bemerkte, dass er nicht gut aussah. Er war überarbeitet und bedrückt. Er fühlte sich noch immer für Davids Tod verantwortlich und musste sich nun persönlich um die Ermittlung bezüglich der Ermordung dieser drei Jungen kümmern. Aber er hatte auch sonst noch genug zu tun. Laura fragte sich, wie es wohl Fiona ging, allein zu Hause, während alle anderen Stress in der Arbeit hatten. Sie beschloss, die Freundin so bald wie möglich zu besuchen.

Pierre sprach als Erster und skizzierte den allgemeinen Sachverhalt. Dann kam er zum wichtigsten Punkt:

»Es handelt sich um die drei Vermissten, sie wurden offiziell identifiziert. Said Abdelghani, Mohammed Rafti und Nassim Aboudou. Tod durch Ersticken. Die Kinder waren vollständig bekleidet, sind aber den ersten Feststellungen der Rechtsmedizin nach trotzdem vergewaltigt worden.«

Ein entsetztes Raunen ging durch den Saal. Laura zuckte zusammen. Nadia hatte erwartet, dass es sich um die Taten eines Pädophilen handelte. Dennoch war Laura entsetzt, wenn sie daran dachte, was diese drei Jungen wohl durchgemacht hatten, bevor sie gestorben waren.

»Wir gehen von einem Kinderschänder aus. Oder mehreren. Wir haben einen Verdächtigen. Er ist untergetaucht, wir haben eine Großfahndung nach ihm ausgelöst und auch Europol sowie Interpol informiert. Wir werden ihn finden! Allerdings sind wir uns inzwischen nicht mehr sicher, dass er allein war, und fragen uns, ob nicht ein anderer die Leichen beseitigt hat. Der Fundort deutet auf eine Person hin, die dieses Anwesen gut kannte und wusste, dass der Brunnen sehr tief ist. Allerdings war dem Betreffenden nicht bekannt, dass es gerade verkauft worden war. Sonst hätte er nicht am Freitag noch Nassim Aboudous Leiche in den Brunnen geworfen.«

»Ist man sich sicher, dass es am Freitag geschehen ist?«, rief ein Journalist.

Pierre nickte Nadia zu. Sie ergriff das Wort.

»Ja, die Rechtsmedizinerin ist sich sicher. Außerdem hätten die neuen Besitzer den Täter beinahe überrascht. Als sie nach dem Verkauf zu ihrem Anwesen fuhren, sahen sie ein weißes Auto aus ihrer Einfahrt kommen.«

»Madame«, rief ein anderer Journalist, »wie konnte Ihr Verdächtiger entkommen?«

Laura verdrehte die Augen. Da waren sie wieder, die Vorwürfe!

Doch Nadia hatte die richtige Antwort parat. »Er hat eine James-Bond-reife Leistung hingelegt. Er lief meinen Kollegen davon, die Treppen hinauf, in ein leeres Klassenzimmer, öffnete das Fenster, sprang hundert Meter vor mir aus dem ersten Stock des Schulgebäudes, rannte sofort weiter und verschwand hinter einem Wohnhaus. Er war ganz einfach zu schnell für mich. Ich habe so was noch nie gesehen. Meine Kollegen auch nicht. Obwohl wir eigentlich ebenfalls gut trainiert sind.«

»Und Sie glauben, dass er Ihr Mann ist?«, rief eine junge Frau.

»Ja, mehrere Dinge deuten darauf hin, dass er es ist«, mischte sich die Commissaire ein. »Er hat bereits eine Vorstrafe wegen sexueller Belästigung einer Minderjährigen, hatte in den drei Cités, in denen die Jungen verschwanden, zu tun und kannte dort viele Einwohner. Er hatte Zugang zu verschiedenen Autos, darunter ein rotes und ein weißes, und verwendet nur Kartenhandys. Keiner weiß, wo er an dem besagten Freitagnachmittag war. Er war in der Schule krankgeschrieben, sein Kartenhandy, dessen Nummer den Eltern bekannt ist, wurde bei ihm zu Hause in Frais Vallon geortet. Aber wir vermuten natürlich, dass er mehrere Telefone benützt.«

»Allerdings behaupten seine Verwandten, dass sie ihn am Freitagnachmittag zu Hause angetroffen haben«, warf Stanislas Fouquet von der *Marseillaise* ein. »Und er war tatsächlich krank.«

Diese Information hatte Laura auch bekommen. Jedoch waren die Zeugen ein Onkel, eine Tante, die Eltern und die jüngeren Geschwister von Ahmed Reza.

Martine Prévert räusperte sich. »Sie werden mich vielleicht für menschenfeindlich halten, aber ich glaube im Allgemeinen nicht an Alibis, die Familienmitglieder geben. Und das in jedem gesellschaftlichen Milieu, nicht nur in der Cité.«

Laura war genau derselben Meinung, Stanislas schien das ein wenig anders zu sehen.

»Sie haben sieben Personen befragt. Darunter Kinder. Es ist schwierig, sich zu siebt auf bestimmte Details zu einigen.«

Die Commissaire sah ihn ungerührt an. »Wenn es so ist, dann hätte er nicht davonrennen müssen. Während er jetzt unauffindbar ist.«

Stanislas wollte etwas entgegnen, aber Pierre ließ sich nicht mehr auf Diskussionen ein.

»Die Rechtsmedizin ist an der Arbeit. Wir hoffen, ein DNA-Profil erstellen zu können. Dann wird es uns gelingen, Rezas Unschuld oder Schuld zu beweisen. Wenn es keine Fragen mehr gibt, dann beenden wir das hier. Ich denke, die sehr kompetenten Damen von der PJ und ich selbst, wir haben uns klar genug geäußert.«

Pierre erhob sich und bedeutete den Journalisten damit, dass die Pressekonferenz vorbei war. Er schien mit den Nerven am Ende zu sein. Aber auch die Commissaire und Nadia hatten offensichtlich keine Lust mehr, sich mit den Journalisten auseinanderzusetzen. Die Pressekonferenz war abgewürgt worden. Die drei hatten deutlich gemacht, dass sie den Medien nur die allernötigsten Informationen gaben.

Laura wusste, dass es dem Ermittlungsteam nichts brachte, sich von den Journalisten mit Fragen löchern zu lassen. Sie selbst war natürlich durch ihre Beziehung zu Nadia privilegiert. Sie wusste, dass es für die Ermittler wichtig war, einige Informationen zu liefern, aber nicht alles auszuplaudern. Es gab Dinge, die von strategischem Interesse waren und die die Polizei weiterverbreiten musste, wie das Bild und den Namen des Verdächtigen. Dann aber gab es auch Dinge, die nicht jeder zu wissen brauchte, wie den Namen der Maklerin und das Hotel, in dem die deutschen Käufer untergebracht waren. Die Journalisten fanden das meiste allerdings trotzdem heraus. Laura war klar, dass ihre Kollegen Aasgeier waren. Sie selbst war wahrscheinlich nicht viel besser, nur hatte sie mittlerweile so viele interessante Kontakte, dass es reichte, jemanden anzurufen, und sie nicht mehr herumlungern und Leuten auflauern musste. Sie erinnerte sich mit Grausen an ihre erste große Reportage bei der Redaktion in Arles. Sie hatte damals alle Fehler begangen, die eine junge Journalistin machen kann, und hätte beinahe mit dem Leben dafür bezahlt. Doch sie hatte dadurch sehr schnell gelernt und wandte nun ganz andere, wesentlich effizientere Methoden an.

Nadia und Pierre mussten sich noch mit Commissaire Prévert absprechen, weshalb Laura beschloss, sich auf den Heimweg zu machen. Sie trat aus dem Gebäude und sah vor sich den hell beleuchteten Alten Hafen. Die Schiffe spiegelten sich auf dem Wasser im Schein der Weihnachtsdekoration und der Lampen, die Basilika Notre-Dame de la Garde, ebenfalls festlich beleuchtet, wachte wie immer über die Stadt. Dieses friedliche und romantische Bild versetzte Laura einen Stich ins Herz. Dieses Jahr kam bei ihr keine Vorweihnachtsstimmung auf. Die nächsten Tage würden nicht weihnachtlich-besinnlich, sondern viel eher kriminalistisch-geschäftig werden.

Als sie am Alten Hafen entlang zum Parkhaus ging, rümpfte sie die Nase. Noch dazu streikte ausgerechnet in der Vorweihnachtszeit die Müllabfuhr! Überall in Marseille begann der Müll sich zu türmen, weil er nun schon vier Tage nicht mehr abgeholt worden war. Die Angestellten der Müllabfuhr und die Gewerkschafter, die Laura interviewt hatte, hatten erklärt, die Métropole beabsichtige, ihre sehr angenehme Arbeitszeit von nur drei Stunden pro Tag auf die ansonsten üblichen fünfunddreißig Stunden pro Woche anzuheben. Doch angesichts der Beschwerlichkeit ihrer Arbeit würden sie das nicht akzeptieren. Sie würden ihre erkämpften Rechte nicht widerstandslos aufgeben, auch wenn die Stadt und ihre Umgebung im Müll erstickten. In Marseille gehörten diese Streiks mehr oder weniger zum Alltag. In anderen französischen Städten konnte man sich solche Zustände nicht vorstellen.

Der Gestank und die Tatsache, dass sie oft vom Gehsteig auf die Straße treten musste, um Müllsäcken auszuweichen, bereiteten Laura tiefes Unbehagen. Sie wusste außerdem, dass auch jede Menge Ratten sich in der Stadt herumtrieben. Dort, wo sie und Nadia lebten, war es nicht so schlimm wie im Zentrum, weil die Wohnhäuser kleiner waren und nicht so viel Müll anfiel. Doch in der Innenstadt stank es gewaltig.

Verlassen

Es war schon acht, als Lisa nach Hause kam. Sie hatte auf der Rückfahrt von Aix noch Lebensmittel eingekauft. Gérald war nicht da. Ihre Töchter saßen vor einem Weihnachtsfilm, sie hatten keine Ahnung, wo ihr Vater sich aufhielt.

Léa erklärte: »Papa sagte, dass er schnell noch wohin fahren muss, und hat uns erlaubt, den Film anzuschauen.«

Lisa runzelte die Stirn. Anscheinend hatten die beiden nicht einmal zu Abend gegessen, vor ihnen befand sich lediglich eine leere Packung Chips. Es war bisher noch nie vorgekommen, dass Gérald die Kinder einfach vor den Fernseher gesetzt hatte und weggefahren war. Das sah ihm nicht ähnlich. Sie versuchte, ihren Mann anzurufen. Es läutete einige Male, bis sie schließlich an den Anrufbeantworter geriet. Sie probierte es in der Bibliothek. Doch dort war so spät am Abend keiner mehr. Lisa runzelte die Stirn. Das war wirklich seltsam. Dann sagte sie sich jedoch, dass das genau zu Géralds Verhalten in den vergangenen Wochen passte. Er hatte etwas vor ihr zu verbergen, kam oft spät heim und war abweisend. Nun schien er beschlossen zu haben, ihr überhaupt nicht mehr zu sagen, wo er hinfuhr.

Nachdem Lisa die Kinder zu Bett gebracht hatte, wartete sie vor dem Fernseher auf Gérald und rief ihn noch zweimal an. Aber er reagierte wieder nicht. Mittlerweile war sie wirklich beunruhigt. Ihm war etwas passiert.

Gegen halb elf ging sie in ihr Schlafzimmer – und

stutzte. Irgendetwas war anders als sonst. Das Zimmer wirkte leerer. Dann fiel es ihr auf. Die Platte von Géralds Nachttisch war leer. Seine Medikamente waren weg. Sie stürzte ins Badezimmer, und da war es ganz klar: Seine Toilettentasche war verschwunden, genauso seine Zahnbürste und sein Rasierapparat. Lisa schossen die Tränen in die Augen. Sie hastete zurück ins Zimmer und öffnete den Schrank ihres Mannes. Die Hälfte seiner Kleidung fehlte. Da begann sie haltlos zu schluchzen.

Gérald war stillschweigend ausgezogen, ohne ein Wort des Abschieds. Am selben Abend, nachdem er ihre Töchter vom Bastelkurs abgeholt hatte, hatte er sie vor den Fernseher gesetzt und inzwischen seine Dinge gepackt. Dass er ihr das antat, konnte sie noch verstehen. Aber dass er seine Töchter einfach im Stich ließ, war unbegreiflich. Er liebte sie und sie liebten ihn. Lisa sah sich in ihrem Verdacht bestätigt. Er hatte eine andere Frau und wollte mit dieser zusammenleben. Er hatte seine Familie verlassen. Drei Tage vor Weihnachten.

Ein DNA-Profil

»Wir haben tatsächlich ein DNA-Profil vom Täter. Nun könnt ihr richtig loslegen!«, rief die Commissaire erleichtert. »Es wurde auf Nassims Leiche genügend Sperma gefunden. Der Täter hat das Kind vergewaltigt, es dann aber wieder angekleidet, es erstickt und in den Brunnen geworfen. Wie pervers ist das denn? Allerdings könnt ihr jetzt sofort die Schuld oder Unschuld unseres Flüchtigen offiziell feststellen. Und wenn die gefundene DNA ihn entlastet, dann werden alle anderen Sexualstraftäter dieser Region einem Test unterzogen. Aber beginnt erst einmal mit ihm!«

Rachid sollte an diesem Morgen sofort nach Frais Vallon aufbrechen. Dort würde er in der Wohnung des Ex-Dealers sicher DNA von diesem finden. Er hatte einen schweren Abend hinter sich. Ilyes und er waren zu den Abdelghanis und den Aboudous gefahren und hatten zwei weitere Familien in abgrundtiefe Verzweiflung gestürzt.

»Es ist wirklich fürchterlich, Eltern mitzuteilen, dass ihre Kinder tot sind. Auch wenn sie es schon erwartet haben. Und weißt du, was das Schlimmste ist? Wenn diese Leute später an einen der schrecklichsten Augenblicke ihres Lebens zurückdenken, dann werden sie in ihrer Erinnerung immer unsere Gesichter vor sich sehen.«

»Danke, dass du das übernommen hast«, hatte Nadia zu Rachid gesagt.

»Das ist doch normal«, hatte der Kollege gemeint.

Nun hatte er eigentlich mit dem Ganzen nichts mehr zu tun, weil es sich nicht um ein Drogendelikt handelte und er Luc unterstützen musste, der mit seiner Ermittlung keinen Schritt weiterkam. Lucs Team hatte mit den Pariser Capitaines im Fall des Menschenhandel-Netzwerks weiter ermittelt, doch alle Spuren waren im Sande verlaufen. Auch seine Nachforschungen im Milieu der Vorstädte ergaben nichts. Was den Fall Bauxo betraf, so hatte Luc alle nur irgendwie Beteiligten verhört, die jedoch ziemlich perplex gewesen waren, dass man sie einer solchen Sache verdächtigte. Was sollte es ihnen bringen, einen ermittelnden Staatsanwalt zu töten, wenn die Beweise gegen sie ohnehin hieb- und stichfest waren? Damit waren zwar alle Ermittler der PJ einverstanden, aber die Sache hatte trotzdem überprüft werden müssen.

Luc und sein Team hatten wahrscheinlich irgendwo etwas übersehen und blickten nicht in die richtige Richtung, nun mussten sie neuen Spuren folgen. Der Mörder eines Staatsanwaltes durfte auf keinen Fall ungeschoren davonkommen! Der politische und mediale Druck war groß.

Deshalb würde Rachid Luc nun mit seinen Männern zur Seite stehen. Er bot Nadia jedoch bezüglich des flüchtigen Ex-Dealers vorläufig weiterhin seine Hilfe an, weil er dessen Familie schon kannte und mit ihnen Arabisch sprach, was die Beziehungen erleichterte. Nadia bedankte sich bei ihm.

»Du bist mir eine große Stütze, du scheust außerdem keine Mühen. Du hast es echt verdient, Commissaire zu werden«, sagte sie.

Doch Rachid winkte ab und brummte nur etwas davon, dass er in der Theorie sicher nicht so glänzen würde wie in der Praxis und dass er nicht gut vorbereitet sei. Er war ganz auf die gegenwärtigen Ermittlungen konzentriert und wollte sich im Moment nicht mit seiner zukünftigen Karriere befassen.

Bald kam er mit der Zahnbürste und anderen Besitztümern des Flüchtigen, die die Familie ihm gern gegeben hatte, zurück ins Kommissariat. Ahmed Rezas Eltern glaubten im Fall der drei toten Jungen felsenfest an die Unschuld ihres Sohnes.

»Er ist kein Engel, er hat viel Blödsinn gemacht und war kriminell, aber so was würde er nie tun! Nehmen Sie, was Sie wollen!«, hatte die Mutter Rachid aufgefordert.

Die Gegenstände wurden sofort ans Labor weitergeleitet. Bald würden sie einen Beweis für die Schuld oder die Unschuld des jungen Mannes haben.

Nadias Team überprüfte seit dem frühen Morgen die Immobilienmaklerin und alle Leute, die das Anwesen im September und Oktober besichtigt hatten. Es handelte sich um mehr als fünfzig Personen. Die Maklerin Andrea Boyer war eine sehr tüchtige Frau um die fünfundvierzig, die über ein großes Netzwerk an Kontakten im In- und Ausland verfügte und ihr Immobilienbüro kompetent managte. Sie hatte sich erschüttert, jedoch sofort sehr kooperativ gezeigt und Nadia alle ihre Unterlagen bereitwillig zur Verfügung gestellt.

Nun kontaktierten ihre Kollegen Carole, Stéphane, Kenny und Jacques sowie Nadia selbst alle Personen auf ihrer Liste. Damit es schneller ging, hatte Nadia jedem zehn Personen zugeteilt, die er überprüfen und befragen sollte. Das war enorm viel Arbeit, da auch das Umfeld der Betreffenden durchleuchtet werden sollte. Es musste festgestellt werden, wo sie arbeiteten, wen sie kannten und ob sie, ihre Familienmitglieder oder engsten Freunde jemals in den Cités oder mit Pädophilen zu tun gehabt hatten. Es galt, eine Shortlist herauszuarbeiten,

Leute, die aufgrund ihrer Autos, ihrer Arbeit oder diverser Freizeitaktivitäten und Bekanntschaften verdächtiger waren als andere. Natürlich konzentrierte sich die Ermittlung vor allem auf Männer.

Vielleicht hatte der Ex-Dealer Ahmed Reza irgendwo einen oder mehrere Komplizen gehabt, die zum Umfeld der Immobilienmaklerin oder der Käufer gehörten? Vielleicht hatte Reza aber auch überhaupt nichts damit zu tun? Häufig kam es vor, dass dem Drogennetzwerk nahestehende Personen flohen, sobald die Polizei sie zu einer Sache befragen wollte. Nicht, weil sie in diesem speziellen Fall schuldig waren, sondern weil sie anderweitig Dreck am Stecken hatten und auf jeden Fall eine Gefängnisstrafe absitzen mussten, sobald die Polizei ihrer habhaft wurde. Das konnte natürlich auch bei dem jungen Nordafrikaner so sein.

Das Umfeld der Verkäufer

Carole hatte nun ihre zehn Personen von der Liste der potenziellen Hauskäufer durch. Sie hatte sie am Telefon befragt, ihren Hintergrund abgecheckt, überprüft, ob sie jemals in den Quartiers Nord zu tun gehabt hatten und ob irgendeiner von ihnen schon pädophile Neigungen gezeigt hatte. Es hatten sich jedoch keinerlei Verdachtsmomente ergeben. Die Interessenten kamen zum Großteil aus Aix-en-Provence, einem der umliegenden Dörfer, aus Paris oder gar dem Ausland. Den meisten hatte das Anwesen gut gefallen, doch keiner hatte ernsthaft daran gedacht, es zu kaufen. Zu großer Sanierungsaufwand und zu abgelegen, lauteten die Kommentare.

Die Maklerin hatte Carole und Nadia erzählt, dass es Leute gab, die einem Immobilien-Tourismus frönten, vor allem Personen, die nicht aus der Gegend stammten und sich gern von einem Makler herumkutschieren ließen, um die Provence auf diese Art kennenzulernen. Allerdings war das eher in den Sommerferien der Fall, und die meisten, die das Haus im Frühherbst besichtigt hatten, waren relativ zielstrebig gewesen. Madame Boyer hatte auch erzählt, dass viele Leute durch das Verkaufsschild angelockt das Grundstück sich allein angeschaut und dann angerufen hatten, um den Preis zu erfahren. Was die Theorie der Ermittler bestätigte, dass vielleicht jemand die Leichen in den Brunnen geworfen hatte, der nie schriftlich erfasst worden war.

Die Agentur hatte ein Exklusivmandat gehabt, was hieß, dass sie, auch wenn die Verkäufer selbst Kaufinteressenten fanden, diese auf jeden Fall an die Agentur verweisen mussten, die dann den Verkauf abwickelte. Andrea Boyer hatte gute Arbeit geleistet. Im September hatte sie das Mandat übernommen, Ende des Monats hatten die Deutschen sie über die Webseite kontaktiert, Ende Oktober hatten sie bereits den Vorvertrag unterschrieben und am achtzehnten Dezember den Kaufvertrag. Nun allerdings war das gute Immobiliengeschäft für alle Beteiligten in eine Katastrophe ausgeartet.

Dieser Fall bescherte Carole Albträume. Jedes Mal, wenn sie ihre Tochter oder ihren Sohn ansah, musste sie an die drei ermordeten Jungen denken und war nahe daran, in Tränen auszubrechen. Noch dazu war sie nicht sicher, dass ihr Weihnachtsurlaub wie geplant stattfinden würde, was sie zusätzlich belastete. Sie hatte große Lust, ein paar ruhige Tage zu Hause mit ihrer Familie zu verbringen, aber sogar das schien ihr verwehrt zu werden. Doch Nadia hatte gemeint, Carole habe auf jeden Fall Vorrang, was den Urlaub anging. Carole wusste, dass Nadia selbst befürchtete, über Weihnachten durcharbeiten und sogar auf ihren freien Weihnachtstag verzichten zu müssen.

Im gesamten Kommissariat ging es zu wie in einem Bienenstock, vor allem die Crim und die Stups arbeiteten beinahe Tag und Nacht. Der Morde am Substitut und an den drei Kindern, die vielleicht irgendwie mit der Drogenszene zusammenhingen, beschäftigten mehrere Teams. Am Vorabend hatte Martine Prévert den beiden Ermittlungsleitern Michel Favier und Philippe Manhes verkündet, dass sie mit ihren Leuten ab sofort ebenfalls für Nadia arbeiten würden. Denn es musste in diesem Fall unbedingt etwas vorangehen.

Nadia kam in den Open Space.

»Gibt es etwas Neues?«, fragte sie die Kollegen.

Carole schüttelte den Kopf. »Ich bin durch. Habe alle meine Personen aus der Liste geprüft. Keine Auffälligkeiten.«

»Ich habe noch fünf«, sagte Kenny.

»Ich auch«, erklärte Stéphane. »Allerdings sind bei mir vier Ausländer dabei, und ich muss herausfinden, wo die im Augenblick sind.«

»Ich bin auch fertig«, sagte Jacques. »Zwei Personen will ich mir näher ansehen. Der eine ist Lehrer. Zwar in Aix-en-Provence, aber früher war er in Marseille tätig. Quartiers Nord.«

»Wann war das?«, unterbrach ihn Nadia.

»Vor sechs Jahren verließ er Marseille. Vorher unterrichtete er in der Grundschule La Bricarde.«

»Scheint nicht relevant. Zu lang her, als dass er die Jungen kennen könnte. Aber checke ihn trotzdem detaillierter ab!«, meinte Nadia. »Und der andere?«

»Der andere ist ein Fußballspieler, der in den Quartiers Nord aufgewachsen ist. Im Parc Corot. Aber heute lebt er in Nizza, spielt für den dortigen FC und hat Geld wie Heu.«

Nadia nickte. »Trotzdem interessant. Sieh ihn dir genauer an!«

Dann wandte sie sich Carole zu.

»Wenn bei dir niemand dabei ist, den du näher unter die Lupe nehmen möchtest, dann habe ich eine neue Aufgabe für dich. Schau dir bitte die Familien der Verkäufer an! Ich habe dir eine Liste erstellt: der Sohn des Verkäufers, die Töchter seiner Schwester, deren Männer, die Cousinen und Cousins.«

Carole nickte und nahm das Blatt, das Nadia ihr hinstreckte.

»Wir haben ja mit einer der Töchter gesprochen«, erinnerte Kenny Nadia. »Eine nette Frau, allerdings schien sie sehr verunsichert.«

»Ist normal«, meinte Nadia. »Es handelt sich bei den Verkäufern um ihre Familie, und sie hat auch zwei Töchter, die sechs und acht sind. Leute mit Kindern nimmt das Ganze noch mehr mit.«

Sie streifte Carole mit einem Blick. »Wenn jemand von euch mit Céline sprechen will, wisst ihr, dass das möglich ist. Der Anblick dieser drei toten Kinder war traumatisierend, und ich würde euch raten, euch Hilfe zu holen, wenn ihr sie braucht. Dafür ist Céline da!«

Carole hatte die Polizeipsychologin noch nie aufgesucht. Bisher hatte sie zwar schon einige schwierige Situationen erlebt, jedoch noch nie so schlimme, dass sie psychologische Hilfe hätte in Anspruch nehmen müssen. Nun aber erwog sie ernsthaft, sich von Céline helfen zu lassen. Die Albträume, die Angst um ihre eigenen Kinder, die Trauer über dieses schlimme Verbrechen, die Erinnerung an diesen fürchterlichen Anblick, das alles musste sie irgendwie bewältigen.

Carole hatte Probleme, sich zu konzentrieren, weil ihre drei Kollegen ständig telefonierten. Manchmal verfluchte sie den Open Space und hätte gern ein eigenes Büro gehabt. Sie fragte sich, ob sie vielleicht heimfahren und von dort mit ihren Befragungen weitermachen sollte. Aber sie brauchte die Datenbanken, auf die sie zu Hause keinen Zugriff hatte. Sie zwang sich, sich wieder auf die Familie der Verkäufer zu fokussieren.

Den Politiker der Métropole Aix-Marseille-Provence, Frédéric Saurel, kannte sie ja schon. Sie beschloss aber, noch ein paar Recherchen im Internet zu machen, um zu sehen, was über ihn geschrieben und gesprochen wurde. Er schien bisher von jeglichen Korruptionsgeschichten verschont geblieben zu sein. Er war Ingenieur, ein Spezialist für Städtebau, sehr kompetent, geachtet und beliebt. Seine Partei hatte sich einiges zuschulden kommen lassen, er selbst jedoch besaß einen guten Ruf. Seine Frau führte ein Geschäft für Deko-Artikel im Zentrum von Aix-en-Provence. Über sie gab es nicht viel, sie schien im Schatten ihres Mannes zu stehen und damit zufrieden zu sein. Carole glaubte nicht, dass die Abklärung eines politischen Hintergrunds der Taten irgendwohin führen würde.

Der Sohn des Ehepaares Saurel war um die vierzig und arbeitete für eine bedeutende Immobilienfirma in Paris, die überall in Frankreich Luxuswohnblöcke baute. Er war dort für das Marketing zuständig. Seit dem Sommer war er nicht mehr im Süden gewesen, wenn man seinem Vater glauben durfte. Nun, natürlich musste das noch nachgeprüft werden.

Frédéric Saurel hatte das Anwesen zusammen mit seiner Schwester Monique von einem Onkel geerbt, der schon sehr alt gewesen und im Frühling an Corona gestorben war. Er hatte keine Kinder gehabt und so dem Neffen und der Nichte das uralte Haus überlassen, während die Familie seiner verstorbenen Frau seine kleine Wohnung in Aix-en-Provence erhalten hatte.

Monique Barbier, die Schwester des Politikers, war Wirtschaftslehrerin gewesen, unterrichtete jedoch nicht mehr und war nun Hausfrau. Ihr Mann arbeitete in einer Computerfirma und half großen Firmen in der Region bei der Digitalisierung. Dieses Paar hatte zwei Töchter. Die ältere war praktische Ärztin in Avignon, ihr Mann arbeitete dort im Krankenhaus. Die Mutter hatte erzählt, dass sie die beiden, die einen sehr stressigen Berufsalltag hatten, nicht oft sah.

Die andere Tochter war Grundschullehrerin in L'Estaque. Carole stutzte. Sie kannte den Namen und konnte sich sehr gut an die Frau erinnern, mit der sie sich im Sommer ein wenig angefreundet hatte. Lisa Franquier! Deren Tochter war so alt wie ihre Suzanne, und die zwei hatten im August miteinander einen Segelkurs in L'Estaque gemacht. Léa, so hieß die Kleine. Carole hatte zweimal mit Lisa Kaffee getrunken und ein paarmal mit ihr geplaudert. Auf Carole hatte die attraktive blonde Frau sehr freundlich und aufgeschlossen gewirkt, und sie hatte sich vor allem darüber gefreut, dass ihre Tochter im Segelkurs eine gute Freundin gefunden hatte. Suzanne war auch schon bei Léa eingeladen gewesen und hatte danach für deren Vater geschwärmt, der so nett gewesen sei. Carole hatte ebenfalls Léa zu sich nach Hause eingeladen. Dann hatte die Schule wieder begonnen, und sie hatte zu der Familie den Kontakt verloren.

Vielleicht sollte Carole Lisa Franquier anrufen, um ihr mitzuteilen, dass ihr Team im Fall der drei ermordeten Jungen ermittelte? Anscheinend hatten Kenny und Nadia mit Lisa gesprochen, die natürlich schockiert darüber war, was ihrem Onkel und ihrer Mutter widerfuhr. Carole wählte Lisas Nummer, doch die Bekannte meldete sich nicht. Deshalb hinterließ sie eine kurze Nachricht mit Bitte um Rückruf. Dann sah sie sich die Situation von Lisas Mann genauer an. Er arbeitete in einer großen Bibliothek in Marseille. Carole kannte sie, denn ihre Kinder hatten dort schon einmal mit ihrer Schule einen Workshop absolviert. Gérald Franquier hatte eine leitende Position inne. Die Bibliothèque Méditerranée war ziemlich neu und lag nicht weit vom Kommissariat im Euromed-Viertel, das erst vor zehn Jahren entstanden war, als man die alten Hafenanlagen abgerissen und stattdessen Wolkenkratzer, Wohnhäuser, Bürogebäude und Hotels hingestellt hatte.

Carole seufzte. In Lisas Familie war niemand verdächtig. Sie machte sich daran, sich deren weiter entfernte Verwandten anzusehen. Sie alle hatten über das Haus Bescheid gewusst. Sie würde an die zwanzig weitere Personen überprüfen müssen. Das war kolossal viel Arbeit.

Der Straftäter Marc Merlier

»Der DNA-Test ist negativ. Ahmed Reza aus Frais Vallon ist nicht unser Mann. Er ist vielleicht nicht astrein sauber, aber er ist nicht der Vergewaltiger und Mörder der drei Jungs. Nun müsst ihr von allen erfassten Sexualstraftätern DNA-Proben nehmen. Beginnt mit Merlier und Aragon!«, ordnete Commissaire Prévert an.

Nadia seufzte entmutigt. Aber das hatte sie ja bereits geahnt. Ahmed Reza hatte mit dem alten Haus nichts zu tun. Ihr Kunde aus der Vorstadt war mit Sicherheit kriminell, aber nicht der pädophile Mörder, hinter dem sie her waren. Sie hatten sich geirrt, denn Reza hatte alles getan, um sich verdächtig zu machen.

Nadia beschloss, Carole, die mit ihrer Liste genügend zu tun hatte, im Kommissariat zu lassen. Sie selbst fuhr mit Jacques nach Arles zu Merlier. Stéphane und Kenny sollten sich nach Martigues zu Aragon begeben. Da es sich um pädophile Straftäter handelte, die erst vor Kurzem freigelassen worden waren, standen sie auf der Liste ganz oben.

Mit Blaulicht raste Nadia durch die Ebene der Crau Richtung Arles. Jacques sah sie von der Seite an.

»Du liebst die Geschwindigkeit, oder?«, wollte er wissen.

Sie zuckte mit den Schultern. »Nicht wirklich. Aber jetzt fühle ich mich sehr gestresst. Der Täter ist noch da draußen, und wir haben keine Ahnung, wer er ist. Das verleitet zum Rasen. Hast du Angst? Möchtest du fahren?«

»Nicht wirklich. Ich denke, wir kommen mit dir am Steuer besser voran.«

Jacques war Nadias ältester Mitarbeiter, zugleich aber auch der letzte, der in ihr Team gekommen war. Er war an die fünfzig und erst kürzlich zum Agent de Police Judiciaire befördert worden. Vorher war er Gardien de la Paix, Streifenpolizist, in Strasbourg gewesen. Nadia wusste nicht, ob Marseille ihm gefiel. Jacques erwähnte immer wieder, dass seine Frau, die nicht mehr arbeitete, es liebte, aber er hütete sich offenbar, seine eigene Meinung kundzutun.

Sie fanden bald Merliers Adresse im Stadtteil Griffeuille in der Kleinstadt Arles. Er lebte dort in einem alten Wohnblock, es war kein besonders angenehmes Viertel. Im hübschen L'Estaque, aus dem ihn seine aufgebrachten Nachbarn vertrieben hatten, hatte er wesentlich schöner gewohnt. Nadia und Jacques traten in den Eingang des Gebäudes. Der Wohnblock war eher heruntergekommen, aber nicht in so schlimmer Verfassung wie die Cités von Marseille. Außerdem waren weder Einkaufswagen noch Guetteurs zu sehen. Sie läuteten bei Merlier im dritten Stock. Er öffnete und sah sie böse an. Natürlich erkannte er Nadia wieder, die ihn kurz vor seiner Vertreibung aus seinem Stadtviertel befragt hatte.

»Bonjour, Monsieur Merlier«, begann Nadia. »Ich denke, Sie haben mitbekommen, was in Marseille geschehen ist. Wir haben ein DNA-Profil und führen nun eine groß angelegte Testaktion durch. Alle, die in unseren Datenbanken irgendwann erfasst wurden, werden einem Test unterzogen.«

Der Mann sah sie aus zusammengekniffenen Augen an. »Und ich bin sicher der Erste«, knurrte er. »Klar, man will mir keine Chance geben. Dieser verfluchte Substitut, der euch auf mich angesetzt hat. Wegen ihm wurde ich zusammengeschlagen und aus L'Estaque verjagt. Weil er mich gleich wie einen Verdächtigen behandelt und bei der Presse angeschwärzt hat. Ich habe keine Chance, mich zu bewähren. Einmal ein Verbrecher, immer ein Verbrecher. Dabei habe ich meine Zeit abgesessen. Meine Therapie gemacht …«

Nadia horchte auf. Merlier glaubte also, dass sein Name bei der Staatsanwaltschaft durchgesickert war. Sie versuchte den Mann zu beruhigen.

»Monsieur, das wissen wir. Aber wir haben eine ellenlange Liste von Männern, die ihre DNA abgeben müssen. Sie sind nur einer von vielen.«

Natürlich sagte Nadia dem Mann nicht, dass er tatsächlich der Erste war, den sie aufsuchte.

»Können wir reinkommen?«, fragte Jacques und sah Merlier prüfend an.

»Natürlich, ich habe nichts zu verbergen. Sie können in alle Räume schauen, ob nicht irgendwo ein Kind ist. Sie werden keines finden. Ich bin ein neuer Mensch, ein anderer. Auch wenn der Substitut das nicht glauben will.«

»Der Substitut ist tot, Monsieur Merlier, falls Sie das noch nicht wissen. Er wurde erschossen.«

Merlier lachte hämisch. »Klar weiß ich das. Er hat sie verdient, die Kugeln in die Schläfe und in den Rücken.«

Nadia hielt inne. Sie konnte sich nicht erinnern, dass der Presse mitgeteilt worden war, dass David in die Schläfe getroffen wurde. Woher wollte Merlier das wissen? Ihr Herz begann schneller zu klopfen. Sie würde der Sache nachgehen. Vielleicht sollten Fiona und Florian noch einmal alle Zeitungsartikel zu Davids Tod überprüfen?

Sie traten in den Korridor. Merlier schloss die Tür

hinter ihnen, machte jedoch keine Anstalten, sie ins Wohnzimmer zu lassen.

»Nehmen Sie schnell die Speichelprobe, und dann gehen Sie!«, herrschte er sie an. »Sie wissen, dass ich nichts damit zu tun haben kann. Ich wohne nicht mehr in Marseille, und Sie können mein Handy zurückverfolgen lassen. Außerdem weiß ich, dass Sie ein rotes und ein weißes Auto suchen. Mein Auto ist grau! Grau! Und in den Cités wurde nie ein graues Auto gesehen.«

Nadia zuckte zusammen. Das graue Auto …

Ruhig bleiben, sagte sie sich.

»Doch, Monsieur Merlier. Ein graues Auto wurde an der Corniche gesehen, als der Substitut erschossen wurde.«

Merlier erstarrte und sah sie einen Augenblick lang entgeistert an. Dann fasste er sich wieder und lachte höhnisch. »Ach, das wollen Sie mir auch noch in die Schuhe schieben? Wenn in Marseille was passiert, bin es immer ich! Der Staatsanwalt, die drei Jungen … Immer bin ich der Schuldige!«

»Monsieur, ich muss Sie bitten, mit uns zu kommen«, sagte Nadia bestimmt. »Wir fahren jetzt ins Kommissariat und befragen Sie zu David Maurins Tod. Wenn Sie nichts zu verbergen haben, dann können Sie gehen. Wir bringen Sie danach wieder nach Hause.«

Nadia sagte ihm nicht, dass sie die Wohnung durchsuchen lassen wollte. Sie wollte Luc anrufen, damit er sofort einen richterlichen Beschluss erwirkte.

»Ganz sicher nicht«, sagte Merlier. Er drehte sich um, nahm etwas von dem schäbigen Kästchen, auf dem sich zahlreiche Gegenstände befanden, und stand plötzlich mit einem Messer vor Nadia.

»Keine Bewegung!«, warnte er sie. »Oder ich ramme dir das Messer in den Bauch, du Schlampe!«

Nadia erschrak, befahl sich jedoch, Ruhe zu bewahren. Jacques, der einige Meter von Nadia entfernt direkt an der Wohnungstür stand, sah sie entsetzt an.

»Und du, Alter, wenn du die Pistole zückst, ist sie tot, deine Lesbenchefin!«, zischte er Jacques zu. Langsam näherte sich Merlier Nadia, bis er einen halben Meter vor ihr stehen blieb, die Spitze des großen Fleischmessers auf sie gerichtet.

Ratlos

Was sollte sie nur den Mädchen sagen? Dass ihr Vater einfach mit einer anderen Frau verschwunden war, ohne sich von ihnen zu verabschieden? Dass er nie mehr wiederkommen würde? Ihr Vater war ihr Held. Lisa hatte immer schon gewusst, dass sie ihn viel mehr schätzten als sie, ihre Mutter. Kinder mochten Gérald überhaupt sehr gern. Sie waren Fans von ihm. Er war ihnen sehr zugewandt, kümmerte sich wirklich um sie, redete und spielte stundenlang mit ihnen. Deshalb liebte er auch seine Arbeit so sehr, bei der er versuchte, Kindern das Lesen nahezubringen.

Beim Frühstück log Lisa ihre Töchter an.

»Papa hat für seine Arbeit einige Tage verreisen müssen«, sagte sie. Dabei spürte sie, wie ihre Stimme zitterte. Zu grausam war die Wahrheit. *Euer Papa hat euch wegen einer anderen Frau verlassen. Keine Ahnung, ob ihr ihn noch einmal sehen werdet.*

Doch Lisa befürchtete, dass Gérald sich bald melden würde, weil er die Mädchen holen wollte. Er wollte gewiss durchsetzen, dass sie bei ihm lebten. Bei ihm und seiner Geliebten. Lisa verbot sich, daran zu denken.

Der Vormittag verging schleppend langsam. Zum Glück waren schon Ferien, sie hätte es niemals geschafft zu unterrichten. Dann sah sie, dass sie eine Nachricht auf dem Telefon hatte. Es war Carole, die sie im Sommer im Segelklub kennengelernt hatte. Sie bat um Rückruf. Nun, vielleicht wollte sie Léa einladen, weil Ferien waren. Wahrscheinlich suchte sie eine Beschäftigung für ihre Kinder. Soweit Lisa sich erinnern konnte, war Carole Polizistin und kümmerte sich hauptsächlich ihr Mann Cédric um die Kinder. Er arbeitete als Grafiker von zu Hause aus, Lisa kannte ihn ebenfalls. Aber sie hatte sich im Sommer vor allem mit Carole unterhalten. Sie beschloss, Carole zurückzurufen, da läutete das Telefon. Eine unbekannte Nummer. Sie hob ab.

»Hallo Lisa, hier ist Raymond.«

Lisa zuckte zusammen. Raymond war Géralds Chef, der Direktor der Bibliothèque Méditerranée.

»Wie geht es Gérald? Ist er krank?«, fragte Raymond.

Lisa zuckte zusammen. »Ich habe seit gestern Nachmittag nichts von ihm gehört und kann ihn am Telefon nicht erreichen«, gelang es ihr hervorzupressen.

Sie spürte diesen Kloß, der sich in ihrem Hals breitmachte. Mit größter Mühe gelang es ihr, weiterzusprechen. »Er … Gérald ist ausgezogen. Er ist gegangen. Die Hälfte seiner Sachen ist weg, und ich kann ihn auch nicht erreichen. Er hat eine andere Frau. Weißt du das nicht?«

Ihr fiel auf, wie anklagend sie klang. Sie war sich sicher, dass Raymond und die anderen Kollegen Bescheid wussten. Allerdings hatte sie nicht damit gerechnet, dass Gérald komplett verschwinden, auch seine Arbeit aufgeben würde.

»Absolut nicht«, erwiderte Raymond. »Allerdings … Seit Freitag ist er nicht zur Arbeit erschienen, hat mir nur kurz geschrieben, er sei krank. Aber schon in den Tagen davor war er seltsam. Er ging früher, kam mehrmals zu spät und war unkonzentriert, nichts ging mehr voran. Da wir seit einer Woche keine Workshops mehr machen, war es nicht so schlimm. Ich habe versucht, mit ihm zu reden, und er meinte, er habe Probleme mit dir.«

»Probleme mit mir?«, rief Lisa empört. »Er war das

Problem. Seit zwei Monaten ist er total verschlossen, in sich gekehrt und auch daheim nie ganz da. Als ich ihn zur Rede stellte, meinte er, er habe Probleme in der Bibliothek. Aber ich habe ihm nicht geglaubt. Ich bin mir sicher, dass da eine andere Frau dahintersteckt!«

»Das mag sein, Lisa, aber warum gibt er deshalb seine Arbeit, die er so sehr liebt, auf? Und verlässt seine Töchter? Da steckt etwas anderes dahinter. Du solltest versuchen, ihn zu finden. Notfalls die Polizei informieren.«

»Die Polizei wird ihn nicht suchen. Er ist erwachsen und hat sein Verschwinden geplant. Seine Sachen sind weg, sein Auto hat er mitgenommen.«

Raymond schien zunächst sprachlos zu sein. Lisa spürte, dass auch er sich auf das Ganze keinen Reim machen konnte. Er hätte es Gérald, den er seit Beginn ihrer Zusammenarbeit als seinen leidenschaftlichsten und gewissenhaftesten Mitarbeiter bezeichnete, gewiss niemals zugetraut, seine Arbeit von einem Tag zum anderen aufzugeben. Schließlich sagte er leise:

»Es tut mir leid für euch. Vor allem für die Mädchen. So kurz vor Weihnachten ...«

Lisa merkte, dass sie schon wieder zu weinen begann. Hastig verabschiedete sie sich von Raymond. Sie schloss sich im Badezimmer ein und ließ ihren Tränen freien Lauf. Erst später rief sie Carole an.

»Lisa, wie geht es dir?«, fragte diese.

Lisa beschloss, ehrlich zu sein. Carole war Polizistin. Vielleicht konnte sie ihr helfen, Gérald zu finden?

»Es ging mir schon einmal besser. Mein Mann ist gestern ausgezogen. Ohne ein Wort, ohne eine Erklärung. Und gerade eben hat mich sein Chef angerufen. Er wollte wissen, ob Gérald krank ist. Er hat sich auch dort nicht abgemeldet. Er ist einfach verschwunden.«

»Was?«, fragte Carole. Sie schien sehr erstaunt zu sein. »Warum … warum hat er das getan?«

»Er hat eine andere Frau kennengelernt. Ich habe es schon lange vermutet, aber er hat es immer geleugnet.«

»Und … weißt du, wer sie ist?«

»Nein. Keine Ahnung. Er hat es gut vor mir verborgen. Aber ich bin so blöd. Ich hätte ihm hinterherspionieren sollen. Vor vier Wochen schon, als ich Verdacht schöpfte. Anfangs glaubte ich, es sei eine Arbeitskollegin, aber anscheinend ist das nicht so.«

Carole überlegte einen Augenblick, dann sagte sie dasselbe wie Raymond.

»Aber Lisa, warum sollte er seine Stelle aufgeben, nur weil er eine Frau kennengelernt hat? Pass auf, da steckt sicher mehr dahinter. Wenn ihr ein gemeinsames Konto habt, dann schau schnell nach, ob es nicht etwas Finanzielles ist und er alles abgeräumt hat! Wenn du Hilfe brauchst, bin ich da!«

»Danke, Carole«, schluchzte Lisa. Sie würde ihr gemeinsames Konto sofort checken. Allerdings hatte jeder von ihnen auch sein eigenes Konto, auf das der jeweilige andere nicht zugreifen konnte.

»Lisa«, fuhr Carole fort, »ich habe dich angerufen, um dir zu sagen, dass … du weißt schon, die Sache mit dem Haus deiner Mutter. Die Ermittlung wegen der drei Jungen, deren Leichen dort gefunden wurden. Ich arbeite doch bei der PJ. Und es ist unser Team, das diese Untersuchung durchführt.«

»Ach!« Lisa erschrak. Gleichzeitig war sie erleichtert. Sie hatte nun jemanden, mit dem sie direkt sprechen konnte. Die burschikose junge Frau und der gut aussehende rotblonde Mann waren ihr ja sympathisch erschienen, aber viel lieber vertraute sie sich Carole an, die sie kannte.

»Wir durchleuchten im Moment alle Leute im Umfeld deiner Mutter und deines Onkels. Bitte sag mir, ob jemand, den du kennst, in den Cités zu tun hatte, aufgrund seiner Arbeit oder einer Vereinstätigkeit. Gibt es so jemanden?«

Lisa verneinte. »Ich kenne niemanden, der dort arbeitet. Aber vielleicht fällt mir jemand ein. Ich muss überlegen.«

Sie rang mit sich. Es war der Moment, in dem sie die Möglichkeit hatte, über die Sache vor fünf Jahren zu sprechen. Sollte sie es wirklich wagen?

»Gut, Lisa. Du kannst mich jederzeit anrufen.«

Lisa gab sich einen Ruck. Sie musste es loswerden, egal, welche Folgen das nach sich zog.

»Carole, einen Moment noch, bitte«, sagte sie schnell und spürte, dass ihre Stimme zitterte.

»Ja?«, fragte Carole neugierig.

»Mir ist noch etwas eingefallen, was vor fünf Jahren passiert ist«, begann Lisa zögerlich. Die Erinnerung daran war noch immer sehr unangenehm, und sie wollte so wenig wie möglich an die Ereignisse von damals denken. Doch sie zwang sich, weiterzusprechen. »Wir lebten bis vor drei Jahren in einem Dorf bei Bordeaux. Und in einer Vorstadt von Bordeaux sind im Abstand von zwei Wochen zwei zehnjährige Jungen verschwunden. Man hat sie nie gefunden. Keiner weiß, ob sie leben oder tot sind. Und mein Mann, der ganz in der Nähe dieses Stadtteils in einem Jugendzentrum arbeitete und die beiden Jungs gekannt hatte, wurde mehrfach von den Ermittlern vernommen. Und nach einigen Monaten wurde er in der Presse als Verdächtiger hingestellt. Deshalb sind wir aus Bordeaux weggezogen. Er war nicht der Einzige, dem das passiert ist, aber es war schlimm. Da der Verdacht bestand, dass die Jungen entführt worden waren und der Täter nicht gefasst wurde, haben die Nachbarn und Bekannten Gérald schief angeschaut. Es war schrecklich.«

»Ach …« Die Polizistin schien sehr erstaunt zu sein. Einige Sekunden lang herrschte Stille am anderen Ende der Leitung.

»Lisa?«, fragte Carole dann. »Was macht dein Mann beruflich genau?«

Lisa erzählte ihr von Géralds Bücher-Workshops mit den Schulen.

»Welche Schulen, Lisa?«, wollte Carole wissen.

»Grundschulen und Mittelschulen. Alle Schulen Marseilles, private wie öffentliche.«

»Welche Stadtviertel?«

»Alle Stadtviertel. Auch die schwierigen.«

»Geht er in die Schulen?«

»Nein, die Schüler kommen in die Bibliothek, dort haben sie einen Saal mit Computern und allem, was man braucht. Er ist selten in den Schulen.«

Carole schwieg am anderen Ende der Leitung. Sie schwieg so lange, dass Lisa schon glaubte, die Verbindung sei abgebrochen.

»Hallo?«, rief sie. Doch Carole war noch dran.

»Gut Lisa, danke für die Info«, sagte sie. »Ich kann dir anbieten, dass wir das Telefon deines Mannes orten lassen. Es ist trotz allem gut zu wissen, wo er sich herumtreibt. Kannst du mir seine Nummer geben?«

Lisa nannte ihr die Nummer. Es wunderte sie, dass Carole sich um Géralds Verschwinden kümmern wollte, wo sie doch so viel anderes zu tun hatte. Als sie sich verabschiedete, meinte Carole, sie würde sich sehr bald wieder bei ihr melden. Zitternd legte Lisa auf.

In zwei Tagen war Weihnachten. Was sollte sie bloß den Kindern sagen?

Neue Spuren

Die Situation wirkte wie eingefroren. Jacques, der hinter Nadia stand, bewegte sich nicht, Merlier starrte sie finster an, die Spitze des Messers war weiterhin auf sie gerichtet. Nadia war zu Tode erschrocken, aber sie ermahnte sich, ruhig zu bleiben. Das gelang ihr, weil sie sich daran erinnerte, dass sie sich in der Vergangenheit schon aus gefährlicheren Situationen befreit hatte.

Merlier hatte keine Ahnung von Nadias schwarzem Gürtel in Judo. Er wusste nicht, dass die junge Polizistin sich sehr schnell und präzise bewegen konnte. Nadia atmete tief durch und schätzte die Situation ab. Das Messer war einen halben Meter von ihr entfernt. Sie machte einen Schritt nach vorn, griff blitzschnell nach Merliers Handgelenk mit dem Messer und bog dem Mann die Hand nach hinten. Er schrie vor Schmerz auf, das Messer flog durch die Luft und landete hinter ihm. Merlier hatte keine Zeit zu reagieren, da hatte Nadia schon seinen Arm gepackt und ihn auf seinen Rücken gedreht.

»Monsieur Merlier, Sie sind verhaftet wegen Mordverdachts, Widerstand gegen die Staatsgewalt und Bedrohung eines Polizeibeamten.«

Zum Glück war Jacques sofort neben ihr und nahm Merliers anderen Arm. Denn Nadia spürte plötzlich, dass sie zitterte und schwächer wurde. Ihr Herz raste vor Aufregung.

Ruhig bleiben. Alles ist unter Kontrolle …

Nadia und Jacques zerrten Merlier zum Auto. Dort verpassten sie ihm Handschellen.

»Vielleicht sollten wir die Wohnung absperren. Sie muss durchsucht werden«, meinte Nadia.

»Sie werden dort nichts finden«, feixte Merlier. »Sie haben keine Beweise gegen mich.«

Nadia ignorierte ihn, lief ins Gebäude, fand in der Wohnung einen Schlüssel und schloss die Tür zum Hausflur ab.

»Wenn Sie Ihr Gespräch mit dem Capitaine beendet haben, gebe ich Ihnen Ihren Schlüssel zurück und Sie können wieder nach Hause«, sagte sie, als sie ins Auto stieg. »Aber keine Sekunde früher. Deshalb würde ich Ihnen raten, im Kommissariat sehr kooperativ zu sein.«

Sie spie die Worte geradezu hervor, denn sie war unendlich wütend auf diesen Mann. Er hatte es gewagt, sie mit einem Messer zu bedrohen! Und sie hegte stark die Vermutung, dass er für den Tod ihres Freundes verantwortlich war. Außerdem war er ein Kinderschänder, genau wie der, den sie im Augenblick jagten. Der reine Abschaum!

Der Mann erwiderte nichts, und Nadia vermied es, im Rückspiegel seinen Blick zu kreuzen. Sie schaltete das Blaulicht ein und fuhr noch schneller als bei der Hinfahrt, aber das schien Jacques diesmal nicht zu stören. Gewiss wollte auch er der Gesellschaft dieses fürchterlichen Mannes möglichst rasch entfliehen.

Am Kommissariat angekommen brachten die beiden Polizisten den Mann in einen Verhörraum, damit Luc Garnier und Martine Prévert ihn befragen konnten. Nadia verfolgte das Gespräch über die Videoüberwachung.

Aus Merlier war nicht viel herauszubringen. Er war zynisch und sarkastisch und wiederholte ständig: »Ja, ich bin der ideale Sündenbock für alles. Für die Kindermorde und sogar für den Mord am Substitut. Aber ich habe Zeit. Sie werden sehen, dass Sie auf dem Holzweg sind, wenn Sie bei mir zu Hause nichts finden und wenn meine DNA nicht mit der an den Leichen haftenden übereinstimmt. Ich will neu anfangen, in Ruhe leben. Aber seit meiner Entlassung aus dem Gefängnis wird mir das verwehrt.«

»Mal sehen, was die Durchsuchung Ihrer Wohnung ergibt. Wir beantragen einen richterlichen Durchsuchungsbeschluss, und Capitaine Garnier wird mit seinem Team alles genau durchfilzen«, sagte die Commissaire in eisigem Tonfall. Nadia bemerkte, dass Luc seine Vorgesetzte irritiert ansah. Gewiss hatte er nicht damit gerechnet, dass er höchstpersönlich die Hausdurchsuchung in Arles machen musste. Aber alle Teams waren im Moment vollkommen ausgelastet und die Zeit drängte.

Nadia hatte die Kollegen zu den anderen Sexualstraftätern geschickt, um sie zu befragen und ihre DNA zu nehmen. Nun arbeiteten auch Michel Favier und Philippe Manhes mit ihren Leuten für sie. Fünfzehn Männer waren es in Marseille selbst, deren DNA mit der gefundenen verglichen wurde, zehn Männer im Umkreis, weitere zehn in einem größeren Radius, an der Côte d'Azur, in Okzitanien und dem Rhône-Tal. Die Crim hatte sehr viel zu tun.

Nadia seufzte, riss sich von der unbefriedigenden Befragung Merliers los und ging zu Carole, die ganz allein im Open Space saß. Die Kollegin sprang auf.

»Nadia, ich muss dich sprechen, es ist wichtig! Ich habe etwas!« Ihre Stimme überschlug sich beinahe.

Nadia war es nicht gewöhnt, die ruhige Carole in einer derartigen Verfassung zu sehen. Diese Ermittlung schien an den Nerven der Kollegin zu zehren.

Nadia setzte sich Carole gegenüber auf den Sessel und sah sie erwartungsvoll an.

»Eine meiner Bekannten ... Lisa ... Sie ist die Tochter der Frau, die das Haus an den Deutschen verkauft hat. Das Haus mit dem Brunnen.«

»Ja?« Nadia spürte, dass ihr Herz schneller zu schlagen begann. Sie hielt den Atem an.

»Ihr Mann ist seit gestern plötzlich verschwunden. Ausgezogen. Er hat sogar seine Arbeit im Stich gelassen. Und das Allerinteressanteste ... er arbeitet in der Bibliothèque Méditerranée, die Aktionen mit Schülern aus den Vorstädten macht. Er geht zwar selten selbst dorthin, hatte aber mit diesen Kindern zu tun. Ich habe nachgefragt. Alle drei Opfer hatten in den vergangenen Monaten mit ihrer Schule einen Workshop in dieser Bibliothek. Und er kennt natürlich das Haus seiner Schwiegermutter.«

Nadia starrte die Kollegin einige Sekunden lang mit offenem Mund an. Das war in der Tat eine interessante Spur!

»Wow, Carole, bravo! Wirklich bravo!«

»Nun ... es war eher ein Zufall. Weil ich Lisa vom Segelkurs meiner Kinder kenne.«

»Ja. Das mit der Bibliothek hätte uns durchrutschen können. Die Schulen haben uns nicht über diese Workshops informiert. Und dieser Mann ... kennst du ihn?«

»Ja. Ein bisschen. Vom Segelkurs. Er scheint sehr sympathisch. Ein richtiger Familienvater. Seine Töchter lieben ihn.«

»Und es hat mit ihm noch nie Probleme gegeben?«

»Doch ... anscheinend schon!« Carole drehte den Bildschirm, sodass Nadia ihn sehen konnte.

»Was zum Teufel ...?« Nadia konnte es kaum glauben. Ein Zeitungsartikel über zwei ungelöste Fälle von Jungen, die in einem Vorstadtviertel von Bordeaux verschwunden waren.

»Gérald Franquier wurde im Rahmen der damaligen Ermittlung befragt«, erklärte Carole. »Und wenig später wurde er von der Presse so sehr malträtiert, dass die Familie die Region verlassen hat.«

»Mon Dieu, mon Dieu!« Nadia war schockiert. Es schien also wirklich einen konkreten Verdacht gegen diesen Gérald Franquier zu geben. Ein Familienvater! Ein Mann, der eine Frau, eine gute Arbeit und zwei Töchter hatte. Sie hatte eher an einen Eigenbrötler wie Merlier oder einen jungen Straftäter aus den Cités gedacht. Es war einfacher, sich so einen Typen als pädophilen Mörder vorzustellen. Andererseits war Nadia aber auch zutiefst erleichtert. Ihre Ermittlung ging voran!

»Okay, Carole, wir lassen sein Handy orten und versuchen, ihn zu finden. Im Moment soll die Presse noch nichts davon erfahren. Erst, wenn wir sie brauchen, um ihn aufzuspüren.«

Nadia drückte Caroles Schulter, die Wangen ihrer Kollegin glühten vor Eifer. Diese Ermittlung war Caroles persönlicher Kreuzzug. Nun hatte sie das Gefühl, ihre Kinder effizient zu schützen und maßgeblich dazu beizutragen, dass den drei ermordeten Jungen zu Gerechtigkeit verholfen wurde. Wobei das Ganze schockierend war. Bei dem Verdächtigen handelte es sich um einen Mann aus Caroles eigenem Umfeld! Allerdings hatte dieser Typ sich immer nur an Jungen vergriffen, und zwar an solchen aus armen Verhältnissen.

Nadia stürzte in ihr Büro und recherchierte im Internet zum Fall von Bordeaux. Im Abstand von zwei Wochen waren im Frühsommer vor fünfeinhalb Jahren zwei zehnjährige Jungen aus dem Stadtteil Les Aubiers in Bordeaux verschwunden. Man hatte ihre Leichen nie gefunden, es hatte damals während der zweijährigen Ermittlung mehrere Spuren gegeben, aber es hatte sich kein konkreter Verdacht ergeben. Eine der Personen, die mehrfach befragt worden waren, war Gérald Franquier gewesen, da er ganz in der Nähe gearbeitet hatte. Nadia fand dazu einen Artikel. Die Kinder waren dorthin gegangen, um Tischtennis und Tischfußball zu spielen, und Gérald hatte beide gekannt.

Anscheinend hatte sich ein Journalist an seine Fersen geheftet und selbst zu ermitteln begonnen. Er hatte Gérald als Hauptverdächtigen dargestellt. Lisas Mann war aber nicht der Einzige gewesen, den dieses Schicksal ereilt hatte. Andere Männer waren wie er in der Presse und in den sozialen Medien offen verdächtigt worden. Die Stimmung im Umfeld dieser beiden Jungen musste fürchterlich gewesen sein! Nach zwei Jahren ohne Leichen und ohne Täter hatte man die Untersuchung auf Eis gelegt. Nadia beschloss, die Kollegen in Bordeaux zu kontaktieren und auch den Journalisten ausfindig zu machen.

Fünfeinhalb Jahre war das her. Lange, aber doch nicht lang genug, dass die Familien die Hoffnung vollkommen aufgegeben hätten, eines Tages zu erfahren, was mit den Kindern geschehen war.

Nadia hatte eine Idee. Sie würde Fiona bitten, Recherchen zu diesem Fall anzustellen. Alle Zeitungsartikel herauszusuchen, die darüber veröffentlicht worden waren. Schnell schrieb sie der Freundin eine SMS. Mit Florians Hilfe konnte sie Nadia auch hierbei nützlich sein. Denn außer den beiden hatte keiner Zeit für solche Hintergrundrecherchen. Dann schickte Nadia auch Florian eine SMS. Sie wusste nicht, ob er seinen Online-Kurs diese Woche schon beendet hatte. Nun musste wirklich sehr zügig gearbeitet werden, und sie musste all ihre Leute effizient einteilen.

La Commandante

Anaïs Valet war dabei, ihr Büro aufzuräumen. Am Abend würde ihr zweiwöchiger Weihnachtsurlaub beginnen. Es war der letzte ihres Lebens. Denn ab März würde sie in Pension gehen. Anaïs hatte eine lange Karriere bei der Polizei hinter sich. Als junges Mädchen hatte sie als einfache Gardien de la Paix angefangen. Sie war damals erst zweiundzwanzig gewesen. Nach acht Jahren hatte sie die Aufnahmeprüfung zur Polizei-Inspektorin gemacht und war seitdem an mehreren Orten als Ermittlerin tätig gewesen. Zehn Jahre in Paris, vier Jahre in Toulouse, und seit fünfzehn Jahren lebte sie nun in Bordeaux. Sie war im Rang aufgestiegen, war zur Capitaine und gegen Ende ihrer Laufbahn zur Commandante befördert worden. Seit einigen Jahren leitete sie einen Pool von Ermittlern, ihr wurden alle Fälle der Familienschutz-Brigade von Bordeaux anvertraut.

Anaïs war beim Aufräumen ihres Büros in Gedanken schon beim Weihnachtsessen. Ihr Lebensgefährte Simon und sie hatten es dieses Jahr endlich einmal geschafft, alle ihre Kinder mit den Enkeln zu sich einzuladen. Simon und sie würden groß aufkochen und nur die besten Weine besorgen. Für Anaïs war schon Weihnachten. Nichts konnte sie mehr von der Organisation des Fests abbringen. Dachte sie trotz ihrer langjährigen Erfahrung als leitende Polizeibeamtin. Dass einschneidende Neuigkeiten ganz plötzlich kommen, hatte sie in ihrer Weihnachtsvorfreude vergessen.

Ihr Telefon läutete. Es war Rosie vom Empfang.

»Rosie!«, rief Anaïs. »Ich komme dann zu dir, ein paar Weihnachtskekse mit dir essen!«

»Gut so«, meinte Rosie, »aber, Anaïs, ich habe einen Anruf von der PJ Marseille für dich. Lieutenant Aubertin.«

»Ah, na gut, stell mal durch.«

Ein junger Kollege wollte sie sprechen! Ein Lieutenant war immer ein junger Ermittler, dieser hier schien besonders eifrig, denn er telefonierte noch kurz vor Weihnachten im Land herum. Dann fiel Anaïs aber ein, dass sie in den vergangenen Tagen einige Zeitungsartikel über Marseille gelesen hatte. Dort war im Moment so einiges los! Neugierig und mit einer seltsamen Vorahnung nahm sie den Anruf entgegen.

»Madame Valet?«, fragte eine Frauenstimme.

Aha, der Lieutenant war also eine Dame.

»Hier spricht Nadia Aubertin von der PJ Marseille. Ich bin für die Untersuchung des Verschwindens und der Ermordung der drei Jungen in den Quartiers Nord zuständig, und ich wollte Sie diesbezüglich sprechen, da Sie selbst ja auch so eine Ermittlung durchgeführt haben, und zwar vor fünf Jahren.«

Anaïs fragte sich, warum sie nicht erstaunt war. Sie hatte in den letzten Tagen, als sie von der Sache in Marseille gehört hatte, mehrmals an ihre alten Fälle gedacht. Allerdings hatte sie ihre Kollegen im Süden beneidet. Sie hatten Leichen und DNA. Das war ihr selbst damals versagt geblieben.

Sie räusperte sich. »Ja, wir haben diese Fälle zwei Jahre lang bearbeitet. Allerdings haben wir die Leichen der Jungen nie gefunden und auch keinen Verdächtigen ermitteln können. Die Sache ist noch offen. Wir wissen nicht, ob die Jungen leben oder tot sind. Es ist sehr frustrierend.«

»Ich weiß«, sagte die junge Frau am anderen Ende der Leitung. »Deshalb rufe ich Sie an. Weil in unserem Fall ein Verdächtiger aufgetaucht ist, der schon von Ihnen vernommen wurde. Und über den auch die Presse ausführlich berichtet hat.«

»Ja? Wirklich?«, fragte Anaïs und spürte, wie ihr Herz schneller zu schlagen begann. »Um wen handelt es sich?«

Sie hatten damals so viele Personen unter die Lupe genommen, dass Anaïs sich nicht vorstellen konnte, wer plötzlich in Marseille hätte auftauchen können.

»Gérald Franquier. Familienvater, braver Bürger und Kulturbeauftragter für die Jugend an der Bibliothèque Méditerranée. Können Sie sich an ihn erinnern?«

»Ach!« Anaïs konnte sich noch sehr gut an Gérald Franquier erinnern. Er hatte sehr harmlos gewirkt, und die Kinder aus dem Jugendzentrum in der Cité hatten ihn geliebt. Beide Male war er in der Nähe des Ortes, an dem die beiden Jungen verschwanden, gesichtet worden. Er war weitaus nicht der Einzige in diesem Fall gewesen, und ihm hatte nichts nachgewiesen werden können. Allerdings hatte sich damals Justin Fraiche, ein Journalist von der Zeitung *Sud-Ouest*, auf ihn eingeschossen und ihn auch dann nicht in Ruhe gelassen, als Anaïs ihre Ermittlung schon eingestellt hatte.

»Ja, ich kann mich an ihn erinnern«, bestätigte sie. »Er wirkte sehr freundlich und harmlos. Eine hübsche blonde Frau und zwei kleine Kinder. Die Jugendlichen liebten ihn. Haben Sie gegen ihn irgendwelche Beweise?«

»Der Brunnen, in dem die Leichen gefunden wurden, gehört zu dem Haus, das seine Schwiegermutter vor einigen Tagen verkauft hat. Und er selbst ist seit gestern spurlos verschwunden. Wir haben sein Telefon geortet, seine Kreditkarten geprüft und bei den Mautstellen nachgefragt. Er hat gestern in Lançon de Provence sechshundert Euro abgehoben und wurde dann gefilmt, als sein Wagen bei Salon von der A7 abfuhr. Das Auto seiner Frau, ein roter Opel, wurde am Tag des Verschwindens des ersten Kindes in der Nähe des Tatortes gefilmt, und wir haben sie schon einmal telefonisch dazu befragt. Sie meinte, sie habe es ihrem Mann geliehen, der wahrscheinlich ausnahmsweise für seine Arbeit in die Quartiers Nord musste. Meine Kollegin kennt die Frau persönlich und hat durch Zufall herausgefunden, dass der Mann abgängig ist. Nun warten wir natürlich auf das Ergebnis der DNA-Probe.«

Anaïs atmete tief durch. »Wissen Sie, dass dieser Fall mir regelmäßig durch den Kopf spukt? Er gilt noch nicht als abgeschlossen. Sobald wir einen neuen Anhaltspunkt haben, machen wir weiter. Es ist wirklich schlimm, wenn zwei Kinder einfach wie vom Boden verschluckt verschwinden und keiner weiß, was mit ihnen passiert ist. Und Sie wissen ja, wie das in der Vorstadt ist. Nordafrikanische Familien, man denkt da natürlich auch an Familienprobleme, Islamisten, Entführungen in die alte Heimat, Drogengeschichten. Wir hatten keinen einzigen Anhaltspunkt. Nur an die zwanzig potenzielle Verdächtige, unter denen sich Gérald Franquier befand. Und die wir genau durchleuchtet haben. Wir haben bei ihnen auch die Computer durchsucht. Ohne Erfolg. Aber Franquier hatte wohl seinen Computer kurz davor entsorgt. Seine Frau teilte uns mit, dass er kaputtgegangen sei. Daher konnten wir nicht feststellen, ob er sich Kinderpornos ansah. Das neue Gerät gab uns darüber keine Auskunft. Es war der Computer eines Musterbürgers. Und wir haben auch im Netz keine Spuren von ihm entdeckt. Er war wohl sehr vorsichtig. Aber in Marseille hatte er anscheinend Pech!«

»Er hat die Leichen in diesen Brunnen geworfen, weil er nicht wusste, dass das Haus gerade verkauft worden war, und vor allem nicht damit rechnete, dass jemand sich um diesen alten versiegten Brunnen kümmern würde. Der deutsche Käufer wollte ihn unbedingt wieder verwenden. Zu unserem Glück. Sonst würde es mir wohl wie Ihnen gehen.«

»Es kommt nur sehr selten vor, dass man keine Leiche findet. Aber wenn es geschieht, ist das sehr tragisch«, sagte Anaïs mit belegter Stimme.

»Das kann ich mir vorstellen.«

»Nun habe ich bezüglich dieses Falles neue Hoffnung«, meinte Anaïs. »Ich gehe im März in Pension, aber vielleicht finden wir die Leichen dieser Kinder noch bis dahin? Und beweisen Franquiers Schuld?«

»Wir werden alles tun, um ihn zu fassen«, meinte Nadia Aubertin. »Meine Chefin wird noch heute Nachmittag die Fahndungsinformationen an alle Polizeireviere schicken und auch Interpol einschalten. Und morgen werden wir die Presse auf ihn loslassen. Wenn Sie mir Informationen zu Ihrer damaligen Ermittlung senden könnten, wäre ich Ihnen sehr dankbar. Auch Zeitungsartikel.«

»Natürlich, das mache ich gern. Ich schicke Ihnen auch die Telefonnummer des Journalisten, der sich damals auf Franquier eingeschossen hat. Er hat mir gegenüber behauptet, er habe so ein Gefühl im Bauch, und hat mich immer wieder aufgefordert, mich intensiver mit dem Mann zu befassen, aber was hätte ich denn noch tun sollen? Wir hatten schon alle unsere Möglichkeiten ausgeschöpft. Der Journalist lebt inzwischen in Paris. Sie können ihn sicher telefonisch erreichen, und falls sich seine Nummer geändert hat, finden wir ihn im Internet.«

»Vielen Dank! Ich halte Sie ebenfalls über meine Aktionen auf dem Laufenden. Aber ich denke, das wird gar nicht nötig sein, da Sie ab morgen ohnehin alles in der Presse lesen können. Ich werde mich jetzt eingehend mit der Frau unseres Verdächtigen unterhalten. Keine Ahnung, ob sie davon gewusst hat.«

»Gewusst sicher nicht. Aber vielleicht hatte sie eine Ahnung, die sie verdrängt hat. Ich habe mit ihr damals gesprochen. Sie hatte zwei kleine Kinder und arbeitete als Grundschullehrerin. Sie war ziemlich ausgelastet, wie alle berufstätigen Mütter. Und sie schien mir sehr verunsichert, aber sie behauptete, sie vertraue ihrem Mann vollkommen. Außerdem sei er der beste Vater der Welt. Aber ich weiß aus meiner langjährigen Berufserfahrung, dass einer durchaus der beste Vater sein und trotzdem andere Kinder sexuell missbrauchen kann. Ein Pädophiler tut das häufig ebenfalls seinen eigenen Kindern an, aber nicht immer.«

»Außerdem handelt es sich bei Franquiers Opfern um Jungs«, warf Aubertin ein. »Seine Kinder sind zwei Mädchen.«

»Stimmt!«, sagte Anaïs.

Bald verabschiedete sie sich von der jungen Polizistin. Wie immer, wenn sie mit einer neuen Person Kontakt aufnahm, suchte sie nach deren Namen und Foto im Internet. *Mal sehen, was Madame Aubertin so in den sozialen Medien treibt!* Anaïs staunte. Auf Google kamen unzählige Treffer zu den gelösten Fällen von Nadia Aubertin. Eine Ermittlung gegen ihren eigenen korrupten Vorgesetzten, eine weitere gegen die Unternehmensführung einer großen umweltverschmutzenden Aluminiumfabrik, es handelte sich um sehr medienträchtige Fälle.

Nadia war eine relativ kleine und zarte Frau, deren hübsches ebenmäßiges Gesicht etwas Kindliches und Jungenhaftes hatte. Anaïs schätzte sie auf Mitte zwanzig. Die Commandante pfiff anerkennend durch die Zähne. Diese junge Frau war erst seit einem Jahr als Lieutenant tätig und hatte schon so viel geleistet!

Anaïs' Weihnachtsstimmung war wie weggeblasen, und ihr Tatendrang war von Neuem geweckt, deshalb ging sie ins Archiv. Sie wollte alle Akten zum Verschwinden der beiden Jungen wieder ausgraben und neu begutachten. Simon würde sich allein um die Weine und die Lebensmittelkäufe kümmern müssen. Und zwischen Weihnachten und Neujahr plante sie, hin und wieder ins Büro zu kommen. Aber Simon würde es ihr nicht übel nehmen. Er war selbst Polizist und verstand, wie wichtig dieser Fall für Anaïs war.

Luc Garniers Fall

Nadias Telefon läutete. Es war Luc, den die Commissaire nach Arles geschickt hatte, um Merliers Wohnung zu durchsuchen. Der Kollege klang äußerst genervt.

»Es gibt hier absolut gar nichts, was darauf hindeuten würde, dass Merlier David getötet hat. Deine Ideen sind reine Zeitverschwendung! Das nächste Mal kannst du selbst in der Wohnung deiner pädophilen Kunden herumwühlen!«

Nadia war recht erstaunt über den aggressiven Tonfall ihres Kollegen und Freundes, ließ sich aber nicht aus dem Konzept bringen.

»Ich kann mir vorstellen, dass das, was du derzeit machen musst, nicht unbedingt angenehm ist. Aber es herrscht Personalmangel und wir alle müssen mit anpacken, wo es nötig ist. Außerdem hast du ohnehin keine heiße Spur zu bearbeiten!«

Daraufhin hatte Luc nicht viel zu erwidern. Alle Spuren, die er und sein Team verfolgt hatten, waren im Sande verlaufen. Luc hatte mehrere Dealer aus der Cité überprüft und befragt, hatte in den verschiedenen Gefängnissen Südfrankreichs unzählige Leute verhört, darunter auch die Angeklagten in den Fällen Bauxo und Bernier, aber dabei war nichts herausgekommen. Luc und sein Team hatten in den vergangenen Tagen von früh bis spät gearbeitet, verfügten jedoch bisher über keine Spur und mussten die Ermittlung nun komplett neu aufziehen. Isabelle, die in Lucs Team arbeitete, hielt Nadia über die Details ihrer Ermittlung auf dem Laufenden, und auch Martine Prévert erwähnte bei ihren Gesprächen hin und wieder den Fall David Maurin. Mit Luc selbst hatte Nadia in den letzten Tagen kaum gesprochen, weil sie beide zu viel um die Ohren hatten. Es ging dem Kollegen nicht viel besser als Nadia selbst, er lief mit seiner Ermittlung im Kreis. Nun konnte er sich nützlich machen und die Durchsuchung bei Merlier gründlich durchführen. Zumal auch vermutet wurde, dass der Mann seit seiner Entlassung trotz allem wieder Kindern nachstellte. Die Wohnungsdurchsuchung lohnte sich auf jeden Fall.

Nadia hätte sich über Lucs unfreundlichen Anruf sicher gegrämt, wenn sie nicht so aufgeregt gewesen wäre. Caroles Erkenntnis, das Gespräch mit der Commandante in Bordeaux und die Tatsache, dass sie und Carole nun zu Lisa Franquier fahren und mit ihr über ihren Mann Gérald sprechen mussten, zwangen Nadia, sich nicht groß Gedanken über das Benehmen des Capitaines zu machen. Sie hatte wahrhaftig schwierigere Dinge zu managen, als sich über einen unfreundlichen Kollegen zu ärgern!

»Luc, ich habe hier zu tun, kann mir leider deine Klagen jetzt nicht anhören. Wir sprechen ein andermal darüber!«, sagte sie und legte ohne ein Wort des Abschieds auf.

Ihre Hand zitterte leicht. Sie konnte nicht ganz verstehen, warum Luc so reagierte. War ihre Idee, dass Merlier David erschossen hatte, wirklich so abwegig?

Nadia wollte jedoch nicht mehr darüber nachdenken. Sie hatte ihre Arbeit getan und Luc auf eine neue Spur gebracht. Wenn er diese nicht verfolgen wollte, dann konnte sie ihm auch nicht helfen.

Nadia beschloss, die Psychologin Céline Flores zu Lisa Franquier mitzunehmen, und wollte gerade deren

Nummer wählen, als ihr Telefon wieder läutete. Es war Isabelle.

»Nadia«, begann sie, »es tut mir leid, wie Luc mit dir geredet hat. Ich stand neben ihm und schämte mich in Grund und Boden. Er ist wirklich genervt, und ich habe ihn überredet, zurück nach Marseille zu fahren. Im Moment sind nur noch Francis und Sandrine mit mir hier in Arles. Wir warten auf den Schlüsseldienst und schauen uns dann den Keller gründlich an. Aber wenn dort nichts ist, müssen wir aufgeben. Denn die Wohnung haben wir schon komplett auf den Kopf gestellt. Wir haben Unterwäsche von Kindern gefunden, ganze Kartons voll. Und unzählige Fotos von halb nackten Kindern. Aber wir brauchen eine Waffe.«

Nadias Magen zog sich zusammen. Sie hatte gewusst, dass es in Merliers Wohnung Dinge gab, die ihn als Pädophilen auswiesen. Er stellte für Kinder noch immer eine große Gefahr dar. Und außerdem war sie sich sicher, dass Merlier an Davids Tod schuld war. Sie spürte es ganz genau. Aber wie sollten sie ihn ohne die Waffe als Beweisstück überführen? Die Commissaire würde auf jeden Fall überprüfen, wo sich sein Telefon an dem Samstag von Davids Tod befunden hatte. Und trotz allem brauchten sie mehr Beweise gegen ihn. Sie bedankte sich bei Isabelle für den Anruf und wünschte ihr viel Glück für die Durchsuchung des Kellers. Sie hoffte sehr, dass die Kollegin fündig würde.

Dann rief Nadia Céline an, erklärte ihr, dass sie am Spätnachmittag zu Lisa fahren würde, und bat sie, mitzukommen. Sie beschloss, auch Carole mitzunehmen, da diese Lisa Franquier kannte. Es würde nicht einfach werden. Vielleicht hatte Lisa schon seit einiger Zeit etwas geahnt, jedoch die Augen davor verschlossen? Oder sie hatte überhaupt keine Ahnung, wer ihr Mann Gérald

Franquier in Wirklichkeit war? Nun, sie würden es herausfinden.

Da läutete ihr Telefon erneut. Nadia hob seufzend ab. Es war Isabelle, die am anderen Ende in den Hörer keuchte. Sie war vollkommen außer Atem, ihre Stimme überschlug sich beinahe.

»Nadia ... ich ... wir haben ihn! Ich habe die Pistole gefunden! Dieser Blödmann ... Er ...«

Nadias Herz begann schneller zu schlagen.

»Was? Merliers Pistole?«

»Vermutlich, es ist das gleiche Modell wie die Tatwaffe ...«

Nadia hielt den Atem an.

»Wo? Wo habt ihr sie gefunden? Im Keller?«

»Nein. Im Stromkasten des Wohnblocks, in dem Merlier wohnt. In einer Kiste mit schmutzigen Tüchern, die am Boden des Kastens stand. Ich hatte in Toulouse Dealer, die ihre Waffen in den Gemeinschaftsräumen ihrer Wohnanlagen versteckten, deshalb beschloss ich, überall nachzusehen. Stromkasten, Grünflächen, Kanalisation ...«

Nadia atmete auf.

»Bravo, Isabelle! Wirklich super! Du hast nicht aufgegeben. Wenn es nach Luc gegangen wäre, wäre er uns entwischt. Mein Gefühl hat mich nicht getrogen, und du hast durch deine Hartnäckigkeit das entscheidende Beweisstück gefunden! Natürlich muss sie noch von unseren Technikern als Tatwaffe bestätigt werden, aber für mich besteht da wenig Zweifel!«

Wieder einmal dachte Nadia voller Bedauern, wie angenehm es wäre, Isabelle noch bei sich im Team zu haben. Aber die Kollegin war im Sommer nur an sie ausgeliehen gewesen und hatte dann beschlossen, bei Luc zu bleiben, und dieser wollte sie nicht mehr entbehren. Sie war seine beste Mitarbeiterin.

»Auf jeden Fall vielen Dank!«, sagte Nadia.

»Ich habe es auch für mich getan«, meinte Isabelle. »Nun kann ich wahrscheinlich Weihnachten mit Monique und ihren Kindern feiern.«

Isabelles Lebensgefährtin wohnte in Toulouse, und sie unterhielten im Moment eine Fernbeziehung. Im Sommer hatte Isabelle sich von Monique getrennt und war unglücklich in Nadia verliebt gewesen, doch nachdem sie bei einer Festnahme angeschossen worden war und Monique sie gepflegt hatte, waren die beiden wieder ein Paar geworden. Ihre Lebensgefährtin war oft in Marseille, und Isabelle verbrachte viele Wochenenden in Toulouse.

»Sicher kannst du das. Euer Fall ist so gut wie geklärt.«

Nadia beschloss, Isabelle im Moment noch nichts von der Spur Franquier zu erzählen, sondern sie erst einzuweihen, wenn sie zurück ins Kommissariat kam.

»Ich fahre jetzt los. Mal sehen, was euer Kunde sagt, wenn wir ihm seine so sorgfältig versteckte Pistole zeigen! Luc jedenfalls war vollkommen verdattert. Er kommt sich jetzt bestimmt blöd vor, weil er sich so aufgeführt hat.«

Nadia zuckte mit den Schultern. Luc war ihr ziemlich egal. Viel wichtiger war ihr, dass ihr Instinkt sie nicht getäuscht und ihre Wachsamkeit sich bezahlt gemacht hatten.

Der Anruf

Fiona hatte Besuch. Florian und Jérémie waren bei ihr. Die drei hatten es sich zur Gewohnheit gemacht, ihre Tage miteinander zu verbringen. Fiona wusste, dass die Freunde sie besuchten, weil alle anderen sehr eingespannt waren, und sie befürchteten, dass sie selbst sich zu Tode langweilte. Pierre war kaum einmal zu Hause, er ging am Morgen früh weg und kam am Abend spät heim, und auch an den Wochenenden arbeitete er.

Nadia sah Fiona überhaupt nie, Laura war sie am Wochenende besuchen gekommen. Aber auch sie hatte sehr viel zu tun. Alle waren im Stress, allerdings litt Fiona nicht wirklich darunter. Sie hatte nun akzeptiert, dass sie sich schonen musste und sich ausruhen durfte. Deshalb las sie auch Bücher und sah sich Serien an, für die sie sich in normalen Zeiten wahrscheinlich niemals interessiert hätte. Sie informierte sich im Internet ausführlich über Schwangerschaft und Geburtsvorbereitung und chattete sogar in Foren mit.

Außerdem versuchte sie, Aurore jeden Tag einmal zu kontaktieren. Manchmal rief sie an, dann schrieb sie ihr wieder SMS. Vielleicht ging Fiona Aurore auf die Nerven. Aber auf jeden Fall sollte die Freundin merken, dass Fiona sie nicht vergaß. Und dass sie anrufen konnte, wenn sie reden wollte. Im Moment war Aurore noch immer einsilbig und deprimiert, und es war hauptsächlich Fiona, die redete, wenn sie miteinander telefonierten.

Natürlich war es sehr hilfreich, dass Florian und Jérémie Fiona jeden Tag besuchten. So fühlte sie sich nicht einsam. Sie hatten ihre Rituale. Die beiden Freunde kamen gegen zehn, sie tranken Kaffee, sprachen über alles Mögliche, dann arbeitete ein jeder am Computer, bevor sie sich ein einfaches Mittagessen zubereiteten. Florian machte weiterhin seinen Online-Programmierkurs, Jérémie seine grafischen Kreationen für die Modefirma, bei der er angestellt war.

Fiona befasste sich jeden Morgen mit der Presse zu Nadias und Lucs Fällen. Sie suchte die Zeitungsartikel im Web heraus und schickte sie Nadia. Für das Ermittlungsteam war es gut zu wissen, was die Presse über seine Arbeit schrieb. Normalerweise hatten sie aber nie Zeit, die Presseberichte so gründlich zu studieren. Manchmal half auch Florian Fiona, er kümmerte sich vor allem um die Posts in den sozialen Medien, die sie als demoralisierend empfand und die sie sehr wütend machten. Er jedoch fand die Dummheit mancher Nutzer amüsant und antwortete häufig auf Kommentare.

An diesem Nachmittag tranken sie gerade Kaffee, als das Telefon läutete. Es war Pierre. Er war völlig aufgeregt.

»Fiona, wir haben ihn! Wir haben Davids Mörder gefasst!«

»Wirklich?« Fiona konnte es kaum glauben. »Wer …?«, fragte sie bang.

»Marc Merlier. Euer Pädophiler. Du kennst ihn ja.«

In der Tat. Fiona und Nadia hatten den Mann nach Said Abdelghanis Verschwinden befragt. Und er hatte im Anschluss daran Probleme mit der Presse bekommen. Hatte er David deshalb erschossen?

»Ja … aber …«

»Wie du weißt, wurde Merlier von Nachbarn krankenhausreif geprügelt, als mehrere Zeitungen seinen Namen als der pädophile Straftäter und seine Adresse veröffentlicht haben. Und dafür hat er David verantwortlich gemacht. Warum, das kann er Luc und dem Staatsanwalt von Aix-en-Provence nicht genau sagen. Sie haben noch nicht herausgefunden, wo die Information tatsächlich durchgesickert ist. Auf jeden Fall hat Merlier sich eine Waffe besorgt und David erschossen. Er hatte ihn wohl schon mehrere Tage lang verfolgt und nur auf den geeigneten Moment gewartet. Viel hat er ihnen nicht gesagt – besonders kooperativ ist er anscheinend nicht. Er leugnet die Tat, trotz der Waffe. Die Sache ist allerdings ziemlich eindeutig. Und gewiss werden weitere Untersuchungen die Pistole als Tatwaffe bestätigen. Aber wie du weißt, bin ich nicht für den Fall zuständig.«

»Und wie – wie haben sie herausgefunden, dass Merlier es war?«, fragte Fiona aufgeregt.

Sie bemerkte, dass Florian und Jérémie sie gespannt ansahen, und schaltete ihr Telefon auf Lautsprecher.

Pierre erzählte ihnen im Detail, wie die Dinge sich zugetragen hatten.

Fiona war nicht besonders verwundert über Nadias und Isabelles Leistung. Vor allem aber war sie erleichtert.

»Du weißt nun, dass David nicht wegen dir oder an deiner Stelle ermordet wurde«, sagte sie leise.

»Ja«, meinte Pierre. »Es war sein eigener Fall. Aber es ist so widersinnig. Wieder einmal hat uns die Presse reingepfuscht, und David hat dafür bezahlen müssen. Aus welchem Grund auch immer …«

»Weiß es Aurore schon?«, fragte Fiona.

»Nein. Ich habe gedacht, du könntest sie anrufen, um es ihr mitzuteilen. Ich werde mich später mit den Details bei ihr melden. Sie muss sich einen Anwalt suchen und zusammen mit Davids Eltern Merlier verklagen.«

»Ja, das mache ich«, sagte Fiona. Sie wusste, dass Aurore die Nachricht über die Ergreifung von Davids Mörder sehr mitnehmen würde. Es würden Tränen fließen.

Pierre erzählte Fiona noch, dass es auch in seinem und Nadias Fall Neues gab. Nadia hatte ihm soeben mitgeteilt, dass sie einen Verdächtigen hatten.

Als Fiona auflegte, sah sie, dass Nadia ihr eine SMS geschrieben hatte mit der Bitte, zu den Fällen zweier vermisster Jungen in Bordeaux vor fünf Jahren zu recherchieren. Es ging um ihren Verdächtigen, Gérald Franquier. Auch Florian hatte eine SMS von Nadia bekommen.

»Wir beide werden das Internet unsicher machen, Chérie!«, sagte er zu ihr und rieb sich die Hände.

»Gérald Franquier und die verschwundenen Jungen von Bordeaux.«

Jérémie meinte: »Endlich geht was voran. Zum Glück ist der Fall David Maurin offenbar geklärt. Unglaublich!«

»Er hat David umgebracht, obwohl es eigentlich die Schuld der Presse war«, sagte Florian bekümmert.

Fionas Herz zog sich zusammen, wenn sie an den toten Freund dachte. Dieser Merlier war mit Sicherheit schwer gestört und nicht zurechnungsfähig. Er hätte wahrscheinlich niemals aus dem Gefängnis entlassen werden dürfen.

»Das Im-Kreis-Laufen der letzten Tage war ja wirklich zermürbend. Sogar für uns«, unterbrach Florian Fionas Gedanken.

»Fehlt es dir?«, fragte Fiona ihn. »Das Ermitteln?«

Florian nickte. »Ja, es fehlt mir. Jetzt, wo ich mich von der Chemo erhole, fehlen mir die Arbeit und die Action. Aber ich weiß, dass ich nun kürzertreten muss. Wenn ich dieses Jahr wieder die Arbeit aufnehmen kann, dann wird das nicht sofort in Nadias Team sein. Und ich interessiere mich sehr für Informatik. Deshalb mache ich das hier!«

Florian zeigte mit einer ausladenden Geste auf seinen Laptop, der auf dem Wohnzimmertisch lag.

»Ich werde mir wahrscheinlich auch eine andere Tätigkeit suchen müssen«, meinte Fiona. »Ich würde gern in Teilzeit arbeiten. Und ich denke, als Mutter eines Kleinkindes möchte ich nicht mehr einer so gefährlichen Tätigkeit nachgehen.«

Die Freunde sahen Fiona ernst an. »Das ist eine wichtige Entscheidung«, meinte Jérémie. »Mutter sein und Karriere machen ist nie einfach. Aber im Prinzip bräuchtest du gar nicht zu arbeiten. Ich meine, du musst keinen Job annehmen, der dich langweilt, denn Pierre verdient ja genug.«

»Das stimmt«, meinte Fiona. »Und doch könnte ich mir nicht vorstellen, wie Mélanie ganz zu Hause zu bleiben. Nur Mutter und Hausfrau zu sein. Sie genießt es, doch ich muss Leute sehen. Und etwas erleben. Aber das Problem mit meiner Arbeit ist, dass sie zu zeitintensiv ist. Wenn wir wichtige Ermittlungen haben, gehen wir nicht einfach um siebzehn Uhr nach Hause. Wenn nötig, geht der Job vor.«

Florian nickte. »Genau deshalb lasse ich mich umschulen. Obwohl ich als Informatiker auch viel zu tun haben werde …«

»Wem sagst du das«, seufzte Fiona, die sich gut an die verschiedenen Situationen erinnerte, in denen sie und ihre Kollegen die Informatiker geradezu belagert hatten.

Sie wandte sich wieder ihrem Telefon zu.

»Nun rufe ich aber Aurore an.«

Die Wahrheit

Als ihr Handy läutete, war Aurore in ihrem früheren Zimmer und räumte dort ein wenig auf, um sich zu beschäftigen und ihren allgegenwärtigen Eltern zu entfliehen. Das Display zeigte Fiona an. Für gewöhnlich rief die Freundin immer am Abend an, und Aurore hatte ihr nichts zu sagen. Sie wollte nicht mehr telefonieren. Sie wusste auch nicht, ob sie mit Fiona noch befreundet bleiben wollte. Trotzdem hob sie ab.

»Hallo Aurore«, sagte Fiona. »Ich melde mich, weil es Neuigkeiten gibt. Nadia hat Davids Mörder gefasst ...«

Aurores Herz schien beinahe stillzustehen.

»Nadia ... aber warum sie? Es war doch Luc, der ...?«

»Du weißt ja, die verschwundenen Kinder. Nadia muss nun DNA-Proben von allen bekannten Sexualstraftätern nehmen. Und dabei ist sie durch Zufall auf etwas gestoßen.«

Fiona berichtete Aurore von Merlier.

David hatte Aurore einige Tage vor seinem Tod von der Sache erzählt. Es hatte ihm leidgetan, was dem Mann widerfahren war. Er hatte keine Ahnung gehabt, wer die Presse über Merlier informiert hatte.

Sie hörte Fiona entsetzt zu und spürte, wie die Tränen über ihre Wangen rannen.

»Aber ...«, gelang es ihr schließlich zu flüstern. »Warum David? Er war es doch nicht, der der Presse Merliers Namen genannt hat.«

Fiona schwieg, dann meinte sie: »Merlier brauchte einen Sündenbock, an den er leicht herankam. Die Journalisten und die PJ waren zu diffuse Gruppen. Deshalb hat sich Merlier wahrscheinlich an David gerächt. Dabei hätte er gern alle erschossen. Aber du musst wissen, dass dieser Mann schwer gestört ist. Seine pädophilen Aktivitäten hat er nicht aufgegeben. In seiner Wohnung hat Isabelle Fotos und Unterwäsche von Kindern gefunden. Er hat zwar gesagt, dass er sich in die Gesellschaft eingliedern will, aber er hat es nicht geschafft. Solche Typen sind äußerst gefährlich, wenn sie aus dem Gefängnis kommen. Die Haft macht sie nicht besser, sondern schlimmer …«

Aurore schluchzte. »Und wegen so einer Sache musste David sterben. Er hat nicht einmal einen Fehler begangen!«

»Aurore«, sagte Fiona vorsichtig. »Wir werden noch im Detail darüber sprechen, aber du und Davids Eltern, ihr müsst bei Merliers Prozess als Nebenkläger auftreten. Ihr braucht einen Anwalt. Wir können Lucien Castini kontaktieren, der die Familie Bernier gegen Pierres und Nadias korrupte Vorgesetzte vertreten hat. Er ist einer der Besten.«

»Ich … ja … Aber im Moment möchte ich mich nicht damit befassen!«

»Natürlich. Das musst du auch nicht. Doch Pierre wird sich bei euch in den nächsten Tagen diesbezüglich melden. Der Typ wird sicher lebenslang bekommen. Wir hoffen es jedenfalls.«

Aurore schluchzte. Sie wollte nicht an den Prozess denken. Daran, dass sie Davids Mörder würde gegenübertreten müssen. Es war so ungerecht! David war zur falschen Zeit am falschen Ort gewesen. Es hätte genauso Pierre, Caroline oder Pierres ältesten Kollegen Jean treffen können, wenn sie diese Ermittlung betreut hätten.

Aurore erinnerte sich daran, dass Pierre anfangs die Ermittlung eigentlich Caroline hatte übergeben wollen. Sie war schon mehrere Monate bei ihm als Substitut tätig und hatte so einen großen und medienträchtigen Fall verdient. Aber David hatte diese Sache unbedingt haben wollen. Er hatte Caroline ein wenig manipuliert. Sie hatte ein kleines Kind, der Fall war schwierig und belastend. Sie würde viele Überstunden machen müssen. Nach einigem Überlegen hatte sie deshalb zugunsten ihrer Tochter darauf verzichtet und sich stattdessen um eine langweilige Untersuchung der Finanzbrigade gekümmert, die eigentlich für David, den Neuling, vorgesehen gewesen wäre.

Aurore erzählte Fiona nichts davon. Sie wollte nun allein sein, um ihren Tränen freien Lauf lassen zu können. Bald würde ohnehin Rachid anrufen.

Fiona schien zu spüren, dass Aurore Zeit für sich brauchte, und verabschiedete sich. Sie meinte noch, sie würden sich alle freuen, wenn Aurore zu Silvester wieder in Marseille wäre.

»Ich weiß noch nicht, was ich tun werde«, antwortete Aurore wahrheitsgemäß. Sie hatte einerseits Sehnsucht nach ihrem Häuschen, andererseits graute ihr davor, dorthin zurückzukehren, wo überall die Erinnerung an David lauerte. Sie wollte Rachid, Fiona, Pierre und die anderen wiedersehen, hatte jedoch auch Hemmungen. Wie sollte ihre Beziehung zu ihnen weitergehen, nun, wo alles gesagt und getan war? Und was brachten ihr Freunde in ihrer Situation? Nun musste sie erst einmal ihren Schock überwinden, und dann würde sie etwas unternehmen müssen. Der Rechtsanwalt. Die Klage. Die Gerichtsverhandlung.

Die schlimme Erkenntnis

Es war schon dunkel, als es an der Haustür läutete. Lisa erschrak. Sie ging langsam zur Tür. Seit dem Gespräch mit Carole hatte sie ein flaues Gefühl. Ihre Bekannte hatte seltsam reagiert, als sie ihr von Géralds Verschwinden und der Sache in Bordeaux erzählt hatte. Und sie wollte Géralds Telefon orten lassen. Machte sie das, um Lisa zu helfen? Oder steckte etwas anderes dahinter? Vielleicht war es ein Fehler gewesen, über Bordeaux zu sprechen!

Langsam öffnete Lisa die Tür und zuckte verblüfft zusammen. Dort stand Carole mit zwei anderen Frauen. Die eine kannte Lisa, es war die junge Dunkelhaarige, die mit ihrer Mutter gesprochen hatte und für die Ermittlung verantwortlich war. Sie wirkte wesentlich jünger als Carole, aber diese war anscheinend älter als Lisa selbst. Dann stand da noch eine Frau, die älter als Carole und sehr gepflegt aussah, mit glatten, schön frisierten braunen Haaren, einem hübschen Mantel, einem halblangen Rock und hochhackigen Stiefeln. Instinktiv wusste Lisa, dass sie keine Polizistin war. Was wollten die drei von ihr? Lisa sah Carole an.

»Hallo, Lisa«, sagte diese. »Wir müssen mit dir reden. Es ist wichtig. Dürfen wir hereinkommen?«

»Natürlich!«, erwiderte Lisa. Sie versuchte, heiter und gelöst zu wirken, während sich ihr Magen vor Angst zusammenzog. Warum rückte Carole gleich mit ihrer Kollegin und noch einer Dame an?

»Wollt ihr einen Tee oder Kaffee?«

»Einen Tee, bitte, gern«, sagte die brünette Frau.

Lisa bedeutete den dreien, sich an den Esstisch zu setzen, der sich in ihrem geräumigen Erdgeschoss zwischen Küche und Wohnzimmerecke befand, und schaltete den Teekocher ein.

»Es ist ein Weihnachtstee«, erklärte sie. »Mit Zimt und Nelken. Den mögen Sie doch, oder?«

»Sehr«, sagte die Frau. Sie schien sympathisch, Lisa fühlte sich unter ihrem Blick wohl, während die junge Lieutenant ihr Angst einflößte.

»Sie leben an einem schönen Ort«, meinte die Dame. »Wir haben auch hier nach einem Haus gesucht, aber nichts gefunden, was unseren finanziellen Möglichkeiten entsprochen hätte. Deshalb wohnen wir jetzt weit außerhalb, in Trets. Hier haben Sie das Meer ganz in der Nähe.«

»Drei Kilometer entfernt, hinter den Hügeln«, sagte Lisa. »Le Rove ist wirklich angenehm. Wir sind nicht weit vom Dorf, aber trotzdem am Fuß der Kalkfelsen und in unmittelbarer Nähe der Natur. Der ideale Kompromiss.«

Ja, sie liebte Le Rove und die Côte Bleue mit ihren weißen Felsen und ihrem tiefblauen Wasser. Marseille war sehr nah und doch weit genug entfernt, um Ruhe zu haben. In die Arbeit war es nicht lang und in die Schule der Mädchen ebenfalls nicht. Es war ein angenehmes Leben.

Aber mit einem Schlag wurde Lisa bewusst, dass es damit wahrscheinlich zu Ende sein würde, wenn sie sich von Gérald scheiden ließ. Denn allein würde sie den Kredit nicht bezahlen können, und ihr Ex-Mann würde ihr das Haus auch nicht einfach so überlassen. Es würde einen Rosenkrieg geben. Einen blutigen Krieg. Da merkte Lisa, dass die drei Frauen sie ansahen. Sie war wohl mitten in der Bewegung erstarrt.

Carole erhob sich und meinte: »Ich helfe dir, den Tee zum Tisch zu bringen.«

Lisa nickte. Carole nahm die Tassen, die Lisa auf die Arbeitsplatte gestellt hatte. Schließlich wollten sie und die andere Polizistin doch ebenfalls einen Weihnachtstee, weil sie dem Geruch nicht widerstehen konnten. Lisa goss den Tee auf, nahm die Kanne und einen Teller mit Navettes, den für Marseille typischen Keksen mit Orangenblütengeschmack in Form von kleinen Booten. Sie stellte alles auf den Tisch und setzte sich.

In diesem Moment kamen ihre beiden Töchter die Treppe herunter.

»Ach, Mama, hast du Besuch?«, fragte Léa. »Hallo Carole! Ist Suzanne nicht da?«

»Hallo, Léa«, erwiderte Carole. »Leider nicht. Ich bin wegen meiner Arbeit hier.«

»Hallo, ihr beiden, wir sind von der Polizei«, erklärte die Dame mit den langen braunen Haaren. »Wir müssen kurz mit eurer Mama sprechen. Und dann erkläre ich euch beiden etwas. In Ordnung?«

Léa sah die Frau erschrocken an, und Lisa spürte, wie die Angst sie mit immer festerem Griff umklammerte. Was sollte das Ganze? Sie ahnte, dass es mit Gérald zu tun hatte. War ihm etwas passiert?

»Okay«, sagte Léa leise und nahm ihre Schwester Sara an der Hand. Sie gingen die Treppe wieder hinauf. Vielleicht würden sie oben lauschen.

Mit zitternden Händen schenkte Lisa den Tee ein.

Die Frau mit den braunen Haaren räusperte sich.

»Ich möchte mich kurz vorstellen, Sie kennen mich noch nicht. Ich bin Céline Flores, die Polizeipsychologin. Nadia hat mich gebeten, mitzukommen. Wir müssen mit Ihnen über Ihren Mann sprechen.«

Lisa begann zu zittern. »Mein … Mann … Er ist weg.

Einfach verschwunden. Weil er eine andere Frau kennengelernt hat.«

»Sie glauben, er habe eine andere Frau kennengelernt?«, fragte die Psychologin. »Warum glauben Sie das?«

»Er war ... seltsam ... geistesabwesend, oft nicht zu Hause. Unwirsch.«

»Und das haben Sie auf eine andere Frau geschoben?«

»Ja. Warum nicht?«

»Dass es sich um etwas ganz anderes handeln könnte, etwas viel Schlimmeres, haben Sie nie in Erwägung gezogen?«

»Etwas viel Schlimmeres?«, stammelte Lisa. Sie spürte, dass sie vor Angst kaum mehr Luft bekam.

Die Psychologin sah ihr fest in die Augen.

»Sie haben es immer befürchtet, Lisa. Seit Bordeaux haben Sie geahnt, wer Ihr Mann ist. Wie er ist. Aber Sie konnten es sich nicht eingestehen. Und nun sind drei Kinder gestorben. Drei Jungen im Alter Ihrer Tochter Léa!«

Lisa begann zu weinen. Sie hatte begriffen, wovon die Frau sprach. Sie war zutiefst erschrocken.

»Ich habe es nicht gewusst! Ich hatte keine Ahnung!«, schluchzte sie.

Zugleich fragte sie sich, ob sie es wirklich nicht gewusst hatte. Ob sie Gérald damals wirklich geglaubt hatte. Alles hatte auf ihn gedeutet, als die beiden Jungen verschwunden waren. Aber es hatte keine Beweise gegeben. Deshalb hatte ihn die Polizei nicht belangen können. Allerdings hatte die Presse ihn verfolgt, bis er die Region verlassen hatte.

»Und auch in Bordeaux haben Sie sich nie Fragen gestellt?«, wollte die Lieutenant wissen.

»Doch … aber … ich habe ihm vertraut. Wenn Sie mit jemandem verheiratet sind, vertrauen Sie ihm, oder nicht?«

»Ja, wahrscheinlich«, räumte Madame Aubertin ein.

»Lisa«, begann die Psychologin wieder, »Sie wissen, dass wir Ihren Mann finden müssen. Er ist jetzt unser Hauptverdächtiger im Fall der toten Kinder, und wir müssen verhindern, dass noch jemandem etwas geschieht. Haben Sie eine Ahnung, wo er hingefahren sein könnte?«

Lisa schüttelte den Kopf. »Seine Eltern leben im Norden bei Dunkerque. Aber dort ist er nicht hin. Er mag seine Eltern nicht. Er hasst sie. Keine Ahnung, warum.«

»Er hat Ihnen nie erzählt, warum er sie hasst?«, fragte die Psychologin erstaunt.

Lisa schüttelte den Kopf. Ihr wurde bewusst, dass sie immer schon viel zu diskret und zurückhaltend gewesen war. Da waren so viele Fragen, die sie niemals gestellt hatte. Warum er Vater und Mutter so sehr hasste, dass sie die beiden nie besucht hatten? Lisa hatte sie in ihrem Leben nur dreimal gesehen. Einmal bei ihrer Hochzeit, dann als Léa geboren wurde und sie zu Besuch ins Krankenhaus gekommen waren und noch einmal beim Begräbnis von Géralds Großmutter. Sie hatte gewusst, dass da etwas war, ein dunkles Familiengeheimnis, über das nicht gesprochen werden durfte. Géralds Bruder hatte sie überhaupt noch nie gesehen, und er war einige Jahre zuvor gestorben. Er war Alkoholiker gewesen und betrunken aus einem Fenster im fünften Stock seines Wohnhauses gestürzt.

»Ihr Mann ist wahrscheinlich ein kranker Mensch«, erklärte die Psychologin vorsichtig. »Er hat vielleicht etwas erlebt, was ihn zu dem gemacht hat, was er heute ist.«

»Aber … Ich verstehe nicht«, weinte Lisa, »er ist ein so guter Vater. Der beste. Die Kinder lieben ihn, viel mehr als mich! Er hat ihnen bestimmt nichts getan!«

Zum Glück konnte Lisa sich dieser Sache sicher sein. Sie hoffte so sehr, dass die Polizistinnen sich täuschten. Dass alles nur eine Häufung von seltsamen Zufällen war. Aber ihr war auch klar, dass mit Gérald etwas ganz und gar nicht stimmte. Er war in den letzten Wochen wirklich seltsam gewesen, und sie hatte sein Benehmen komplett falsch interpretiert. Nun war sie mitschuldig am Tod von drei Jungs. Weil sie die Zeichen nicht erkannt hatte. Weil sie in Bordeaux nicht hatte sehen wollen, was geschehen war. Und sich auch jetzt wieder eine Wahrheit zurechtgelegt hatte, die ihr plausibel erschien. Weil sie ihrem Mann nie wirklich nahe gewesen war. Nicht versucht hatte zu verstehen. Sie hatte zehn Jahre lang mit einem Mörder gelebt! Mit einem Mörder und Pädophilen. Sie verbarg ihr Gesicht in den Händen. Ihr Leben war zu einem Albtraum geworden.

»Wenn Ihnen irgendetwas einfällt«, sagte Lieutenant Aubertin, »etwa ein Ort, wo er sein könnte, dann kontaktieren Sie uns bitte!«

Sie legte Lisa eine Karte auf den Tisch.

»Haben Sie … sein Telefon schon geortet?«, fragte Lisa mit zitternder Stimme.

»Ja, das haben wir. Es ist wahrscheinlich irgendwo hier im Haus. Er hat es zurückgelassen.«

»Oh Gott!«

Gérald hatte es wirklich darauf angelegt, spurlos zu verschwinden. Ihm war klar gewesen, dass an den Leichen DNA-Spuren zu finden sein würden, und er hatte das Weite gesucht. Aber wie hatte er nur die Leiche des letzten Jungen in dem Brunnen deponieren können, obwohl er gewusst hatte, dass das Anwesen verkauft war?

Die Antwort war einfach. Er hatte es nicht gewusst. Deshalb hatte er Lisa vorgeworfen, es ihm verschwiegen zu haben, und war so aufgebracht gewesen. Weil er Nassims Leiche am Freitagnachmittag dort in den Brunnen geworfen hatte. Lisa schüttelte sich.

»Sie können gern jederzeit zu mir kommen, wenn Sie mit jemandem reden möchten. Oder ich kann Sie besuchen«, bot ihr die Psychologin an, bevor sie nach oben ging, um im Beisein Caroles mit den Kindern zu sprechen. Lisa blieb mit der jungen Lieutenant allein.

Diese begann vorsichtig: »Im Moment weiß die Presse noch nichts. Wir wollten Ihnen einen Vorsprung geben, aber um Ihren Mann zu finden, müssen wir wahrscheinlich landesweit die Öffentlichkeit informieren und auch Interpol einschalten. Sie sollten vielleicht wegfahren. Haben Sie Verwandte in einer anderen Gegend?«

»Meine Eltern und deren Verwandtschaft in Aix-en-Provence und meine Schwester in Avignon«, sagte Lisa müde.

»Tja, dort wird die Presse Ihnen leider auch die Tür einrennen. Es ist ja schon in aller Munde, dass Ihr Onkel das Haus verkauft hat«, meinte die Polizistin. »Sie können sich vorstellen, dass es schlimm wird. Sehr schlimm. Sie sollten es wie Ihr Mann machen. Untertauchen. Weit weg. Und auch Ihr Mann sollte nicht wissen, wo Sie sind. Ich muss Ihnen raten, sofort einige Sachen zu packen und das Haus zu verlassen. Heute Abend können Sie bei Ihren Verwandten bleiben. Aber morgen müssen wir eine andere Lösung finden. Ich schicke Ihnen ein Polizeiauto, das das Haus bewacht, in dem Sie übernachten!«

Verzweiflung ergriff von Lisa Besitz. Nun wurde ihr bewusst, was Géralds Verbrechen für sie und ihre Töchter bedeuteten. Sie mussten wegziehen. In eine andere

Region. Alles aufgeben. Ihre Freunde, ihre Familie. In Marseille und Umgebung würden sie geächtet sein. Wie damals in Bordeaux. Nur noch schlimmer. Warum war sie bloß so verblendet gewesen? Warum hatte sie nichts bemerkt?

Ein zufriedenstellender Abend

Laura war bei der dritten Pressekonferenz innerhalb einer Woche, wieder im selben Saal, wieder war der Raum vollgepackt und wieder presste sie sich an die Wand, nicht weit von der Tür entfernt. Nur saßen diesmal ein anderer Ermittler und ein anderer Staatsanwalt neben Commissaire Prévert auf dem Podium.

Journalisten aus ganz Frankreich waren nach Marseille gekommen. Luc Garnier, der Procureur von Aix-en-Provence, Guillaume Masteix, und die Commissaire stellten sich der Presse. Der Fall David Maurin war aufgeklärt. Die Techniker hatten ihr Urteil gefällt: Die Pistole war eindeutig als die Tatwaffe identifiziert worden. Auch Merliers Telefon war genau zum Zeitpunkt von Davids Tod an der Corniche geortet worden. Trotz dieser Beweislage, die den Zufall ausschloss, hatte Merlier nicht gestanden und würde es auch niemals tun. Sein Anwalt war ein absoluter Zyniker, der seinen Mandanten in dessen Absicht bestärkte, nur ja nichts zuzugeben und stattdessen die Ermittler, die Presse und vor allem das Mordopfer großzügig zu beleidigen.

Laura hatte Nachforschungen angestellt, wann und wem gegenüber David die Namen der beiden Sexualstraftäter erwähnt hatte. Aber sie hatte nichts herausgefunden. Wahrscheinlich hatte ein Journalist ihm eine Falle gestellt. Oder es war gar nicht er gewesen? Die Information hätte auch an anderen Stellen durchsickern können, etwa bei der PJ. Laura erschauerte, wenn sie daran dachte, dass Merlier genauso gut Nadia hätte erschießen können.

Luc zeigte sich sehr fair und erwähnte, dass es Nadia gewesen war, die Merlier im Rahmen ihrer eigenen großen Ermittlung befragt hatte und auf Ungereimtheiten gestoßen war, die sie bewogen hatten, eine Wohnungsdurchsuchung zu fordern.

»Ich war dagegen, vor allem, weil dieser Mann für mich keine Spur darstellte. Als wir in der Wohnung nichts fanden, wollte ich aufgeben. Aber meine Kollegin Isabelle suchte weiter. Also Sie sehen, meine Damen und Herren, wir verdanken es Frauen, dass der Fall aufgeklärt werden konnte. Intuition und Gründlichkeit sind wohl Frauensache«, sagte er und sah dabei augenzwinkernd seine Chefin an, die langsam nickte.

»Wird wohl so sein!«, war ihr einziger Kommentar dazu.

Laura wusste, dass Luc sehr erleichtert war. Die Untersuchung von Davids Tod war genauso nervenaufreibend gewesen wie Nadias Ermittlung zu den ermordeten Jungen, und Luc hatte in den vergangenen zehn Tagen enorm unter Druck gestanden.

Laura war den anderen Journalisten wieder einen Schritt voraus, und so hatte die *Provence* schon vor der Pressekonferenz die Neuigkeit veröffentlicht. Es verschaffte François, dem Chefredakteur, immer besondere Genugtuung, wenn er etwas bekannt geben konnte, bevor es die *Marseillaise* tat. Natürlich wusste diese darüber Bescheid, die Journalisten stichelten und bezichtigten Nadia, der *Provence* den Vorzug zu geben.

Auch bezüglich der drei getöteten Kinder war Laura bereits auf dem aktuellen Stand, während die anderen erst am nächsten Morgen in einer Pressemitteilung die Identität des Verdächtigen erfahren würden. Nadia hatte

Laura erlaubt, schon darüber zu berichten, allerdings sollte sie im Moment noch keine Namen nennen.

Laura wusste, dass die Nacht kurz werden würde. Sie würde an ihren Artikeln arbeiten. Sie fuhr nach Hause. Am Ausgang des Tunnels, der unter der Stadt durchführte, war ein Stau, und sie brauchte fast eine Stunde, bis sie nach Montredon kam. Sie seufzte. Es gab Tage, an denen einfach nichts so klappte, wie es sollte. Es war nicht immer einfach, vom Zentrum in den südlichsten Stadtteil zu gelangen. Aber Laura liebte es, in der Nähe des Meeres und des Calanques-Nationalparks zu wohnen, und nahm deshalb die Staus in Kauf. Mit dem Motorrad durch die Stadt fahren, wie Nadia das tat, wollte sie nicht, sie fand es zu gefährlich und unbequem.

Es war an diesem Abend schwierig, einen Parkplatz zu finden, weil die Berge von Müllsäcken immer mehr Raum einnahmen. Laura musste einige Hundert Meter von ihrer Wohnung parken, allerdings schaffte sie es, einen Blick auf das Meer im Mondlicht zu erhaschen, was sie sofort etwas friedlicher stimmte.

Als sie endlich heimkam, beschloss sie, etwas zu tun, was sie fast nie machte: Sie würde eine Tiefkühlpizza in den Backofen schieben. Normalerweise kochte sie immer für sich und Nadia, aber heute hatte sie alle Hände voll zu tun. Ihre Lebensgefährtin war wie erwartet noch nicht da, deshalb setzte Laura sich sofort an den Laptop. Sie begann an einem ausführlichen Artikel über Merlier zu arbeiten, den sie später mit Nadias Hilfe noch ergänzen würde. Eine Stunde danach kam die Freundin heim, müde, aber triumphierend.

»Mon Dieu, das war heute wohl der erfolgreichste Tag meiner Karriere«, sagte sie und umarmte Laura.

»Ich bin stolz auf dich, Chérie. Ich denke, dir haben

die Ohren geklungen. Luc hat dich in höchsten Tönen gelobt.«

»Ja, er war nicht besonders angenehm heute. Hat mich aus Arles angerufen und zur Schnecke gemacht. Aber du kennst mich, ich habe ein dickes Fell.«

»Zum Glück war Isabelle auch dort und ist gründlich vorgegangen«, meinte Laura.

»Ja, das hat sie gut gemacht. Ich hätte nie daran gedacht, im Stromkasten nachzuschauen. Aber sie hatte Dealer in Toulouse, die sich solcher Verstecke bedient haben.«

»Tja, Erfahrung hilft. Hast du dir ein Glas Wein mit Pizza verdient oder sind wir zu müde dafür?«, fragte Laura.

»Ein Glas darf's sein, und warum nicht ein Stück Pizza? Ich habe heute noch nichts gegessen, war viel zu aufgeregt. Und Caroles Entdeckung ist ja der Hammer!«

»Das schockiert sie sicher sehr«, meinte Laura. »Stell dir vor, ein Typ, den sie persönlich kennt. Dessen Kinder mit ihren im Segelkurs waren!«

»Ja, und ihre Tochter war schon bei ihm zu Hause zum Spielen. Zweimal.«

»Autsch, das muss sie ziemlich mitnehmen.«

»Ich glaube schon. Heute hatte sie keine Zeit, darüber nachzudenken, aber an den Weihnachtstagen wird sie bestimmt daran zu kauen haben. Es ist sehr verunsichernd, wenn man jemanden sympathisch findet und sich dann herausstellt, dass er ein Mörder ist.«

»Ein pädophiler Mörder noch dazu«, seufzte Laura.

»Wir waren auch bei seiner Frau. Mit Céline«, erzählte Nadia.

»Und wie hat sie es aufgenommen? Hat sie etwas geahnt?«

»Ja und nein. Sie hat es vielleicht geahnt, wollte den

Gedanken aber nicht zulassen. Wie alle diese Leute, die einem Mörder nahestehen. Ein Mörder ist ja nicht nur ein Mörder, er hat auch gute, angenehme Seiten. Lisas Mann hat eine schwere Störung, die er sehr geschickt verbergen konnte. Sicher wirft sie sich vor, ihn nicht durchschaut zu haben.«

Laura zuckte mit den Schultern. »Kennt man die Menschen, mit denen man zusammenlebt, wirklich? Es ist nicht schwer, etwas zu verheimlichen und abzuspalten, wenn der andere keine Ahnung hat.«

Sie vertraute Nadia vollkommen. Aber sie wusste auch, dass es vieles gab, was Nadia ihr nicht erzählte, um sie zu schützen. Sie wollte nicht, dass Laura sich Sorgen machte.

»Man kann in andere Menschen nicht wirklich hineinschauen«, sagte Laura nachdenklich, als sie an ihrem Glas Rotwein nippte, während sie auf die Pizza warteten, die im Backrohr auftaute. »Und in einer Liebesbeziehung kann es vorkommen, dass jemand eine dunkle Seite hat, die dem anderen verborgen bleibt.«

»Die arme Frau! Außerdem wird morgen die Presse über sie herfallen. Ich habe ihr gesagt, sie soll ihre Kinder nehmen und abtauchen. Möglichst weit weg. Ich hoffe, sie tut es.«

»Aber … braucht ihr sie nicht als Zeugin?«, fragte Laura.

»Eventuell. Aber sie scheint keine Ahnung zu haben, wo ihr Mann ist. Und ich bin froh, wenn ich sie in Sicherheit weiß.«

»Könnte er zurückkommen, um sich die Töchter zu holen?«, fragte Laura.

Nadia seufzte. »Das befürchten wir. Seine Töchter sind ihm sehr wichtig.«

Sie sprang auf und nahm ihr Telefon. »Zum Glück erinnerst du mich daran! Ich muss mich erkundigen, wo sie heute Abend ist, und ihr einen Streifenwagen hinschicken. Falls der Mann kommt.«

Bald hatte sie Lisa Franquier am Apparat.

»Sie ist bei ihrem Politiker-Onkel«, sagte Nadia, als sie aufgelegt hatte. »In Aix-en-Provence. Morgen wird ihr eine Bekannte des Onkels ein Ferienhaus überlassen, dann bleibt ihr Aufenthaltsort geheim. Denn morgen müssen wir mit den Medien die Jagd auf ihren Mann eröffnen. Wir haben bereits eine Großfahndung nach ihm ausgelöst. Er könnte sich inzwischen noch an anderen Kindern vergreifen. Und wir werden die Frau bewachen lassen, bis ihr Mann gefasst ist. Trotz unserer Personalknappheit.«

Nadia seufzte, und Laura war klar, dass ihre Lebensgefährtin mehr als genug Probleme hatte. In zwei Tagen war Weihnachten, die Kollegen forderten ihren Urlaub ein und außerdem hatten sich viele Polizisten krankgemeldet.

Organisation

Die Commissaire hatte die gesamte Crim zu einer Besprechung zusammengerufen. Nun mussten sie schnell handeln. Sie hatten einen Verdächtigen identifiziert, warteten nur mehr auf die Bestätigung, dass seine DNA mit der an den Leichen gefundenen übereinstimmte, doch es bestanden kaum Zweifel. Der Flüchtige konnte auch für seine eigene Familie eine Gefahr darstellen. Zusätzlich zur bereits organisierten Großfahndung musste nun auch die Sicherheit seiner Familie gewährleistet werden.

Er hatte sich ihnen gegenüber nie gewalttätig gezeigt, aber keiner wusste, wie er nun reagieren würde. Er würde vielleicht seine Töchter abholen und mit ihnen verschwinden wollen.

Madame Martine Prévert blickte ernst in die Runde.

»Anscheinend hat die Frau ein Ferienhaus nicht weit von Aix-en-Provence gemietet. Es gibt dort einen freien Raum im Erdgeschoss. Es wäre gut, wenn sich ein Polizist oder eine Polizistin da einquartieren könnte. Erstens, damit die Frau nicht so allein ist. Und zweitens, weil die Gefahr besteht, dass ihr Mann die Kinder holen will. Außerdem werden die Journalisten nach ihr suchen. Allerdings befürchten wir, dass sich das Ganze über Weihnachten hinzieht. Aber vielleicht kann jemand trotzdem ...? Das Zimmer verfügt über WLAN, ein separates Badezimmer und einen Fernseher mit Netflix.«

Nadia ließ ihren Blick über die Anwesenden schweifen. Sie alle hatten Familien und Lebensgefährten, bei denen sie an Weihnachten sein wollten. Niemand würde sich freiwillig melden, um Lisa Franquier über die Feiertage vor ihrem Mann zu schützen. Schlimmstenfalls würden sie selbst und Laura Weihnachten mit dieser armen Frau und ihren Töchtern verbringen.

Zu Nadias großem Erstaunen meldete sich Kenny.

»Ich ... Ich kann das tun. Bei mir daheim in Toulon sind alle krank, und meine Eltern wollen nicht, dass ich mich anstecke. Deshalb haben sie unsere gemeinsame Weihnachtsfeier auf nächste Woche verschoben.«

»Sehr gut, Kenny«, sagte die Commissaire nickend. »Wenn es über Weihnachten geht, wirst du die Überstunden gut bezahlt bekommen. Allerdings ist es kein einfacher Job. Die Familie ist traumatisiert. Und du musst wachsam bleiben, mit der Waffe griffbereit. Das Haus ist einsam gelegen.«

Kenny zuckte mit den Schultern. Er war wie immer unbekümmert.

Nadia beschloss, dass Céline ihn ein wenig coachen sollte. Sie hatte am Vorabend vorsichtig mit den Töchtern gesprochen und festgestellt, dass sie völlig schockiert waren. Ihr lieber Papa sollte drei Jungen getötet haben? Und vor einigen Jahren vielleicht noch zwei weitere? Und ohne ein Wort einfach verschwunden sein? Sie konnten es nicht glauben. Die beiden brauchten professionelle Hilfe, und Céline war schon auf der Suche nach jemandem, der sie sofort nach den Feiertagen betreuen konnte.

Um zehn war die nächste Pressekonferenz, danach würde die Hölle losbrechen. Die Jagd auf die Familie wurde eröffnet. Trotzdem wollten Lisas Eltern und der Onkel zu Weihnachten in Aix-en-Provence bleiben. Sie würden nicht fliehen.

Sie hatten überhaupt keine Ahnung, was sie erwartete.

Das Haus im Wald

Lisa hatte die Nacht bei Onkel und Tante verbracht. Dort fühlte sie sich mehr in Sicherheit als bei ihren Eltern, die völlig fassungslos waren. Aber nun musste sie weg. Die Presse würde ihre Verwandten belagern, deshalb hatte Onkel Fred ihnen über eine gute Bekannte eine Unterkunft außerhalb von Aix-en-Provence besorgt. Es handelte sich um ein schönes kleines Haus, das leer stand, jedoch ziemlich weit vom Schuss war. Die Polizistin hatte versprochen, Kollegen zu schicken, die sie und die Kinder bewachen würden. Sie hatten Angst, dass Gérald wegen seiner Töchter auftauchen würde. Das war durchaus möglich, denn er liebte die zwei über alles.

»Das Haus«, erklärte der Onkel, bevor sie mit den Kindern und ihrem Vater ins Auto stieg, um ihm zu folgen, »ist nur zehn Minuten von hier entfernt. Allerdings steht es mitten in einem Kiefernwald. Und man gelangt nur über einen Forstweg dorthin. Da bleibst du erst mal, bis Gérald gefasst ist und bis das Interesse der Presse ein wenig verebbt. Wir kommen natürlich am Weihnachtsabend zu dir. Du wirst sehen, das Haus ist sehr geräumig. Ach ja, unten ist ein separater Raum. Jemand von der Polizei wird ständig bei euch sein.«

Lisa schluckte. Sie wusste nicht, was sie davon halten sollte. Eine fremde Person im Haus, gerade in dem Moment, in dem sie alle drei so sehr aus dem Gleichgewicht waren! Andererseits wollte sie nicht allein mitten im Wald sitzen. Sie hatte Angst vor Gérald. Und vor der Presse, die ihren Aufenthaltsort vielleicht herausfinden würde. Außerdem war sie noch nie gern allein in abgelegenen Häusern gewesen. Ein bewaffneter Polizist war da die richtige Gesellschaft.

Schweigend fuhren sie mit ihrem Auto dem Onkel Richtung Vauvenargues hinterher, auf die Nordseite des Sainte-Victoire-Massivs. Lisa kannte die Gegend gut, weil sie als Kind dort oft mit den Eltern spazieren gegangen war. Aber sie hatte keine Ahnung, wo dieses Haus sein sollte. Bald schon bog der Onkel in eine kleinere Straße ein. Lisa sah in den Rückspiegel. Ihre Töchter kauerten still auf der Rückbank. Seit dem Vorabend, an dem die Psychologin mit den Mädchen gesprochen hatte, waren die beiden still und in sich gekehrt. Es war zu viel, was ihnen da auf den Kopf gefallen war. Lisa hätte sie so gern vor der Wahrheit bewahrt, zumindest noch ein paar Tage, aber das war nicht möglich. Céline hatte gemeint, es sei besser, ihnen die Wahrheit schonend beizubringen, als das Risiko einzugehen, dass sie es von jemand anderem oder aus dem Internet erfahren würden. Deshalb hatte sie die Mädchen mit der schrecklichen Wirklichkeit konfrontiert. Lisa spürte, dass die zwei es nicht glauben wollten. Es war ja auch schlicht und einfach unglaublich. Sogar für Lisa. Trotz seines abweisenden Verhaltens in den letzten Wochen konnte Lisa sich Gérald einfach nicht als Mörder vorstellen. Wie konnte er so sympathisch und zugleich ein Kinderschänder sein? Wie konnte er einerseits seinen Töchtern so zugewandt sein und andererseits Jungen ihres Alters vergewaltigen und töten? Céline Flores vermutete, dass Gérald als Kind selbst sexuell missbraucht worden war. Die Psychologin hatte Lisa noch einiges mehr erklärt, bevor sie und die Polizistinnen sich verabschiedet hatten. Sie war sehr einfühlsam und hilfsbereit gewesen.

Auch Carole hatte Lisa beschworen, sie anzurufen,

wann immer sie wollte. Die Lieutenant hatte ihr versichert, dass sie in Sicherheit wäre und dass sie alles täten, um Gérald schnell zu finden. Trotz ihrer Verzweiflung musste Lisa zugeben, dass die PJ sich sehr gut um sie kümmerte.

Der Onkel blinkte bald erneut und bog in einen schmalen Forstweg ab. Dieser war in relativ schlechtem Zustand, und sie mussten sehr langsam fahren. Bald waren sie am Ziel. Der Ort war wirklich sehr abgeschieden.

Lisas Vater, der neben ihr auf dem Beifahrersitz saß, gab keinen Ton von sich. Lisa schien, dass ihre Eltern seit dem Vorabend noch schockierter waren als sie selbst.

Die Mädchen wurden ein wenig lebhafter, als sie das schmucke Häuschen mitten im Kiefernwald sahen. Es war ein zweigeschossiges Gebäude, das zwischen Bäumen stand, davor befanden sich ein schöner Rasen und ein abgedeckter Pool. Im Sommer war das sicher ein Paradies.

Der Onkel öffnete die Haustür, der Vater nahm das Gepäck aus dem Kofferraum.

Léa half ihrem Großvater, Sara folgte ihrer Mutter. Dann schien Leben in die beiden Mädchen zu kommen. Sie liebten es, neue Häuser zu erkunden. Und dieses Haus war wirklich sehr geschmackvoll eingerichtet. Der untere große Raum war modern gehalten mit einer ziemlich neuen offenen Küche, einem großen Esstisch und einer Wohnzimmerecke. Ein riesiger Flatscreen hing an der Wand.

Die Mädchen rannten gleich in den ersten Stock, wo sich drei Zimmer befanden. Lisa hörte sie schon verhandeln. Der Onkel öffnete die Tür neben der Küche.

»Hier haben wir das Zimmer mit dem separaten Badezimmer«, erklärte er. »Da drin soll euer Aufpasser wohnen.«

Lisa sah ein großes, hübsch gestaltetes Zimmer mit Schreibtisch.

»So kann der Polizist auch am Computer arbeiten«, grinste Onkel Fred. »Das WLAN funktioniert hier überraschenderweise sehr gut. Zum Glück, denn man hat hier keinen guten Empfang über das mobile Netz.«

Die Zimmer im oberen Stock waren weniger geräumig, aber ebenfalls gemütlich. Die Mädchen nahmen die Zimmer mit den Einzelbetten, in denen jeweils auch ein kleiner Schreibtisch stand, Lisa das Zimmer mit dem Kingsize-Bett. Gleich daneben gab es ein schönes, großes Badezimmer.

»Also Platz habt ihr genug«, meinte der Onkel, »gemütlich ist es auch. Geheizt wird mit der Klimaanlage, und ich schüre euch gleich den Kamin an. Draußen ist genug Holz.«

Die Mädchen sahen dem Onkel interessiert beim Feuermachen zu. Lisa war froh, dass Fred hier war. Der Vater wirkte wie gelähmt, die Mutter weinte nur. Aber Onkel Fred hatte alles in die Hand genommen und versuchte sie aufzuheitern. Er steckte die Sache erstaunlich gut weg. Obwohl sie ihm selbst, als politischem Vertreter der Métropole, die größeren Probleme bereiten würde.

Es klopfte an der Tür. Lisas Vater öffnete. Draußen stand Carole mit einem jungen Mann. Lisa erkannte ihn wieder. Er war derjenige, der mit seiner Chefin die Mutter befragt hatte, der rotblonde, blasse und gut aussehende Polizist, der sie bei dem Gespräch nicht aus den Augen gelassen hatte. Nun, wir hätten es schlechter treffen können, dachte Lisa, spürte jedoch Unbehagen, wenn sie daran dachte, dass sie die nächsten Tage mit diesem jungen Mann verbringen würde.

»Bonjour«, begann Carole, »das ist Kenny Frolier. Er

wird hierbleiben und auf euch aufpassen, solange es nötig ist.«

»Bonjour«, sagte der junge Mann und lächelte Lisa zu. Die Mädchen musterten ihn neugierig.

Carole wandte sich an Léa und Sara. »Ihr beiden, Kenny bleibt hier, um euch zu helfen. Das Haus ist ein wenig abgelegen. Und die nächsten Tage wohnt ihr hier. Ihr könnt um das Haus herum spielen, aber bleibt immer in Kennys Nähe. Wenn das vorbei ist, lade ich euch beide zu mir ein, damit ihr mit Suzanne spielen könnt. Suzanne wollte unbedingt mitkommen, doch das ist im Moment nicht möglich. Aber bald, in Ordnung?«

Carole sah die Mädchen ernst an.

»Ist es ... wegen Papa? Weil er gefährlich ist?«, fragte Léa mit zitternder Stimme.

»Auch, aber nicht nur. Es ist auch wegen der Journalisten. Sie sind hinter euch her. Und das wollen wir nicht. Weil Kinder von der Presse nicht belästigt werden sollen. Auch deshalb bleibt Kenny hier. Er kann Feuer machen, Holz hacken, Dinge reparieren ...«

»Ja, das kann ich. Aber dafür muss ich gut gefüttert werden«, sagte der junge Mann grinsend.

»Ist alles da«, erwiderte der Onkel. »Wir haben Vorräte für eine Woche besorgt.« Tatsächlich waren die Tante und die Mutter für Lisa einkaufen gegangen. Der Vater hatte die Nahrungsmittel schon eingeräumt, der Kühlschrank war voll. Der Onkel hatte Lisa ein paar gute Flaschen Wein gegeben.

»Wenn du dich irgendwann im Leben besaufen darfst, dann ist das jetzt«, hatte er ihr zugeflüstert. Lisa hatte keine Ahnung, ob sie sich unter dem Blick des Polizisten betrinken würde.

Allerdings ... Sie war ihm nichts schuldig. Er arbeitete für sie, nicht sie für ihn.

Carole meinte bald: »Ich werde jetzt zurückfahren, ich habe im Kommissariat sehr viel zu tun, und meine Chefin wartet auf mich.« Sie zwinkerte den Mädchen zu. »Melde dich, wann immer du willst«, forderte sie Lisa von Neuem auf und drückte ihre Hand. »Alles Gute!«

Sie winkte ihrem Kollegen, dem Vater, dem Onkel und den Kindern zu, dann verließ sie das Haus. Kurz darauf hörte Lisa das Auto starten.

Der Polizist nahm seine Tasche und stellte sie in das geräumige Zimmer im Erdgeschoss.

»Sehr schön, dieses Haus«, sagte er und lächelte Lisa wieder an. Sein Lächeln war wirklich unwiderstehlich, doch sie hatte im Moment andere Sorgen.

»Kommen Sie, ich zeige Ihnen alles«, sagte der Onkel zu dem jungen Mann. Sie gingen vors Haus, und sie hörte die beiden miteinander sprechen.

Der Vater nahm Lisa an den Schultern.

»Fred und ich fahren jetzt auch. Du bist sehr tapfer, Lisa. Was dir passiert ist, tut mir wirklich leid.«

Lisa verzog das Gesicht. Sie wollte jetzt nicht in Tränen ausbrechen.

»Es ist meine Schuld. Weil ich es nicht bemerkt habe. Für die Mädchen tut es mir leid … Und für die Familien der toten Kinder …« Nun konnte sie die Tränen nicht mehr zurückhalten.

»Komm her!«, murmelte der Vater und umarmte sie. Sie spürte, wie sehr er zitterte. Sie wusste, dass er sich ernsthafte Sorgen um sie und seine Enkeltöchter machte. Lisa hoffte noch immer, sich in einem Albtraum zu befinden, aus dem sie bald erwachen würde. Wenn das die Wirklichkeit war, dann war ihr Leben komplett aus den Fugen geraten!

Großfahndung

»Wir haben keinen Hinweis darauf, wo er sich aufhalten könnte. Auch nicht den klitzekleinsten«, sagte die Commissaire. »Er hat sein Telefon zu Hause gelassen, verwendet keine Kreditkarte, hat lediglich an der Raststätte Lançon de Provence sechshundert Euro vom Konto abgehoben. Sein Auto wurde zuletzt bei der Mautstelle von Salon de Provence erfasst und dann nirgends mehr. Er kann die Gegend über Nationalstraßen verlassen haben, aber genauso gut noch irgendwo in der Nähe sein. Wir haben Angst, dass er seine Töchter, die er sehr liebt, holen möchte, und haben deshalb die Mutter und die Kinder an einem allen außer der nächsten Familie unbekannten Ort in Sicherheit gebracht, wo sie zudem von einem Kollegen geschützt werden. Es ist sehr wichtig, Gérald Franquiers Identität und Foto sofort zu veröffentlichen. Es kann sein, dass er sich irgendwo einmietet. Und dann muss er erkannt werden können. Wir haben natürlich gestern schon eine Großfahndung eingeleitet und auch Interpol eingeschaltet, für den Fall, dass er die Grenze überquert hat.«

»Wird der Mann als gefährlich eingestuft?«, fuhr ein Journalist dazwischen. Er war jung, Nadia kannte ihn nicht.

»Er hat drei Kinder umgebracht, daher müssen wir davon ausgehen, dass er gefährlich ist«, antwortete Nadia. »Allerdings ist uns nicht bekannt, ob er bewaffnet ist, er ist auch kein klassischer Schlägertyp. Er fährt irgendwo unerkannt herum und kidnappt kleine Jungs. Und wie Sie sehen, hat er ein Allerweltsgesicht.«

Commissaire Prévert projizierte das Foto des Verdächtigen an die Wand, ein Murmeln ging durch die Menge.

Gérald Franquier war weder hässlich noch gut aussehend, weder groß und gut gebaut noch besonders schmächtig. Er war einfach der Durchschnittsfranzose schlechthin. Auf dem Foto wirkte er sympathisch. War es das, was ihn so gefährlich machte?

Nadias dritte Pressekonferenz verlief weitaus besser als die vorhergehenden. Endlich hatten die Lieutenant und die Commissaire wirklich etwas zu berichten. Die Journalisten liebten es, wenn man sie darum bat, über einen Fall zu schreiben. Allerdings hatte Martine Prévert auch eine Warnung ausgesprochen. Die Eltern und der Onkel der Frau durften nicht behelligt werden.

Nadia war klar, dass diese Warnung vergebens war, die Medien konnten auch von einer Polizeikommissarin nicht kontrolliert werden. Gewiss würden die Journalisten gleich im Anschluss die beiden Villen der Verwandten in Aix-en-Provence aufsuchen.

Natürlich kamen auch Fragen zu Nadias falscher Spur in den Quartiers Nord. Denn Ahmed Reza war von allein wieder aufgetaucht, und Rachid hatte ihm einen Besuch abgestattet. Der junge Mann hatte angegeben, in Panik gewesen zu sein, weil er ganz genau gewusst hatte, dass er der ideale Verdächtige war. Erst als er von der gefundenen DNA erfahren hatte, hatte er sich aus dem Versteck getraut. Er war bei Freunden ganz in der Nähe seiner Eltern untergekommen, in einer Wohnung, die von Rachids Team sogar durchsucht worden war. Er hatte die Polizei anscheinend überlistet und war von Neuem durch das Fenster getürmt, als sie durch die Wohnungstür gekommen waren. Sie hatten ihn nicht gesehen und keine Ahnung gehabt, dass er sich in dieser Wohnung, in der acht Personen lebten, versteckt hatte. Seine Eltern beteuerten, davon nichts geahnt zu haben.

Nadia wusste, dass sie in den Medien kritisiert werden würde. Die Ermittlung hatte vier Wochen zuvor mit dem Verschwinden des ersten Jungen, Said, begonnen. Bis zum Verschwinden des dritten Jungen hatten sie außer dem Auto keinerlei Anhaltspunkte gehabt, dann hatten sie diese falsche Spur in Frais Vallon verfolgt, bis die Leichen gefunden worden waren. Durch Zufall.

»Und warum hat dieser Mörder die Leichen in den Brunnen seiner Schwiegereltern geworfen, wo er doch wusste, dass das Haus verkauft werden würde?«, tönte die Stimme von Tobias, einem erfahrenen Radio-Journalisten, durch den Saal.

»Er wusste es nicht«, erklärte Nadia. »Seine Frau und er sprachen nicht mehr viel miteinander, deshalb hatte er wahrscheinlich keine Ahnung, dass das Haus verkauft worden war.«

Die Deutschen hatten im Moment alle Arbeiten eingestellt und waren Hals über Kopf nach Hamburg abgereist. Sie wollten nicht von Journalisten belästigt werden, wollten keine Interviews geben. Ihr provenzalischer Immobilientraum war gestorben, wahrscheinlich würden sie das Anwesen mit Verlust wieder veräußern. Das hatte Laura erfahren, als sie kurz mit ihnen gesprochen hatte.

Kurz danach war die Pressekonferenz beendet. Pierre, der ebenfalls anwesend war, gratulierte Nadia und ihrer Chefin. Es schien ihm wesentlich besser zu gehen, seit er wusste, warum David erschossen worden war. Und wie Nadia schien er sehr erleichtert darüber zu sein, dass sich der Mörder seines Kollegen und Freundes nun hinter Schloss und Riegel befand.

Danach eilte Pierre zurück in den Justizpalast, Nadia und ihre Vorgesetzte gingen miteinander ins Kommissariat. Am Alten Hafen herrschte vorweihnachtliche Geschäftigkeit, die Cafés hatten draußen Stände aufgebaut, an denen sie heiße Getränke anboten.

»Willst du einen Glühwein oder eine heiße Schokolade?«, fragte Martine Prévert Nadia.

»Warum nicht? Aber lieber eine heiße Schokolade. Ich bin noch nicht so weit, vor meiner Chefin um elf Uhr morgens Alkohol zu trinken.«

»Na ja, eigentlich hättest du es verdient. Du hast super gearbeitet, Nadia, und hast dein Team sehr gut im Griff.«

»Ich habe auch hervorragende Leute«, erwiderte Nadia bescheiden.

Sie holten sich eine heiße Schokolade.

Das Wasser des Hafenbeckens glitzerte in der Wintersonne, die zwischen den Wolken hervorlugte. Die Schiffe lagen ruhig da und streckten ihre Masten in den Himmel, im Becken selbst war nur wenig los. Auf der anderen Seite grüßte die Basilika von ihrer Anhöhe, die goldene Madonnenstatue La Bonne Mère glänzte in der Sonne.

»Es ist eine schöne Stadt«, meinte die Commissaire. »Ich bin gern hier. Nur das mit dem Müll, daran kann ich mich nicht gewöhnen.«

Nadia prustete. »Daran kann sich keiner gewöhnen.«

Nun dauerte der Streik schon mehrere Tage, und überall in der Stadt häuften sich Berge von Müll. Am nächsten Tag sollte die Armee kommen und alles wegräumen.

»Du weißt ja, dass das politische Gründe hat«, erklärte Nadia ihrer Vorgesetzten. »Die Metropolregion und die Stadt und dazwischen die Gewerkschaften. Mafiöse Zustände.«

»Ja, schon eine seltsame Stadt. Ganz anders als Strasbourg.«

»Warum bist du von dort weg?«, wollte Nadia wissen.

Martine zuckte mit den Schultern. »Ich wollte eine Veränderung und mein Mann auch. Unsere Kinder sind weggezogen, meine Töchter arbeiten in Berlin und Los Angeles, mein Sohn studiert in Aix-en-Provence. Und da habe ich gedacht, warum nicht Marseille? Ich wollte meinem Nesthäkchen ein bisschen näher sein. Außerdem habe ich immer schon vom Leben im Süden geträumt. Ich wusste natürlich nicht, dass mir hier gleich ein ermordeter Substitut und ein pädophiler Serienmörder vor die Füße fallen würden. Es war stressig in den letzten Wochen. Ich habe meinen Mann kaum gesehen. Er ist für vierzehn Tage zu meiner Tochter nach Berlin gefahren. Als selbstständiger Versicherungsmakler kann er arbeiten, wo er will. Bist du verheiratet?«

»Noch nicht«, erwidert Nadia. »Aber wir wollen bald heiraten.«

»Der Journalist?«, fragte Martine.

»Der Journalist?« Nadia war erstaunt.

»Gerüchte besagen, du seiest mit einem Journalisten der *Provence* liiert. Und dass unsere Abteilung deshalb immer diese Zeitung bevorteilt. Ich schenke so einem Gerede keinen Glauben. Mir ist ganz egal, wen ihr bevorzugt, solange uns die Presse nicht dazwischenfunkt. Was sie ohnehin tut.«

Nadia lachte. »An den Gerüchten ist was dran. Es handelt sich wirklich um die *Provence*. Aber ich lebe mit einer Frau zusammen. Laura. Die blonde Journalistin, die uns vorhin zugewinkt hat.«

»Ach so«, meinte die Commissaire. »Das konnte ich nicht ahnen. Ich weiß noch sehr wenig über das Privatleben meiner Ermittler.«

»Ich habe immer gedacht, ich sehe wie die typische Lesbe aus.«

»Wie sehen denn typische Lesben aus? Gibt's so was überhaupt? Du bist sportlich und burschikos, aber bei der Polizei gibt es viele Frauen wie du. Und sie sind nicht alle Lesben. Ich wusste nur über Isabelle Bescheid.«

Nadia lachte. Isabelle erklärte jedem innerhalb von drei Minuten, dass sie lesbisch war.

»Isabelle macht einen auf Mannweib«, sagte Nadia. »Aber sie ist sehr kompetent. Weißt du, dass sie erst seit vier Monaten bei der PJ ist? Vorher war sie Streifenpolizistin.«

»Ach so? Ja, sie ist kompetent. Luc hält große Stücke auf sie. Und wir verdanken es euch beiden, dass wir diesen Hurensohn Merlier hinter Gitter gebracht haben. Was für ein Abschaum!«

Martine Prévert sah einen Augenblick lang aus, als wolle sie auf die Straße spucken, besann sich dann aber eines Besseren. Es schickte sich für eine erwachsene Frau, die noch dazu eine leitende Polizistin war, nicht, so etwas zu tun.

Der Stromausfall

Es dämmerte schon. Lisa fühlte sich unwohl. Die Situation war alles andere als angenehm. Ihre beiden Töchter wirkten sehr niedergeschlagen, die Begeisterung über das hübsche Haus war verflogen. Sie saßen nur im Wohnzimmer herum und starrten vor sich hin. Lisa schlug ihnen vor, auf dem riesigen Flatscreen einen Film anzusehen, was einen Streit auslöste. Nun diskutierten die zwei erbittert darüber, was sie anschauen könnten. Sie waren mehr als uneinig. Sara wollte einen Zeichentrick-Film, Léa einen Spielfilm.

Kenny war im Moment in seinem Zimmer. Lisa wusste, dass er mit seiner Vorgesetzten telefonierte und für sie im Internet Nachforschungen anstellte. Er hatte versucht, beim Mittagessen mit den Mädchen ins Gespräch zu kommen, aber das war schiefgegangen. Sie hatten keine Lust gehabt, sich mit dem fremden Mann zu unterhalten. Dann hatte er ihnen angeboten, etwas mit ihnen zu spielen. Doch sie hatten nur traurig die Köpfe geschüttelt und waren in ihren Zimmern verschwunden.

»Es ist sehr schwer für sie«, hatte Lisa entschuldigend erklärt.

»Ich würde gern helfen, aber das scheint nicht möglich«, hatte Kenny gemeint. »Also helfe ich meinem Team. Aber wenn Sie irgendetwas brauchen, dann sagen Sie mir bitte Bescheid. Dafür bin ich da. In Ordnung?«

Seine hellblauen Augen hatten sie besorgt angeblickt. Lisa hatte nur genickt. Sie war nun froh, dass er in seinem Zimmer saß und sie ihn dort sprechen hörte. Er war da, und trotzdem hatte sie ihre Ruhe. Sie konnte im Moment nicht auf jemanden eingehen, den sie nicht kannte, konnte keinen Small Talk führen. Es war unmöglich. Auch wenn sie Kenny sehr sympathisch fand.

Nun setzte sie sich zu den Kindern und meinte: »Kommt, wir schauen *Frozen 2*.«

Léa motzte anfangs, aber sie tat es mehr aus Prinzip, um ihre Schwester zu ärgern. Bald schon tauchten sie in die Magie von Disney ein und schafften es für kurze Zeit, alles andere zu vergessen. Der Film war spannend, so spannend, dass Sara Lisa in den Arm kniff. Doch auf einmal riss der Film ab, und es wurde dunkel.

Die Mädchen schrien auf. »Mama, was ist los?«

Lisa seufzte. Ein Stromausfall! Das hatte ihr noch gefehlt! Sie sah nicht viel, nur der Schein des Feuers erhellte das Wohnzimmer.

»Ich habe Angst, Mama«, jammerte Sara.

Aber da stand bereits Kenny mit seiner Taschenlampe am Handy im Raum.

»Du brauchst keine Angst zu haben«, sagte er. »Das ist nur ein Stromausfall. Die Dunkelheit stört uns nicht. Wir haben Taschenlampen und Kerzen. Wir zünden Kerzen an. Kommt!«

Er begann in allen möglichen Schubladen und Schränken zu wühlen, bis er Zündhölzer fand. Tatsächlich waren in einem der Küchenschränke auch große, dicke Kerzen. Kenny gab sein Handy Sara, damit sie ihm leuchtete, und stellte die Kerzen auf Teller. Dann hielt er Léa die Zündhölzer hin.

»Kannst du sie anzünden?«, fragte er sie.

Sie schüttelte den Kopf.

»Dann musst du es lernen. Mit Feuer müsst ihr umgehen können.«

Er zeigte Léa und Sara, wie man Zündhölzer benützte, die beiden waren vollkommen hingerissen. Seltsam, dachte Lisa, warum habe ich ihnen nie beigebracht, wie man Feuer macht? Sie hatten kaum Kerzen daheim gehabt, zu Weihnachten nur elektrische Blinklichter verwendet. Nachdem in ihrer Jugend wegen einer Kerze an einem Weihnachtsabend beinahe das Elternhaus abgebrannt war, hatte Lisa Kerzen stets gemieden.

Kenny gab jedem der Mädchen eine Streichholzschachtel und ließ sie üben. Léa schaffte es als Erste, eine Kerze anzuzünden. Sara schob die Unterlippe vor, aber Léa meinte:

»Komm, Sara, wir machen es zusammen!« Sie schien in diesem Moment ihre Rolle als große beschützende Schwester zu genießen. So beherrschte auch Sara das Umgehen mit Zündhölzern sehr bald, und die Mädchen gingen ans Werk.

Irgendwann hatten sie unter Kennys wachsamem Blick alle acht Kerzen angezündet und sie so im Esszimmer und in der Küche verteilt, dass der Raum ziemlich gut beleuchtet war.

»Das ist schön so, wir brauchen kein Licht, wir haben das Feuer!«, frohlockte Lea.

»Aber der Film?«, fragte Sara. »Es war gerade so spannend!«

»Der Strom kommt bald wieder«, sagte Kenny, »dann könnt ihr den Film fertigschauen.«

»Warum ist er weg?«, wollte Sara wissen.

»Das passiert auf dem Land häufig, wenn eine Leitung defekt ist. Viel öfter als in der Stadt. Wir werden es auf jeden Fall melden. Ich rufe dann gleich die EDF und die Vermieter an. Aber früher hatten die Leute keinen Strom. Nur Kerzen. Sie kochten mit Feuer und machten mit Kerzen Licht, so wie wir jetzt.«

»Au ja, wir kochen im Feuer!« Léa zeigte auf das

Glasfenster des Kamins. »Wir brauchen nur aufzumachen.«

»Das Feuer ist schön und nützlich, es kann aber auch gefährlich sein«, erklärte Kenny. »Wir müssen es achtsam verwenden.«

Gewiss dachte er, dass Lisa komplett in der Erziehung ihrer Töchter versagt hatte, weil sie über Feuer so gut wie nichts wussten. Aber sie war da sicher nicht die Einzige. Sara und Léa gehörten zur Generation Elektrizität, zur Generation Bildschirm. So ein Stromausfall war tatsächlich etwas pädagogisch Nützliches. Außerdem schien nun das Eis zwischen Kenny und den Mädchen gebrochen. Plötzlich hatte dieser wildfremde Polizist es geschafft, sich einen Weg zu ihnen zu bahnen. Und auch Lisa fühlte sich ihm gegenüber nicht mehr so befangen. Das Kerzenlicht schaffte eine angenehme und gemütliche Atmosphäre. Als Kenny telefonieren wollte, stellte er fest, dass er kein Netz hatte. Lisa hatte ebenfalls keines.

»Ich schlage vor, wir organisieren es so, dass wir heute ohne Strom auskommen. Wir heizen auf, zünden noch mehr Kerzen an und machen uns etwas zu essen«, sagte Kenny. »Und wenn der Strom und das Internet morgen noch immer nicht da sind, fährt einer von uns nach Vauvenargues, um zu telefonieren. Ihr habt doch keine Angst, oder?«, fragte er und zwinkerte Lisa zu.

Sie hätte Angst, wenn sie jetzt allein wäre. Ohne Empfang fürs Telefon und ohne Strom. Aber Kenny war da und managte alles. Außerdem hatte er auch seine Dienstwaffe dabei.

Die Kinder waren Feuer und Flamme, im wahrsten Sinne des Wortes. Kenny hatte aus diesem Stromausfall ein Fest gemacht. Er schlug vor, die Mädchen sollten etwas in der Glut des Kaminfeuers grillen. Er gab ihnen Würstchen, die auf Spießen steckten, deren Enden er mit

Küchenpapier umwickelte, weil sie sonst zu heiß waren. Und diese Würstchen sollten sie in die Glut halten. Kenny öffnete das Glasfenster des Kaminfeuers und ermahnte die Mädchen, vorsichtig zu sein. Léa und Sara kauerten sich davor und streckten die Spieße in den offenen Kamin. Dabei kicherten und glucksten sie.

»Dass eine so einfache Tätigkeit ihnen so große Freude machen kann …«, wunderte sich Kenny.

Lisa lächelte. Sie war ihm unendlich dankbar. Er hatte die Atmosphäre aufgelockert und es geschafft, die Gedanken der Kinder eine Weile von ihrem Vater weg auf etwas anderes zu lenken.

Lisa bereitete grünen Salat zu, Kenny deckte den Tisch. Sie würden Lachs mit Butterbrot und Salat essen. Lisa reichte Kenny eine Flasche Weißwein aus Châteauneuf-du-Pape, damit er sie öffnete.

»Ein guter Tropfen«, bemerkte er. »Schade, dass ich im Dienst bin.«

»Ein Gläschen darfst du doch wohl trinken«, meinte Lisa.

Da fiel ihr auf, dass sie ihn plötzlich duzte. Aber das schien Kenny nicht zu stören.

»Ja, vielleicht sogar zwei. Ich habe reichlich Übung«, erwiderte er augenzwinkernd.

Mon Dieu, dachte Lisa, ist dieser Typ attraktiv. Die Situation war irreal. Da war sie, die sich vor ihrem Mann und vor der Presse versteckte, in einem Haus tief im Wald, bei Kerzenlicht mit einem äußerst gut aussehenden rotblonden Polizisten, der etliche Jahre jünger war als sie.

Kenny prostete ihr zu. Als sie den ersten Schluck Wein nahm, merkte sie, dass sie sich endlich zu entspannen begann. Sie verspürte sogar Optimismus. Vielleicht

konnte sie ihr Leben trotz allem wieder in den Griff bekommen?

Der Abend vor Weihnachten

Carole schaffte es nicht, Kenny oder Lisa zu erreichen. Sie war etwas beunruhigt, doch ihr Mann beschwichtigte sie: »Du hast selbst gesagt, dass das Haus dort ist, wo Fuchs und Hase sich gute Nacht sagen. Die haben dort oben sicher kein Netz. Und du weißt ja, dass man auf das WLAN nicht immer zählen kann!«

Allerdings. Die Tatsache, dass Kenny bei Lisa war, beruhigte Carole. Er schien ihr sehr jung und ein wenig unreif, aber auf jeden Fall war er ihrer Meinung nach ein guter und gewissenhafter Polizist. Lisa war mit ihm in Sicherheit und musste nicht allein dort oben im Wald bleiben.

Carole hatte Kenny ausführlich über die Situation unterrichtet. Lisa und ihre Töchter waren traumatisiert und deprimiert. Kenny schien sich darüber nicht groß Gedanken zu machen. So war er. Er nahm die Arbeit in Angriff, wie sie gerade kam, ohne sich viele Fragen zu stellen. Einerseits ein Vorteil. Carole selbst dachte wahrscheinlich zu viel nach. Allerdings war sie mit ihrer Leistung bei dieser Ermittlung sehr zufrieden. Obwohl sie eigentlich nicht von Leistung sprechen konnte, sondern es viel eher ein Zufall war, dass sie Lisa angerufen hatte, weil sie sie kannte. Lisa tat ihr so unendlich leid. Wie einsam musste sie sich fühlen, in diesem Haus im Wald mit ihren beiden Töchtern?

»Ich kann mir nicht vorstellen, wie es mir ginge, wenn ich herausfände, dass du ein pädophiler Kindermörder bist«, sagte Carole zu ihrem Mann Cédric am

Abend, als die Kinder schon im Bett waren und sie die begonnene Rotweinflasche leerten.

»Nun, ich hoffe, du vertraust mir diesbezüglich«, sagte ihr Mann und verzog das Gesicht.

»Natürlich«, beeilte sich Carole ihm zu erwidern. »Aber diese Sache hat mich zum Nachdenken angeregt. Nachdenken über die Paarbeziehung im Allgemeinen. Nachdenken darüber, ob man seinen Partner wirklich kennt. Es gibt so viele Dinge, die man vom anderen nicht weiß.«

»Klar. Jeder hat seine Geheimnisse. Aber solange es nichts Schlimmes ist, macht das nichts aus. Was mich betrifft, ich vertraue dir. Ich glaube nicht, dass du mich mit einem deiner schnittigen Kollegen betrügst. Obwohl du es leicht tun könntest.«

Carole lachte und sah ihn zärtlich an.

»Du weißt, dass ich nur dich liebe. Und vergiss nicht, dass ich die Alte bin, für die die Jungs sich nicht im Geringsten interessieren. Sie konzentrieren sich lieber auf die hübsche Fiona.«

»Was ich allerdings glaube, ist, dass diese Sache nicht so plötzlich gekommen ist. Lisa hat sicher bemerkt, dass mit Gérald etwas nicht in Ordnung war. Er war ihr bestimmt nicht besonders zugewandt in letzter Zeit«, meinte Cédric.

»Allerdings. Sie hat mir erzählt, dass es schon seit dem Sommer so geht. Dass sie glaubte, dass er eine andere habe. Und nach Weihnachten wollte sie ihn zur Rede stellen und über eine Trennung sprechen. Aber was tatsächlich geschehen ist, hat sie nicht erwartet.«

»Natürlich nicht … Obwohl … Die Sache in Bordeaux. Wenn zweimal in meiner unmittelbaren Nähe so etwas passiert und die Polizei bei mir auftaucht, dann würde ich persönlich mir Fragen stellen.«

»Sie hat es verdrängt, meint unsere Psychologin. Damals waren die Kinder sehr klein und sie musste überleben. Sie glaubte, die Flucht würde helfen. Dabei hätte sie vor ihrem Mann fliehen sollen. Und jetzt ist es durch Zufall herausgekommen. Durch den Hauskauf und den Deutschen, der sofort mit den Bauarbeiten beginnen wollte.«

»Die Deutschen sind gründlich. Lassen nichts aus«, meinte Cédric. »Aber sag mal, was dachtest du über ihn? Gérald? Hat er irgendwie seltsam auf dich gewirkt im Sommer? Ich habe ihn nur zweimal gesehen, und er schien mir normal und freundlich. Aber ich bin kein Polizist. Ich habe keinen kriminalistischen Instinkt. Außerdem achte ich kaum auf die Leute. Small Talk, praktische Details und sehen, ob man irgendwie miteinander etwas für die Kinder organisieren kann. Aber du? Dein Instinkt?«

Carole schüttelte den Kopf. »Ich habe auch keine Röntgenaugen. Ich sehe nicht durch die Leute hindurch. Und auch ich achte nicht auf jeden, den ich in meiner Freizeit treffe. Es geht mir bei den anderen Eltern wie dir. Small Talk und Organisation. Ich glaube, wir sind voreingenommen. Wir sehen die Leute oft, wie wir sie sehen wollen. Beim Segeln ein netter Vater, der seine Kinder oft abholt. Man fragt sich nicht, ob er nicht etwa ein schmutziges Geheimnis hat. Oder ein Mörder ist. Bisher habe ich mich auf jeden Fall nicht gefragt. Ich habe mit dem Mann auch nur ein paar Worte gewechselt. Er war immer sehr freundlich.«

»Schlimm, wenn man bedenkt, dass unsere Tochter bei einem pädophilen Mörder zu Besuch war.«

»Ja, schlimm. Aber er hat sie nicht angerührt. Seine Vorliebe waren Jungen aus der Vorstadt. Nordafrikaner und Schwarzafrikaner.«

»Glaubst du, dass er das getan hat, weil er dachte, dass die Polizei weniger eifrig nach ihnen suchen würde? Oder dass er auf Nordafrikaner abfährt?«

Carole zuckte mit den Schultern.

»Man hat uns vorgeworfen, die Sache am Anfang nicht ernst genug genommen zu haben, weil es sich um Araber handelte. Aber das stimmt nicht. Wir hatten nur keinen Erfolg. Keine Indizien. Aber wir haben gesucht. Wie verrückt. Allerdings ist es in den Vorstädten chaotisch. Die Drogenhändler, die Islamisten, die Armut, die Großfamilien. Die Kinder dort sind nicht so behütet wie unsere, es fällt nicht so schnell auf, wenn jemand verschwindet. Außerdem sind genügend potenzielle Schuldige in der Gegend. Deshalb denke ich, hat er es dort gemacht.«

»Und er kannte die Jungen, die er entführt hat?«

»Ja, er kannte sie. Wir haben in den Schulen nachgefragt. Alle Schüler konnten sich an ihn erinnern und fanden ihn super. Einige hatten sogar mit dem Lesen begonnen, weil er sie dazu motiviert hat. Sie alle können nicht glauben, dass er ihre Kameraden umgebracht hat.«

»Sein Profil ist untypisch für einen Mörder.«

»Nicht wirklich. Pädophile sind oft Leute, die bei allen beliebt sind. Was ihnen ermöglicht, die Kinder zu motivieren, ihnen zu folgen. Céline glaubt, er ist als Kind selbst misshandelt worden und vergewaltigt deshalb Jungen. Aber mehr wissen wir nicht darüber. Nadia hat seine Familie kontaktiert. Die sagen gar nichts. Nur, dass sie überhaupt keinen Kontakt mehr zu ihm haben. Aber seine Kindheit sei anscheinend glücklich gewesen. Morgen sprechen wir mit anderen Leuten aus dem Dorf. Mal sehen, ob die was über die Familie wissen!«

»Morgen ist auch Heiligabend«, sagte Cédric vorsichtig. »Wann glaubst du, dass du da sein kannst? Wir können sonst auch das Feiern auf übermorgen verlegen!«

Normalerweise feierten sie Weihnachten immer mit ihren Familien im Norden, in der Gegend von Amiens und Compiègnes. Aber sie hatten dieses Jahr beschlossen, das Fest in ihrem neuen Haus zu verbringen, das sie erst seit einigen Monaten bewohnten.

Allerdings hatte Carole sich das erste Weihnachtsfest im eigenen Haus viel geruhsamer vorgestellt. Sie konnte kaum glauben, dass am nächsten Tag schon der Heilige Abend war. Sie hatte in der Adventzeit kaum etwas mit den Kindern gemacht, dabei hatte sie basteln, dekorieren und Kekse backen wollen. Mit Müh und Not hatte sie mit ihnen am vorhergehenden Sonntag den Weihnachtsbaum dekoriert, sie machten das traditionsgemäß immer am Wochenende vor Weihnachten, wie es in Frankreich üblich war. Sie seufzte, zugleich traf sie eine Entscheidung.

»Ich bin morgen ab Mittag schon da. Versprochen. Wir essen zusammen, dann machen wir einen Ausflug ans Meer, dann das gemütliche Abendessen.«

»Wie du meinst, Chérie. Wichtig ist der Weihnachtstag. Am Morgen, wenn wir die Geschenke austeilen.«

In Frankreich liegen die Geschenke am Weihnachtstag beim Aufstehen unter dem Weihnachtsbaum. Trotzdem war in Caroles Familie der Heiligabend immer wichtig gewesen. Die Eltern waren religiös, hatten das Lukasevangelium gelesen und waren zur Messe gegangen. Carole tat das nicht mehr, aber der Weihnachtsabend war ein Moment der Meditation für sie, ein Moment als Familie. Am Weihnachtstag herrschte zu große Geschäftigkeit mit den neuen Geschenken.

Sie würde am nächsten Morgen früh zur Arbeit fahren, versuchen, sehr effizient zu sein, und am Mittag

heimfahren. Es war kaum mehr jemand im Büro. Stéphane brach ebenfalls in der Mittagszeit auf, sein Urlaub
in den Südalpen begann. Kenny war bei Lisa, nur Jacques und Nadia würden bis zum Abend im Kommissariat
bleiben. Ob sie viel voranbringen würden, war dahingestellt. Wahrscheinlich mussten sie akzeptieren, dass die
Ermittlung einfach eine Pause machte. Andererseits war
ein gefährlicher Mann auf der Flucht …

Kenny

Bei Kerzenlicht zu essen, war besonders angenehm. Die Kinder hatten ihre Würstchen vollkommen verbrutzelt und fanden sie *supergut*. So gute Würstchen hatten sie noch nie gegessen!

Kenny erzählte grinsend: »Ich habe früher immer so Würstchen gegrillt, aber heute schmecken sie mir nicht mehr, wenn sie verbrannt sind.«

»Als du so klein warst wie ich, hat es da noch keinen elektrischen Strom gegeben?«, fragte Sara.

Kenny lachte. »So alt bin ich doch noch nicht. Elektrischen Strom gibt es schon seit über hundert Jahren. Ich habe immer so gegrillt, weil ich bei den Pfadfindern war. Kennt ihr die?«

Die Mädchen schüttelten die Köpfe.

»Gibt es die hier nicht mehr?«, fragte er Lisa.

»Wenig«, antwortete sie. »Heute gehen die Kinder eher in den Tennis- oder Segelkurs. Pfadfinder haben wir nie angeboten bekommen.«

»Das war toll. Das war ein Verein, mit dem wir immer im Wald waren, wir spielten Verstecken, machten Schatzsuchen, Zeltlager, mit Steinchen Feuer und Lagerfeuer.«

»Das muss wirklich super sein«, sagte Léa mit leuchtenden Augen. »Das will ich auch machen!«

»Wir können morgen ein wenig in den Wald gehen«, schlug Kenny vor.

»Aber ... dürfen wir das?«

»Wenn ich mitgehe, dann schon«, versicherte er ihr.

»Du hast eine Pistole«, stellte Sara fest.

»Ja, habe ich. Jeder Polizist hat eine Pistole.«

»Wenn ein Böser kommt«, meinte Sara.

»Ja. Damit die Leute mich respektieren. Ich schieße ganz selten, aber die Leute haben Angst, wenn sie die Pistole sehen.«

»Und der Böse ... ist jetzt unser Papa?«, fragte Sara zaghaft.

Lisa zuckte zusammen. Genau dieses Gespräch wollte sie jetzt, beim Essen, nicht haben. Aber wahrscheinlich war es unvermeidlich. Kenny sah sie ernst an, dann wandte er sich an Sara.

»Dein Papa ist verstört. Das heißt, er weiß nicht mehr, was er tun darf und was nicht. Jeder Mensch kann solche Probleme haben. Euer Papa hat auch gute Seiten. Aber im Moment darf er euch nicht sehen.«

»Weil er anderen Kindern wehgetan hat«, stellte Sara fest.

»Er hat sie getötet!«, rief Léa. »Sie sind tot! Wegen ihm.«

Sara schob die Unterlippe vor und begann zu schluchzen.

Lisa nahm sie in die Arme. Ihr Herz hämmerte hart gegen die Rippen.

Léa senkte den Blick. »Ich will ihn nicht mehr sehen, den Papa. Er ist böse.«

Sara weinte noch lauter. Auch Lisa war zum Heulen zumute. Sie spürte, dass Kenny seine Hand auf ihre legte und sie drückte. Diese Berührung beruhigte sie augenblicklich. Sie streichelte den Rücken ihrer Tochter Sara, dann sah sie Léa an.

»Ich verstehe dich, Trésor. Aber wir werden das schaffen. Wir kommen auch ohne ihn zurecht.«

Sie lächelte Kenny zu, der sie ernst ansah. In seinen

Augen las sie Zärtlichkeit. Konnte es sein, dass er etwas für sie empfand? Er war etliche Jahre jünger als sie und sah absolut umwerfend aus. Wie konnte er sich für sie interessieren? Sie nahm seine Hand und streichelte sie. Unter ihren Fingern spürte sie seine warme glatte Haut. Einige Sekunden lang sagte niemand etwas. Es war völlig still. Dann hob Léa den Kopf. Schnell zog Lisa ihre Hand von Kennys weg und stand auf.

Das Gespräch über Gérald war beendet. Nun wollte sie die Gedanken ihrer Töchter wieder auf angenehmere Dinge lenken. Sie bot ihnen ein Eis zum Nachtisch an, beide sprangen begeistert auf und liefen zur Tiefkühltruhe.

Kenny lächelte Lisa zu, erhob sich und begann die Teller zusammenzustellen.

»Vielleicht können wir etwas spielen?«, schlug er vor. »Hier gibt es ein *Monopoly*. Wollt ihr das lernen?«

»Was ist das?«, fragte Léa.

»Das ist ein Spiel, bei dem man lernt, wie man reich wird. Grundstücke kaufen, Häuser bauen, alles, was später im Leben wichtig ist. Erfolgreich sein.«

»Das klingt aber langweilig«, erwiderte Léa naserümpfend.

»Nein. Das ist lustig. Es gibt Geld. Und Karten. Ein Gefängnis. Ich zeige es euch!«

Lisa hatte schon ewig nicht mehr *Monopoly* gespielt. Die Mädchen verstanden das Spiel auf Anhieb und fanden es sehr aufregend. Sie spielten zwei Stunden, Lisa war die Erste, die pleite war. Léa hatte die meisten Häuser und Grundstücke angehäuft. Sara fielen vor Müdigkeit fast die Augen zu. Lisa staunte, wie schnell der Abend vergangen war.

Es war schon elf. Sie begleitete die Kinder mit einer Kerze nach oben und ließ im Gang eine Taschenlampe brennen, die Kenny in der Küche gefunden hatte. So hatten sie keine Angst, wenn sie auf die Toilette oder ins Bad mussten. Aber für Angst waren sie ohnehin zu müde. Die zwei sanken ins Bett, ohne sich die Zähne geputzt zu haben. Lisa ging langsam nach unten. Kenny war in der Küche damit beschäftigt, die Teller in den Geschirrspüler zu räumen. Lisa trat hinter ihn.

»Seltsam, keinen Strom zu haben. Aber nicht besonders störend«, sagte sie, weil ihr nichts anderes einfiel.

»Nein, das Kerzenlicht ist schön. Und durch das Kaminfeuer ist es ohnehin recht hell«, erwiderte Kenny.

Lisa nickte. »Komm, setzen wir uns ins Wohnzimmer und trinken den Wein aus«, schlug sie vor.

Der Alkohol hatte sie in eine angenehm entspannte Stimmung versetzt. Sie spürte ein Ziehen im Unterbauch. Sie wusste, dass sie diesen Mann wollte. Er war attraktiv, schien unendlich sympathisch, und sie brauchte Zärtlichkeit.

Er schien kurz zu zögern. Wahrscheinlich sollte er keinen Wein mehr trinken und sich nicht mit ihr aufs Sofa setzen. Aber es war zu spät. Er wusste wohl, dass er bereits zu weit gegangen war und nun keinen Rückzieher mehr machen konnte. Und vielleicht wollte er das auch nicht. Sie nahmen zwei Kerzen mit und ließen sich aufs weiche Sofa fallen. Es war im Wohnzimmer kühler als neben der Feuerstelle, und Lisa fröstelte.

»Ist dir kalt?«, fragte er.

Sie nickte. »Bitte, nimm mich in die Arme und halt mich ganz fest«, flüsterte sie.

Er legte den Arm um sie und zog sie an sich. Sie konnte seinen Duft wahrnehmen. Irgendein männliches Parfüm vermischt mit Schweiß und Rauch vom Kaminfeuer – sie mochte diesen Geruch und drückte sich an ihn. Er strich über ihren Rücken, sie streichelte seinen

Arm. Lange Zeit saßen sie so da, dann flüsterte sie: »Danke, dass du hier bist. Du bist unsere Rettung.«

»Das bin ich gern. Du hast mir auf den ersten Blick gefallen. Da ist so etwas Vertrautes an dir.«

Lisa hob den Kopf und suchte mit ihrem Mund seine Lippen. Es war magisch. Er war zärtlich, und unter ihren Händen konnte Lisa seinen sehnigen, durchtrainierten Körper spüren.

Zugleich war da eine Stimme in ihrem Kopf, die ihr sagte: *Du bist verrückt, du kennst den Mann erst seit einigen Stunden, und nun willst du mit ihm schlafen?* Doch eine zweite Stimme antwortete ihr: *Es spielt nicht wirklich eine Rolle, ob du ihn kennst. Du hast ja nicht einmal deinen eigenen Mann gekannt.*

»Vielleicht sollten wir in mein Zimmer gehen. Es ist zwar kalt, aber das Bett ist groß und bequem«, flüsterte Kenny Lisa ins Ohr. »Und ich halte dich warm.«

»Gut«, flüsterte sie zurück. Sie erhoben sich ein wenig schwankend. Kenny zog Lisa an der Hand mit sich. Im Vorbeigehen blies er die Kerzen auf dem Esstisch aus. Vor seinem Zimmer meinte er: »Warte, ich sehe nur nach, ob die Haustür richtig verriegelt ist.«

Lisa ging ins Zimmer und ließ sich im Dunkeln auf das Bett fallen. Wenige Sekunden später spürte sie bereits seinen Körper auf ihrem und seinen warmen Atem auf ihren Wangen. Sie hatte dieses Gefühl so lange nicht mehr empfunden. Die pure Leidenschaft. Sie zogen sich etwas chaotisch und unbeholfen die Kleider aus, dann fühlte sie seine warme Haut auf ihrer. Sie ließ sich fallen. Sie liebten sich lange und leidenschaftlich. Noch nie hatte Lisa sich mit einem Mann so wohl gefühlt. Danach lag sie in seinen Armen, den Kopf auf seiner Brust. Sie bereute es nicht. Es war das Beste, was sie seit Langem erlebt hatte.

Am Morgen

Als Nadia ins Büro kam, saß Carole bereits im Open Space.

»Was, du bist schon da, Carole? Es ist erst sieben.«

»Nadia«, begann Carole, »ich würde gern am Mittag heimgehen. Ist das möglich?«

Nadia zuckte mit den Schultern. Natürlich, es war Heiligabend und Carole hatte Kinder.

»Ich denke schon. Jacques und ich halten hier die Stellung. Viel wird heute sowieso nicht passieren.«

Dabei dachte Nadia jedoch, dass Kriminelle keine Feiertage kennen und Lisas Mann gerade an Weihnachten versuchen könnte, die Kinder zu holen. Wenn er das überhaupt vorhatte. Vielleicht war er längst über alle Berge und lachte sich ins Fäustchen. Oder er kidnappte gerade irgendwo anders einen Jungen?

Nun war die Presse auf die Familie losgelassen worden, und die Journalisten hatten inzwischen schon gut gearbeitet. Im Dorf, in dem Franquiers Eltern wohnten, bei Dunkerque, waren sie auf Leute getroffen, die die Familie seit jeher seltsam gefunden hatten. Eine Nachbarin hatte behauptet, sie glaube, Gérald sei von seinem fünf Jahre älteren Bruder regelmäßig vergewaltigt worden. Die Zeitung *Dauphiné Libéré* hatte bereits ausführlich darüber berichtet. Von Lisas Familie hatte niemand mit der Presse gesprochen. Nicht einmal ihr Onkel, der Politiker. Er hatte lediglich durch die Pressestelle der Métropole Aix-Marseille-Provence ein Statement veröffentlichen lassen.

Wo ist Lisa Franquier? Wo ist ihr Mann Gérald? titelte die *Marseillaise*. Stanislas Fouquet behauptete in seinem Artikel, die PJ habe Lisa in einem sicheren Haus untergebracht, was zum Teil stimmte. Allerdings hatte sie ihr Versteck selbst gewählt.

»Was gibt es Neues von Kenny?«, fragte Nadia Carole. »Hast du ihn oder Lisa gestern Abend gesprochen? Läuft es gut?«

Carole schüttelte den Kopf. »Ich konnte Kenny nicht erreichen. Ich kam sofort an den Anrufbeantworter. Wahrscheinlich hat er dort draußen kein Netz. Aber auch das WLAN schien nicht zu funktionieren. Er hat nicht auf die E-Mails und WhatsApps geantwortet.«

Nadia unterdrückte ihre Sorge. Sie hoffte, dass Kenny dort in diesem abgelegenen Haus nichts passiert war.

Da läutete ihr Telefon. Sie sah eine unbekannte Nummer. Sie hob ab.

»Madame Aubertin?«, fragte eine schleppende männliche Stimme.

»Ja, das bin ich.«

»Bonjour, hier ist Justin Fraiche. Sie haben mir gestern eine Nachricht hinterlassen, und nun rufe ich zurück.«

»Ach ja, danke!« Nadia spürte, wie ihr Herz zu klopfen begann.

»Sie wollten mich dringend sprechen. Und ich verstehe, warum. Anaïs Valet hat Ihnen wohl meine Nummer gegeben. Es geht um dieses Schwein Gérald Franquier.«

»Genau um den geht es. Sie hatten recht.«

»Ja, ich hatte recht. Es hat mich ziemlich aufgeregt. Ich habe heute Nacht kaum geschlafen. Deshalb rufe ich Sie schon so früh an.«

»Wir suchen derzeit nach ihm, haben aber keine Ahnung, wo er sein könnte. Was ist damals genau geschehen? Warum haben Sie sich auf ihn eingeschossen?«

»Tja, es war so was wie Instinkt. Ein Gefühl. Ich hatte keine Beweise gegen ihn, aber ich wusste, dass er schuldig war. Die Art, wie er auf meine Fragen reagierte. Er war längst nicht der Einzige, den ich interviewt habe, aber ich spürte ganz genau, dass meine Fragen ihn aus dem Gleichgewicht brachten, auch wenn er das verbergen wollte. Deshalb habe ich Anaïs Valet immer wieder beschworen, ihn beobachten zu lassen und bei ihm zu Hause zu suchen, alle zu befragen, die ihn kennen. Anaïs hat logischerweise eingeräumt, dass er rein theoretisch schuldig sein konnte, teilte aber mein Gefühl nicht. Sie fand ihn nett und harmlos.«

»Die beiden Jungen sind also beide fast auf dieselbe Art und Weise verschwunden?«

»Genau auf dieselbe Art und Weise. Sie waren im Jugendzentrum und gingen von dort nach Hause. Es war nicht weit und Tag. Jedes Mal war es um sechs Uhr abends im Sommer. Ich habe die Dienstpläne der Betreuer und Animateure im Jugendzentrum durchgesehen, und da hat mich etwas stutzig gemacht: Beide Male ist Gérald Franquier kurz vorher heimgefahren. Oder angeblich heimgefahren. Beide Male verschwanden die Jungen auf derselben Strecke, zwischen ihrer Cité und dem Jugendzentrum, auf einer viel befahrenen Straße. Beide Male gab es Zeugen, die sie in ein weißes Auto hatten steigen sehen. Und Franquier besaß ein weißes Auto.«

»Schon damals?«, fragte Nadia. »Er hat auch jetzt ein weißes Auto.«

»Wahrscheinlich nicht dasselbe. Aber er wusste sicherlich, dass man, wenn man nicht auffallen will, am besten einen weißen Wagen kauft. Weil die meisten Leute so einen haben. Wir hatten keinen anderen Anhaltspunkt. Nur das weiße Auto und die Tatsache, dass die Jungen freiwillig eingestiegen sind. Die Polizei hat den Kreis möglicher Verdächtiger auf mehrere Personen eingegrenzt. Zu diesen gehörte Gérald Franquier. Die Kinder kannten ihn, er war in der Nähe tätig und hatte kurz vor dem Verschwinden der beiden Dienstschluss gehabt.«

»Wie war er Ihnen gegenüber?«

»Nun, er war anders als die anderen. Weitaus weniger aggressiv. Die anderen flippten schon aus, wenn sie mich nur von Weitem sahen. Franquier gab sich mit mir sehr viel Mühe. Aber ich bemerkte, dass er jedes Mal, wenn ich ihn ansprach, mehr in Panik geriet. Und beim letzten Mal ist er ausgerastet. Er hat mich angeschrien, mich beleidigt, mich bedroht. Und nur zwei Wochen danach ist er für immer aus der Gegend verschwunden. Ich habe beschlossen, die Sache sein zu lassen, weil ich nach Paris gegangen bin. Dort konnte ich mich mit ihm nicht mehr befassen. Aber ich habe einen letzten Artikel geschrieben. Genau zwei Jahre nach dem Verschwinden des ersten Jungen. Vor drei Jahren. Und ich habe darin vorhergesagt, dass wir womöglich eines Tages in einer anderen Region Frankreichs von Gérald Franquier hören würden. Wenn Sie wollen, schicke ich Ihnen den Artikel später per E-Mail.«

Nadia spürte, dass sie am ganzen Körper Gänsehaut bekam. »Bitte, gern«, meinte sie. »Meine Lebensgefährtin ist Journalistin bei der *Provence*. Darf sie darüber berichten?«

»Natürlich. Nur zu gern! Ich selbst werde auch einen Artikel schreiben, in dem ich an meine damalige Warnung erinnere. Es muss natürlich gesagt werden, dass Anaïs Valet nichts machen konnte, sie hatte keine Beweise gegen Franquier. Sie haben überall nach den Leichen gesucht. Überall.«

»Und wenn Sie an die Art denken, wie er hier bei uns seine Leichen entsorgt hat, fällt Ihnen dann ein möglicher Ort ein?«, fragte Nadia.

Der Journalist lachte grimmig. »Nein, leider nicht. Vielleicht sollte man alle Brunnen der Gegend absuchen. Dass die Leichen gefunden wurden, war ja richtiges Pech für Franquier. Aber ich bin ein wenig enttäuscht von ihm. Er hat die Leichen an einem Ort abgelegt, an dem man sehr leicht eine Verbindung zu ihm herstellen kann. Ich hatte ihn für schlauer gehalten.«

»Das stimmt. Aber er hat einfach gedacht, dass der Brunnen nie mehr verwendet werden würde. Es glaubte ja jeder, dass man damit nichts mehr anfangen kann, aber der deutsche Käufer wollte sich diesbezüglich nichts sagen lassen.«

»Zum Glück. Sonst würde es Ihnen genauso gehen wie den Ermittlern in Bordeaux.«

Nadia verabschiedete sich bald von dem Journalisten. Er versicherte ihr, dass Laura ihn gern anrufen dürfe, wenn sie noch Informationen für ihren Artikel brauchte.

Nachdem Nadia aufgelegt hatte, rief sie Laura an, die sich in der Redaktion der *Provence* befand. Laura freute sich über die Telefonnummer des Journalisten aus Paris. »Ich werde ihn kontaktieren, den Artikel über die Fälle in Bordeaux schreiben und dann nach Arles zu meinen Eltern aufbrechen. Dort warte ich auf dich! Wir beginnen erst mit dem Feiern, wenn du da bist!«

Ein wohliges Gefühl durchströmte Nadia, wenn sie an den Abend mit Lauras Familie dachte. Sie hatte seit Wochen nicht mehr wirklich ausgespannt. Und es tat ihr gut, aus Marseille wegzufahren. Auch wenn es nicht wirklich weit weg war.

Erwachen

Sie träumte von einem tiefen Brunnen. Sie schaute hinunter und sah viele Gesichter. Stille Gesichter, die nicht mehr lachen und weinen konnten. Sie wusste, dass es ihre Schuld war. Aber es war zu spät.

»Wo ist Mama?«, fragte eine Stimme von weither.

»Vielleicht ist sie hinausgegangen?« Eine andere Stimme.

»Ist sie weggefahren? Wie Papa?«

»Nein, ihr Auto steht doch noch da!«

»Aber sie ist nirgends im Haus. Wir sollten Kenny fragen!«

Lisa schreckte japsend auf. Ihr Herz raste. Wo war sie nur? Und wo waren ihre Töchter, deren Stimmen sie hörte? Warum war ihr Hals so steif? Ihre Hand fuhr über etwas Weiches, Warmes.

Dieu! Was hatte sie nur getan? Sie war in diesem Haus mitten im Wald, und ihr Kopf lag auf der Brust des Polizisten. Kenny! Sie sah sein Gesicht im spärlichen Tageslicht, das durch das kleine Fenster des Badezimmers hereinsickerte. Er schlug die Augen auf und lächelte sie an. Sofort begann ihr Herz zu rasen. Sie dachte an den vorhergehenden Abend.

»Mama! Mama!«, hörte sie ihre Töchter rufen.

»Ach, merde, du hast ja Kinder«, sagte Kenny und gähnte.

»Psst«, zischte Lisa. »Sie sollen auf keinen Fall wissen, dass ich hier bei dir geschlafen habe. Sie suchen mich.«

»Okay. Ich gehe raus und lenke sie ab. Und du schlüpfst an ihnen vorbei nach oben!«

Kenny sprang aus dem Bett und zog sich schnell Jeans und T-Shirt über. Während er die zwei Mädchen mit der Kaffeemaschine beschäftigte, schlich Lisa die Treppe hinauf. Sie ging ins Bad und sah in den Spiegel. Sie war vollkommen zerzaust, sah aber weitaus weniger schlecht aus als am vorhergehenden Morgen. Sie fühlte sich so seltsam. Als wäre sie nicht in der Wirklichkeit. In einem irrsinnigen Traum. Gérald ein Mörder. Der Polizist Kenny ihr Geliebter. Siedend heiß fiel ihr ein, dass sie sich am Vorabend nicht einmal geschützt hatte. Kenny war vielleicht ein Frauenheld, der jede Woche eine andere hatte. Und sie konnte leicht schwanger sein. Sie sollte jetzt sofort in die Stadt fahren und die Pille danach holen. Allerdings war das nicht möglich.

Tief in ihrem Innern war Lisa glücklich. Sie hatte nur einen einzigen Wunsch: Kenny zu sehen, ihn zu berühren, wieder Sex mit ihm zu haben. Sie seufzte. Mit den Kindern und dann später den Eltern im Haus würde das schwierig werden. Lang würde der Tag werden, bevor sie sich wieder lieben konnten. Lisa duschte, zog sich an, frisierte sich und ging hinunter.

»Mama, wo warst du? Wir haben dich überall gesucht.« Sara sah sie vorwurfsvoll an.

»Ich habe etwas aus dem Auto gebraucht, und dann war ich im Bad. Habt ihr mich nicht gehört?«, fragte Lisa. Die beiden Mädchen schüttelten die Köpfe. Aber sie vergaßen die Sache bald, weil die Kaffeemaschine so viel interessanter war.

Kenny zwinkerte Lisa zu. »Wir werden heute viel Kaffee trinken müssen«, sagte er. Dann meinte er: »Ich gehe schnell duschen. Hast du bemerkt, wir haben wieder Strom. Wir müssen die EDF nicht anrufen.«

Im Vorbeigehen streichelte er ihre Hand, dann verschwand er in seinem Zimmer. Lisa hörte ihn telefonieren. Sicher sprach er mit seinen Kollegen oder seiner Vorgesetzten.

»Mama, dürfen wir hinaus? Es ist so schön neblig.«

Lisas Töchter waren hellwach und anscheinend in bester Form. Vergessen war im Moment die Tatsache, dass sie ihren Vater verloren hatten. Leider würden sie aber bald wieder daran denken.

Lisa sah durch die großen Fenster. Ja, es war wirklich neblig, ein richtiges Weihnachtswetter. Sie zögerte. Sie hatte große Lust, in Ruhe ihren Kaffee zu trinken und über ihre gegenwärtige Situation nachzudenken.

»Gut«, sagte sie zu den Mädchen, »geht raus, aber bleibt im Garten. Hier vorn! Ich muss euch immer sehen können. Später gehen wir in den Wald, wenn Kenny uns begleiten kann.«

Die Mädchen nickten und stürzten sich auf ihre Schuhe.

Léa kam noch einmal zu Lisa zurück.

»Mama, ich finde ihn supernett. Kenny, meine ich.«

Lisa nickte. Ja, *supernett*, das war er. Und mehr als das!

»Wird er heute mit uns Weihnachten feiern?«, fragte Sara.

»Ja, er bleibt bei uns. Oma und Opa, Onkel Fred und Tante Sylvie kommen auch. Und vergesst nicht, Opa bringt ein kleines weißes Bäumchen mit Kugeln, für morgen. Damit der Weihnachtsmann die Geschenke hinterlegen kann.«

»Aber wir haben kein Geschenk für Kenny!«, jammerte Sara.

»Macht ihm doch eine schöne Zeichnung!«, schlug Lisa vor. »Ihr habt ja alle eure Farben und euer Papier mitgenommen, und später habt ihr sicher Zeit. Ihr könnt sie auch zu zweit auf ein großes Blatt machen, oben in euren Zimmern.«

Dabei dachte sie sich, dass das die geeignete Beschäftigungstherapie war, damit sie und Kenny sich in seinem Zimmer einschließen und sich lieben konnten. Oh Gott, sie war von diesem Gedanken besessen! Was war bloß mit ihr nicht in Ordnung?

Die Kinder liefen nach draußen und zogen die Tür nicht richtig zu. Kalte Luft strömte ins Wohnzimmer. Lisa erhob sich seufzend, um sie zu schließen. Dann setzte sie sich wieder an den Tisch und griff zu ihrem Smartphone. Es war stärker als sie. Obwohl es so wehtat, wollte sie wissen, was über Gérald geschrieben wurde. Die Schlagzeilen sprachen nicht nur über ihn, sondern auch über sie selbst. Beide seien unauffindbar. Die *Marseillaise* hatte ihr Haus in Le Rove fotografiert und titelte, Lisa würde sich im Moment mit ihren Töchtern verstecken. Es wurde spekuliert, dass Gérald entweder im Ausland sei oder sich irgendwo in der Nähe verstecke. Sein Foto war überall in den Zeitungen, in den sozialen Medien und im Internet ausgestrahlt worden. Carole hatte Lisa verboten, auf Facebook zu gehen.

»Die Benutzer dieser sozialen Medien sind noch viel übler und unreflektierter als die Journalisten«, hatte sie gesagt. »Du willst nicht wissen, was sie über dich schreiben. Am besten ist, du sperrst dein Konto, sodass nur Freunde bei dir Kommentare hinterlassen können, und schaust überhaupt nicht mehr hinein.«

Manche Freundinnen hatten Lisa ermutigende Nachrichten per SMS geschrieben, andere hatten sich nicht gemeldet.

Es gab Zeitungen, wie *Nice Matin*, die sich fragten, ob sie, Lisa, von den Taten ihres Mannes gewusst hatte. Ob sie mitschuldig war. Ja, sie war es, auf eine passive Weise. Weil sie es nicht gewagt hatte, die Dinge zu hinterfragen, schon damals in Bordeaux nicht.

Kenny kam in den Raum. Er hatte geduscht, seine rotblonden Haare waren nass, und er roch nach Seife. Er beugte sich über Lisa und nahm ihr sanft das Telefon aus der Hand.

»Tu das nicht! Lies nicht, was über euch geschrieben wird! Es bringt dir ohnehin nichts.« Er runzelte die Stirn. »Vielleicht sollte ich wieder den Strom abschalten, dann haben wir kein WLAN und kein Internet. Das mobile Netz ist hier ja zum Glück für den Internetempfang zu schwach. Das ist der Fluch der heutigen Zeit, dass man immer und überall auf die Informationen Zugriff hat!«

Allerdings.

Sie versuchte zu lächeln. »Okay, ich lege es für den Rest des Tages weg. Aber du musst dich um mich kümmern, damit ich mich nicht langweile.«

»Natürlich kümmere ich mich um dich!«

Seine Hand strich über ihren Nacken. »Wo sind die Mädchen?«

»Sie sind vor dem Haus. Ich habe es ihnen erlaubt, solange sie in Sichtweite bleiben.«

Kenny schaute zum Fenster hinaus. Léa und Sara sammelten am Rand des Gartens Kiefernzapfen.

»Weiter sollen sie nicht weg«, meinte er besorgt.

Lisa sah ihn an. »Glaubst du wirklich, dass er hierherkommen wird?«, fragte sie.

Er hob die Schultern. »Keine Ahnung. Du kennst ihn besser als ich. Du weißt, was seine Töchter ihm bedeuten. Aber wir sind in solchen Fällen immer sehr vorsichtig. An sich weiß er nicht, wo wir sind. Er kann aber sehr leicht jemandem folgen. Genauso wie das irgendwelche Journalisten können. Und dein Mann scheint sehr begabt im Beschatten und unbemerkt irgendwo Auftauchen zu sein.«

Lisa nickte. »Seine Töchter bedeuten ihm alles. Vielleicht würde er gern mit ihnen verschwinden.«

»Genau deshalb bist du hier. Und bin ich hier bei euch.«

Sie nahm seine Hand. »Ich bin so froh, dass du da bist. »Ich möchte, dass diese Zeit niemals vorbeigeht«, sagte sie leise. »Ich möchte so gern ewig mit dir und den Mädchen hierbleiben. Trotz der Bedrohung, trotz der Unsicherheit, weil Gérald irgendwo auf der Flucht ist.«

Er lachte leise. »Das können wir. Wir können dieses Haus mieten. Oder ein anderes. Wir können auch danach zusammenbleiben. Ich würde es auf jeden Fall gern tun. Du bist nicht nur ein Abenteuer für mich.«

Lisa schluckte. Danach ... Was würde danach geschehen? Nach den Weihnachtsferien? Mit ihrer Arbeit? Mit ihrem Haus? Sie wagte es nicht, daran zu denken.

»Ich ... habe mich wirklich in dich verliebt«, sagte sie. »In nur wenigen Stunden. Und ich fühle mich sehr wohl mit dir. Aber ich weiß nicht, was dann geschehen wird. Ich kann dir keine Beziehung versprechen. Ich muss das alles aufarbeiten. Und werde vielleicht in meinem Leben viele Veränderungen haben. Die Kinder und ich, wir werden die Schulen wechseln müssen. Von Le Rove wegziehen müssen ... Aber ich möchte in der Provence bleiben, wenn es möglich ist.«

Bei dem Gedanken, dass sie irgendwo in einer fremden Gegend ganz allein neu anfangen sollte, ohne ihre Familie, ohne Freunde, ohne Bekannte, ohne Kenny, zog sich ihr Magen schmerzlich zusammen.

Er nickte. »Das kann ich verstehen. Wir können es langsam angehen. Im Moment nur Händchen halten.« Er zwinkerte ihr zu, und sie musste lachen.

Lisa putzte die Küche, die sie am Abend vernachlässigt hatte. Inzwischen telefonierte Kenny.

Als er wieder zurückkam, trat er hinter sie und umarmte sie.

»Ich würde am liebsten gleich wieder mit dir ins Bett gehen«, flüsterte er ihr ins Ohr.

»Ich auch«, erwiderte sie und hob ihre Hände, um sein Gesicht zu streicheln. »Aber wir müssen jetzt in den Wald.«

»Ja, das stimmt. Ich darf außerdem nicht vergessen, dass ich hier arbeite. Meine Chefin wäre sehr wütend, wenn sie wüsste, was ich mit dir getan habe.«

»Warum? Ich war doch einverstanden. Du hast mich nicht vergewaltigt.«

»Nein. Aber besonders professionell ist das, was ich mache, nicht.«

»Was hat sie heute gesagt, deine Chefin? Gibt es Neuigkeiten?«

»Keine. Keine Spur von deinem Mann seit dem Moment, in dem er das Geld in Lançon abgehoben hat und in Salon durch die Mautstelle gefahren ist.«

»Ich hoffe, er ist weg. Weit weg.«

Kenny sah sie schweigend an. »Es tut mir so leid für dich. Es war sicher ein Schock.«

»Ja. Aber ich hatte unsere Beziehung schon aufgegeben. Seit dem Sommer fühlte ich, dass etwas nicht stimmte, schob das aber auf eine andere Frau.«

»Hattest du … hattest du irgendwann einmal Zweifel?«

»Diesmal nicht. Bis zum Telefongespräch mit Carole nicht. Damals in Bordeaux haben sich manchmal ganz plötzlich Zweifel gemeldet. Aber die Kinder waren so klein. Wenn man mit jemandem zusammenlebt, denkt man nicht, dass er so schlimme Dinge tun könnte. Man darf nicht an so etwas denken! Sonst wird man verrückt!«

Kenny sah sie ernst an. »Und wenn ihr irgendwo wart, wo Kinder waren? Hast du da nie etwas bemerkt? Hat er sich nie seltsam benommen?«

Lisa schüttelte den Kopf. »Er hat sich immer sehr viel mit Kindern abgegeben. Jungen und Mädchen. Hat gern mit ihnen gespielt. Aber es hat nie auch nur das geringste Problem gegeben. Und vor Bordeaux war nie etwas, da bin ich mir ganz sicher. Aber ich … Ich hätte mir Fragen stellen müssen. Er hasste seine Familie. Wollte nicht darüber sprechen. Sicher war da etwas nicht in Ordnung … in seiner Kindheit.«

Kenny räusperte sich.

»Carole hat mir erzählt, dass ein Journalist dort im Norden die ehemaligen Nachbarn der Familie interviewt hat. Und sie haben gesagt, dass Géralds Bruder ein Sexualstraftäter war. Er hat sogar mehrere Jahre im Gefängnis gesessen. Er war fünf Jahre älter als Gérald und hat ihn wohl regelmäßig vergewaltigt. Und die Eltern haben nichts unternommen. Außerdem …«, Kenny hielt einen Moment inne. »Die Polizei in Dunkerque war der Ansicht, dass mit dem Tod des Bruders etwas nicht stimmte. Er war Alkoholiker und stürzte aus dem Fenster seiner Wohnung im fünften Stock. Es sah stark nach Mord aus. Die Polizei hat keine Beweise gefunden, aber sie vermuteten, dass er auch dealte und es sich um einen Vergeltungsakt handelte.«

»Es war vor sechs Jahren. Gérald hat mir vom Tod seines Bruders erzählt.«

Kenny sah Lisa ernst an. »War Gérald zu Hause, als sein Bruder in den Tod stürzte?«

Lisa schüttelte den Kopf. »Er war in dieser Zeit nicht zu Hause, das weiß ich noch.« Ihr Mann war bei einer

Fortbildung in Paris gewesen. Nach drei Tagen war er zurückgekehrt und hatte ihr erzählt, dass sein Bruder gestorben war. Ohne irgendwelche Emotionen. Eine Tatsache. Nein, er würde nicht zum Begräbnis gehen. Auf gar keinen Fall. Und damit war die Sache erledigt gewesen.

Und Kenny glaubte jetzt, dass Gérald auch seinen Bruder getötet hatte? Ein Rachemord?

»Ich … hätte Fragen stellen sollen. Schon ganz am Anfang. Über seine Kindheit. Er redete nicht darüber. Ich war ja so dumm!«

»Nun zumindest weißt du jetzt Bescheid. Das nächste Mal stellst du viele Fragen. Ich jedenfalls erzähle dir alles über mich. Versprochen.« Kenny strich über ihre Hand.

Da erschienen Léa und Sara an der Tür.

»Ich denke, wir wollten in den Wald«, meinte Léa.

Kenny erhob sich lachend.

»Ganz genau. Der Wald ruft!«

Sie zogen sich an und gingen hinaus. Lisa sah, dass Kenny seine Pistole einsteckte. Sie schluckte. Es war ein beklemmendes Gefühl, sich von jemandem bedroht zu fühlen, mit dem man jahrelang zusammengelebt hatte. Sie hätte Gérald jetzt gern im Gefängnis gesehen. Und am liebsten im Grab. Sie erschrak über ihre Gedanken, gab es aber vor sich selbst zu. Sie wünschte Gérald den Tod. Er hatte das Leben ihrer Töchter und fünf anderer Familien zerstört.

Nun durfte sie aber nicht mehr an ihren Mann denken. Es war Heiligabend. Und sie war mit Kenny zusammen. Sie griff nach seiner Hand, doch er schüttelte den Kopf und deutete auf die Mädchen, die vor ihnen herrannten.

Sie kicherte. »Hätte ich fast vergessen.«

»Mir ist das egal«, meinte er. »Du musst dich vor deiner Familie rechtfertigen.«

»Ich muss gar nichts rechtfertigen«, entgegnete Lisa. »Ich habe einen Kinderschänder und Mörder als Gatten. Da ist ein Polizist als Geliebter nicht mehr der Rede wert.«

Er grinste schief. Sie gingen eine Stunde lang durch den Wald und sammelten weitere große Zapfen von Kiefern, die Léa in einen Plastiksack gab.

»Was willst du mit denen machen?«, fragte Kenny.

»Ich male sie an. Ich habe Gold- und Silberfarben. Wir haben heute Nachmittag wirklich viel zu tun«, sagte sie.

»Gut so. Wir auch«, raunte Kenny Lisa zu.

Sie trafen keine Menschenseele im Wald. Lisa war froh darüber.

Kenny sammelte Kleinholz für den Kamin, das er in einen großen Sack stopfte.

»Zum Anfeuern«, meinte er.

Die Mädchen halfen ihm. Er erzählte Geschichten von früher, als er in ihrem Alter gewesen war. Er hatte in Hyères gelebt und dort mit seinen Freunden am Strand gespielt. Einmal war ein Unfall geschehen. Ein jüngerer Kamerad wäre beinahe ertrunken. Die Feuerwehr hatte ihn wiederbeleben müssen.

»Und durftest du dann nicht mehr spielen gehen?«

»Doch«, sagte Kenny. »Aber wir mussten alle den Fahrtenschwimmer machen. Und später kam dann für mich noch das Rettungsschwimmer-Abzeichen dazu. Ich war auch einige Zeit bei der Küstenwache.«

»Was ist das?«, wollte Léa wissen.

»Das ist die Polizei, die die Küsten bewacht. Wir waren immer im Boot unterwegs. Ich habe dann aufgehört, weil ich mit meiner hellen Haut nicht zu viel Sonne haben soll. Der Hautarzt hat gemeint, ich müsse mir eine Arbeit drinnen suchen, nachdem ich zwei maligne Muttermale hatte.« Kenny verzog bekümmert das Gesicht. »Dabei liebe ich das Meer.«

»Ich auch«, erklärte Sara eifrig.

»Und jetzt? Bist du immer im Haus?«, wollte Léa wissen.

»Jetzt bin ich bei der Kriminalpolizei. Wir ermitteln, wenn schlimme Verbrechen geschehen. Morde, Entführungen, schwere Körperverletzungen.«

Die Mädchen nickten. Lisa nahm wahr, dass Léas Blick sich wieder verdüsterte, wie so oft seit dem vorherigen Tag. Sie dachte offensichtlich wieder an ihren Vater, der ein Verbrecher war.

Kenny schien es auch bemerkt zu haben. Denn schnell sagte er: »Schaut mal, wir haben hier Stechpalmen. Warum machen wir daraus nicht ein schönes Tischgesteck für heute Abend? Mit euren Zapfen? Wir haben noch Kerzen. Und ihr könnte eure Gold- und Silberfarbe verwenden.«

Sofort waren die Mädchen begeistert, und Léa strahlte. Allerdings warnte Kenny sie vor der Stechpalme. Sara hatte bald einen Dorn im Daumen und weinte.

»Keine Sorge, wir holen ihn gleich zu Hause heraus«, meinte Kenny. »Ich habe eine Pinzette.«

»Tut das weh?«, schluchzte Sara.

Er schüttelte den Kopf. »Nicht, wenn ich es mache.«

Er hatte auch ein Messer, um die Stechpalmen abzuschneiden.

»Du bist ja wirklich ausgerüstet«, bemerkte Lisa.

»Klar. Ich habe an das meiste gedacht«, sagte er. »Im Wald, da braucht man so einiges.«

Er raunte ihr ins Ohr: »Nur die Kondome habe ich vergessen.«

Lisa dachte wieder an die Pille danach, die sie unbedingt bald besorgen sollte, winkte aber ab. »Das ist nicht so schlimm. Es geht auch ohne.«

Im Haus angekommen entfernte Kenny Sara gleich den Dorn aus dem Daumen.

»Siehst du, es hat überhaupt nicht wehgetan«, meinte er und desinfizierte den Finger.

»Du bist ein guter Doktor«, sagte Léa.

»Du kannst sehr gut mit Kindern umgehen«, bemerkte Lisa, als die Mädchen in ihre Zimmer gegangen waren, um zu zeichnen.

»Findest du? Ich hätte gern selbst Kinder«, meinte er.

Lisa dachte wieder an das nicht vorhandene Verhütungsmittel und fragte sich, ob sie ihm ihren Fehler gestehen solle. Doch sie entschied sich dagegen.

»Kenny, wie alt bist du eigentlich?«, fragte Lisa ihn stattdessen.

»Achtundzwanzig. Und du?«

»Sechsunddreißig. Acht Jahre älter als du. Und schon zwei Kinder.«

»Das stört mich überhaupt nicht«, meinte er. »Ich würde wirklich gern mit dir zusammenbleiben. Weißt du, ich habe mich ausgetobt. Ich hatte relativ viele Freundinnen und auch Abenteuer. Mein Kollege Stéphane und ich, wir sind viel ausgegangen und haben ganz schön über die Stränge geschlagen. Doch jetzt hat Stéphane seine Freundin, Sandy, sie lebt in den Südalpen. Sie ist schwanger, und er möchte die PJ verlassen, um dort oben zu arbeiten und sein Kind in den Bergen großzuziehen. Ich möchte zur Ruhe kommen. Und ich bin wirklich gern mit dir und deinen Mädchen zusammen.«

»Wir sind auch gern mit dir zusammen, Kenny«, sagte Lisa.

»Aber? Ich weiß, dass du einen Satz mit *aber* hinzufügen willst.«

Lisa seufzte. »Wir kennen uns noch nicht wirklich.«

»Das stimmt. Ich möchte euch richtig kennenlernen. Und für euch da sein. Die nächste Zeit wird sicher nicht einfach.«

Lisa schloss die Augen. Sie hatte Probleme, an die kommenden Tage und Wochen zu denken. Sie konnte die nahe Zukunft einfach nicht ins Auge fassen.

»Lass uns im Moment nicht daran denken«, sagte sie. »Und den Augenblick genießen.«

»Genau«, erwiderte er. »Bevor wir das Mittagessen kochen, sollten wir ein wenig in mein Zimmer gehen.«

Sie erhoben sich, er schob sie in sein Zimmer, schloss die Tür und drehte den Schlüssel im Schloss um.

»Ich habe so große Lust auf dich«, flüsterte er.

Hastig zogen sie sich aus und fielen übereinander her. Sie liebten sich voller Leidenschaft.

Da fiel Lisa ein, dass es mit Gérald nie so gewesen war. Sie hatte ihn immer schon als besonders leidenschaftslos empfunden und kannte nun den Grund dafür. Er hatte sie wohl nur geheiratet, um Kinder zu haben, sie aber niemals wirklich begehrt.

Léa rief oben nach ihrer Mutter. Lisa sah Kenny seufzend an, erhob sich und zog sich an. »Nun weißt du, welchen Klotz du am Bein hast«, meinte sie.

»Mir ist das egal«, erwiderte er. »Wir finden immer einen kleinen Augenblick für uns zwei.«

Als Lisa aus Kennys Zimmer kam, stand Léa schon in der Küche.

»Wo warst du?«, fragte sie ihre Mutter.

»Ich habe kurz mit Kenny auf seinem Computer gearbeitet«, log Lisa und hoffte, dass sie nicht zu zerzaust war. Aber Léa achtete ohnehin nicht auf sie. Sie bekam den goldfarbenen Filzstift nicht auf. Lisa öffnete ihn, woraufhin Léa wieder nach oben verschwand. Lisa stürzte ins Zimmer, wo Kenny sich gerade anzog. Sie umarmte und küsste ihn. Sie war so froh über seine Anwesenheit. Aber die Eltern sollten am Abend auf keinen Fall merken, was da lief.

Im Kommissariat

Carole würde in wenigen Minuten nach Hause fahren. Stéphane war gerade gegangen. Er würde erst nach Neujahr zurückkehren. Carole war bereit, wenn sie gebraucht würde, zwischen Weihnachten und Silvester zwei oder drei Tage ins Büro zu kommen. Jacques war ohnehin eingeteilt, und Nadia würde auch sofort nach dem Wochenende wieder im Kommissariat sein. Sollte etwas Besonderes vorfallen, würde sie sogar vorher wieder arbeiten müssen.

Sie hatten nun den Stand der Dinge noch einmal durchgesprochen. Wo konnte Gérald Franquier sich verbergen? Sie waren zu dem Schluss gekommen, dass er sich gewiss nicht an einem Ort versteckte, wo er Freunde oder Bekannte hatte. Sicher wollte keiner ihm helfen. Alle Bekannten, die sie an diesem Morgen kontaktiert hatten, waren entsetzt gewesen. Niemand hatte eine Idee, wo er sich aufhalten könnte. Carole und ihre Kollegen nahmen an, dass er allein gehandelt hatte. Allerdings hatte der Informatiker des Kommissariats, dem Nadia die Festplatte von Géralds Computer anvertraut hatte, herausgefunden, dass dieser im Web bei pädophilen Portalen angemeldet war, und das schon seit Jahren. Das war keine Überraschung, die meisten Pädophilen sahen sich im Internet Kinderpornos an und tauschten illegale Dateien und Bilder aus. Gérald hatte zwar immer alles gelöscht, aber die Untersuchung der Festplatte hatte diese Dateien und Bilder trotzdem wieder zutage gebracht.

Es war genau so, wie Nadia es befürchtet hatte: Der Entführer und Mörder der drei Jungen war ein Mann, der bisher in keiner Datenbank erfasst worden war. Sie hatten ihn mehr oder weniger durch Zufall gefunden.

»Wie geht es Kenny? Kommt er zurecht?«, fragte Nadia Carole.

»Ja, scheint so. Ich denke, Kenny macht es nicht viel aus, dass er mit dieser Frau und ihren Kindern mitten im Wald sitzt. Er ist ein sehr umgänglicher junger Mann und kann mit allen kommunizieren. Vielleicht gelingt es ihm, sie aufzuheitern. Gestern haben wir ihn nicht erwischt, weil es einen Stromausfall gab. Er konnte auch sein Handy nicht mehr benützen. Von sechs Uhr abends bis irgendwann in der Nacht. Am Morgen war der Strom auf jeden Fall wieder da.«

Nadia sah Carole erstaunt an. »Was, und da saßen sie den ganzen Abend ohne Strom da?«

»Ja. Sie haben bei Kerzenlicht gegessen und *Monopoly* gespielt. Den Kindern hat das sehr gefallen. Er hat ihnen auch beigebracht, wie man Zündhölzer benützt, das konnten die noch nicht.«

»Wow. Kenny, der Animateur. Kenny, der Psychologe, Kenny der Pyromane«, spottete Nadia.

»Ja. Hoffen wir, dass es so bleibt. Dass Kenny nicht den Verteidiger spielen muss, weil der Vater auftaucht«, meinte Carole.

Nadia spürte einen Stich der Sorge um ihren Kollegen, die Frau und deren Töchter. Sie beschloss, Kenny noch einmal zu warnen. Er durfte am Weihnachtsabend nicht viel trinken und musste seine Pistole immer griffbereit haben. Genauso wie sein Handy.

Außerdem musste sie den Onkel und die Eltern von Lisa Franquier anrufen. Diese wollten zu ihr fahren, weil Heiligabend war. Das war riskant, aber Nadia konnte es ihnen nicht verbieten. Sie mussten sich versichern, dass ihnen niemand folgte.

Nadia ging zunächst einmal alle neuen Zeitungsartikel durch, die Fiona ihr geschickt hatte. Gérald Franquier wurde in der Presse bereits nur noch *Das Ungeheuer von Marseille* genannt. Die Ermittler in Bordeaux gruben ihre alten Akten wieder aus. Anaïs Valet, mit der Nadia zwei Tage zuvor gesprochen hatte, wollte diesen Fall noch lösen, bevor sie in Pension ging. Nadia dachte immer wieder an sie.

»Es gibt Fälle, die uns nicht loslassen. Ungelöste Fälle, die bis zum Ende unserer Karriere an uns nagen«, hatte sie gesagt, als Nadia sich von ihr verabschiedet hatte.

Nadia hatte bislang keinen ungelösten Fall gehabt. Sie wusste jedoch, dass das Luc und Rachid schon passiert war. Nadia würde so etwas verrückt machen. Wenn wir Gérald Franquier nicht finden, was dann?, fragte sie sich. Das durfte nicht geschehen. Er durfte ihnen nicht entwischen!

Carole steckte den Kopf in Nadias kleines Büro. »Ich gehe! Frohe Weihnachten und versuch trotz allem ein wenig auszuspannen!«

Nadia seufzte. Ausspannen war im Moment ein Fremdwort für sie.

»Dir auch! Viel Spaß mit deinen Kindern!«, erwiderte sie und hoffte, dass sie Carole an den Feiertagen nicht ins Büro holen musste. Doch das Risiko bestand.

Nadia war froh, am Abend zu Lauras Eltern fahren und dort mindestens vierundzwanzig Stunden lang dem Alltag entfliehen zu können. Sie würde bleiben, solange es möglich war, und versuchen, von dort aus zu arbeiten. Sie hatte Bereitschaftsdienst, falls sich etwas Neues ergeben sollte, musste sie reagieren. Im Moment konnte sie nicht viel machen, sie hatte einen Schuldigen, der flüchtig war. Inzwischen war bewiesen, dass Franquier Nassim vergewaltigt hatte. Die DNA stimmte überein. Nun musste nur mehr der Schuldige ergriffen werden.

Nadia beschloss, Rachid aufzusuchen. Er saß in seinem Büro und sortierte Akten.

»Hallo Rachid«, sagte Nadia, »du wirst wohl bald heimgehen.«

»Ja. Heim ins Geschäft. Im Moment kommen sie ohne mich aus, da bleibe ich in Ruhe in meinem Büro. Denn sobald ich einen Fuß nach Roucas Blanc setze, stecken sie mich hinter die Kasse«, grinste er.

»Ich wollte dir schöne Weihnachten wünschen und mich noch einmal für deine Hilfe bedanken. Du hast wirklich gute Arbeit geleistet.«

Rachid zuckte mit den Schultern.

»Na ja, viel habe ich nicht vorangebracht. Die Täter waren diesmal nicht meine Kunden.«

»Du hast die schwierigste Aufgabe übernommen. Den Kontakt zu den Eltern der verschwundenen Kinder.«

»Ja. Das war unvermeidlich. Sie sprechen kaum Französisch. Sonst hättest du einen Übersetzer gebraucht.« Er seufzte. »Die Armen. Du hast sicher in der Presse über die Begräbnisse gelesen.«

Nadia nickte. Ja, das hatte sie.

Saids und Mohammeds Eltern wollten die Leichname ihrer Kinder nach Nordafrika überstellen, um sie dort beizusetzen, wo sie selbst geboren worden waren und wo ihre eigenen Eltern noch lebten. Mehrere Journalisten hatten darüber eine Reportage geschrieben, Laura hatte darauf verzichtet. Sie hatte dank Rachid über interessantere Informationen verfügt und er hatte es ihr ermöglicht, mit den Eltern zu sprechen, die gehört werden wollten. Nassims Mutter hatte die Öffentlichkeit aufgefordert, immer auf die Kinder zu achten, wachsam zu sein. Mohammeds Vater hatte gemeint, der Mörder seines Sohnes solle die Todesstrafe erhalten, Saids Eltern hatten gefordert, mehr Sicherheitskräfte in die Quartiers Nord zu schicken und mehr Kameras aufzustellen, damit zumindest ihre anderen Kinder in Sicherheit waren. Hier handelte es sich um eine Forderung, die den Dealern gewiss nicht gelegen kam.

Nadia legte Rachid die Hand auf den Arm. »Du warst ihnen eine große Stütze.«

Er zuckte mit den Schultern. »Ich habe getan, was ich konnte. So wie du bei der Familie Rafti. Aber ich war sehr froh über Ilyes' Hilfe. Er ist ein sehr guter und ruhiger Psychologe. Wie unsere Céline. Nur spricht er zum Glück Arabisch. Mon Dieu, diese Leute, die hier in Frankreich leben und die Sprache nicht beherrschen! Unglaublich! Sie werden sich nie integrieren. Sie leben hier so, als wären sie noch im Maghreb. Ich verdanke alles, was ich jetzt habe, meinen Eltern. Weil sie mir immer gesagt haben, wir müssen uns hier anpassen. Perfekt Französisch sprechen. In der Schule fleißiger sein als die Franzosen. Französische Freunde haben. Die europäische Kultur und Lebensweise annehmen. Nur wenige Nordafrikaner denken so. Aber diejenigen, die es tun, haben in Frankreich Erfolg.«

»Du wirst auf jeden Fall eine glänzende Karriere machen.«

Rachid verzog das Gesicht. »Na ja, mal sehen.«

Anfang Januar hatte er seine schriftliche Prüfung. Sie war die erste Hürde auf dem Weg zum Dienstgrad Commissaire. Nadia war sich ziemlich sicher, dass er sie schaffen würde.

Doch sie wechselte das Thema.

»Wir werden während der Weihnachtstage einmal mit Florian, Jérémie, Pierre, Fiona sowie Luc und Marie etwas unternehmen. Wahrscheinlich bei uns zu Hause ein Fondue essen. Zu Silvester oder davor. Vielleicht ist Aurore dann auch wieder da. Wir sagen dir auf jeden Fall Bescheid.«

»Gern«, meinte Rachid. »Ich hoffe, dass Aurore wiederkommt. Ich mag sie sehr. Wir haben uns von Anfang an gut verstanden.«

»Erhoffst du dir mit ihr eine Beziehung?«, fragte Nadia vorsichtig.

Rachid zuckte mit den Schultern und sah vor sich auf die Tischplatte. »Es ist zu früh, um an so etwas zu denken, nicht?«

»Wahrscheinlich«, pflichtete Nadia ihm bei. »Aber später werden wir alles daransetzen, damit ihr beide ein Paar werdet. Du bist das Beste, was ihr jetzt passieren kann. Nur erschossen darfst du nicht werden.«

»Genau deshalb muss ich im neuen Jahr die Prüfung schaffen. Weil ich als Kommissar weniger gefährdet bin.«

»Das hat Mathieu auch gesagt«, meinte Nadia nachdenklich. »Damals, als er sich auf die Prüfung vorbereitet hat. Die Sicherheit war für ihn der ausschlaggebende Anreiz.«

Nadia plauderte noch ein wenig mit Rachid, wünschte ihm dann schöne Weihnachtstage und ging zurück in ihr Büro.

Sie beschloss, Kenny anzurufen. Er brauchte eine Weile, bis er antwortete, und schien ihr seltsam außer Atem.

»Was treibst du, Kenny?«, fragte sie ihn. »Bist du im Stress?«

»Ich bin gerade beim Holzholen«, erwiderte er. »Für das Feuer!«

»Aha! Ist alles in Ordnung? Nicht zu schwierig, dieses Weihnachten ohne deine Familie?«

»Nein, wirklich, Nadia, mach dir keine Sorgen um mich, es geht mir gut hier. Lisa und ihre Mädchen sind wirklich nett, und heute Abend feiere ich mit ihrer Familie. Nadia, kann ich dich in einigen Minuten noch einmal anrufen, wenn ich fertig bin?«

»In Ordnung«, meinte Nadia. Sie schüttelte verwundert den Kopf. Das Leben im Wald schien ja tatsächlich anstrengend zu sein. Wo lief er denn hin, um das Holz zu holen? Musste er die Bäume etwa selbst fällen?

Dann wählte sie Aurores Nummer. Diese meldete sich sofort. Ihre Stimme war leise, aber sie klang gefasst.

»Trotz allem erträgliche Weihnachten, Chérie«, sagte Nadia.

»Danke. Euch ein schönes Fest«, erwiderte Aurore.

»Wie geht es dir?«

»Den Umständen entsprechend. Es geht mir besser, seit ich weiß, warum David umgebracht wurde und dass sein Mörder im Gefängnis sitzt. Aber andererseits … Es ist so widersinnig.«

»Aurore, der Täter war ein Krimineller, der die letzten Jahre im Gefängnis verbracht hat. Und er hat David für seine Probleme mit der Presse verantwortlich gemacht. Obwohl er dafür keinerlei Beweise hatte. Wir sind froh, dass wir ihn hinter Gittern haben, denn er ist ein gefährlicher Mann. Obendrein ist er pädophil.«

»Ich verfolge auch eure Ermittlung, lese alles, was ich in die Finger kriege. Schrecklich, diese Geschichte mit den toten Kindern. Habt ihr überhaupt keine Ahnung, wo der Verdächtige sein könnte?«

»Nicht die geringste. Aber wir befürchten, dass er irgendwann bei seiner Frau auftaucht. Es ist gut möglich, dass er noch dazu verrückt ist, so wie der Typ, der David auf dem Gewissen hat.«

»Nadia«, sagte Aurore und wechselte das Thema, »ich werde, wenn ich Silvester mit euch feiern kann, nach Weihnachten zurück nach Marseille fahren. Ich mag meine Familie gern, aber es wird mir zu viel. Und ich will nach Neujahr wieder arbeiten.«

»Okay. Das freut uns. Du kannst auch bei uns schlafen, wenn du möchtest.«

»Ich denke, ich werde in meinem Haus bleiben. Rachid hat mich gefragt, ob er kommen kann, weil er seine Wohnung Freunden leihen will, die ein kleines Kind haben. Daher bin ich nicht allein.«

Nadia frohlockte. Laura hatte erwähnt, dass Rachid Mathieu und Mélanie seine Wohnung angeboten hatte. Es schien so, als würde sie Silvester tatsächlich mit allen ihren Freunden feiern können.

»Rachid freut sich sehr, wenn du wieder kommst«, sagte Nadia, beschloss jedoch, das Thema an diesem Tag nicht weiter zu vertiefen. Wahrscheinlich hatte Aurore schon bemerkt, dass sie Rachid besonders wichtig war.

»Ich freue mich auf euch alle!«, erwiderte Aurore. »Danke. Ihr habt euch so gut um mich gekümmert.«

»Das ist ganz normal«, meinte Nadia, »du hättest das für jeden von uns genauso getan.«

»Ja, das hätte ich wohl. Aber wir kennen uns noch nicht besonders lang. Es hat mich sehr berührt, wie ihr für mich da wart. Und bei dir muss ich mich besonders bedanken, weil du Davids Mörder gefasst hast.«

»Na ja, es war Glück. Ich habe ihn vor allem deshalb erwischt, weil er so verdammt blöd war und sich selbst verraten hat«, erwiderte Nadia.

Sie wechselte das Thema, weil sie Aurore noch eine wichtige Sache klarmachen wollte.

»Wir werden weiterhin für dich da sein, Aurore. Wir hoffen, dass du in Marseille bleiben wirst.«

»Ich denke schon!« antwortete Aurore, und Nadia hörte in ihrer Stimme Überzeugung.

Nach dem Gespräch mit Aurore war es Nadia weitaus leichter ums Herz. Aurore würde darüber hinwegkommen. Und vielleicht würden Rachid und sie wirklich ein Paar werden? Irgendwann?

Heiligabend

Sie kamen alle vier um sechs Uhr. Anscheinend waren sie von der Polizistin gewarnt worden. Sie mussten in einem Auto fahren und genau achtgeben, dass ihnen niemand folgte. Das hatten sie getan. Kein Auto war in der Nähe gewesen, als sie von der Nationalstraße abgebogen waren, und auf dem Forstweg war es bereits komplett dunkel gewesen. Der Vater hatte das heiß ersehnte Bäumchen mitgebracht, das die Mädchen sofort mit den Kugeln schmückten, die ihre Großmutter ihnen gab.

»Ein kleiner Baum, aber sehr schön«, sagte Léa. »Weiß wie Schnee.«

»Ja, das ist irgend so ein chemisches Kunstding«, meinte der Vater. »Den Baum könnt ihr nächstes Jahr wieder verwenden.«

Die Besucher waren nicht mit leeren Händen gekommen. Der Onkel hatte mehrere Flaschen Champagner und Wein mit, die Tante eine Bûche de Noël, die typische Biskuitroulade mit Creme, die in ganz Frankreich zum Fest gegessen wird. Sie hatte auch darauf bestanden, die Treize Desserts mitzubringen. Dabei handelte es sich um dreizehn verschiedene Nachtische, wie Nüsse, Mandeln, kandierte Früchte oder Nougat, die man in der Provence der Tradition nach aß, wenn man von der Christmette heimkam. Die Tante hatte auch kiloweise Raclette-Käse dabei und die Eltern Wurstspezialitäten.

»Zumindest können wir hier tagelang überleben«, raunte Kenny Lisa zu.

Lisa wusste, dass sie den Eltern nur selten etwas vormachen konnte. Sie durchschauten sie, vor allem die Mutter. Bestimmt würde sie bald bemerken, dass Kenny und sie selbst viel vertrauter miteinander waren, als sie es sein sollten.

Als sie sich am Nachmittag von Neuem eingeschlossen hatten, um sich zu lieben, hatte prompt Kennys Chefin angerufen. Ihr war aufgefallen, dass Kenny außer Atem gewesen war, und sie hatte eine Bemerkung von sich gegeben. Lisa und Kenny hatten eine Weile darüber gelacht. Kenny hatte die Chefin einige Minuten später zurückgerufen, und sie war ihm besorgt erschienen. Sie hatte ihn ermahnt, an diesem Abend nicht viel zu trinken und Waffe und Handy immer griffbereit zu haben.

»Sie ist wohl überarbeitet«, hatte Kenny gemeint, »und macht sich übermäßig viele Sorgen um uns. Aber es stört sie, dass sie nicht die geringste Spur von deinem Mann hat.«

Ja, das störte Lisa auch. Viel lieber wäre es ihr gewesen, wenn er irgendwo an einer Staatsgrenze gesehen worden wäre. Sie wusste, dass die Ermittlungsleiterin Angst hatte, er könnte immer noch irgendwo in der Gegend sein.

Der Abend verlief sehr angenehm. Die Eltern bewunderten das Gesteck, das Kenny mit den Mädchen gebastelt hatte. Sara erklärte den Verwandten, dass Kenny wirklich sehr nett war und außerdem alles konnte. Er konnte Feuer machen, Gestecke basteln, Leute verteidigen, Kinder verarzten.

»Der ideale Mann also«, grinste der Onkel und zwinkerte Lisa zu. Sie gab vor, ihn nicht gehört zu haben, und hoffte, nicht errötet zu sein.

Sie tranken einen Aperitif, die Kinder spielten mit Kenny, dem Onkel und dem Vater *Monopoly*, während

Lisa mit der Mutter und der Tante das Essen vorbereite-
te.

»Es geht ihnen besser. Der Aufenthalt hier ist gut für
sie, und Kenny lenkt sie ab, scheint mir«, bemerkte die
Mutter.

»Ja, Kenny ist wirklich sehr liebenswert«, sagte Lisa
und spürte, dass sie rot wurde. Zum Glück war die Mutter gerade damit beschäftigt, Lachs auf eine Platte zu legen, sonst wäre ihr bestimmt aufgefallen, dass Lisa seltsam befangen war.

»Wie lange soll er bleiben?«, fragte die Tante.

»Solange wir hier sind«, erwiderte Lisa. »Bis sie Gérald gefasst oder zumindest lokalisiert haben.«

»Sie glauben, dass er gefährlich sei«, meinte die Tante.

»Sie wissen, dass er gefährlich ist«, korrigierte die
Mutter. »Wenn einer sechs Menschen getötet hat, davon
fünf Kinder, kann er auch einen siebten und achten töten. Meiner Meinung nach bist du nicht in Sicherheit«,
sagte die Mutter mit zitternder Stimme.

»Doch, Mama. Schau dir das Haus an, wie gut es ab-
gesichert ist. Überall Fensterläden und eine stabile Haustür. Und Kenny ist hier. Er ist bewaffnet.«

»Natürlich …« Lisa sah, dass die Unterlippe der Mutter zitterte. Die Sache mit Gérald machte ihr sehr zu
schaffen.

»Komm, Mama, lass uns trotz allem Weihnachten genießen!«, sagte sie beschwichtigend.

»Auf jeden Fall lässt du dich nicht unterkriegen. Das
finde ich gut«, meinte die Tante.

»Nun ja … Ich zeige meine Gefühle nicht. Ich versuche stark zu sein, für die Kinder. Und ihr unterstützt
mich alle.«

Doch Lisa wusste ganz genau, dass es einzig und allein Kennys Verdienst war, dass sie mit der schrecklichen Situation zurechtkam.

Der Abend verging wie im Flug. Es wurde gut gegessen und trotz allem gelacht. Sie tranken ein wenig zu viel, nur Kenny hielt sich zurück und die Mutter nahm ohnehin nie Alkohol zu sich.

»Ihr könnt auch hier übernachten«, meinte Sara. »Léa und ich geben euch unsere Zimmer und schlafen im Wohnzimmer.«

»Ja, könnt ihr«, sagte Lisa. »Ich kann mich auch unten hinlegen.«

»Mama kann bei Kenny schlafen«, sagte Sara arglos, woraufhin Lisa sich an ihrem Wein verschluckte und schrecklich hustete.

Der Onkel schien diese Idee sehr erheiternd zu finden. »Ich denke«, sagte er leise, als Lisa den Nachtisch holen ging und er ihr folgte, »dieser Mann wäre doch was für dich. Er ist echt nett.«

Seine Frau, die in der Küche stand, sah ihn strafend an und zischte: »So hör doch auf, Fred. Du redest immer nur Blödsinn!«

»Aber nein, ich will in schwierigen Situationen nur konstruktiv sein«, verteidigte sich der Onkel.

Lisa legte die Hände auf ihre heißen Wangen. Nun hoffte sie, dass ihre Gäste bald gehen würden. Sie wollte mit Kenny allein sein. Ihr Wunsch sollte in Erfüllung gehen. Sara wurde müde, und die Mädchen begaben sich ins Obergeschoss. Sara fürchtete sich oben allein. Sie hatte immer schon Angst vor der Nacht gehabt, und nun, seit Gérald weg war, war es noch schlimmer.

Danach wurden die Geschenke für die Mädchen unter das Bäumchen gelegt. Die Mutter und die Tante räumten die Küche auf. Bald würden die anderen weg sein, und dann gehörte der Abend Lisa und Kenny. Sie winkten den vieren hinterher, als diese ins Auto gestiegen waren, und gingen ins Haus. Nachdem Kenny die Haustür abgeschlossen und alle Fensterläden überprüft hatte, küsste er Lisa.

»Endlich«, seufzte sie. »Ich konnte es kaum mehr erwarten.«

»Sie sind super, deine Eltern und dein Onkel.«

»Ja, dem Onkel gefällst du sehr. Er hat mir geraten, mich für dich zu interessieren.«

»Na dann, interessier dich!«, antwortete Kenny lachend.

Sie gingen in sein Zimmer. Lisa drückte Kenny auf das Bett und setzte sich auf ihn. Er zog ihr den Pullover aus und begann ihre Brüste zu streicheln. Auch sie zog ihm sein T-Shirt über den Kopf. Es war so wunderbar, seine warme Haut auf ihrer zu spüren. Sie würde nie genug von ihm bekommen. Warum hatte sie ihn nicht viel früher kennengelernt? Noch bevor sie die Beziehung mit Gérald begonnen hatte? Aber Kenny war damals erst vierzehn gewesen! Bald waren sie nackt und küssten einander leidenschaftlich. Plötzlich spürte Lisa, dass Kenny zusammenzuckte. Sie erschrak.

»Was ist los? Habe ich dir wehgetan?«

Er schob sie von sich. »Hast du das gehört? Dieses laute Knacken!«

Es knackte wieder.

Lisa zuckte zusammen. Ihr wurde eiskalt. Sie sprang auf. Im nächsten Augenblick hörte sie Glas zersplittern. Sie begann zu zittern.

»Jem… jemand bricht ein!«

Kenny war schon aufgesprungen und hatte seine Pistole aus dem Nachttisch genommen. Splitternackt stürzte er zur Tür und riss sie auf.

»Bleib hier!«, rief er Lisa zu. »Polizei! Keine Bewegung!«, schrie er dann in den Wohnraum. »Hände hoch!«

Da ertönte Géralds Stimme. »Du Schweinehund! Du fickst meine Frau. Du willst meine Kinder für dich behalten! Ich lege dich um!«

Lisa erschrak zutiefst. Gérald schien außer sich. Das war die Seite ihres Mannes, die sie bisher noch nicht kennengelernt hatte.

»Wenn Sie näher kommen, schieße ich!«, schrie Kenny wieder.

Da hörte Lisa einen Knall. Sie zuckte von Neuem zusammen. Kenny hatte tatsächlich geschossen.

Sie stürzte ins Wohnzimmer. Im fahlen Licht des Feuerscheins sah sie Kenny am Boden sitzen. Er hielt mit seiner zitternden Hand die Pistole.

Einige Meter von ihm, an der eingeschlagenen Terrassentür, stand Gérald. Er hielt ein blutbeflecktes Messer in der Hand, sein Gesicht war starr wie eine Wachsmaske.

»Gérald, was hast du getan?«, rief Lisa weinend.

Die Wachsmaske verzerrte sich zu einem grausamen Lächeln.

»Und du? Glaubst du, es ist angebracht, dich von einem Polizisten ficken zu lassen, der dich bewachen soll? Ich habe euch trotz allem gefunden, und nun hole ich die Kinder.«

»Nein, das werden Sie nicht tun«, vernahm Lisa Kennys Stimme. »Denn ich werde diesmal nicht zögern, Sie zu erschießen.«

Um Lisa begann sich alles zu drehen. Wie würde diese Szene enden? Welche Alternativen hatte Kenny, außer auf Gérald zu schießen? Konnte sie ihren Mann zur Vernunft bringen?

»Gérald«, schluchzte sie, »wie konntest du nur? Wie

konntest du alle diese Jungen vergewaltigen, umbringen und ihre Leichen verschwinden lassen?«

Das schien Gérald aus der Fassung zu bringen. Auch er schluchzte auf.

»Ich bin krank, Lisa«, stammelte er nach einigen Sekunden. »Ich war es schon immer. Aber ich habe es bisher geschafft, meine Krankheit zu verbergen. Und nun ... nun ist alles vorbei. Das Beste ist, wenn wir alle sterben! Ich liebe meine Töchter, und ich will nicht, dass sie ohne mich leben müssen!«

Lisa gefror das Blut in den Adern. Ihr Mann hatte sein Problem wider Erwarten zugegeben. Aber nun war er vollkommen aus der Fassung geraten und wollte sie alle töten! Während er einige Sekunden vorher behauptet hatte, die Mädchen mitnehmen zu wollen ...

Gérald machte einen hinkenden Schritt auf sie zu, und ihr Herzschlag setzte einen Moment lang aus.

Doch da schoss Kenny. Dann ging alles blitzschnell. Anscheinend war der Schuss an Gérald vorbeigegangen, denn dieser wandte sich um und humpelte hastig vors Haus. Hinter ihm hörte Lisa den Fensterladen der Terrassentür zuschlagen. Sie sank zitternd auf die Knie.

»Lisa«, hörte sie Kennys eindringliche Stimme. »Du musst die Polizei rufen. Jetzt! Und dann gib mir ein Handtuch. Ich blute stark!«

Lisa erwachte aus ihrer Taubheit. Gérald hatte Kenny mit dem Messer verwundet, und dieser hatte trotzdem die Nerven behalten! Sie stürzte in Kennys Zimmer, tastete nach ihrem Handy und wählte mit zitternden Fingern den Notruf. Zum Glück hatte sie Netz! Dann rannte sie ins Badezimmer und holte zwei Handtücher. Dabei versuchte sie sich an das zu erinnern, was sie beim Erste-Hilfe-Kurs für Lehrer gelernt hatte. Auf die Wunde drücken.

Endlich antwortete der Notruf. Eine Frauenstimme.

»Wir hatten einen Einbruch ... mein Freund wurde ... mit dem Messer attackiert. Der Einbrecher ... ist noch da, in der Nähe! Schicken Sie schnell jemanden. Auch die Rettung!«

»Wo sind Sie, Madame? Wo sind Sie?«

Lisa stammelte die Adresse, dann brach die Verbindung ab. Sie hoffte, die Rettung und die Polizei würden gleich da sein. Gérald konnte jeden Augenblick zurückkommen. Sie drückte Kenny das Handtuch auf den Arm und deckte ihn mit dem Badetuch zu. Er war wie sie vollkommen nackt.

Sie bettete Kennys Kopf auf ihre Knie. Dabei zitterte sie vor Angst und Kälte.

»Nimm die Pistole, Lisa!«, sagte Kenny leise. »Wenn er wiederkommt, musst du abdrücken. Sonst tötet er uns mit dem Messer!«

Lisa weinte. Zugleich presste sie fest Kennys Arm. Wenn nur jemand hier wäre, der ihr helfen könnte!

»Kenny, Kenny, bleib bei mir! Nicht ohnmächtig werden!«

Sie wollte sein Gesicht streicheln, sie wusste, dass er wach bleiben musste. Aber zugleich musste sie die Pistole halten. Gérald konnte jederzeit zurückkehren. Und sie musste auf ihn schießen. Sie würde es tun. Überall war Blut.

»Kenny, ich liebe dich! Bitte bleib bei mir! Bitte stirb nicht!« Fest drückte sie das Handtuch, das immer röter wurde, auf die Wunde an Kennys Oberarm.

»So ist es gut!«, murmelte Kenny, dann sank plötzlich sein Kopf zur Seite. Lisa wurde panisch. Sie weinte. Wenn Kenny tot war, dann würde es egal sein, ob sie auch starb. Aber die Kinder ...? Wenn Gérald wiederkam, musste sie sich wehren! Er durfte die Kinder nicht töten oder entführen!

Sie ging das Risiko ein, die Pistole hinzulegen und das Telefon zu nehmen, das am Boden neben ihr lag. Diesmal wählte sie Caroles Nummer.

Nächtlicher Alarm

Carole schreckte aus dem Schlaf auf. Ihr Handy läutete.

»Was zum Teufel ...«, murmelte ihr Mann.

»Merde!«, rief Carole. Sie erkannte Lisas Nummer. Es gab sicher Probleme. Sie schnappte sich das Telefon, das auf dem Nachttisch lag. »Hallo?«

Sie hörte Lisa schluchzen. »Carole, er ist gekommen. Er ist eingebrochen und hat Kenny mit dem Messer attackiert. Kenny hat geschossen, und jetzt ist Gérald draußen. Aber er kann wiederkommen.«

Carole erschrak. »Hast du die Polizei verständigt?«, fragte sie Lisa.

»Ja ... aber ... ich hoffe, sie kommen. Ich weiß nicht, ob sie die Adresse verstanden haben.«

»Sie orten dich! Sie kommen gewiss.«

»Er ... ist noch da draußen. Er kann auch sie angreifen. Und Kenny ... verblutet!«

Carole befahl sich, ruhig zu bleiben. »Lisa, hör mir gut zu. Achte darauf, dass Kenny nicht kalt wird, und presse etwas auf die Wunde. Hörst du? Hast du Kennys Pistole? Es reicht, abzudrücken. Wenn Gérald auftaucht, musst du schießen, okay? Er ist dein Mann, aber du musst es tun. Sonst tötet er dich. Ich bin da, Lisa! Du schaffst das! Schlafen die Kinder?«

»Ja ... ja, ich glaube schon! Sie sind oben ... er ist ... durch die kaputte Glastür hinaus. Ich habe solche Angst!«

»Lisa, du bist stark. Du hast die Waffe. Du musst sie verwenden, wenn er kommt. In Ordnung?«

Am anderen Ende schniefte Lisa nur.

»Lisa, ich lege jetzt auf, aber ich rufe alle an, die ich nur erreichen kann. Vor allem die Gendarmerie von Vauvenargues. Der Ort ist ganz in der Nähe deines Hauses. Und dann komme ich!«

Carole legte auf. Ihr Mann hatte das Licht eingeschaltet und sah sie neugierig an. Sie machte ihm ein Zeichen, dann suchte sie die direkte Nummer der Gendarmerie, die auf ihrem Arbeitshandy gespeichert war.

Bald meldete sich eine Frau. Carole erklärte knapp, worum es sich handelte.

»Die Kollegen sind unterwegs, sollten in Kürze dort eintreffen. Wir wurden schon verständigt«, erwiderte die Dame.

Carole atmete auf. Sie verabschiedete sich, sprang auf und begann sich hastig anzukleiden.

»Was machst du, Carole?« fragte ihr Mann.

»Ich fahre zu Lisa.«

»Aber Carole, das kannst du nicht tun! Du hast zu viel getrunken.«

»Nein, habe ich nicht. Zwei Gläser vor drei Stunden! Ich muss fahren.«

»Soll ich mitkommen?« Ihr Mann schien in Panik.

»Nein, du musst bei den Kindern bleiben!«

Von Cabriès nach Aix-en-Provence waren es nur zwanzig Minuten, und es würde kein Verkehr herrschen.

»Ich halte dich auf dem Laufenden!«, rief Carole ihrem verdatterten Mann zu, nahm ihre Handtasche mit den Autoschlüsseln und stürzte vor die Tür. Sie hoffte, dass alles gut gehen würde, denn sie hatte keine Ahnung, ob Lisa es schaffen würde, auf Gérald zu schießen.

Carole raste durch die nächtlichen Straßen auf die Autobahn. Sie versuchte noch einmal Lisa zu erreichen.

Doch die ging nicht dran. Nun erst dachte Carole an Nadia. Sie musste ihr Bescheid sagen. Ihre Chefin meldete sich sofort. Wie Carole hatte sie das Telefon neben dem Bett liegen.

Carole erklärte in knappen Sätzen, was geschehen war.

Nadia fluchte. »Ich wusste es! Ich wusste es ganz genau! Ich hätte Kenny Verstärkung schicken sollen. Er hat ihn sicher im Schlaf überrascht. Ich komme!«

Nadia legte auf. Carole raste über den Boulevard, der um das schmucke Stadtzentrum von Aix führte. Die Weihnachtsbeleuchtungen blinkten einsam, die hellen und gepflegten Fassaden der Häuser lagen still im Licht der Straßenlaternen. Sie sah keine Menschenseele. Es war kurz nach Mitternacht. Die wenigen Leute, die noch wach waren, feierten wahrscheinlich in der Kathedrale die Christmette. Bald kam sie auf die kleine Straße nach Vauvenargues. Vor ihr fuhr ein Gendarmerie-Auto mit Blaulicht. Carole folgte ihm. Wie es schien, kamen von überallher Gendarmes. Nun ratterten sie über den Forstweg. Caroles Herz zog sich zusammen. Was würde sie beim Haus vorfinden? Ein Blutbad, jedoch nicht die Kinder, weil die verschwunden waren? Sie befahl sich, tief durchzuatmen und die Panik wegzuschieben.

Vor dem Haus standen mehrere Gendarmerie-Autos und zwei Rettungswagen.

Carole sprang aus dem Auto.

»Police Judiciaire!«, rief sie, als ein Gendarm sie vor der Haustür aufhalten wollte. »Der verletzte Typ da drin ist mein Kollege!«

»Ach so? Ihr Kollege?«, fragte er, und Carole konnte zu ihrer Entrüstung in seiner Stimme Belustigung wahrnehmen. Sie stürzte in den Raum und sah zwei Sanitäter, die sich um Kenny kümmerten. Er war bewusstlos, mit einer Iso-Decke zugedeckt, am Arm wurde ihm ein Druckverband angelegt und er war an eine Infusion angeschlossen.

»Was ...?«

»Nicht so dramatisch«, erklärte einer der Sanitäter. »Der Stich ging in den Arm, er hat viel Blut verloren und ist deshalb bewusstlos geworden, aber er ist nicht in Lebensgefahr. Wir bringen ihn ins Krankenhaus von Aix-en-Provence.«

Carole atmete auf.

»Und die Frau ... wo ist sie?«

Zwei weitere Gendarmes traten in den Raum.

Der ältere von ihnen grinste. »Sie ist im Zimmer nebenan. Wir haben sie hineingeschickt, damit sie sich wäscht und anzieht. Es ist nicht gerade warm hier, und sie war splitternackt.«

Als Carole ihn verständnislos ansah, erklärte er:

»Anscheinend war das Paar dort drin, in dem Zimmer, als der Typ einbrach. Der Mann ging hinaus, um ihn mit der Waffe zu bedrohen, der Einbrecher stürzte sich mit dem Messer auf ihn, und der hat ihm ins Bein geschossen. Der Kerl ist raus, aber besonders weit wird er nicht gekommen sein. Die Kollegen suchen nach ihm.«

»Ach Gott!« Carole versuchte die Informationen, die sie gerade bekommen hatte, zu verdauen. Lisa und Kenny? Das ergab doch keinen Sinn. Dann aber dachte sie an Kennys Ruf als Frauenheld und biss sich wütend auf die Unterlippe. Sogar in so einer Situation musste er einen auf Casanova machen. Nun sah er ja, wo ihn das hingebracht hatte!

Sie erklärte den Gendarmes und den Sanitätern die Situation, diese waren vollkommen perplex.

»Deshalb ist also die PJ da! Weil es sich um die Frau

von diesem Pädophilen handelt! Wir dachten, es sei ein banales Eifersuchtsdrama. Aber natürlich wunderten wir uns, warum der junge Mann eine Pistole hatte. Er ist also Ihr Kollege?«

Carole seufzte. »Er war da, um die Frau zu bewachen. Weil wir befürchteten, dass ihr Mann kommen würde, die Kinder holen, die oben schlafen. Und er hat wohl etwas mehr gemacht als sie nur bewacht.«

»Oh ... Die Kinder schlafen also im oberen Stockwerk?«, wunderte sich einer der Gendarmes. »Haben wohl einen guten Schlaf!«

Anscheinend hatten sie das Haus noch nicht abgesucht, und Lisa hatte ihnen nichts von den Kindern gesagt.

Carole stürzte die Treppe hinauf, um sich zu vergewissern, dass der Lärm Lisas Töchter nicht geweckt hatte. Die Tür zum oberen Stock war geschlossen, im Gang brannte das Licht und durch die offenen Zimmertüren sah die Polizistin, dass beide Mädchen tief und fest schliefen. Erleichtert seufzte sie auf und ging wieder die Treppe hinunter. Die Gendarmes sahen sie fragend an.

»Alles in Ordnung. Hat Ihnen die Frau nicht mitgeteilt, dass die Kinder oben schlafen?«, fragte Carole.

»Sie war komplett im Schock. Aus der war nichts herauszubringen. Sie hat nur immer gestammelt, dass ihr Liebhaber nicht sterben darf und dass wir aufpassen sollen, dass ihr Mann uns wahrscheinlich draußen auflauern und uns attackieren wird.«

Da trat Lisa aus dem Zimmer, begleitet von einer Gendarmin. Sie war blass.

»Carole!« Lisa stürzte Carole in die Arme und klammerte sich an sie. »Gérald ...«, stammelte sie, »er ist ... nicht mehr wiedergekommen. Aber er ist da draußen. Und Kenny ... ist verletzt.«

Carole strich über ihren Rücken.

»Ja. Er ist noch immer bewusstlos, aber er ist nicht in Lebensgefahr.«

Die Sanitäter schickten sich an, Kenny zum Rettungsauto zu tragen. Lisa schob Carole zur Seite und stürzte auf sie zu.

»Ich möchte mit ihm fahren!«, begehrte sie auf.

Carole hielt sie zurück. »Du musst hierbleiben. Bei den Kindern. Stell dir vor, was für ein Chaos das am Morgen wird!«, sagte sie.

Lisa begann zu weinen. »Es ist Weihnachten, und wir haben alles so schön vorbereitet. Der Baum, die Geschenke. Und nun ist alles voller Blut hier und wir müssen weg. Und Kenny ...«

»Pssst ...« Carole führte Lisa ins Wohnzimmer und drückte sie aufs Sofa. »Jetzt trink erst mal was. Du bist in Sicherheit. Die Kinder sind es auch. Und Kenny ist gerettet. Sie werden Gérald finden und ihn unschädlich machen. Alles wird gut.«

Gérald Franquier

Nadia fluchte. Sie hätte auf ihren Instinkt hören, den Eltern den Besuch bei der Tochter verbieten oder ein zusätzliches Polizeiauto anfordern sollen.

Kenny war wahrscheinlich nach der Weihnachtsfeier mit der Familie müde gewesen und hatte geschlafen, als Franquier eingebrochen war. Es war genau das geschehen, was Nadia befürchtet hatte. Gérald Franquier war den Eltern unauffällig gefolgt und hatte so erfahren, wo Lisa sich versteckte. Als die Eltern nach der Feier das Haus verlassen hatten, war er eingedrungen. Und Kenny hatte ihn zu spät gehört und war deshalb verletzt worden.

Ihr Telefon läutete. Es war Carole.

»Nadia, hier ist die Situation stabil. Kenny ist verletzt, aber nicht in Lebensgefahr. Er ist gerade eben ins Krankenhaus gebracht worden. Lisa ist wohlauf. Die Kinder schlafen oben. Gérald ist abgängig. Kenny hat ihn am Bein verletzt, und er ist in den Wald gehumpelt. Die Gendarmes sind dabei, ihn zu suchen.«

Nadia fluchte innerlich. Sie hoffte, dass Gérald bald ergriffen wurde. Es war wieder einmal anders gelaufen als beabsichtigt. Sie hatte nicht getan, was sie eigentlich hätte tun sollen. Wegen Personalmangels und weil sie selbst den Abend mit Laura und deren Eltern verbringen wollte. Aber sie hätte mit Kenny dort im Wald bleiben sollen!

Laura war ebenfalls durch das Läuten von Nadias Handy aufgewacht und hätte sie gern begleitet. Doch

Nadia hatte abgelehnt. Sie wollte keine Journalisten am Ort eines Verbrechens, während ein gefährlicher Mann noch frei herumlief. Das galt auch für Laura.

Nadia fuhr schnell und ungestüm. Sie war ungeduldig. Sie wollte bei der Suche nach Gérald Franquier mithelfen und so schnell wie möglich mit Lisa sprechen. Wissen, was genau vorgefallen war. Und sich sicher sein, dass Lisa die Sache verkraftete.

Nadia fand den Weg sofort, obwohl es sich um einen Forstweg handelte, den das Navi nicht kannte. Das Haus stand wirklich am Ende der Welt. Bald nahm sie zwischen den Bäumen Blaulichter wahr. Es parkten fünf Gendarmerie-Wagen dort.

Nadia sprang aus dem Auto und lief auf die beiden Gendarmes zu, die vor dem Haus standen.

»Bonsoir, ich bin die Ermittlungsleiterin Lieutenant Aubertin von der PJ Marseille«, stellte sie sich vor.

Die Gendarmes begrüßten sie und beäugten sie neugierig.

»Die Kollegen suchen Ihren Kunden«, erklärte der Ältere dann. »Er ist verletzt. Weit wird er nicht kommen!«

Aus einem Auto stiegen vier weitere Gendarmes.

»Wir haben mehrere Duos gebildet, die ihn überall im Wald suchen. Der Mann ist gefährlich, weil er Ihren Kollegen mit dem Messer angegriffen hat. Aber er hinkt wegen seiner Verletzung am Beim und hat, wie es aussieht, nur ein Messer, keine Pistole. Aber man weiß ja nie«, erklärte der Gendarme, der wohl der Verantwortliche war. »Wir müssen weitersuchen. Das heißt, die Kollegen. Ich bleibe hier, um das Haus zu bewachen, falls er zurückkommt. Drinnen sind ein weiterer Gendarme und Ihre Kollegin.«

»Ich komme mit Ihren Leuten«, sagte Nadia entschlossen. Sie hatte zwar Carole und Lisa kurz sehen wollen, doch das musste warten. Es war in der Tat keine Zeit zu verlieren.

»Gut. Dann bilden wir noch drei Zweierteams. Sie gehen mit Marcus.« Er rief ins Haus hinein, ein Gendarme trat heraus.

»Marcus, das ist Nadia Aubertin, die Ermittlungsleiterin. Es wäre gut, wenn du mit ihr da nach oben gehen würdest. Den Hang hinauf. Nach unten zur Straße haben wir schon drei Duos geschickt, um auf jeden Fall zu vermeiden, dass er wegfährt. Ein Team beordere ich geradeaus in den Wald. Hinter das Haus ein zweites. Er kann nicht weit sein. Und seid vorsichtig!«

Nadia nickte dem Mann zu, der ihr als Marcus vorgestellt worden war. Er war ungefähr um die vierzig, groß gewachsen und sportlich. Er erwiderte ihr Nicken und fragte: »Hast du deine Waffe dabei?«

Nadia bejahte, und sie brachen sofort auf. Sie zwängten sich zwischen den Sträuchern hinter dem Haus hindurch den Hügel hinauf. Sie sprachen nicht miteinander, weil der Aufstieg beschwerlich war und sie außerdem keinen Lärm machen durften.

Es war ziemlich dunkel. Nur ein wenig Mondlicht sickerte durch die Wolken. Nadia war froh, ihre festen Schuhe und ihre dicke Jacke zu haben. Es war in dieser Weihnachtsnacht feucht und kühl. Sie befahl sich, auf ihre Schritte zu achten. In der einen Hand hielt sie ihre Pistole, in der anderen ihr Handy, das sie als Taschenlampe verwendete. Sie verbot sich, daran zu denken, dass sie jederzeit von diesem Verrückten überfallen werden konnten. Sie würde nicht zögern, auf ihn zu schießen.

Sie konzentrierte sich auf ihren Atem, und bald hatte sie jedes Zeitgefühl verloren. Sie wusste nicht, wie lang sie schon zwischen den Büschen hinter Marcus den Hügel hinaufkeuchte. Plötzlich hörte sie weiter unten, in der Nähe des Hauses, einen Schuss. Und auch mehrere Stimmen. Rufe. Wahrscheinlich war Franquier entdeckt worden.

»Komm!«, rief sie Marcus zu und begann, in die Richtung zu rennen, in der der Schuss gefallen war. Flink sprang sie den Hügel schräg nach unten. Wieder hörte sie Stimmen. Aber sie verstand kein Wort. Die Büsche schlugen ihr ins Gesicht und zerkratzten ihren Anorak, aber das war Nadia egal. Sie lief einfach weiter abwärts, dorthin, wo sie Stimmen hörte. Marcus hatte sie inzwischen abgehängt.

Sie kam zu einer Lichtung, die sicher nicht weit vom Haus lag, und da sah sie vor sich im fahlen Mondlicht eine erschreckende Szene. Franquier hatte einen Gendarme als Geisel genommen und hielt ihm das Messer an den Hals.

Nadia blieb wie erstarrt einige Meter seitlich hinter den beiden Männern stehen. Franquier bemerkte sie nicht. Sie konnte jedoch erkennen, dass er den Mann festhielt. Zwei weitere Polizisten standen wiederum einige Meter vor ihm und hielten ihn mit ihren Pistolen in Schach. Nadia wusste, dass es in der Dunkelheit schwierig war, auf ihn zu zielen. Sie konnten sich irren und ihren Kollegen treffen. Sie selbst hingegen hatte die Möglichkeit, ihm in den Rücken zu schießen. Aber das wollte sie nicht.

»Runter mit den Pistolen!«, befahl Franquier den Gendarmes mit heiserer Stimme. »Runter damit! Lassen Sie mich gehen. Er kommt mit! Und wenn Sie versuchen, mich festzunehmen, dann schneide ich ihm die Kehle durch.«

Den beiden Gendarmes war klar, dass Franquier es

ernst meinte, und sie senkten ihre Pistolen. Nadia traf blitzschnell eine Entscheidung.

»Monsieur Franquier!«, rief sie.

Gérald Franquier war vollkommen erstaunt über die weibliche Stimme hinter ihm und fuhr herum. Jetzt stand er mit dem Rücken zu den Gendarmes. Nadia konnte sein Gesicht und das seiner Geisel nicht wirklich wahrnehmen, aber sie wusste, dass die beiden in ihre Richtung blickten. Nun musste sie Franquier beschwichtigen, mit ihm sprechen, ihn dazu bringen, sich zu ergeben.

»Monsieur Franquier …«, begann sie wieder.

Doch da fiel ein Schuss. Die zwei Gestalten vor ihr gingen zu Boden.

Einer der beiden hatte Franquier in den Rücken getroffen. Die beiden Männer hatten entschieden, dass sie das Risiko, dass er ihrem Kollegen die Kehle aufschlitzen würde, nicht eingehen konnten.

Nadia würde sich nicht mit Franquier unterhalten können. Es war zu spät. Die Gestalt am Boden bewegte sich nicht mehr. Zugleich sah Nadia eine andere Gestalt, die auf sie zukroch. Zu ihren Füßen blieb röchelnd und schluchzend ein Mann in Uniform liegen. Franquiers Geisel.

Nadia ging auf die Knie. »Geht es Ihnen gut? Sind Sie verletzt?«

Sie erkannte im Licht ihrer Lampe, dass der Gendarme jünger als sie war.

»Ich glaube … nein.« Seine Stimme klang zittrig.

»Kommen Sie!« Sie half dem Mann auf. Nun war auch Marcus neben ihr und kümmerte sich um seinen Kollegen. Dieser schluchzte auf, und Nadia sah, dass er am ganzen Leib zitterte.

»Es ist alles gut, Tommy, alles ist gut …«

Die beiden anderen Gendarmes beugten sich über den toten Franquier. Nadia war ernüchtert. Es war nicht so gelaufen wie geplant. Sie würde nicht mit dem Mörder der drei Kinder sprechen können. Andererseits sollte sie unendlich dankbar dafür sein, dass Franquier den Gendarme Tommy nicht verletzt hatte und dass nicht sie selbst es gewesen war, die den Täter getötet hatte. Wenn ein Polizist jemanden erschoss, machte ihm das jahrelang zu schaffen.

Sie überließ Tommy dem erfahrenen Marcus und ging zu Franquiers Leiche und den zwei Gendarmes.

»Er ist tot«, sagte der eine tonlos.

Der andere legte ihm die Hand auf den Arm.

»Es ging nicht anders, denk daran. Entweder er oder Tommy.«

Nadia ahnte, dass er recht hatte. Trotz ihrer Enttäuschung nickte sie den beiden zu und sagte: »Bravo. Gut gemacht.«

Sie leuchtete mit ihrem Telefon auf das Gesicht des Mannes, den sie nun seit mehr als achtundvierzig Stunden gesucht hatten, sah die ausdruckslosen Augen, die ins Leere starrten, das Blut, das von seinem Rücken in den Waldboden sickerte, und die schlaffe Hand, in der noch immer das Messer lag. Das *Ungeheuer von Marseille* war tot. Doch nun musste Nadia es Lisa mitteilen.

Sie gab den Gendarmes die Anweisung, Gérald Franquier nicht anzurühren und sich auch aus der unmittelbaren Umgebung des Toten zu entfernen. Sie musste Pierre und die Rechtsmedizin anrufen, die wahrscheinlich kommen und die Leiche begutachten oder zumindest Techniker schicken würden. Franquiers Tod durch ein Mitglied der Gendarmerie Nationale würde genau untersucht und protokolliert werden.

Langsam und mit wackligen Knien ging Nadia auf

das Haus zu. Sie hatte für die Familien der Opfer auf einen Prozess gehofft. Auf Erklärungen. Aber hätte das wirklich etwas gebracht? Oder die Wunden der Angehörigen nur vertieft? War nicht Franquiers gewaltsamer Tod die beste Strafe für den Kinderschänder und die ideale Lösung für alle Beteiligten?

Im Haus war einiges los, die Techniker waren schon zur Stelle und führten dort erste Untersuchungen durch. Nadia erklärte knapp, was geschehen war, alle sahen sie betreten an. Aber sie spürte auch, dass die Beamten erleichtert waren. Die Sache, wegen der sie mitten in der Weihnachtsnacht hatten ausrücken müssen, war erledigt.

Carole und Lisa saßen im Wohnzimmer. Dort war es kalt, weil die Haustür offen stand und die Terrassentür kaputt war. Beide Frauen trugen ihre Anoraks. Lisa sah sehr blass aus und zitterte merklich.

»*Bonsoir*«, sagte Nadia und nickte ihr zu.

Diese starrte sie erschrocken an. Wahrscheinlich sah Nadia furchterregend aus. Die Kratzer von den Büschen brannten auf ihren Wangen, und sie hatte auf dem Weg zum Haus bemerkt, dass sie blutete. Langsam setzte sie sich hin. Auch Carole sah sie verunsichert an.

Nadia holte tief Luft. »Lisa«, begann sie, »es tut mir wirklich leid. Ihr Mann hat dort im Wald einen Gendarme als Geisel genommen und gedroht, ihm die Kehle durchzuschneiden. Er wurde von einem der Kollegen erschossen.«

Carole schrie leise auf. Lisa zuckte jedoch nur resigniert mit den Schultern.

»Ich wusste, dass es mit ihm so enden würde. Dass jemand ihn töten würde. Und es ist das Beste so«, sagte sie tonlos.

Unsicher schaute Nadia Carole an. Ihr war klar, dass Lisa unter Schock stand.

Lisa begann zu weinen. »Ich hatte solche Angst, dass er uns tötet. Er hat sich auf Kenny gestürzt. Und … Es ist alles meine Schuld. Kenny kann nichts dafür. Ich wollte …«

Nadia sah sie erstaunt an.

»Was ist Ihre Schuld?«, fragte sie. »Die Tatsache, dass Ihr Mann eingebrochen ist und Kenny verletzt hat, in den Wald gerannt ist und einen Gendarme als Geisel genommen hat? Dass er erschossen wurde?«

»Nein … aber …« Lisa schluchzte wieder auf.

Was hatte sie sich zuschulden kommen lassen?

Nadia sah Lisa an. »Erzählen Sie mir doch einfach der Reihe nach, was geschehen ist. Den ganzen Abend von Anfang an.«

Lisa schniefte. »Es fing eigentlich schon gestern Abend an. Ich … war deprimiert. Die Mädchen auch. Und Kenny … er war super. Er hat uns getröstet. Und später am Abend, da habe ich ihn gebeten, mich in die Arme zu nehmen, und so … so begann die Geschichte zwischen uns. Wir haben die Nacht miteinander verbracht. Sie hätten das eigentlich nie erfahren sollen.«

Nadias Blick wanderte ungläubig von der Frau zu Carole. Diese zuckte entschuldigend mit den Schultern. Das war mal wieder typisch für ihre Männer! Man konnte außer Florian keinen mit einer Frau allein lassen.

Aber Nadia beherrschte sich. *Kein Wort. Lisa muss mir alles im Detail erzählen.*

Lisa berichtete, was geschehen war, und versuchte Kennys Verhalten noch einmal zu entschuldigen. »Dass wir miteinander geschlafen haben … das war meine Schuld. Ich habe den ersten Schritt gemacht, ihn beinahe darum gebeten. Ich war so verzweifelt. Aber dann …

heute Morgen … da sagte er mir, ich sei nicht nur ein Abenteuer für ihn und er wolle mit mir zusammen sein. Ich konnte ihm nichts versprechen, wegen Gérald und weil ich nicht wusste, wo wir hingehen sollen, wenn das Ganze vorüber ist, aber jetzt … jetzt weiß ich, dass ich mit Kenny zusammenbleiben will.«

Nadia sah Carole mit großen Augen an. Sie konnte nicht ganz glauben, was sie da hörte. Kenny als Casanova, der ein schnelles Abenteuer wollte, ja, aber nicht Kenny, der sich eine Frau mit zwei Kindern aufhalste. Was war nur in ihn gefahren?

Kenny hatte sich zweifelsohne vollkommen unprofessionell verhalten. Trotz allem musste Nadia zugeben, dass er Glück gehabt hatte, weil er zum Zeitpunkt des Einbruchs noch wach gewesen war. Sie wollte sich nicht vorstellen, was geschehen wäre, wenn Franquier ihn und Lisa im Schlaf überrascht hätte.

Doch er hätte sofort schießen müssen, als Gérald auf ihn zugekommen war. Nadia glaubte, dass er wegen Lisa gezögert hatte. Nicht mehr objektiv gewesen war. Weil es sich um den Vater von deren Kindern handelte. Kenny hatte sich deshalb in Gefahr gebracht. Aber es war seine Entscheidung gewesen. Nadia seufzte.

»Lisa«, sagte sie dann vorsichtig. »Um noch einmal auf Ihren Mann zurückzukommen … Sie und Ihre Kinder werden psychologische Betreuung erhalten. Was heute Nacht geschehen ist, ist sehr traumatisch für sie alle. Der Vater Ihrer Kinder ist tot.«

Lisa nickte. »Es ist hart von mir, so etwas zu sagen, aber ich bin erleichtert darüber. Ich bin froh, dass er nicht mehr lebt. Was hätte er seinen Kindern sagen können, wenn er noch am Leben wäre? Und kurz bevor er hinaushinkte, sagte er mir, er wolle uns alle töten!«

Nun schluchzte sie wieder. »Den Gérald Franquier,

den ich zu heiraten glaubte, gab es nie. Er war nicht der, für den ich ihn gehalten habe.«

»Wahrscheinlich«, sagte Nadia. »Für Ihre Kinder wird es schwierig. Glauben Sie, dass beide schlafen und überhaupt nichts mitgekriegt haben?«

Carole nickte. »Vorher haben sie tief geschlafen. Aber ich gehe noch einmal kurz nach ihnen schauen. Und kann euch anbieten, die Kinder dann zu mir nach Hause mitzunehmen. Oder sollen wir sie morgen früh zu deinen Eltern bringen, Lisa?«

Lisa nickte. »Ja. Wir fahren morgen gleich zu den Eltern.« Sie weinte wieder. »Sie haben das nicht verdient. So ein fürchterliches Weihnachten. Wir haben gestern alles getan, damit es ihnen gut geht. Meine Eltern, Onkel und Tante, Kenny, und jetzt ...«

»Ich weiß, Lisa. Sie haben wirklich traumatische Dinge erlebt.«

Lisa sah Nadia an. »Kenny hat seine Arbeit nicht so gemacht, wie Sie es erwartet haben, aber mir hat er das Leben gerettet. Ich möchte ihn gern im Krankenhaus besuchen.«

Nadia seufzte. Dieser Frau schien der Kollege wirklich am Herzen zu liegen.

»Das ist morgen sicher möglich«, versprach sie.

Carole kam die Treppe herunter. Sie wandte sich an Lisa: »Die zwei schlafen immer noch fest. Ich würde vorschlagen, dass wir die Geschenke mitnehmen und sofort in der Früh zu deinen Eltern fahren. Jetzt kannst du dich oben ein wenig hinlegen, und wir wecken dich später. In Ordnung?«

Lisa nickte nur. Sie schien urplötzlich sehr müde zu sein.

»Die Leiche deines Mannes wird auch bald weggebracht. Möchtest du ihn noch einmal sehen?«, fragte Carole vorsichtig. »Es ist sicher kein schöner Anblick, aber wenn du einen Abschluss brauchst, können wir das verstehen.«

Lisa schüttelte den Kopf. »Ich habe schon mit ihm abgeschlossen. Ich will jetzt nur Kenny sehen.«

Sie ging langsam und wie eine Schlafwandlerin die Treppe hinauf. Nadia bemerkte Caroles besorgten Blick.

»Sie hat wirklich noch nicht ganz kapiert, dass der Vater ihrer Kinder tot ist«, sagte die Kollegin. »Und vor allem weiß sie nicht, wer Kenny wirklich ist. *Monsieur sans souci. Herr Sorglos.* Sie ist noch lange nicht am Ende ihrer Qualen. Vor allem nicht mit ihren Töchtern.« Dann erhob sie sich. »Nun aber hole ich etwas, um dein Gesicht zu reinigen. Die Kratzer müssen desinfiziert werden.«

Carole verschwand in Kennys Zimmer, kam kurz darauf mit einem getränkten Wattebausch in der Hand zurück und begann auf Nadias Gesicht herumzutupfen. Es brannte, und Nadia verzog unwillig den Mund. Sie zog es vor, nicht in den Spiegel zu schauen, die Reaktionen der anwesenden Personen ließen sie erahnen, dass ihr Gesicht ziemlich lädiert wirkte.

Später tranken Nadia und Carole in der Küche einen Kaffee. Die Gendarmes hatten sich bereits bedient. Da trat Pierre ins Haus. Er hatte mit den Polizisten gesprochen, Franquiers Leiche begutachtet und sie nun den Technikern überlassen. Bevor er wieder zu Fiona nach Hause fuhr, trank er einen Tee und gratulierte Nadia zur abgeschlossenen Ermittlung. Der Oberstaatsanwalt zeigte sich erleichtert, dass Franquier tot war. Es hatte ihm wahrscheinlich davor gegraut, diesen Kindermörder anzuklagen.

Eine lange Nacht lag vor ihnen. Es war drei Uhr.

Nadia musste noch herumtelefonieren und würde

ohnehin bis zum Morgen vor Ort bleiben, aber sie bot Carole an, nach Hause zu fahren.

Doch Carole schüttelte den Kopf. »Ich habe Lisa versprochen, dass ich sie nicht allein lasse.«

»Gut. Dann heizen wir im Wohnzimmer an und versuchen später auf dem Sofa zu schlafen. Wir lehnen den kaputten Fensterladen an die zerschlagene Tür, dann wird es wohl nicht zu kalt werden.«

Nadia rief Laura an, die natürlich wach war und auf Informationen wartete. Die *Provence* würde am nächsten Morgen in ihrer Online-Ausgabe als erste Zeitung von den Ereignissen der Nacht berichten.

»Kann ich über deinen Kollegen schreiben?«, fragte Laura. »Über die Beziehung zu der Frau, die er bewachen sollte?«

»Lieber nicht«, meinte Nadia. »Obwohl es sicher jemand tun wird. Die Gendarmes werden sich gewiss darüber auslassen. Sie haben es sehr unterhaltsam gefunden, dass sie das Opfer der Aggression, einen Polizisten der PJ, und die Frau des Pädophilen nackt angetroffen haben. Wir, die PJ, sehen jetzt total unprofessionell aus!«

Sie sprach auch noch mit Martine Prévert, die an diesem Abend mit ihrer Familie bei ihrer Mutter an der Côte d'Azur war. Das Kommissariat hatte sie schon angerufen. Nadia gab ihr eine detaillierte Beschreibung des Tatablaufes, die Commissaire seufzte.

Sie sprach Nadias Gedanken aus.

»Es wäre natürlich besser gewesen, wenn ihr ihn lebend festgenommen hättet. Vor allem werden wir nun nie erfahren, wo die Leichen der verschwundenen Jungen aus Bordeaux sind. Aber ich bin froh, dass die Gendarmes ihn erschossen haben, und nicht du oder Kenny.«

»Allerdings hätte Kenny sofort auf ihn schießen müssen«, erwiderte Nadia. »Er hat wahrscheinlich gewartet, bis der Typ ihn angefallen hat.«

Wieder seufzte Nadias Vorgesetzte.

»Weißt du, warum wir Frauen die besseren Polizisten sind?«, fragte sie.

»Warum?«

»Weil wir einfach nur arbeiten. Wir denken bei der Arbeit nicht an Sex.«

»Nun ja …« Nadia erinnerte sich an Isabelle im Sommer und an sich selbst, als sie Laura kennengelernt hatte. Isabelle war verletzt worden, weil sie so verliebt in sie, Nadia, gewesen war. Sie selbst hatte vor vier Jahren sofort mehr als nur Freundschaft für Laura empfunden. Vielleicht durfte sie mit Kenny nicht so hart ins Gericht gehen. Es war nicht einfach, am Weihnachtsabend mitten im Wald mit einer hübschen, blonden Frau und ihren Kindern eingesperrt zu sein und einen Stromausfall zu haben.

Das sagte sie der Commissaire.

Diese lachte. »Er selbst wird am meisten unter der Situation leiden. Mit seinem Arm und mit dem, was die Presse über ihn schreiben wird. Ich finde es jedenfalls nicht nötig, ihm eine offizielle Verwarnung zu erteilen. Du kannst ihn aber rügen, wenn du willst.«

Nachdem Nadia sich von ihrer Chefin verabschiedet hatte, setzte sie sich aufs Sofa zu Carole, die inzwischen Scheite ins Feuer gelegt hatte. Die Techniker waren fertig, und der Leichenwagen war gerufen worden. Die Gendarmes waren fast alle abgefahren, nur ein Auto von ihnen stand noch draußen.

Die beiden Frauen schwiegen, bis sie irgendwann einschliefen.

Am Weihnachtstag

Lisa hatte tatsächlich geschlafen. Sie hätte nicht gedacht, dass das möglich sein würde. Sie wachte von den Stimmen ihrer Töchter auf, die kicherten und über Geschenke redeten. Sie fuhr auf. Es war schon halb neun. Es war Weihnachten, aber ... ein schrecklicher Weihnachtstag.

Alles kam zurück. Kenny, das Blut, ihr Mann, sein Tod, die Gendarmes, die Polizistinnen. Lisa spürte, wie sehr ihr Herz raste. Es war eine fürchterliche Nacht gewesen!

Carole hatte Lisa geraten, den Mädchen im Moment nicht viel über die Ereignisse der Nacht zu erzählen. Nur, dass sie zu den Großeltern fahren und dort die Geschenke bekommen würden.

Nun musste sie stark sein. Für ihre Töchter. Dabei hätte sie am liebsten losgeheult. Sie hatte sich so auf den Morgen mit den Mädchen und Kenny gefreut, auf einen fast normalen Weihnachtstag. Und jetzt lag Kenny im Krankenhaus, und Gérald war von den Gendarmes erschossen worden. Ausgerechnet in der Weihnachtsnacht. Sie würde das nie verkraften. Weihnachten würde für sie immer eine schlimme Zeit bleiben. Und für die Mädchen erst!

Lisa stand auf und ging ins Bad. Léa und Sara sprangen ihr entgegen.

»Mama, Mama, die Geschenke!«

Lisa schluckte und sah ihre Töchter an. »Ich muss euch etwas sagen, ihr Lieben«, begann sie. »Wir ändern unsere Pläne. Kenny musste heute sehr früh weg. Und wir sollen das Haus verlassen. Aber Opa und Oma warten auf uns. Sie wollen mit uns feiern. Wir fahren gleich zu ihnen. Sie haben für euch ein super Weihnachtsfrühstück vorbereitet!«

Die Mädchen sahen Lisa enttäuscht an. »Aber Kenny ... wir wollten doch mit ihm feiern.«

»Er musste weg. Kenny hat auch eine Familie.«

»Hat er eine Frau? Und Kinder?«, fragte Sara.

»Nein, aber eine Mama und einen Papa. Und eine anstrengende Arbeit. Er ist Polizist, und seine Aufgaben ändern sich oft ganz plötzlich. Doch ihr seht ihn bald wieder und könnt ihm die Zeichnung geben. Zieht euch an, dann fahren wir. Bei Opa und Oma gibt's viele Überraschungen!«

Lisa versuchte heiter zu klingen. Nadia Aubertin hatte versprochen, die Geschenke schon früh am Morgen zu ihren Eltern zu bringen, bevor sie zu Kenny ins Krankenhaus fuhr.

Von unten war nichts zu hören.

Die Mädchen schienen wie vor den Kopf gestoßen. Lisa konnte sie verstehen. Sie konnte sich an ihre eigene Kindheit erinnern. Ein Kind stellt sich auf etwas ein. Und ist sich dann sicher, dass es genauso kommt, wie es geplant war. Vor allem an Weihnachten. Aber leider war für Léa und Sara die Welt seit drei Tagen aus dem Lot. Hastig zog Lisa sich an, frisierte und schminkte sich notdürftig, bevor sie mit ihren Töchtern nach unten ging.

Carole und ihre Chefin saßen am Tisch und tranken Kaffee mit den beiden Gendarmes. Zum Glück war die Blutlache nun verschwunden, bis auf das kaputte Fenster erinnerte nichts an das Drama, das sich in der vergangenen Nacht in diesem Raum abgespielt hatte. Das Gesicht von Nadia Aubertin sah nicht mehr so schlimm aus wie einige Stunden zuvor. Die Gendarmes waren jene, die in der Nacht als Erste gekommen waren und sich um Kenny gekümmert hatten, bis wenige Minuten später die Rettung eingetroffen war.

Lisa fühlte sich befangen, wenn sie sich daran erinnerte, dass sie nackt gewesen war und sie sie sofort ins Zimmer geschickt hatten, damit sie sich anzog. Ihr war die Sache peinlich. Aber im Prinzip war es nur ein unwichtiges Detail, wenn sie daran dachte, was ihr, Kenny und den Mädchen hätte passieren können.

Sie schaffte es, ein Bonjour zu stammeln, ihre Töchter blickten die Gendarmes, Carole und deren Chefin erschrocken an. Carole hatte sich bereits erhoben.

»Hallo, ihr beiden! Ich fahre mit euch zu Opa und Oma, bevor ich heim zu meinen Kindern gehe.«

»Warum bist du nicht bei ihnen?«, fragte Léa erstaunt.

»Ach, ich musste noch arbeiten. Wisst ihr, wenn man bei der Polizei ist, gibt es keine Feiertage. Aber jetzt habe ich Zeit für meine Kinder. Und bald kommt ihr beide uns besuchen. In Ordnung?« Lisa hörte, dass die Polizistin krampfhaft versuchte, ihre Stimme munter klingen zu lassen.

Léa nickte.

»Ich auch?«, fragte Sara. Normalerweise wollte Léa nicht, dass ihre kleine Schwester bei Treffen mit ihren Freundinnen anwesend war.

Carole nickte. »Ja, du bist auch eingeladen.«

Léa runzelte die Stirn, und Lisa bemerkte wieder diesen düsteren Blick, den ihre ältere Tochter seit zwei Tagen in regelmäßigen Abständen bekam.

»Kommt, wir fahren jetzt!«, sagte Lisa schnell zu ihren Töchtern.

Sie schob die Mädchen ins Freie.

»Wiedersehen und vielen Dank«, sagte Lisa zu Caroles Chefin und den Gendarmes.

»Ich rufe Sie an«, versprach Madame Aubertin. Sie erklärte Lisa, als die Kinder im Auto saßen, dass sie Kenny kurz besucht hatte. Er war am Arm operiert worden, nun war er wach und es ging ihm nicht allzu schlecht. Lisa würde später zu ihm gehen können.

Lisa folgte Carole mit ihrem Auto. Es waren nur wenige Minuten bis zu ihren Eltern, die sie schweigend zurücklegten. Die Mädchen stellten keine Fragen, aber Lisa konnte ihre vorwurfsvollen Blicke spüren. Sie verstanden nicht, was los war, doch sie ahnten, dass in der Nacht etwas passiert war. Warum wäre sonst die Polizei im Haus gewesen?

Die Eltern erwarteten sie schon. Nadia Aubertin hatte ihnen alles erklärt, als sie ihnen eine Stunde vorher die Geschenke gebracht hatte. Der Onkel war auch da, er hatte sich als Weihnachtsmann verkleidet. Er war derjenige, der den Morgen schaukelte und die Kinder ablenkte. Zu schockiert waren die Eltern über die Ereignisse der letzten Stunden.

»Es ist besser, dass er tot ist«, stammelte Lisas Mutter leise, als der Onkel mit den Kindern deren Geschenke begutachtete. »Auch wenn es für die Mädchen sehr schwierig ist.« Ihre Augen waren rot, und sie zitterte stark. Lisas Vater war sehr schweigsam.

Carole verabschiedete sich bald. Ihr Mann und ihre Kinder warteten mit den Geschenken auf sie. Sie bot Lisa an, sich bei ihr zu melden, wann immer sie wollte, und sagte ihr, dass Céline später vorbeikommen würde. Dann ging sie.

Sie hatte einen seltsamen Beruf. Lisa, die immer Lehrerin gewesen war, konnte sich nicht vorstellen, so unregelmäßige Arbeitszeiten und obendrein Bereitschaftsdienst zu haben. Lisa vermutete allerdings, dass Carole in der letzten Nacht nicht gekommen wäre, wenn sie sich nicht persönlich gekannt hätten. Sie würde sich später noch bei Carole bedanken. Für alles.

Léa und Sara freuten sich trotz allem über die Geschenke und über die Crêpes mit Kastaniencreme, Karamell mit Salzbutter sowie Nutella, die ihre Großmutter ihnen gemacht hatte. Doch Lisa sah, dass sie auf eine Erklärung warteten. Sie fragten nicht nach ihrem Vater, aber die Frage stand in ihren Augen.

Carole hatte Lisa geraten, auf die Psychologin zu warten, um mit den Mädchen über Géralds Tod zu sprechen. Lisa war damit einverstanden. Sie brachte es im Moment nicht übers Herz, ihnen die schreckliche Nachricht mitzuteilen. Eine Stunde später rief Nadia Aubertin wie versprochen an.

»Ich hole Sie ab und bringe Sie zu Kenny«, bot sie an.

»Ich kann selber hinfahren«, erwiderte Lisa.

»Im Prinzip, ja. Aber Sie sollten wissen, dass die Journalisten schon vor dem Gartentor Ihrer Eltern stehen. Ihre Mutter hat die Klingel ausgeschaltet. Und ich weiß, wie man die Presse loswird.«

Lisa erschrak. So schnell hatten sich also die Ereignisse der Nacht herumgesprochen? Sie nahm das Angebot der Polizistin an.

Die junge Frau traf einige Minuten später ein. Sie hatte den Journalisten vor dem Gartentor ein paar Auskünfte gegeben und sie dann weggeschickt. Am nächsten Tag würde sie wahrscheinlich mit ihrer Kommissarin und dem Oberstaatsanwalt eine letzte Pressekonferenz abhalten. Nadia Aubertin nahm gern einen Espresso und ein Stück Fougasse mit Zucker, ein typisch provenzalisches Gebäck, das Lisas Mutter ihr anbot.

»Kenny geht es verhältnismäßig gut«, erklärte sie Lisa, als sie zu ihren Autos gingen. »Wahrscheinlich wird er schon morgen oder übermorgen aus dem Krankenhaus entlassen. Es war keine gefährliche Wunde. Er hat nur stark geblutet. Aber Sie haben die Blutung gut gestoppt. Stellen Sie sich vor, wenn er das Messer in den Bauch bekommen hätte!«

Lisa wollte es sich nicht vorstellen.

Sie fuhr der Polizistin bis zum Krankenhaus hinterher, in dem es an diesem Morgen sehr ruhig war.

Die Polizistin zeigte ihr Kennys Zimmer und meinte dann, sie würde wieder fahren, Lisa würde sich nun selbst zu helfen wissen.

»Und rufen Sie uns an, wenn die Journalisten Ihnen zu sehr auf den Leib rücken!«, sagte sie.

Lisa bedankte sich und hastete in das Zimmer.

Kenny lag im Bett und schlief. Sein Atem ging gleichmäßig. Am linken Arm trug er einen dicken Verband.

Lisa setzte sich leise auf den Stuhl neben ihn und betrachtete sein Gesicht. Seltsam. Diesen Mann hatte sie erst vor zwei Tagen kennengelernt, und dennoch war er ihr schon so vertraut. Und mit dem Mann, mit dem sie verheiratet gewesen war, hatte sie zehn Jahre zusammengelebt und so gut wie nichts über ihn gewusst. Hatte die Zeit, die man miteinander verbrachte, überhaupt eine Auswirkung auf eine Beziehung? Oder gelang es manchen Menschen, sich zu öffnen, und anderen nicht?

Sie strich mit ihrer Hand über Kennys rotblonde Haare und seine Stirn. Er wirkte so jung, als wäre er erst Anfang zwanzig.

Da schlug er die Augen auf.

»Lisa!«, sagte er und lächelte. »Du bist wirklich gekommen!«

»Klar bin ich gekommen. Danke, dass du mich beschützt hast. Es tut mir so leid, dass du wegen mir verletzt wurdest.«

Kenny grinste. »Das war meine Aufgabe. Und ein natürlicher Reflex. Und ich wurde vielleicht deshalb verletzt, weil ich nicht konzentriert genug war.«

»Doch. Du hast deine Aufgabe super gemacht. Ohne dich hätte ich diese Tage nicht überstanden. Und ich … wollte dir sagen … ich habe dir erklärt, dass ich nicht sicher bin, was nach dieser Sache mit uns werden wird. Jetzt weiß ich, dass ich am liebsten für immer mit dir zusammenbleiben würde. Wenn du es auch möchtest.«

Er hob die Hand und streichelte ihre Haare. »Klar möchte ich. Ich habe meine Meinung nicht geändert.«

Sanft drückte er ihren Nacken so weit nach unten, dass sich ihre Gesichter berührten.

Lisa küsste ihn auf die Lippen.

Sie schloss die Augen. Sie hätte ihn fast verloren. So kurz, nachdem sie ihn gefunden hatte. Doch das hatte ihr ins Bewusstsein gerufen, dass sie ihn wirklich um sich haben wollte. Dass sie es mit ihm versuchen wollte. Trotz all ihrer Schwierigkeiten.

»Wie geht es den Mädchen?«, fragte Kenny, als sie nach einem langen Kuss wieder den Kopf hob.

Lisa schluckte. »Es geht. Es tut ihnen sehr leid, dass wir den heutigen Tag nicht mit dir verbringen. Sie mögen dich. Sie haben ein Geschenk für dich.«

Er lächelte. Dann fragte er: »Und wie verkraften sie den Tod ihres Vaters?«

»Wir haben es ihnen noch nicht gesagt. Die Psychologin macht das heute Nachmittag. Und wir sagen ihnen wahrscheinlich nicht alles. Ich … Sie berät mich, wie wir mit der Sache umgehen sollen. Aber es wird sicher schwierig für die beiden. Sie haben schwere Monate vor sich. Und ich wahrscheinlich auch.«

Lisa wusste, dass sie um Gérald trotz allem trauern würde. Im Moment war sie erleichtert darüber, dass er nicht mehr hier war, aber ihre Gefühle würden sich mit der Zeit ändern. Die zehn gemeinsamen Jahre ließen sich nicht einfach in wenigen Tagen wegwischen. Trotz allem. Zum Glück hatte sie Kenny.

Er drückte ihre Hand. »Das schaffen wir. Du bist nicht allein.«

Andacht

Drei Tage nach Weihnachten begaben sich Rachid und Nadia ins Gemeindezentrum von Frais Vallon, wo die Stadtverwaltung von Marseille zusammen mit der muslimischen Gemeinschaft eine Gedenkandacht für die drei ermordeten Jungen organisierte. Bei den Begräbnissen selbst, die nach muslimischer Tradition erfolgten, würden die beiden Polizisten nicht dabei sein können, doch Rachid hatte Nadia vorgeschlagen, zu dieser Andacht zu gehen, bei der auch Kommunalpolitiker da sein würden. Journalisten waren nicht erwünscht, doch Rachid versicherte Nadia, dass die Ermittler sicher willkommen waren.

Nadia war nervös. Gewiss würden sie und Rachid sofort auffallen – sie hatten viele der Leute, die anwesend sein würden, in den vergangenen Wochen zum Verschwinden des einen oder anderen Jungen befragt. Aber ihr war wichtig, sich von den Kindern, die sie nicht hatte retten können, zu verabschieden und die Familien moralisch zu unterstützen.

Die MJC, das Vereinshaus, in dem sich dieser Saal befand, war sehr einfach gehalten und wirkte schäbig, wie alle öffentlichen Gebäude in den Quartiers Nord. Es waren sehr viele Leute gekommen, Nordafrikaner, Einwanderer von den Komoren, aber auch zahlreiche Franzosen aus Marseille und Umgebung, denen es ein Anliegen war, den drei Familien ihre Anteilnahme zu zeigen.

Die meisten Einwanderer waren traditionell gekleidet, die Männer in Dschellabas, die Frauen in dunklen

Hijabs. Einige jüngere Mädchen trugen dunkle Hosen und Pullover, mit einem schwarzen Tuch auf dem Kopf. Nadia selbst hatte sich ebenfalls ganz in Schwarz gekleidet. Der Saal war gerammelt voll, keiner beachtete Rachid und sie.

Es war unterdrücktes Gemurmel zu hören. Die Andacht würde beginnen.

Bald trat der Imam an sein Rednerpult und bat um Ruhe. Er sprach Arabisch. Wieder einmal beneidete Nadia Rachid. Er würde die Predigt des Geistlichen verstehen, während sie nur raten konnte, was der Mann sagte.

Nach einigen Sekunden der Stille begann der Imam. Am Rednerpult waren vergrößerte Bilder der Jungen befestigt, und anscheinend sprach er über die drei. Nadia hörte immer wieder die Namen Mohammed, Said und Nassim. Von weiter vorne vernahm sie auch Schluchzen.

»Die Totengebete bleiben uns erspart«, raunte Rachid Nadia zu. »Hier an diesem öffentlichen Ort darf der Imam zwar predigen, nicht aber beten. Die sterblichen Überreste der drei Jungen werden von der Rechtsmedizin wahrscheinlich morgen freigegeben. Und er spricht auch schon über die Begräbnisse, die nach der muslimischen Tradition stattfinden sollen.«

Nadia schluckte. Wahrscheinlich war die Tatsache, dass die Leichen der beiden ersten Opfer in einem so schlechten Zustand waren, für Saids und Mohammeds Eltern als gläubige Muslime noch schlimmer, als sie es für Christen gewesen wäre. Sie wusste, dass Muslime normalerweise ohne Sarg nur in einem Leinentuch beerdigt wurden. Sie wusste allerdings auch, dass beide Familien die Kinder in Nordafrika in ihren Heimatdörfern begraben lassen würden und dass am Ausgang der Moschee Geld für die Überführung der Leichen in den Maghreb gesammelt werden sollte. Sie beschloss, pro Kind fünfzig Euro zu geben. Sie ertappte sich bei der Hoffnung, auf diese Weise ihr schlechtes Gewissen beruhigen zu können. Das war ein schäbiger Gedanke, aber aus diesem Grund gar nichts zu geben, fand sie knauserig.

Obwohl sie sich immer wieder sagte, dass sie alles getan hatte, um die Kinder zu finden und das *Ungeheuer* zu stoppen, fühlte Nadia sich schuldig am Ablauf der Dinge. Nur für Saids Tod fühlte sie sich nicht verantwortlich, weil anfangs die Familienschutz-Brigade nach ihm gesucht hatte. Sie schaffte es nicht, sich von diesem nagenden Gefühl der Schuld und des Versagens zu befreien. Vermutlich war sie auch deshalb hier und hörte sich eine Predigt an, von der sie kein einziges Wort verstand.

Wahrscheinlich brauchte sie professionelle Hilfe, um diese traumatisierende Ermittlung zu bewältigen. Sie beschloss, noch einmal mit Céline zu sprechen. Wenn Kinder im Spiel waren, war ein gewaltsamer Tod noch viel belastender.

Nadia betrachtete die Bilder der beiden Nordafrikaner und des komorischen Jungen. Alle drei sahen auf den Fotos lebensfroh und freundlich aus. Alle drei stammten aus armen Familien, die Bibliothèque Méditerranée hätte mit ihrer Aktion den Horizont dieser Kinder aus einfachen Verhältnissen erweitern wollen. Die bittere Wahrheit war aber, dass die Kinder durch diese wohltätige Aktion vonseiten der Stadt Marseille Opfer eines Pädophilen geworden waren. Und dieser Kranke hatte jahrelang unerkannt unter ihnen gelebt und sogar schon auf Caroles Tochter aufgepasst. Ihre Neugier und ihre Aufgeschlossenheit hatten die drei Jungen zu willigen Opfern dieses Kinderschänders gemacht. Nadia spürte, dass ihr Tränen in die Augen traten. Es war der schlimmste Fall, in dem sie je zu ermitteln gehabt hatte, und die Umstände – auch Davids Ermordung – waren ganz einfach ein einziger Albtraum gewesen.

Am Ende der Andacht gab es eine Überraschung, mit der Nadia und Rachid nicht gerechnet hatten: Der Oberbürgermeister von Marseille trat nach vorne, ohne dass der Imam ihm Platz machte, der Politiker bekam jedoch ein schnurloses Mikrofon.

»Nun dürfen wir eine Rede auf Französisch hören. Der sozialistische Bürgermeister braucht das muslimische Wahlvolk, deshalb ist er hier«, knurrte Rachid.

Nadia seufzte. Natürlich, die Politiker taten nichts ohne Hintergedanken. Trotzdem fand sie es eine schöne Geste, dass der Politiker persönlich vor die muslimische Glaubensgemeinschaft trat.

»Ich möchte mich im Namen der Stadt Marseille bei den drei betroffenen Familien entschuldigen«, begann der Mann. »Wir konnten nicht verhindern, was geschehen ist, aber dieser Kinderschänder, der Ihnen so großes Leid zugefügt hat, war einer unserer Angestellten, und wir möchten Ihnen sagen, dass wir uns verantwortlich fühlen und dass es uns unendlich leidtut. Wir möchten Ihnen auch mitteilen, dass die Stadt Marseille die gesamten Begräbniskosten übernimmt.«

Im Saal erhob sich Gemurmel.

»Wir wissen, dass das nur ein kleiner Trost ist und dass wir das Geschehene nicht rückgängig machen können. Leider leben kranke und gestörte Menschen oft unerkannt unter uns und richten großes Unheil an.«

Nun rief vorn ein älterer Mann: »Weil ihr keinen Gott mehr habt, ihr Franzosen! Ihr glaubt nur an das Kapital und an den Konsum!«

Rachid schnaubte neben Nadia. »Jetzt geht es los. Immer dieser blöde Gott.«

»Ja, vielleicht ist das so, weil wir keinen Gott mehr

haben«, lenkte der Bürgermeister ein. »Aber ich kann es leider nicht ändern.«

Er richtete noch ein paar tröstende Worte an die Familien, reichte dem Imam das Mikrofon und ging durch die Menge in Richtung Ausgang. Vier Personen, darunter drei muskulöse Bodyguards, begleiteten ihn.

Nach der Andacht verzichteten Rachid und Nadia darauf, den Raftis, den Abdelghanis und den Aboudous nochmals zu kondolieren. Diese waren umringt von Familie und Freunden, es wurde geklagt und geweint, alle verliehen ihren Gefühlen lautstark Ausdruck. Ob es half, die Emotionen auf diese Weise zu zeigen, wusste Nadia nicht. Sie hatte keine Ahnung, wie sie selbst als Angehörige eines Mordopfers reagiert hätte.

Schweigend gingen Nadia und Rachid zum Auto, nachdem sie das Gebäude verlassen hatten.

»Was hat er denn gesagt, der Imam?«, wollte Nadia wissen.

»Ach, weißt du«, erwiderte Rachid, »das ist immer dasselbe Gerede von der ewigen Ruhe und dem Paradies. Er hat eigentlich nicht viel gesagt, nur um den heißen Brei herumgeredet.«

»Und trotz allem hat den Gläubigen seine Predigt geholfen.«

»Religion ist eine Illusion«, seufzte Rachid.

»Wahrscheinlich. Aber in solchen Situationen, wie wir sie jetzt schon seit Anfang Dezember erleben, wäre es manchmal hilfreich, an irgendetwas zu glauben, um diese Leere, die der Tod hinterlässt, zu füllen.«

»Sicher. Ich würde auch gern glauben, dass die Jungen und David noch irgendwo weiterleben, aber streng wissenschaftlich betrachtet ist das unmöglich.«

»Wir wissen es nicht, Rachid«, entgegnete Nadia. »Die Seele wurde noch nicht mit wissenschaftlichen Methoden erfasst, und keiner hat eine Ahnung, was mit ihr nach dem Tod geschieht.«

»Da magst du recht haben. Aber Gott, Allah, das Paradies, die Hölle, davon will ich nichts wissen.«

»Ich auch nicht. Aber vielleicht hilft der Glaube an Allah den Raftis, den Abdelghanis und den Aboudous heute trotzdem ...«

Rachid rümpfte die Nase. Er war überzeugter Atheist. Nadia dachte anders als er. Sie gehörte keiner Glaubensgemeinschaft an, doch sie dachte dennoch, dass es irgendwo einen Gott gab, der über sie alle wachte. Sie hatte ihn zwar in den letzten Wochen sehr ungerecht gefunden, aber sie glaubte trotzdem weiter an ihn.

Jahreswechsel

Es war der Silvesterabend. Fiona fühlte sich gut. Sie durfte wieder aufstehen. Die Zeit, die sie liegend oder sitzend hatte verbringen müssen, war hart gewesen, ganz einfach, weil sie nicht daran gewöhnt war, nichts zu tun. Dabei war sie dank Florian und Jérémie trotz Pierres ständiger Abwesenheit nicht einsam gewesen. Und Florian schien sich in ihrer Anwesenheit besonders gut erholt zu haben.

Fiona und er hatten in den vergangenen Tagen für Nadia im Internet über die Fälle von Bordeaux recherchiert. Sie wussten nun alles über die dortige Ermittlung. Leider aber blieb unbekannt, wo der mutmaßliche Täter Gérald Franquier die Leichen der Jungen entsorgt hatte. Dieses eine Geheimnis hatte er mit ins Grab genommen. Das grämte alle Beteiligten zutiefst, aber vielleicht würde man die beiden Kinderleichen irgendwann durch Zufall entdecken? Fiona schob den Gedanken an das *Ungeheuer von Marseille* zur Seite und dachte an etwas Positives.

Sie freute sich, dass Aurore wieder da war. Es ging ihr besser, und sie hatte sich dazu durchgerungen, eine Entscheidung zu fällen. Sie würde fürs Erste weiterhin in Marseille wohnen und in Aix-en-Provence arbeiten. Nun trafen sich Fiona und Aurore oft. Sie waren miteinander zur Basilika Notre-Dame de la Garde gewandert, nur fünfzehn Minuten Gehzeit von ihrer Straße entfernt. Allerdings hatten sie doppelt so lang gebraucht wie früher, weil der Aufstieg über die steilen Straßen und dann die vielen Stufen mühsam war. Fiona war, um sich zu schonen, sehr langsam die Stufen hinaufgestiegen, und Aurore war durch die Beruhigungsmittel, die sie noch immer nahm, ziemlich erschlagen gewesen.

In der Krypta der Basilika hatten sie für David eine Kerze angezündet, geweint und an ihn gedacht. Fiona hatte auch für ihr ungeborenes Kind und für Pierre und ihre Freunde gebetet. Dafür, dass ihnen bei der Arbeit nichts zustoßen würde. Geisteskranke und gewalttätige Menschen gab es ja genügend, wie die Ermittlungen der vergangenen Wochen bewiesen hatten.

Sie selbst würde nach Neujahr wieder ins Kommissariat gehen. Allerdings würde sie im Büro bleiben und für Nadia und das Team die Kleinarbeit übernehmen. Suchen in Datenbanken, Herumtelefonieren, Archivieren von Akten. Im Großen und Ganzen würde sie für ihre Kollegen die Aufgaben verrichten, die kein Ermittler wirklich mochte. Pierre hatte Nadia früher am Abend beschworen, Fiona in ihrem Zustand nicht zu Beschattungen, Vernehmungen oder Tatorten mitzunehmen. Nadia war damit mehr als einverstanden gewesen. Pierres Intervention hatte Fiona allerdings geärgert, sie fühlte sich von ihm bevormundet, sie fand, dass er über sie nach seinem eigenen Gutdünken verfügte. Sie würde sich im neuen Jahr bei ihm über sein übergriffiges Benehmen beschweren müssen.

Andererseits wusste sie genau, dass er recht hatte. Sie selbst hätte sich gut und gern von Neuem überfordert.

Nun waren die Freunde bei Pierre und Fiona zu Hause in deren schönem und geräumigem Wohnzimmer, um den letzten Tag dieses alten Jahres zu feiern und das neue Jahr zu begrüßen. Zur großen Freude aller waren Mathieu und Mélanie nach Marseille gekommen. Rachid überließ ihnen seine Dachwohnung für drei Nächte. Luc und Marie, Florian und Jérémie, Nadia und Laura, Aurore, Rachid, Rachids Schwester Yasmina und deren Mann Adam waren ebenfalls anwesend.

Fiona liebte es, alle ihre Freunde um sich zu haben, vor allem am letzten Tag dieses so aufregenden, dramatischen, schwierigen und doch so schönen Jahres. Sie konnte behaupten, dass die Bilanz dieses Jahres für sie sehr positiv war. Sie hatte nun alles, was sie wollte: einen liebenswürdigen Lebensgefährten, ein Heim, einen Freundeskreis und bald ein Kind.

Florian schien es mit jedem Tag besser zu gehen, seine Energien kamen langsam wieder zurück. Er hegte die Hoffnung, den Kampf gegen die Krankheit zu gewinnen.

Aurore war dabei, sich zu fangen, Fiona sah sie an diesem Abend zuweilen lachen. Rachid wich nicht von ihrer Seite. Aurore war nur allein, wenn er zur Arbeit musste. Ansonsten verbrachte er die meiste Zeit bei ihr oder lud sie zu sich nach Hause ein. Fiona hatte Aurore vorsichtig über ihre Beziehung zu Rachid ausgefragt. Aurore hatte gemeint: »Wir sind sehr gute Freunde, und ich schätze Rachid sehr. Er versteht, dass ich so kurz nach Davids Tod keine neue Beziehung eingehen kann. Trotzdem ist er für mich da.«

Für Fiona war es glasklar, dass Rachid sich von Aurore mehr erwartete als eine Freundschaft. Und Aurore würde ihm sicher nicht lang widerstehen können. Fiona sollte es recht sein. Sie wollte, dass Aurore in ihrem Stadtviertel wohnen blieb, sie war froh, eine Freundin in der Nachbarschaft zu haben. Das Schönste wäre, wenn sie auch ein Kind hätte, sagte sich Fiona. Sie wusste, dass Aurore unbedingt Mutter werden wollte. Mit David hatte es nicht geklappt, aber vielleicht hatte sie in Zukunft diesbezüglich mehr Glück?

Die Freunde sprachen kurz über den Fall Gérald Franquier. Es gab hier nicht mehr viele Unklarheiten, die Presse hatte in den vergangenen Tagen alle Aspekte durchgekaut. Auch über Franquiers Frau Lisa wurde viel geschrieben. Sie hatte Laura ein Interview gegeben, in dem sie sehr ehrlich gewesen war. Lange Zeit hatte sie die Augen vor dem verschlossen, was ihr Mann war, sie hatte die Tatsache, dass er sich in Bordeaux im Fokus der Ermittler und der Journalisten befunden hatte, zu verdrängen versucht. Über ihr Verhältnis zu Kenny wussten alle Bescheid. Er schien zu Nadias und Lucs großem Erstaunen wirklich in Lisa verliebt zu sein und ein Familienleben zu wollen. Deren Töchtern, die traumatisiert und wegen des Todes ihres Vaters zutiefst deprimiert waren, war er schon jetzt eine wichtige Stütze.

»Er ist erwachsen geworden«, meinte Mathieu, »obwohl ich sagen muss, dass Kenny in den drei Jahren, in denen er in meinem Team gearbeitet hat, immer ein sehr ernsthafter Mitarbeiter war. Er hat seine Frauengeschichten nie mit in die Arbeit gebracht. Kenny hat sich auch oft geopfert, wenn etwas Unliebsames getan werden musste. Mich wundert nicht, dass er sich nun um Lisa und ihre Mädchen kümmert.«

Fiona wunderte es schon, aber sie freute sich für Kenny. Außerdem war sie auch froh, dass sie ihn jetzt loshatte. Er hatte sie trotz ihrer Beziehung mit Pierre noch mit schmachtenden Blicken bedacht und umworben. Sie wusste, dass er eine echte Schwäche für sie hatte. Doch das war nun, wo er die große Liebe gefunden hatte, sicher vorbei!

Sie tranken Aperitif, Laura hatte für Florian, Fiona und die hochschwangere Yasmina einen Cocktail mit einem alkoholfreien Cidre aus der Normandie gemacht, den sie und Nadia von ihrem letzten Aufenthalt bei deren Eltern mitgebracht hatten. Er schmeckte vorzüglich, und Florian prostete Fiona zu.

Die anderen tranken Champagner, dazu aßen sie kleine Häppchen, die Aurore, Mélanie und Yasmina mit Laura den ganzen Nachmittag lang zubereitet hatten: Minibrötchen mit Lachs, Gänseleberpastete und Coppa, Spießchen mit allen möglichen Leckereien und Muscheln à la provençale. Sie wurden von allen in höchsten Tönen gelobt.

»Wir waren fleißig«, gab Mélanie zu, »aber gemanagt hat das Ganze Laura.«

»Auf Laura!«, rief Pierre. »Auf unsere Meisterköchin! Die sogar den Freundinnen das Kochen beibringt.«

»Na ja, sie können es schon«, meinte Laura. »Sie stellen sich in der Küche sehr gut an. Aber wie sieht es mit euch Männern aus? Vielleicht könntet ihr bei mir noch was lernen?«

Mélanie und Fiona lachten.

Mathieu und Pierre warfen einander einen leidenden Blick zu, Luc seufzte tief.

»Einen Kochkurs?«, fragte Rachids Schwager Adam und verzog das Gesicht.

Laura nickte. »Keine Sorge, ich bin sehr geduldig!«

»Ich schreibe Luc ein!«, rief Marie. »Er hat Potenzial, aber wenig Fachwissen.«

»Pierre könnte auch noch was dazulernen«, meinte Fiona.

»Genauso Mathieu!«, lachte Mélanie. »Er könnte sein Repertoire erweitern.«

»Wenn alle gehen, dann machst du auch mit!« Yasmina stieß ihren Mann an.

»Natürlich«, meinte Adam. »Ich schließe mich nicht aus, nur weil ich Araber bin. Nicht wahr, Schwager, wir machen auch mit, oder?« Er klopfte Rachid auf die Schulter.

»Nun ja«, warf Aurore ein. »Rachid kann besser kochen als ich. Das muss ich zugeben.«

Da wurde Rachid tatsächlich rot.

»Wow, Rach, das wussten wir nicht!«, sagte Luc lachend und boxte Rachid in den Oberarm. »Bist eine richtig gute Partie!«

Nadia, Jérémie und Florian lachten. Die anderen zwinkerten einander zu.

»Er ist noch in der Phase der Eroberung«, raunte Pierre Mathieu zu, »und gibt sich viel Mühe. Aber später wird er auch auf unser Niveau zurückfallen.«

Fiona spielte die Entrüstete. »Also wirklich!«, rief sie. »Wenn das so ist, dann lasse ich mich von dir wieder erobern.«

Pierre setzte ein gequältes Gesicht auf. »Nein, Chérie, bitte nicht! Ich verspreche dir, dass ich mit Laura kochen lerne.«

Mathieu und Mélanie sahen Pierre mit wissenden Blicken an. Pierre litt darunter, dass Fiona so viele Verehrer hatte und die Kollegen ihr noch immer schöntaten.

Die Freunde lachten und scherzten, viele Flaschen Wein wurden geöffnet, sie verzehrten ein Käsefondue mit Weißwein und Steinpilzen, das ausnahmsweise nicht Laura, sondern Marie zubereitet hatte, deren Familie aus den Alpen stammte. Sie genossen das Zusammensein, und schneller als erwartet war es Mitternacht. Sie traten auf die Terrasse, um einander zuzuprosten. Das Besondere an Pierres und Fionas ziemlich großer Terrasse war, dass sie hinter den Bäumen ihres kleinen Gartens das Meer wahrnehmen konnten. Zu Fuß waren es bis zur Corniche zwar zehn Minuten, aber da ihr Haus auf dem Hügel stand, hatten sie einen Blick auf die weite Wasserfläche des Mittelmeeres, die heute vollkommen dunkel vor ihnen lag. Es war ruhig im Viertel, nur ein bisschen weiter unten, Richtung Küste ließ jemand Raketen steigen.

Pierre nahm Fiona in die Arme und zog sie ein wenig vom Gewirr der feiernden Freunde weg, um sie zu küssen.

»Ein gutes neues Jahr, Chérie. Dieses vergangene Jahr war für mich das schönste meines Lebens, weil ich dich kennengelernt habe. Und nun werden wir in diesem Jahr gemeinsam eine Familie gründen.«

Fiona spürte, wie ihr Tränen in die Augen schossen. Diese verdammten Hormone! Seit sie schwanger war, weinte sie wegen jeder Kleinigkeit. Diesmal handelte es sich um Tränen der Rührung.

»Danke, Pierre!«, schluchzte sie. »Mit dir ist das Leben wundervoll. Ich bin so froh, dass ich dich gefunden habe. Und bald sind wir zu dritt!«

Sie küssten einander noch einmal, dann wandten sie sich den Freunden zu, um auch sie zu umarmen.

Ein wenig später legten sie eine Schweigeminute für David ein. Fiona dachte an den Freund. An sein Lachen. Seinen Humor und seine Erzählkunst. An seinen Eifer bei der Arbeit. An seine Zärtlichkeit für Aurore und seine Freundschaft mit Pierre und ihr selbst. Normalerweise hätte er an diesem Abend bei ihnen sein sollen. Fiona unterdrückte ein Schluchzen und blickte in den klaren Himmel, an dem tausende Sterne über ihnen glitzerten.

Das Himmelszelt war wunderschön, und plötzlich spürte sie Hoffnung. Hoffnung, dass es David und den drei Kindern, die viel zu jung gestorben waren, gut ging. Dass sie irgendwo und irgendwie weiterexistierten. Warum das so war, konnte sie sich nicht erklären. Aber die Anwesenheit der Freunde, der Sternenhimmel, das weite dunkle Meer und die Marienstatue, die Bonne Mère, die sich auf dem beleuchteten Turm der Basilika über ihnen erhob und sie daran erinnerte, dass sie trotz allem beschützt waren, trugen sicher dazu bei.